BASTEI LÜBBE

Marion Zimmer Bradley

Das Haus zwischen den Welten

BASTEI LÜBBE

BASTEI-LÜBBE-PAPERBACK
Band 28 112

Erste Auflage: November 1983
Zweite Auflage: Oktober 1986

Deutsche Lizenzausgabe 1983
Bastei-Verlag Gustav H. Lübbe GmbH & Co., Bergisch Gladbach
Originaltitel: The House Between The Worlds
Ins Deutsche übertragen von Annette von Charpentier
Titelillustration: D. B. Maddingly/Agentur Schlück
Umschlaggestaltung: Quadro-Grafik, Bensberg
Druck und Verarbeitung: Clausen & Bosse, Leck
Printed in Western Germany
ISBN 3-404-28112-8

Der Preis dieses Bandes versteht sich einschließlich der gesetzlichen Mehrwertsteuer.

1

Cameron Fenton begann ein wenig nervös zu werden. Der Raum war so heiß und steril wie in einem Krankenhaus, und man spürte den leisen, nagenden Geruch von Desinfektionsmitteln und Medizin. Die Vorbereitungen kosteten Nerven. Er hatte es etwas anders erwartet – nicht diesen weißen sterilen Raum, die weißen Mäntel, das hohe, harte Krankenhausbett. Doktor Garnock kehrte ihm den Rücken zu, und Fenton sah sich unruhig zur Tür um.

Er konnte immer noch jede Minute aufstehen und hinausgehen.

Wie bin ich hier überhaupt hergekommen?

Neugier, beantwortete er sich diese Frage. Neugier, die gleiche alte Neugier, die die Katze tötet.

Es hatte sich so anders angehört, als Garnock es unten erläutert hatte. Das saubere, schäbige alte Büro, irgendwo in einer Ecke des ansonsten neuen und beleidigend hellen Smythe-Gebäudes. Voller Bücher und Papierstapel und interessanten Tabellen an den Wänden. Auch Garnock hatte da anders gewirkt, das alte Tweedjackett offen, die Krawatte gelockert, eine Tasse mit schaumigem Kaffee, die vergessen am Rand des unordentlichen Schreibtischs kalt wurde. Cameron Fenton hatte seinen eigenen Kaffee vor Aufregung über das vergessen, was der Professor ihm erzählte.

»Es hat angefangen wie irgendeine beliebige halluzinogene Droge«, sagte Garnock und deutete auf das offene Magazin auf seinem Schoß. »Wir haben es zuerst gefunden in der *Psychedelic Review*. Und dann brachte man ein paar Straßenjungs, die mit dem Zeug auf den Trip gegangen waren. Sie wissen ja, sobald man die eine psychedelische Droge verboten hat, entdecken die Kids eine neue. Schließlich machten wir uns daran, sie zu testen. Oh, die chemischen Details haben wir alle hier. Wenn Sie sich die

Mühe machen wollen, hier bitte. Und das Zeug stellte sich als der große Durchbruch heraus, nach dem wir alle gesucht hatten. Haben es immer und immer wieder getestet unter absolut einwandfreien klinischen Sicherheitsvorkehrungen. Wir haben sogar das gemacht, was sie in Stanford tun wollten, als sie diese Tests mit Uri Geller gemacht haben, über den dann alle Welt jahrelang diskutiert hatte – wir haben einen professionellen Zauberer eingeladen – ihn unsere Themen aufstellen lassen, damit sie die Ergebnisse nicht fälschen konnten.«

»Es ist also grundsätzlich eine Droge, die den Stand der ESP – der extrasensorischen Perzeption – anhebt?«

»Das ungefähr ist es«, sagte Garnock. Er war ein hochgewachsener, schlanker Mann mit einem permanenten Bartschatten und längerem Haar. Cameron Fenton fragte sich, warum er selbst niemals nachgegeben und sich das Haar hatte wachsen lassen. Auf dem Campus von Berkeley hätte es niemand bemerkt. Lewis Garnock, Professor der Parapsychologie, fiel in jeder Menge auf, und Fenton fragte sich, ob die Haare der Grund waren . . . er bemühte seine Gedanken zurück zu Garnocks Worten und fragte: »Und die Sicherheit?«

»Keine ernsthaften Nebenwirkungen in mehr als zweihundert klinischen Versuchen, zuerst bei Labortieren, dann bei Menschen.«

»Und der ESP-Effekt ist bewiesen?«

Garnock nickte. »Definitiv. Die meisten Drogen wirken sich, wie Sie wissen, negativ auf die ESP aus. Setz einen Menschen unter Drogen, und seine Fähigkeit für ESP geht rasch, rasch den Bach hinunter, noch ehe er andere Wirkungen zeigt. Ein oder zwei Drinks, und man verliert seine Hemmungen, und die ESP geht ein paar Punkte nach oben, aber wenn das Subjekt weiter trinkt, verliert es seine ESP, noch ehe es auch nur beginnt, betrunken zu werden.«

»Aber dieses neue Zeugs . . .«

»Antaril?«

»Antaril. Woher haben Sie den Namen?« wollte Fenton wissen.

»Gott weiß woher. Kam vermutlich aus dem Computer. Jedenfalls hebt es die ESP-Schwelle – hören Sie sich das an, Cam – und zwar niemals weniger als fünfzig Prozent; manchmal vier- bis fünfhundert Prozent. Unter einer mittleren Dosierung von Antaril – wir experimentieren noch mit der optimalen Dosierung –

haben vier Männer im Duke acht perfekte Durchgänge hintereinander gemacht. Sie können sich die mathematischen Chancen bei diesen Ergebnissen selbst ausrechnen.«

Fenton pfiff durch die Zähne. Er hatte die Rhine-Experimente von jener Zeit an verfolgt, als er alt genug war, darüber zu lesen. In den ersten dreißig Jahren der Rhine-Experimente hatte es nur vier perfekte Duchgänge gegeben – und selbst die waren nicht unumstritten.

Garnock beobachtete sein Gesicht und nickte schließlich langsam. »Ja«, sagte er. »Das ist der Durchbruch. Das ist der Beweis, nach dem wir seit Jahren gesucht haben – was wir den Hartnäckigen unter die Nase reiben können, die immer noch behaupten, ESP existiert überhaupt nicht.«

Fenton wußte alles darüber. Er zitierte grimmig einen der häufigsten Kommentare über die Parapsychologie:

»Bei jedem anderen Thema hätte mich bereits ein Zehntel der Beweise überzeugt. Bei diesem Thema würde mich die zehnfache Beweismenge nicht überzeugen.«

Garnock erwiderte: »Wenn sich das so entwickelt, wie ich hoffe, dann wird alles seine Mühe wert sein, die ganzen Jahre, die ich hier gesessen – und mich mit dem Mist beschäftigt habe, den sie über jedem besseren Psychologen auskippen, der sich mit Parapsychologie befaßt. Die Jahre, die ich gekämpft habe, um eine Abteilung Parapsychologie innerhalb der ›Psych‹ einzurichten! Wie sie meine Studenten belästigt haben, alles zu quantifizieren und es durch den Computer zu jagen, ehe sie es akzeptieren! Und wie sie meine besten Studenten in Rattenfänger verwandelt haben, indem sie vier Semester Verhaltenspsych als Grundvoraussetzung von ihnen verlangten. Und selbst danach haben sie noch gesagt, sie glaubten nicht an Gehirnwäsche.« Sein Gesicht war hart, entrückt, in Erinnerung versunken. Dann schüttelte er sich ein wenig und befand sich wieder in der Gegenwart.

»Nehmen Sie das Zeugs mit nach Hause, Cam. Lesen Sie es bis morgen und lassen Sie mich wissen, wenn Sie mitmachen wollen.« Fenton hatte den dicken Aktenordner ›Chemische Details‹ mitgenommen und war am nächsten Tag mit weiteren Fragen zurückgekehrt.

»Der ESP-Effekt – ist er unfehlbar? Jeder bekommt ihn?«

»Nicht ganz. Sechs von zehn. Aber die so regelmäßig wie die Uhr. Sechs von zehn.«

»Und die anderen vier?«

»Einige verlieren zu schnell das Bewußtsein, um den Kontakt mit dem Forscher aufrechthalten zu können, daher wissen wir ihre Ergebnisse nicht. Sie wachen wieder auf und berichten von zusammenhängenden Träumen und Halluzinationen«, erzählte Garnock. »Sally Lobeck . . . erinnern Sie sich, sie war zu Ihrer Zeit hier Studentin, jetzt ist sie eine meiner Assistentinnen – versuchte eine Intaktanalyse der Träume und Halluzinationen hinsichtlich möglicher präkognitiver Werte aufzustellen. Ich selbst glaube nicht, daß viel darin ist, aber Sally meint, sie kann vielleicht eine Dissertation daraus machen, daher habe ich dem Projekt zugestimmt. Jeder zehnte Fall – nun, eigentlich ist es seltener – erreicht einen temporär erhöhten ESP-Zustand, gleitet dann in die halluzinatorische Phase und kommt zurück mit einem Bericht über schwere Schmerzen und zeitweiligen Orientierungsverlust. Das ist die unangenehmste Nebenwirkung bislang. Und in jedem Fall ist es vorübergehend. Aber natürlich nennen wir es immer noch das experimentielle Stadium. Wir haben den Stoff hundertundvier Menschen gegeben, und das ist noch nicht allzuviel. Es könnte Nebenwirkungen geben, denen wir einfach noch nicht begegnet sind.«

Aber Cameron Fenton hatte nur noch eine einzige Frage:

»Wann kann ich es ausprobieren?«

Aber nun, nachdem die Vorbereitungen getroffen waren, wurde Fenton nervös. Er hatte es sich irgendwie nicht so klinisch vorgestellt.

Die informellen ESP-Tests fanden in der Fakultät selbst, in dem Laboratoriumsflügel des Smythe, statt. Trotz der strengen Kontrolle wurden sie in formloser, lockerer Atmosphäre vollzogen. Diese Stimmung war notwendig. Cam Fenton war kein großartiger Behaviorist, aber er wußte, die leichteste Möglichkeit, eine Wirkung zu unterdrücken, bestand darin, kein Feedback zu liefern. Frühere ESP-Tests an der Duke-Universität hatten alle an diesem Problem gelitten; es war Langeweile, schlichte Langeweile, ein Spiel nach dem anderen mit ESP-Karten, ohne jeglichen Bezug auf die Ergebnisse. Und das war natürlich verantwortlich für die Tatsache, daß viele vielversprechende Testobjekte, in denen ESP in hohem Grade vorhanden war, nicht parapsychisch reagieren konnten. Man hatte die frühen ESP-Tests mit der besten Absicht der Welt im Interesse streng kontrollierter wissenschaftlicher Forschung so durchgeführt, daß man jede ESP, die die Testperson vielleicht in sich barg, durch Langeweile, Müdigkeit und Erschöpfung ausmerzte.

Es geschah ganz einfach.

Man saß hinter einer riesigen Sperrholzwand mit Scheuklappen auf beiden Seiten des Gesichts, um vage sensorische Reize von der anderen Seite auszuschließen. Jemand auf der anderen Seite der Wand legte ein Spiel von 25 ESP-Karten auf, aber nur eine wurde jeweils aufgedeckt. Man konzentrierte sich auf das vage Gefühl, das die Karten hervorriefen – Kreuz, Stern, Wellenlinie, Kreis, Viereck – und schrieb die Wahl auf. Wenn man mit dem Lauf fertig war, trat man um die Sperrholzwand herum und verglich die Liste mit der Liste des Forschers, und das war auch schon alles.

Reiner Zufall hieß, daß man vier, fünf oder sechs richtig hatte. Wenn man müde war oder nicht in Stimmung oder spät ins Bett gekommen, bestand gewöhnlich überhaupt keine Chance.

Aber als man weitermachte und anfing, den Operator einen kleinen grünen Knopf drücken zu lassen, um ihn dann für jeden richtigen Punkt zu belohnen, gingen die Ergebnisse in die Höhe. Es gab Zeiten, wenn man seinen vagen Vorlieben folgte, daß man zwölf, dreizehn, vierzehn Karten richtig hatte, und an einem Wahnsinnstag hatte man alle neunzehn Karten in einer Reihe.

Man gewöhnte sich daran, daß die Leute auf dem Campus ihre Witzchen über ernsthafte Studenten fortgeschrittenen Semesters machten, die sich mit Hexenkünsten abgaben. Man lernte auch, mit der Fakultätspolitik fertigzuwerden; die Psychologieabteilung hatte sich niemals ganz von dem Schock erholt, den Waite-Lehrstuhl für Parapsychologie bekommen und mit Personal ausgestattet zu haben, das nicht mehr unter der Direktive der Psychologie stand; drei Professoren der Psychologie hatten mit dem Rücktritt gedroht, weil sie fürchteten, daß die Psych-Abteilung in Berkeley zum Gespött des Landes würde.

Man lernte, die Scherzbolde abzuwimmeln, die darauf beharrten, daß man ihnen die Zukunft weissagte, und man gewöhnte sich daran, die Abteilung gegen die Spötter zu verteidigen, die immer noch glaubten, die Abteilung für Parapsychologie sei ein einziger großer Scherz; daß Doktor Garnock, Dr. phil, Dr. med., Dr. jur und alle seine Assistenten sich vereint hätten, um aus irgendeinem sinistren Grund diese langweilige Arbeit durchzuziehen und den Quatsch mit der ESP verfolgten. Man gewöhnte sich an die Studenten, die darauf bestanden, psychisch sensitiv zu sein, aber nicht einmal ein einziges Spiel bei hundert Durchläufen mit ESP-Karten überdurchschnittlich schafften. Sie waren gewöhnlich von einer Verschwörung gegen sich überzeugt. Und man gewöhnte sich daran, mit dem Temperament und den gelegentlich geschwollenen Kämmen der Studenten fertigzuwerden, die wirklich psychisch sensitiv waren . . .

Nein, daran gewöhnte man sich.

Und daher machte man weiter, trotz der Tatsache, daß man sich selbst fragte – Gott, wie man zweifelte –, warum man sich darum kümmerte, ob irgend jemand ESP hatte oder nicht. Weil immer wieder irgend jemand mit der echten Begabung auftauchte. Der echten, ursprünglichen Begabung.

Dem wilden Genie.

Selten. Schrecklich, schrecklich selten. Cameron Fenton hatte ein wenig davon genug – nicht genug, um Angst davor zu bekommen, aber er hatte es, und er konnte mindestens einmal am Tag ein gutes Spiel legen. Aber da gab es noch die Kids, die das regelmäßig konnten, jede Stunde einmal. Es gab Kids, die vierzig Lagen doppelt konnten – bei einer mechanischen Zittermaschine, ohne daß jemand die Würfel berührte – mehrmals hintereinander. Niemand wußte, wie sie es machten, aber selbst die professionellen Zauberer vom Personal gaben zu, daß es ohne Fälschung zuging.

Und daher machte man weiter . . .

Daher machte man weiter mit den langweiligen ESP-Karten, brachte man die kichernden Studenten dazu, den ESP-Test zu machen, die meisten von ihnen skeptisch, voll der Scherze, die die Erstsemester über ESP erfunden hatten.

Und man las alles und fragte sich, wie zum Teufel im letzten Viertel des Zwanzigsten Jahrhunderts die Menschen es immer noch schafften, es nicht zu glauben. Cameron Fenton erschien das wie das Interview, das er als Teenager gehört hatte, als der erste Mensch auf dem Mond landete – das Interview mit einem Angehörigen der Sekte, die vertrat, die Erde sei flach. Der Interviewte bestand immer noch darauf, daß das Raumschiff die Erde nicht umrundet haben könnte, weil ja die Erde nicht rund sei. »Oh, gewiß, das Raumschiff ist irgendwohin geflogen«, sagte er bewundernd. »In einem großen Kreis über die Oberfläche. Aber es flog nicht zum Mond, weil das nicht geht.« Und er hatte die photographischen Beweise achselzuckend abgetan. »Fälschungen. Man kann heutzutage mit Fotografien alles machen . . . seht euch doch nur die Kinofilme heute an.«

Vielleicht, dachte Fenton, als er Garnock dabei beobachtete, wie er seine Vorbereitungen traf, war er deshalb in die Parapsychologie geraten. Er mochte einfach nicht den Gedanken, ein Sektierer des Verstandes zu sein. Er war jemand, der nicht wollte, daß sich Fakten mit Vorurteilen mischten.

Freud hatte nicht einmal halb so viele Beweise über die Existenz des Unbewußten zusammengetragen. Einstein hatte nicht halb so viele statistische Untersuchungen über die Struktur des Atoms angestellt. Auf jedem anderen Gebiet hätte der statistische Nachweis allein alle Widersprüche zerstreut. Aber weil es Parapsychologie war, kämpften sie immer noch um den Beweis, daß das Phänomen überhaupt existierte, anstatt es zu belegen und zu studieren und herauszufinden, wie die Welt mit diesem neuen Wissen verändert werden konnte.

Es gab natürlich ein paar Ausnahmen. Der große Rhine. Hoyt Ford in Texas, der zuerst einen Kurs in Parapsychologie für Graduierte in Psychologie gefordert hatte. Und unter jenen, die den Mut hatten, frei heraus zu sprechen, Fords Schüler Lewis Wade Garnock, Professor für Parapsychologie an der Universität von Kalifornien in Berkeley. Und hier war er, arbeitete zusammen mit Garnock an den Beweisen, nach all den Jahren, die er vom Campus fort gewesen war.

Bin ich immer noch ein Skeptiker? Bin ich es selbst, den ich zu überzeugen suche?

»Wie sieht es aus, Cam? Fertig?«

Fenton nickte. »Aber muß ich auf die Couch?«

Garnock grinste schief. »Hört sich an, als sei ich auf meine alten Tage noch zum Freudianer geworden, stimmt's? Es ist nur, weil Sie irgendwann das Bewußtsein verlieren, und dann ist es, offen gestanden, leichter, wenn Sie bereits liegen.«

Fenton zog die Schuhe aus und stieg in das Krankenhausbett. Es schubste das Kissen in die richtige Position, lockerte den Kragen, rollte den rechten Ärmel bis zum Ellenbogen hoch. Er spürte das Druckspray und war dankbar; Injektionsnadeln hatte er immer schon gehaßt.

»In ein paar Minuten werden Sie sich schläfrig fühlen«, sagte

Garnock. »Ich sage denen da draußen, die Karten bereit zu halten.«

Fenton schloß die Augen, kämpfte gegen vage Benommenheit und Desorientierung. Er fragte sich einen Moment lang, ob die Benommenheit echt und körperlich sei oder das Resultat einer Suggestion. Garnock hatte ihm gesagt, daß er mit Schläfrigkeit rechnen müsse. Er mußte das später erwähnen; man könnte es besser kontrollieren, wenn er einer Testperson nicht sagt, was sie erwartet. Nun wurde ihm leicht übel, und er fragte sich einen Moment lang, ob er sich wohl übergeben müsse. In der zunehmenden Benommenheit wurde Garnocks Stimme zum leichten Ärgernis.

»Fertig, ein Spiel durchzugehen, Cam? Alles ist bereit.«

Oh, zum Teufel, warum nicht? Worum geht es hier eigentlich?

Cameron Fenton stieg aus dem Krankenhausbett und ging hinüber zu dem Bildschirm, wo eine Operatorin hinter einem Streifen Sperrholz, der sie vor dem Krankenhausbett abschirmte, die Karten aufdeckte. Er fühlte sich etwas schwindlig; als er stolperte, spürte er, wie seine Hand durch das Sperrholz fuhr. Sonderbarerweise empfand er keine Panik. Er blickte zurück zu dem Bett und sah ohne Überraschung, daß er immer noch dort lag. Der Körper auf dem Bett, reglos, schläfrig, sagte: »Jederzeit, Doc.«

Garnock war mit Papier und Bleistift bewaffnet. Ich bin froh, daß er es leitet, dachte Fenton und blickte zurück zu seinem reglosen Körper. Keiner von uns beiden ist noch in der Lage, mit Papier und Bleistift fertig zu werden.

Keiner von uns beiden? Was bin ich dann? Das Ka, das astrale Double? Es wollte kichern. An solche Theorien hatte er nie geglaubt. Jetzt schien alles wie ein ungeheurer Scherz. War es wirklich ESP, wenn er hier stehen und die Karten hinter dem Schirm sehen konnte, die die rothaarige Marjie Anderson eine nach der anderen aufdeckte?

»Kreis.«

»Kreis«, schrieb Garnock.

»Stern.«

»Stern.«

»Wellenlinie.«

»Wellenlinie.«

Eine nach der anderen legte Marjie die Karten ab, und eine

nach der anderen übertrug Fenton die Information seinem halb bewußtlosen Double auf dem Bett, das ohne Interesse die Worte wiederholte.

Ich sage besser ein paar falsch, sonst wird er mißtrauisch. Komisch, ich habe noch nie zuvor jemanden betrügen wollen. Und dann fühlte sich Fenton verwirrt.

Betrüge ich denn? Oder ist dies das wirkliche ESP? Meine gewöhnlichen Sinne, dieser Körper da drüben auf dem Bett, der kann nichts sehen, daher betrüge ich eigentlich auch nicht. Aber ich stehe hier und beobachte, wie Marjie die Karten aufdeckt, und so betrüge ich doch im gewissen Sinne.

Er sagte etwas in der Richtung, und Garnock gab nüchtern zurück: »Sie wissen also, daß es Marjie ist, nicht wahr? Das ist sehr interessant. Nächste Karte.«

»Viereck.«

»Viereck.«

»Stern.«

»Stern.«

»Kreuz.«

»Kreuz.«

Er ging alle fünfundzwanzig Karten durch. Garnock stand auf und ging um den Schirm herum.

»Nur keine Aufregung«, sagte Fenton, oder besser, sein bewußtloses Double auf dem Bett; Fenton ›selbst‹ stand hinter Marjie. »Ist ein perfekter Durchgang. Konnte gar nichts anderes sein.«

Marjie konnte natürlich nicht hören, was Fenton sagte. Aber Garnocks Miene veränderte sich zum Positiven, als er auf die Liste in Marjies Hand, auf der die Reihenfolge aufgezeichnet war, in der sie die Karten abgelegt hatte, mit seiner Liste verglich. Es war ein perfekter Durchgang . . . und nun wurde es unheimlich! Fenton hörte ihn denken!

»Perfekter Durchgang – mein Gott, wie hat er das gemacht?«

Als Garnock zurückkam, sagte Fenton: »Habe ich doch gesagt!«

Garnock gab sich Mühe, sein Gesicht beherrscht und die Stimme ausdruckslos wirken zu lassen. »Gute Arbeit, Cam. Wollen Sie noch einmal?«

Fenton erwiderte: »Klar. So oft Sie mögen.«

Garnock drückte den Summer, der Marjorie dazu brachte, geduldig wieder die Karten aufzulegen.

»Stern.«
»Stern.«
»Wellenlinie.«
»Wellenlinie.«
Aber dieses Mal war es schwerer. Nicht die Karten zu sehen – er sah sie ebenso deutlich wie zuvor – sondern die Stimme des reglosen Körpers auf dem Bett zu kontrollieren. Ihn überkam ein störendes Gefühl, daß die Welt ringsum dünner wurde und verschwand. Er gab keine Antwort, als Marjie eine Karte aufdeckte und Garnock mahnte: »Fenton? Nächste Karte?«

»Sie denken, ich liege da auf dem Bett«, sagte Fenton und hörte, wie seine Stimme belegter und gedämpfter klang. »Aber in Wirklichkeit stehe ich hier neben Marjie und sehe ihr zu, wie sie die Karten aufdeckt.«

»Interessant«, erwiderte Garnock und kritzelte etwas nieder. »Würden Sie mir vielleicht etwas mehr über dieses Gefühl erzählen, Fenton?«

»Verdammt«, gab er zurück, hörte, wie seine Stimme dünner wurde und erschreckend verschwamm, »versuchen Sie ja nicht Ihre nichtdirektive Psychologie bei mir. Ich bin hier, das sage ich Ihnen doch!«

»Ja, ja, natürlich. Würden Sie den Durchgang bitte beenden, Cam?«

»Was? Wollen Sie beweisen, daß ich nicht noch einen perfekten Durchgang schaffe? Okay. Stern, Kreis, Wellenlinie, Viereck, Kreis, Stern . . .«

»Warten Sie, Cam, das ist zu schnell. Marjie hat gar keine Zeit . . .«

»Sie kann sie anschließend aufdecken. Ich sage Ihnen, wie sie übereinander liegen«, erklärte Fenton, der merkte, daß er durch Marjies Karten hindurchsehen konnte. »Wellenlinie, Stern, Kreis, Wellenlinie, Viereck, Kreuz, Viereck . . .«

Garnock kritzelte panisch, und Fenton hörte ihn wieder denken.

Das ist so einer, wie wir ihn erst einmal hatten . . . komisch, ich hätte gedacht, Fenton gehört zu der Sorte, die überhaupt nicht auf Antaril reagieren . . .

»Wollen Sie noch einen Durchgang probieren, Cam?«

Ehe wir den Kontakt mit ihm verlieren . . .

»Nein«, sagte Fenton. »Macht mir zuviel Mühe, mich zusammenzuhalten.« Der Raum verdünnte sich, doch sein Körper fühlte sich noch beruhigend fest an. Seine Hände umklammerten einander, er konnte seinen Herzschlag hören, das leise, beruhigende Murmeln des Blutes in seinen Adern.

Er wandte sich ab von Marjie und ging durch die Wand in den Gang hinaus. Hinter sich sah er den reglosen Körper auf dem Bett schlaff werden, sah, wie Garnock besorgt neben ihn trat.

»Cam?«

Er wartete nicht darauf, was nun geschah. Er ging hinaus und ließ das Smythe-Gelände hinter sich.

2

Vor der Smythe-Halle fühlte er sich besser. Etwas an der Tatsache, wie der Boden sich unter seinen Füßen auflöste, dünner und grauer wurde, um zu zerbröseln und zu verschwinden, hatte ihn beunruhigt – nein, eigentlich hatte es ihm keine Angst eingejagt. Er glaubte nicht, daß ihm irgend etwas im Moment Angst einjagen konnte; er fühlte sich euphorisch. Aber es hatte ihn ein wenig beunruhigt. Mit beiden Füßen – die sich für ihn fest anfühlten, aber beunruhigend unfest auf jedem künstlichen Boden – mit beiden Beinen wieder auf *Terra Firma,* fühlte er sich viel besser.

Aber ringsum schienen die soliden Ziegelgebäude zu verschwimmen und unwirklich zu werden. Es wäre schon komisch, dachte er, wenn man einfach durch Mauern in die Dwinelle Halle ginge. Aber er wollte es nicht. Die Körper der Studenten waren substanzlos, nicht ganz wirklich, und als er mit seinen unruhigen Bewegungen durch einen hindurchging, konnte er ihn nicht fühlen. Beunruhigend, das war das Wort, es war beunruhigend.

Aber als er gegen einen Baum lief, aus reiner Experimentierfreude, spürte er einen harten, schmerzhaften Schock. Offensichtlich hatte seine neue Welt Gesetze; es war nicht einfach eine Traumwelt, in der alles verschwand, sondern hatte ihre eigenen ernsten Gesetze und Regeln; eines von ihnen lautete, daß künstliche Objekte wie Gebäude keine materielle Existenz besaßen, doch der Boden, über den er ging und Bäume – und Steine, wie er entdeckte, als er mit dem Schienbein gegen einen stieß – waren kompakt und fest.

Aber warum nicht Menschen? Menschen waren doch natürliche Objekte? Das ergab keinen Sinn.

Oder konnte man überhaupt kein rationales Gesetz dem zugestehen, was letztendlich doch nur eine drogenerzeugte Halluzination war?

Er schien sich leicht über den Campus zu bewegen, und die

Füße berührten kaum den Boden. Als er sich umsah, entdeckte er, daß das Smythe-Gebäude schon lange verschwunden war. Er ging in nördlicher Richtung über das Universitätsgelände und bemerkte, daß Wege und Straßen verschwunden waren. Es kam Fenton in den Sinn, daß er aufpassen müsse, wohin er ginge. Wenn er über den gesamten Campus ging, hinaus zum nördlichen Teil und zur Euklid-Avenue, würde er die Straßen nicht sehen und auch keinen Verkehr – aber was, wenn sie ihn sehen konnten und ihn überfuhren?

Nein, offensichtlich würde der Verkehr, wo immer er auch war, ebenso wenig Wirkung auf ihn haben wie der Fahrradständer hinter der Bibliothek, durch den er hindurchgegangen war. Sein physischer Körper lag immer noch im Smythe-Gebäude.

Befinde ich mich einfach in einer anderen Dimension? Er hatte eine Menge über die Theorie der parallelen Dimensionen gelesen. War er auf dem Campus in einer anderen Dimension? Einer Welt, die wie der Campus einer Universität in Kalifornien aussah, aber anderswo stand – oder niemals gebaut worden war?

Unsinn. Das ist ein Traum, eine Halluzination, eingeleitet durch Antaril. Garnock sagte, dies sei eine der bekannten Wirkungen – abnormal deutliche Halluzinationen, über die Sally Lobeck eine Dissertation anfertigen wollte.

Vielleicht mache ich mir besser Notzizen. Er lachte über sich selbst, als er dies sagte – Notizen mit was denn? Er hatte weder Notizbuch noch Stift, und wenn er das hätte, wie würde er es anstellen, wo er doch seinen Körper in dem Smythe-Gebäude zurückgelassen hatte? Und dann fiel ihm etwas anderes ein.

Warum trage ich immer noch Kleider?

Wenn mein Körper noch im Smythe-Gebäude ist, warum sind meine Kleider nicht ebenfalls dort?

Irgendwann – am Anfang seines Psychologiestudiums, das der Spezialisierung in Parapsychologie vorausgegangen war – hatte er sich mit der psychologischen Interpretation von Träumen befaßt und wie sich die Traumwahrnehmung verändert. Er hatte dabei nicht viel Glück gehabt, aber gelernt, wie man einen Alptraum in einen Traum verwandelt. Jetzt beschloß er, die gleiche Taktik anzuwenden, und er ließ seine Kleider abschmelzen, bis er nackt war.

Das beweist es. Ich befinde mich nicht in einer anderen Dimension. Ich träume . . .

Oder? Vielleicht trage ich in einer anderen Dimension das, was immer ich trage oder was in jener Dimension als Kleidung logisch wäre . . .

Aber ihm war kalt. Schnell ließ er die Kleider wieder um sich erstehen und fügte eine dicke Wolljacke hinzu. Sie sah ein bißchen struppig aus, bis er merkte, daß er einfach ›dicke Wolljacke‹ gedacht hatte, und nicht die besondere, die seinem Onkel Stan Cameron in den Sierras gehörte. Er hatte sie bei einer kalten Bergtour an der Nordwand des Mount Shasta geliehen. Sie war rotschwarz kariert, abgenutzt an den Ärmeln und an den Ellbogen geflickt; als er die Hände in die Taschen schob, fühlte er selbst in der Tasche einen sorgfältig eingenähten Flicken.

Es wäre interessant, Onkel Stan zu schreiben und herauszufinden, ob die Wolljacke wirklich in einer Tasche einen Flicken hat. Ich kann mich nicht daran erinnern. Vielleicht hat mein Unbewußtes ein besseres Gedächtnis als ich.

Ich werde ein wenig hungrig. Frage mich, ob ich vielleicht eine Tafel Schokolade in eine der Taschen bekomme.

Aber die Taschen blieben hartnäckig leer. Es gab doch Grenzen für die Gedankenkraft, dachte er, selbst in einem Traum.

Und warum war es so kalt? Er blickte auf, aus dem grauen Himmel begannen Schneeflocken herabzufallen. Schnee? In Berkeley? War er so weit hoch in die Berge gelangt? In den fünfzehn Jahren, in denen er in Berkeley gelebt hatte, hatte er zweimal Schnee gesehen, aber nur auf den höchsten Bergen. Aber nun schneite es ohne Zweifel sehr heftig. Sehr schnell war der Boden mit einer leichten Schneedecke überzogen, die beim Gehen tiefer zu werden schien; er hörte den Schnee leise unter den Sohlen der Stiefel knirschen, die er jetzt erst an sich bemerkte.

Und dann begann er etwas anderes zu hören.

Es hörte sich an wie Schlittenglocken und war sehr weit entfernt, schien irgendwo in der Luft über ihm.

Jetzt brauche ich nur noch den Nikolaus zu sehen, zusammen mit allen achten seiner albernen Rentiere. Nein, verdammt, Nikolaus ist out. Ich weigere mich entschieden, bei einem künstlich hervorgerufenen Halluzinationstraum vom Nikolaus zu träumen.

Die Schlittenglocken klingelten weiter und wurden deutlicher. Jetzt vermischten sie sich mit dem leisen Geräusch von Hufen. Die Luft war so still und klar, daß das Geräusch sogar Echos hervorzurufen schien.

Er stand hoch oben auf einem Bergpaß; unter seinen Füßen befand sich ein kiesiger Weg. Immer noch schneite es. Und den Berg hinauf, auf ihn zu, kam eine lange Karawane Berittener; die Glöckchen, die er gehört hatte, waren kleine Glöckchen an den Pferdezügeln, die durch die klare Luft läuteten und klingelten.

Cameron Fenton wich zurück, bis er von dem Weg abkam, und stellte sich in den Schutz von Bäumen. Vielleicht konnten sie ihn nicht sehen, doch er wollte einen guten Blick auf sie werfen.

Sally Lobeck will bestimmt eine ordentliche Beschreibung für ihre Inhaltsanalyse, dachte er.

Dann hörte er das Singen.

Fenton konnte zuerst keine Worte ausmachen. Es war ein hohes Tirilieren, eher wie Frauenstimmen oder ein Knabenchor, oder, dachte er verwirrt, wie Vogelgezwitscher. Es gab eine Melodie, aber sie war unglaublich polyphonisch und vielschichtig ohne Kontinuität; eine Stimme oder eine Gruppe von Stimmen nahm einen Melodiefetzen auf, dann übernahm ihn eine andere, verzierte das Fragment und schmückte es prächtig aus. All dies vermischte sich mit den Geschirrglöckchen der Pferde. Die ganze Luft war voll davon, und dann, als alles herankam und sich der Felsennische näherte, wo Fenton stand, erhielt er einen deutlichen Blick auf alles, und seine Sicherheit verschwand.

Jetzt, wo er die Sänger besser sehen konnte, war er nicht mehr sicher, ob es Männer waren – oder überhaupt Menschen, und er war sich auch nicht mehr sicher, ob sie Pferde ritten. Auf den ersten Blick hatten sie wie Pferde ausgesehen, wie auch die Reiter aus der Ferne wie Menschen ausgesehen hatten.

Oh, sie hatten schon die richtige Anzahl Köpfe und Glieder und Augen und Ohren und Nasen und so weiter. Sie waren nicht deutlich inhuman wie etwas aus den Science Fiction-Filmen im Fernsehen. Auf der anderen Seite, wenn es Menschen waren, dann gehörten sie zu keiner ihm vertrauten Rasse.

Es war etwas Feineres an ihnen, eine sonderbare rassische Prägung, ein flüchtiger, sonderbarer Zug an Andersheit. Das gleiche war mit den Reittieren; sicher, pferdeähnlich, helle Farben mit rötlichen Mähnen, aber nicht ganz wie Pferde, so wie er sie kannte.

Doch ihm gefiel, wie die . . . Menschen aussahen. Sie waren groß und nach menschlichen Maßstäben viel zu dünn für ihre Größe. Selbst auf dem kalten Bergpaß waren sie nur leicht gekleidet, die nackten braunen Arme dem Wetter ausgesetzt. An den edelsteinbesetzten Gürteln hingen sonderbare Waffen. Die Gesichter waren schmal mit breiter Stirn und dreieckigem Kinn. Sie waren – sonderbar. Nicht menschlich.

Und alle, wenn sie auch wie Männer aussahen, hatten hohe klare Stimmen, gut in der Sopranlage, und ihr Gesang war süß und melodisch. Fenton konnte nicht glauben, daß Menschen, die solche Musik machten, gefährlich werden könnten.

Er fragte sich, ob sie ihn wohl sehen konnten. Er kannte noch nicht alle Regeln dieses Spiels. Und wenn sie ihn sahen, würden sie sich wohl feindlich ihm gegenüber verhalten? Er entschloß sich zur Vorsicht und trat hinter einen Felsen.

Es waren etwa vier oder fünf dieser sonderbaren Männer. Zwischen ihnen ritt jemand in einem langen, pelzigen Umhang – oder war es nur ein rauher Stoff, der wie Pelz aussah? Aus den Falten des Umhangs tauchte eine schmale hellgoldene Hand auf, griff nach den Zügeln, eine unnatürlich schlanke Hand, knochendürr, die dünnen Finger mit edelsteinbesetzten Ringen geschmückt. Als sie näher kamen, schob die Gestalt in der Mitte – jetzt sah er, daß die anderen sie umringten und ehrfürchtig bewachten – die Kapuze zurück, als sei sie zu warm, und Fenton sah langes, frostfahles Haar, gebunden zu geschmückten Zöpfen. Eine Frau des sonderbaren Volkes. Wunderschön.

Schön, wunderschöner als in einem Traum. Zauberhaft, eine Frau des Feenvolkes . . . Spensers Feenkönigin . . . Schönheit, an die man sich aus einem Traum erinnert . . . Fenton dachte mit einem sonderbaren Schmerz in der Kehle, daß die Frau, wie auch die Musiker, aus dem Stoff waren, aus dem die Träume sind.

Musik, die man im Traum hört und beim Erwachen immer noch halb zu hören vermeint, den Tränen nahe, wissend, daß man nie mehr zufrieden sein wird, wenn man nicht diese Musik noch einmal hört . . .

Zauberei. Spuk.

Die Feenkönigin . . . war es das, was er sah? War es ein flüchtiger Blick, den einige Schriftsteller erspähten von dem, was sie später Feenland nannten? . . . Das Vorbeiziehen der Elfenkönigin mit ihrem Elfenvölkchen, die Königin aus Luft und Dunkelheit, Morgan LeFay?

Fenton zwang sich zur Ruhe und fragte sich, ob er einfach in eine Welt Jungscher Archetypen gesprungen war, das kollektive

Unbewußte, wo sich diese Bilder verbargen? Er blickte wieder hoch zu der Frau, die er die Feenkönigin genannt hatte, und sah nun, neben ihr reitend, eine andere Frau.

Und diese Frau war zweifelsohne menschlich. Ebenso wie die erste Frau ein Wesen von Zauberei und Hexenkünsten war, war diese eindeutig eine Frau aus Fleisch und Blut. Auch sie trug einen langen Umhang von tiefem Erdbraun. Ihr Haar war kupferrot und fiel ihr über die Schultern, und die Züge, sonnengebräunt und etwas fehl am Platze zwischen all den kantigen sonderbaren Gesichtern, war rundlich und leicht sommersprossig. Als wolle sie ihrer Menschlichkeit einen Stempel aufdrücken, auf eine Weise, die Fenton begreifen konnte, war sie warm angezogen. Die Frau neben ihr, die Feenkönigin, trug unter ihrem Umhang die dünnste aller leichten Tuniken; ihre langen braunen Arme waren nackt im Schnee, und die nackten Füße steckten in knappen juwelenbesetzten Sandalen. Die Rothaarige trug einen dicken Wollumhang und darunter ein langärmliges, langes Kleid; sie saß rittlings zu Pferde, den Rock hochgebunden, und unter dem Kleid trug sie dicke Beinkleider und schwere Stiefel. Kleid und Umhang waren mit Pelz besetzt und ihre Hände, die fest und muskulös und menschlich aussahen, waren in dicke schwere Handschuhe gehüllt. Ja, sie war richtig menschlich, aber was tat sie bei dieser Gesellschaft?

Fenton konnte ihre Stimme unter all den hohen, fremden Tönen der anderen heraushören; sie sang die gleichen, mitreißenden Silben wie die anderen, von denen er kein Wort verstehen konnte. Nonsenssilben oder eine ihm unbekannte Sprache? Er dachte an die alte Ballade, in der ein Menschenritter in der Mitte seiner Kavalkade von dem Elfenvölkchen davongetragen wird. Diese Frau sah sicher nicht wie eine Gefangene aus; sie lachte und sang mit ihnen und schien absolut zufrieden.

Sie waren also den Menschen gegenüber nicht feindselig eingestellt. Fenton wollte gerade hinter seinem Felsen hervortreten und sich zu erkennen geben, als das Singen und Glöckchengeklingel auf schreckliche Weise unterbrochen wurde.

Zuerst hörte man Hörnerklang, ein rauhes, mißtönendes Klirren, ein schreckliches Dröhnen und Schreien und Kreischen. Und einer der sonderbaren singenden Fremden fiel Fenton fast vor die Füße, der Kopf auf grauenhafte Weise abgeschlagen. Fenton sprang zurück, um nicht von dem Blut bespritzt zu werden, das noch einen Moment aus dem Halsstumpf weiter pulsierte und mit gräßlicher Unvermitteltheit versiegte.

Der Weg war plötzlich voll von umherschwärmenden, verkrüppelten schwarzen Wesen, die brüllten, lange, böse Messer schwangen, die breit waren und so scharf wie Rasiermesser. Fenton wich automatisch zurück in sein Versteck. Diese Schlacht war nicht seine Sache!

Die Angreifer waren verkrüppelt und haarig, mit dicken Kugelköpfen; das war alles, was er zuerst sehen konnte. Und wie sie umherschwärmten! Wie eine Art Insekt . . . der Vergleich drängte sich auf: sie schienen eher zu huschen als zu gehen, als litten sie alle an einer Deformierung, wenn auch Fenton nichts Bestimmtes entdecken konnte. Er konnte nicht sogleich feststellen – sie bewegten sich so rasch – ob sie nackt und behaart waren oder eine Art Fell trugen mit langen groben, struppigen Haaren.

Die berittenen Fremden versuchten, die furchtsamen, hochsteigenden Pferde zu beruhigen. Ein halbes Dutzend hatte sich vor den Frauen aufgestellt, vor der Feenkönigin und der rothaarigen Menschin, und mühte sich, die sonderbaren Waffen von den Gürteln zu lösen. Einer warf sich zwischen die Königin und die umherschwärmenden Angreifer, und ein grünglasiger Dolch begann in seiner Hand mit einem strahlenden Licht zu glühen, doch einer der verkrüppelten Angreifer trat ihm den Dolch aus der Hand und hackte mit einer Machete nach ihm. Er fiel zuckend mit durchbohrtem Herzen nieder. Zugleich rief eines der häßlichen Wesen mit schriller lauter Stimme:

»Das ist Glück, Brüder. Es war Kerridis selbst! Es ist die Lady! Gute Jagd!«

Die Eskorte kämpfte mit einer Kraft, die Fenton hinter seinem Felsen furchterregend fand. Es war hoffnungslos. Es mußten an die hundert der häßlichen dunklen Wesen sein. Einer nach dem anderen versuchten sie verzweifelt, die Frauen abzuschirmen, einige mit den eigenen Körpern, und einer nach dem anderen wurden sie niedergehauen und zu Fetzen zerrissen. Fenton wurde übel vom Blut, den Schmerzschreien in jenen süßen hohen Stimmen, wie bei sterbenden Vögeln, vor allem im Gegensatz zum Schweigen der schwärmenden dunklen Dinger. Der ganze Hang war voll von ihnen.

Die Lady in der Mitte hatte von einem ihrer gemordeten Wachen einen grünglasigen glühenden Dolch aufgefangen. Sie kämpfte stumm und verzweifelt in der Mitte eines Kreises der dunklen Wesen, doch einer stürzte auf sie zu und schlug ihn ihr aus der Hand, und sie wich vor ihnen mit einem entsetzten Ausdruck im Gesicht zurück. Fenton konnte die hübsche Rothaarige nicht sehen. War sie niedergemetzelt worden, zu Stücken zerschlagen wie die Wachen der Lady? Er merkte, wie ihn der Gedanke krank machte; er kämpfte dagegen an . . .

Wenn das ein Traum ist, dann ist es ein schlimmer . . .

Die Frau war umringt von einem Kreis der dunklen Angreifer. Sie wich immer weiter zurück, wurde auf den Berghang zugetrieben, und Fenton sah am Entsetzen auf dem schmalen Gesicht, daß sie Todesangst davor hatte, von ihnen berührt zu werden.

Die haarigen Wesen schlugen sich mit ihren Stahlmacheten den Weg durch die Reste der gefallenen Eskorte. Fenton wurde übel beim Zusehen und fand es schwer zu glauben, was sie taten. Sie schlitzten die lebendigen, immer noch schreienden Pferde auf – und stopften sich das blutige, tropfende Fleisch mit beiden Fäusten in den Mund. Fenton hatte ein Gefühl, als wolle sich sein Innerstes nach außen kehren vor Übelkeit; er beugte sich vor und würgte, und klammerte sich an seinen Felsen und kniff die Augen zusammen.

Oh, Gott, das ist zuviel. Laß mich aufwachen, laß mich sofort aufwachen . . .

Der Ekelkrampf war fürchterlich und verdrehte sein Innerstes; wie konnte er im Traum nur solchen Schmerz empfinden? Aber er übergab sich nicht wirklich. *Wie könnte ich? Mein Körper ist doch überhaupt nicht hier!*

Aber etwas war hier in dieser Dimension, etwas, was Übelkeit und Schmerz empfinden konnte . . . und plötzlich zerbrach seine Lähmung.

Wenn ich wirklich hier in dieser Dimension bin – wenn es kein Traum ist – vielleicht sollte ich versuchen, etwas zu unternehmen . . .

Man hörte das gräßliche Schreien der sterbenden Menschen und der pferdeähnlichen Tiere. Fenton drehte sich um, trat hinter dem Felsen her, kaum bewußt, was er überhaupt tun könne. Wo war die rothaarige Frau? Nach einem Augenblick sah er sie; sie wurde von einem Dutzend der haarigen Wesen festgehalten. Jetzt, wo einige von ihnen so still standen, daß Fenton sie sich genau ansehen konnte, gefielen sie ihm noch weniger. Sie hatten Fangzähne und waren sehr weiß, leichenblaß unter den struppigen dunklen Haaren. Viele von ihnen waren nun blutüberdeckt, hatten die Fangzähne verschmiert, die Hände tropfnaß.

Die Frau, die Fenton für die Königin hielt, war immer noch in dem kleiner werdenden Kreis der ekelhaften Kreaturen gefangen und wich zurück, wie sie auf sie eindrangen. Sie hob eine Machete vom Boden auf – einer ihrer Wachen hatte einen der Angreifer entwaffnen können – ließ sie aber rasch wieder fallen und schüttelte die schmalen Hände, als habe sie sich daran verbrannt, und Fenton dachte wild: Natürlich, in den alten Geschichten steht immer, die Elfen könnten kein kaltes Eisen berühren . . .

Bald würde alles vorbei sein. Aber die Angreifer schienen auf sonderbare Weise ebenso viel Angst vor der Lady zu haben wie sie vor ihnen, da noch keiner wirklich Hand an sie gelegt hatte. Jetzt schoß einer vor und legte eine dicke, knochenweiße Pranke auf ihr Kleid und zerrte sie auf sich zu. Zum ersten Mal schrie sie auf, ein Laut mehr aus Entsetzen und Ekel als vor Schmerz. Sie duckte sich, und plötzlich erkannte Fenton, was sie taten. Sie trieben sie vor sich her, machten sich ihre Berührungsangst zunutze und jagten sie über den Weg. Plötzlich schien sie das zu erkennen und blieb stehen.

Da griff ein halbes Dutzend der Wesen nach ihr. Sie schrie wieder auf bei der Berührung, vor Schmerz und Entsetzen, und einer zerrte an ihrer Hand, und Fenton sah, wie die feinen Finger dunkel wurden, als habe sie die Berührung verbrannt. Sie zerrten und schleppten sie auf einen dunklen Höhleneingang zu und ignorierten ihre Schmerzensschreie.

Hinter ihr hatte sich die Rothaarige freigerissen und kämpfte mit ihrer Machete, die sie ohne Schwierigkeiten oder Schmerzen hielt; sie kämpfte wie wahnsinnig, schwang das Messer in weiten Bögen, stach auf die dicken Kreaturen ein und trieb sie zurück. Aber es waren einfach zu viele. Ein letzter Angriff, und sie schlugen ihr die Machete aus der Hand und stürmten über sie, bis sie zu Boden fiel. Ihr Schmerzschrei war verzweifelt menschlich und ließ in Fenton Wut und Entschlußkraft aufschäumen; er sprang hervor und rannte auf sie zu, nicht wissend, ob sie ihn überhaupt sehen konnten, nicht einmal sicher, ob er sie würde berühren können. Aber es war zu spät. Sie schleppten die rothaarige Frau fort, umklammerten ihre Beine und Füße – keiner von ihnen war größer als ein Meter – und schleppten sie, unter den

Wesen verdeckt, auf die Höhle zu. Sie schoben sie hindurch, während sie kämpfte und schrie; dann versetzte ihr einer einen schrecklichen Schlag mit dem Machetegriff gegen die Schläfe. Ihr Kopf fiel schlaff herab; sie hoben sie auf, unehrerbietig, ein Dutzend oder so, und trugen sie wie ein Holzscheit über den Köpfen, schleppten den bewußtlosen oder toten Körper in die Höhle hinein.

Fenton konnte später niemals erklären, was er als nächstes tat. Vielleicht schämte er sich auf einer tieferen Ebene, so passiv dabei zu stehen, während die gesamte Eskorte, Menschen und Tiere, zu Fetzen zerschlagen oder gar bei lebendigem Leibe verzehrt wurde. Vielleicht glaubte er immer noch halb, es sei ein Traum, daß er gegenüber den Gesetzen dieser Welt immun sei. Wenn es schließlich ein Traum war, dann spielte es keine Rolle, was er tat, sondern er wollte nur wissen, was als nächstes geschehen würde.

Was immer der Grund war, Fenton hatte keine Zeit, sich zu überlegen, was er dann tat. Er tat es einfach automatisch, fast ohne einen Gedanken. Viele der haarigen Wesen waren in einer der Höhlen verschwunden; die sterbenden, blutigen Überreste der Eskorte lagen noch über dem Weg verstreut. Fenton bückte sich und hob einen der grünglühenden Dolche auf. Sie lagen da, als hätten die Haarigen Angst gehabt, sie zu berühren; er erinnerte sich, wie sie den grünen Dolch aus der Hand der Frau gekickt hatten, war sicher, sie hatten wirklich Angst, sie zu berühren. Fenton schloß die Hand um den Schaft. Der Dolch fühlte sich fest und wirklich an; er hatte fast Angst gehabt, seine Hand würde hindurchfahren. Aber er schien wirklich in dieser Dimension zu sein, wie auch die Bäume und Felsen wirklich waren.

Fenton umschloß fest den grünen Glühdolch und rannte auf den Höhleneingang zu.

3

Drinnen blieb er stehen. Das mußte er. Er konnte im wahrsten Sinne des Wortes nicht die Hand vor Augen sehen. Es war schwarz drinnen, schwärzer als Schwärze . . . samtschwarz, unsichtbar, blind, wie die Dunkelheit des interstellaren Raumes ohne Sterne. Und kalt. Eiskalt und frostig unter einem kalten Luftzug, der direkt aus den Tiefen einer eisnordischen Höhle zu stammen schien. Er stieß gegen einen Felsen, beugte sich über sein verletztes Knie und stöhnte auf. Denn auch der Felsen war kalt, so kalt wie der Pumpenschwengel an einem frostigen Morgen in Minnesota, wenn nasse Finger kleben blieben, und man ein Stück Haut mit abriß, wenn man sie lösen wollte. Er lehnte sich gegen die Wand und spürte, daß sie alle Wärme aus seinen Kleidern aus dem Mark seiner Knochen heraussaugen und ihn als kaltes, nacktes Skelett in der Kälte eines luftlosen Mondes zurücklassen würde. Er schlang die Arme um den Körper, aber es nützte nichts.

Im ersten schmerzerfüllten Schock, als er gegen den Felsen gerannt war, hatte er den Glühdolch fallen gelassen. Jetzt konnte er schwach den hellen Umriß erkennen. Er streckte die Hand aus und nahm ihn wieder hoch. Zu seinem Erstaunen fühlte er sich warm an; er umschloß ihn, spürte die Wärme; wie ein lebendiges Ding zwischen seinen erstarrten Fingern, brachte er langsam wieder den Begriff Wärme in sein persönliches Universum. Ihm war nicht warm, nein. Aber er konnte daran glauben und es sich vorstellen, wie es war, warm zu sein. Der Dolch strömte ein schwach grünliches Licht aus, das allmählich, als seine Hände wärmer wurden, stärker glühte.

Offensichtlich wird er durch das Halten mit etwas aufgeladen, das ihn zum Glühen bringt.

Das warf ihn ein wenig zurück. Er dachte an eine der Regeln in dieser sonderbaren Welt, und die war, daß sein Körper eigentlich nicht hier war. Aber wenn ich vollständig ohne Körper wäre, könnte ich dann so frieren? In der Glühwaffe war genügend Energie geblieben, daß das Halten allein sie aufleuchten und vor Wärme strahlen ließ. Der Griff war jetzt heiß, nicht unangenehm, aber so heiß, daß seine Hände nicht mehr vor Kälte starr waren. Und als er daran dachte, wie er sich in die rot-schwarz-karierte Wolljacke gedacht hatte, beschloß er: Wenn das einmal funktionierte, dann würde es auch wieder funktionieren. Langsam konzentrierte er sich, den glühenden Dolch zwischen den Händen, und ihm gelang, die rot-schwarz-karierte Wolljacke in den Daunenparka zu verwandeln, den er bei der Bergexpedition in der Sierra getragen hatte. Er erinnerte sich an das Etikett – daß es den Träger sicher und warm halten würde bei Temperaturen bis zu sechzig Grad minus.

So ungefähr war es hier wohl.

Und das machte ihn ruckartig wach. Er war sicher nicht mehr auf dem Campus in Berkeley, auch nicht in den Bergen oberhalb Berkeleys, wo es nicht solche Höhlen gab wie diese. Die nächsten Höhlen, von denen er wußte, lagen mehrere hundert Meilen nördlich in Richtung Redding, in der Nähe des Shasta-Dammes.

So war es nicht einfach eine andere Dimension des Berkeley-Campus.

Er konnte jetzt unter dem zunehmenden Schein des Dolches seine Hände sehen sowie die Höhlenwände. Die Wände ragten dicht neben ihm auf und waren mit einer haarigen Eisschicht bedeckt.

Und jetzt, wo er sehen konnte und nicht mehr durch die Kälte gelähmt war, fiel ihm mit einem Schock ein, daß er aus einem bestimmten Grund hierhergekommen war – um zu sehen, ob sie die Rothaarige und die gefangene Kerridis hierhergebracht hatten, diejenige, die er für die Feenkönigin hielt.

Hinter ihm konnte er verschwommen und in weiter Ferne – weiter als er sich erinnern konnte – den Eingang sehen, und er schien zurückzuweichen, wenn sich auch Fenton keiner Bewegung bewußt war. War das auch eine der hiesigen Regeln oder die Regel eines Traums – daß man nicht an einem Ort verweilen konnte? Er war sich nicht sicher, aber er bewegte sich deutlich weiter in die Höhle hinein. Wenn er hinauswollte, solange er noch Tageslicht erkennen konnte – es schien immer kleiner zu werden und immer verschwommener, noch während er hinsah –

dann sollte er sich wohl umdrehen und auf den Eingang zugehen, solange er überhaupt noch sichtbar war.

Unentschieden verharrte er. Ihm war jetzt warm genug in dem Daunenparka und mit der grünen Dolchflamme, die seine Finger wärmte. Aber was würde er tun, wenn er die Frau und Kerridis wirklich fand?

Als er sich gerade umdrehen und zurückgehen wollte, hörte er eine Frau schreien.

Da entschied er sich. Er umklammerte den Dolch fest mit beiden Händen, kehrte dem Eingang den Rücken zu und rannte über den Felsenweg tiefer in die Höhle hinein.

Dieses Mal paßte er besser auf, so daß er nicht wieder gegen einen Felsvorsprung stieß, wovon sein Knie immer noch schmerzte. Der Weg ging steil nach unten, und bald mußte er langsamer gehen und eine Reihe Stufen hinabstolpern. Hinter einer Biegung sah er bald den rauchigen Schein von Fackeln unter sich, hörte Gellen und Schreien und das dumpfe Dröhnen jener häßlichen Hörner. Und da wandte sich Fenton fast wieder um und wollte zum Eingang zurückrennen.

Würde ihm wieder übel werden, wenn er jenen – jenen Dingern zusah, wie sie das Mädchen aufschlitzten und sie bei lebendigem Leibe fraßen? Das wollte er sich auf keinen Fall ansehen. Aber was konnte er tun, sie davon abzuhalten?

Wenn dies ein Traum ist, dann habe ich eine schlimmere, morbidere Phantasie, als ich jemals für möglich gehalten habe.

Nein, was immer dies hier ist, ein Traum ist es nicht. Ich weiß genug über die Psychologie von Träumen, um das zu erkennen. Man befragt in Träumen nicht seine eigene Phantasie. Wenn man erst einmal nicht mehr akzeptiert, was geschieht, oder versucht, es an der Realität zu überprüfen, wacht man auf. Das liegt hinter dem alten Klischee: ›Kneif mich, ob ich träume‹. Wenn man wirklich die Realität im Traum befragt, geht der Traum entweder vorbei oder verändert sich.

Es ist also kein Traum.

Doch das Zusammenspiel war offensichtlich. *Wenn es kein Traum ist, könnten jene Wesen den gleichen Trick mit Aufschlitzen und Auffressen auch mit dir anstellen. Daher mache ich mich besser hier fort.*

Er drehte sich um und wollte zurück zum Ausgang.

Unvermittelt schwand das grüne Glühen des Dolches in seiner Hand und verlöschte. Fenton war allein in der blinden, schrecklichen Dunkelheit der unterirdischen Höhle mit nur dem rauchigen

Schein irgendwo hinter sich. Panik ergriff ihn. Er würde niemals seinen Weg hinaus finden, auf ewig durch diese Höhlen wandern, bis er starb . . .

Langsam und unentschlossen drehte er sich um und versuchte, sich zu orientieren, wo ihn das Licht des Dolches verlassen hatte. Und als er erneut den Fuß auf die felsigen Stufen nach unten setzte, merkte er, daß der Dolch in seinen Händen wieder zu glühen begann. Sehr schwach, aber es war wenigstens etwas.

Versuchsweise tat er einen Schritt nach oben auf den schwindenden Fleck Tageslicht zu.

Das Licht verlöschte.

Es will, daß ich hinabgehe . . .

Das war natürlich lächerlich.

Oder gehörte es zu den Regeln dieser unbekannten Welt? Jedenfalls merkte Fenton, daß er keine andere Wahl hatte. Ohne die Wärme und das Licht des Dolches würde er allein durch die kalte Dunkelheit wandern, bis er starb – oder, dachte er in einem Fragment erstaunten Doppelbewußtseins, bis die Droge abgebaut ist und ich wieder zurück in meinem Körper bin.

Wenn er sich aber den unbekannten Regeln dieser Welt fügte, und dem, was der Flammendolch von ihm wollte, hätte er Licht und auf gewisse Weise auch Wärme.

Ein Angebot, das ich nicht zurückweisen kann!

Er ging die Treppe hinab auf das ferne Fackellicht zu, und der Dolch in seiner Hand glühte und wärmte sich in seiner Hand auf. Beim Hinabstolpern schien er noch wärmer zu werden. War es nur die Hitze der grünen Flamme in seinen Händen? Nein, auch die Höhlenwände schienen weniger frostig, und hier waren sie nicht mit Rauhreif überzogen, sondern behauen und mit Mustern verziert, die Fenton eigentlich nicht sehen wollte; jenseits seines Bewußtseins nahm er undeutlich wahr, daß sie über alle Vorstellung grob waren. Nun, wenn diese haarigen kleinen Wesen sie gefertigt hatten, war das keine Überraschung.

Unvermittelt kam er zum Stillstand, wie, wenn man unvermutet am Fuß einer Treppe ankommt und mehr Stufen erwartet hat, und fand sich in einer großen offenen Höhle.

Sie war leer und kahl, aber der Boden glatt und sogar poliert. Über ihm hing an einer Art Metallkette eine Laterne mit einem Feuer, das einen schwachen Schein warf und flackerte, wobei unheimliche Schatten über die Wände tanzten. Fenton sah nach seinem eigenen Schatten, merkte aber ohne große Überraschung, daß er keinen hatte.

Natürlich nicht. In dieser Dimension bin ich nur teilweise real. Ich bin hier, ich spüre Kälte und Schmerz und Angst . . . aber ich habe keinen Schatten, und ich wette einen Golddollar, wenn sie sowas hier haben, was sie wahrscheinlich nicht tun, daß ich, träfe ich auf einen Spiegel, auch kein Spiegelbild haben würde. Diese alten Geschichten müssen ja irgendwo herstammen.

Unentschieden blieb er stehen. Wo war die Frau, die geschrien hatte? War es das Mädchen oder die Feenkönigin gewesen? Da begann der Dolch in seiner Hand zu pulsieren und zu flackern, als sei er im Begriff, wieder zu verlöschen.

Reagiert er auf meinen Willen? Das ist doch lächerlich!

Ringsum in der großen Höhle gab es starrende Öffnungen und Ausgänge, die auftauchten oder verschwanden unter den Schatten, die im Schein der Laterne darüber hinwegtanzten. Die haarigen Bestien konnten das Mädchen und die Frau überall hin geschleppt haben.

Komm, Mädchen, schrei noch einmal. Ich möchte nicht, daß man dir wehtut, aber ich kann dich nicht finden, wenn du keinen Laut von dir gibst.

Aber man hörte nur die fernen Geräusche, was wieder die Hörner sein konnten oder Echos oder Fentons Phantasie. Er hatte keinerlei Orientierung; es hätte aus allen Höhlenmündungen stammen können.

Eine flüchtige Bewegung im Augenwinkel fing seinen Blick auf, und er sah zwei der häßlichen behaarten Monster die Höhlenwand entlang gleiten. Er wich in die Schatten zurück und wollte zunächst den Dolch verbergen, damit er nicht ihre Aufmerksamkeit auffing. Aber sie hoben die Köpfe und sahen ihn. Er wappnete sich vor dem Angriff, ohne große Hoffnung.

Er war nicht darauf vorbereitet, was als nächstes geschah. Die häßlichen Zwerge gellten und bedeckten die Augen vor Schmerz, und dann schossen sie blindlings in den nächsten Höhlengang und verschwanden.

Sie hatten also Angst vor dieser Waffe. Sie hielt sie nicht auf, wenn sie zu Hunderten einer Eskorte von einem halben Dutzend gegenüberstanden. Aber zwei würden nicht einem Menschen mit einem Flammendolch entgegentreten. Sie kehrten um und liefen davon.

Das gab ihm zum ersten Mal wieder Zuversicht, seit er sich in dieser Welt gefunden hatte. Waren sie zurückgerannt zu ihren ekelhaften Brüdern, die die entführten Frauen quälten? Darauf konnte er sich nicht verlassen. Er mußte ein kleines System entwickeln. Jetzt, da er wußte, daß er sich auf den grünen Flammendolch verlassen konnte, wie begrenzt der Schutz auch war, hatte er nicht mehr zuviel Angst, um klar denken zu können.

Langsam umschritt er die riesige Höhle; bei jedem Ausgang blieb er stehen und lauschte.

Die ersten beiden waren dunkel und still, ohne einen Lichtschimmer oder einen Laut aus den Tiefen. Aus dem dritten hörte er ein dumpfes Dröhnen, wie ferne Feuer, und sah einen rötlichen Schimmer. Waren es vulkanische Tiefen unter den Höhlen? In dem Schimmer lag etwas Bedrohliches. Fenton wollte nichts damit zu tun haben.

Er hatte ein wenig Angst, daß der grüne Flammendolch, wenn er umkehrte, wieder den Ausgehtrick spielen würde, doch das geschah nicht. Er dachte, daß auch der Flammendolch nichts mit dem vulkanischen Glühen zu tun haben wollte.

Er lauschte bei zwei weiteren Tunnelöffnungen, ehe er ferne, schwache Laute hörte, die Schreie oder Rufe sein konnten, sowie den fernen Hörnerklang und Gebrabbel. Fenton blieb nicht stehen, um herauszufinden, ob er immer noch Angst hatte; unvermittelt stürzte er sich in den dunklen Tunnel, ehe er Zeit hatte, die Nerven zu verlieren.

Als er hinabrannte, merkte er, daß es deutlich wärmer wurde. Die fernen Schreie und das Gebrabbel wurden lauter. Er stolperte über die eine oder andere ungesehene Stufe, doch der Tunnel war ansonsten überwiegend eben, und er konnte ihn deutlich unter dem stärker werdenden Schein des Dolches sehen. Die lauten Rufe näherten sich einem Höhepunkt. Fenton hörte einen erstickten Schrei und wußte, daß er zumindest eines der Opfer gefunden hatte.

Es war die Feenkönigin. Kerridis. Sie stand in einem Kreis der kleinen Monster, und sie schoben und trieben sie auf eine Nische in der Wand zu. Sie wich weiter vor ihnen zurück, wollte nicht berühren oder von den häßlichen Wesen berührt werden; sie wußten offensichtlich von ihrer Angst und versuchten gezielt, nach ihr zu greifen, sie in die Hände zu kneifen und mit den langen klauengleichen Fingern zu kratzen. Fenton fragte sich, ob das Licht von dem Flammendolch sie wohl fortscheuchen würde, wenn er auf sie zustürzte, wenigstens für einen Moment; aber ehe er dazu kam, sah er einen großen Mann zwischen die häßlichen Monster treten.

Ein Mann. Ein echter Mann wie Fenton, und nicht einer von Kerridis unbekannter Rasse. Er war groß und dunkel und muskulös; er trug lange Beinkleider, hohe Stiefel mit Metallspitzen, ein langärmeliges Jackett und einen rauhen wollenen Umhang, dessen Farbe man in dem flackernden Licht einer Deckenlampe nicht recht erkennen konnte.

Der Mann schritt zwischen den behaarten Wesen her, und sie wichen zurück, verebbten wie eine Welle. Fenton sah die Erleichterung auf dem Gesicht Kerridis, als sich die Zwergenwesen von ihr entfernten. Dann sprach der Mann, und der Schreck drängte sich wieder in ihre Züge.

»Kerridis«, sagte der Mann. »Komm mit mir. Es gibt keinen Grund, dich so zu quälen. Gib mir deine Hand.«

Einen Augenblick streckte Kerridis, fast automatisch, die Hand aus, doch dann, ehe der Mann sie berühren konnte, wich sie zurück, das Gesicht verzerrt vor Ekel. Der Mann zuckte die Achseln. Seine Stimme klang gleichgültig, aber Fenton spürte, daß er wütend und verletzt war.

»Wie du willst«, sagte er. »Ich habe sowieso keinen deiner Heilsteine. Aber denk daran, Kerridis, es war nicht mein Wille, daß man dich quälte. Ich habe strikten Befehl gegeben, dir nichts zuleide zu tun.«

»Hast du auch nicht den Befehl gegeben, meine treuen Männer zu ermorden?«

»Sie bedeuten mir nichts«, sagte er mit harter Stimme. »Du weißt, zwischen uns herrscht Krieg, Kerridis. Und das liegt an dir, nicht an mir.«

Sie wandte ihm den Rücken zu; er streckte die Hand aus und umklammerte ihre Schulter, drehte sie herum und zwang sie, ihn anzusehen.

»Komm mit mir, und dir wird nichts geschehen.«

Wütend schleuderte sie seine Hand von sich. Er sagte: »Wenn du das vorziehst, dann rufe ich sie, und sie bringen dich schon dazu. Ich hätte es lieber, dir die Wahl zu lassen. Aber ich bin dir keine Höflichkeit schuldig. Soll ich dich also ihnen überlassen?«

Kerridis Gesicht fiel zusammen und schien sich aufzulösen. Sie bedeckte es mit den schmalen Händen. Es schien Fenton, daß sie hinter den Fingern weinte. Dann hob sie den Kopf, arrogant, tränenlos, und folgte dem Mann.

Fenton ging in den Schatten leise hinter ihnen her, verbarg den Flammendolch in den Falten seines Parkas. Er erwartete fast, da dieser Parka nur aus Stoff war, daß der Dolch hindurchglühen würde, aber das geschah nicht. Kerridis und der Mann im Umhang gingen durch mehrere verlassene Höhlen; am anderen Ende der letzten sah Fenton wieder das rote Feuerglühen, und sein Innerstes krampfte sich in sonderbarer Furcht zusammen. Als der Unbekannte hinter die zurückweichende Kerridis trat, konnte Fenton deutlich seinen Schatten sehen, riesig und verzerrt auf der Höhlenwand. So war es keine allgemeine Regel in dieser Welt, daß die Menschen keine Schatten warfen. Fenton warf keinen, aber der Grund war, daß er nicht eigentlich hier war oder zumindest nicht sein Körper.

Weitere der häßlichen Zwerge schwärmten aus den Tunnelöffnungen in die Höhle. Sie umringten Kerridis und riefen ihr mit ihren dumpfen Stimmen etwas zu. Und da zerbrach der Hochmut der Frau. Sie wich zurück gegen die Felsenwand, als habe sie brennende Kälte verletzt, und versuchte, eine Falte ihres zerfetzten Umhangs zwischen sich und dem Stein zu halten. Der Mann im Umhang sprach mehrere Male ihren richtigen Namen mit besänftigender Stimme.

»Kerridis, Kerridis, hör mir zu. Lady, ich werde ihnen nicht erlauben, dir wehzutun. Du weißt, was ich will, aber es wird dir nichts geschehen. In schlichter Gerechtigkeit . . .«

»Gerechtigkeit?« Kerridis wandte sich ihm zu, und das Gesicht verriet, daß sie kurz vor dem Zusammenbruch stand. »Du redest von Gerechtigkeit?« Ihre Stimme klang sehr hoch und klar und melodisch, selbst wenn sie vor Schreck und Wut verzerrt war.

»Gerechtigkeit! Und ich werde sie bekommen. Aber ich schwöre, du kannst mir vertrauen . . .«

»Vertrauen! Es gab eine Zeit, als ich dir traute. Niemals wieder!« Sie spuckte ihm die Worte entgegen und wandte das Gesicht ab.

Er sah sie wütend und stirnrunzelnd an. »Ziehst du meine Freunde vor?« Er machte eine Handbewegung auf die murrenden Zwerge zu, die weiter in die Höhle schwärmten.

»Ja«, sagte Kerridis mit geballten Händen. »Sie sind grausam, weil es in ihrer Natur liegt! Du aber . . .!« Sie hob die Hand, um den Mann zu schlagen, aber er erkannte ihr Vorhaben und wich zurück. Er umklammerte ihr Handgelenk und drehte es grausam herum. Kerridis biß sich auf die Lippe, aber sie schrie nicht auf, als der Mann sie in einen Nebentunnel im Felsen stieß. Hinter ihr warf er eine Eisengittertür zu. Eines der haarigen Wesen verriegelte sie. Dann machte der Mann eine Handbewegung zu den häßlichen Schwärmern, und sie folgten ihm, ergossen sich in den Tunnel und verschwanden.

Fenton stand in den Schatten verborgen, bis sie verschwunden waren. Kerridis stand hinter dem Gitter. Sie streckte versuchsweise die Hand aus und berührte es, zuckte aber zurück, als habe sie sich verbrannt. Sie sah ihre Finger an, und Fenton erkannte, daß die zarten Knöchel geschwärzt und verbrannt aussahen. Sie starrte sie entsetzt an und sank dann nieder, als hätten sie die letzten Reste von Kraft verlassen, und bedeckte das Gesicht mit den Händen.

Fenton beobachtete sie, besorgt, angerührt von ihrer Schönheit. So wenig menschlich sie auch war, war sie doch eine Frau und wunderschön, ein Lebewesen in Schmerz und Qual, und sie weinte vor Schmerzen. Ihm schien sie wie etwas, was er schon einmal in Träumen gesehen hatte, keine Frau, die man begehrt; nicht liebt, wie ein Mann eine Frau liebt, sondern mit Ehrfurcht behandelt und sogar anbetet, und niemals mit einer groben Hand oder auch nur einem groben Gedanken berührt. Die Feenkönigin . . .

Er begann, auf ihr Gefängnis zuzugehen, zögerte jedoch. Vielleicht würde sie vor ihm zurückweichen und wütend die angebotene Hand zurückweisen – wenn auch Cameron Fenton keine Ahnung hatte, was er zu ihrer Hilfe tun konnte.

Aber er wußte, er mußte es versuchen.

Und wo war die rothaarige Frau? Er war sich jetzt sicher, daß er sie schreien gehört hatte. Kerridis – das hatte er erkannt – gehörte nicht zu der Sorte, die schrie, wenn er auch immer noch sehen konnte, wie ihre Hand von einem der Zwergenwesen geschwärzt worden war. Sie hatte eine Falte des zerrissenen Kleides darum gewunden. Es mußte schrecklich wehgetan haben.

Langsam ging Fenton auf sie zu, und der Flammendolch glühte in seiner Hand.

Er fragte sich plötzlich, ob seine Stimme in dieser Dimension überhaupt hörbar sein würde. Sie schien ihm in der Kehle zu kleben. Selbst in diesem unwürdigen Zustand, zusammengekauert auf einer Falte des Umhangs, damit sie nicht mit dem eiskalten Stein in Berührung kam, war die Frau noch so ehrfurchtsheischend, daß er nicht einfach ›Kerridis‹ sagen konnte wie der gestiefelte Mann. Der Mann hatte es – so schien es Fenton – aus bewußter Respektlosigkeit getan. Fenton räusperte sich und machte ein leises Geräusch; zu seiner Erleichterung hörte es die Frau. Sie schob das lange, helle Haar aus dem Gesicht, hob den Kopf ein wenig und sah ihn direkt an.

Einen Moment fragte sich Fenton, ob sie ihn sehen konnte, denn die Augen schienen fast zu groß für das Gesicht; aber dann zentrierten sich die großen Pupillen – sie waren golden, wie er erstaunt bemerkte, mit einem sonderbaren inneren Schein wie bei einer Katze in der Nacht – auf ihn. Mit einem leisen furchtsamen Zurückzucken mühte sie sich auf die Füße und wich zurück bis gegen die Steinwand ihrer Zelle.

Fenton sagte unbeholfen: »Mylady . . .« Es schien überhaupt nicht sonderbar, sie so anzureden; es hörte sich an wie das natürlichste in der Welt. »Mylady, ich tue Euch nichts.«

Sie sah ihn, und er erkannte, wie die Furcht langsam ihre Züge verließ. Nach einem Moment sagte sie: »Jetzt kann ich sehen, daß du nicht Pentarn bist, wenn du ihm auch ähnlich siehst. Aber keiner von euch, die mir etwas zuleide wollen, würde ein Vrillschwert tragen.« Sie deutete auf den grünglühenden Flammendolch in seiner Hand. »Und deine Stimme ist nicht wie Fentons Stimme. Wie bist du hierhergekommen?«

»Ich habe den Überfall gesehen – ich bin Euch gefolgt. Kann ich . . . kann ich irgendwas tun, Euch zu helfen?«

Sie machte eine Geste auf den Tunneleingang und das Metallgitter zu. »Du bist einer . . . einer von Pentarns Rasse. Du kannst das berühren. Kannst du die Tür öffnen? Sie brauchen keine Schlösser, unsere Leute einzusperren – wenn ich es berührte, würde sich meine Hand in Rauch auflösen. Und wie du sehen kannst . . .« Mit einem bewegten Lächeln streckte sie ihm die geschwärzten Finger entgegen.

Fenton streckte die Hand aus und öffnete die Tür.

Und seine Hand ging hindurch.

Natürlich. Ist ein von Menschen gefertigtes Objekt – wenn jene Wesen

Menschen sind, was ich bezweifle. Jedenfalls ist es ein Artefakt, kein natürliches Objekt wie Bäume oder Felsen. Und es ist für mich nicht existent.

Aber wie kann ich diesen Flammendolch halten?

»Es tut mir leid, Mylady. Ich kann die Tür nicht einmal berühren, geschweige denn sie öffnen. Ich kann durch sie hindurchgehen . . .« Er demonstrierte es. »Aber das hilft nichts, fürchte ich. Es tut mir leid – ich würde Euch helfen, wenn ich könnte.«

Sie lächelte. Selbst mit dem vor Angst und Weinen verzerrten Gesicht war sie schön; ihr Lächeln war die reinste Verzauberung. In diesem Augenblick verstand Fenton die alten Märchen, wie Männer von Feen verzaubert wurden. Und sie lachte. Inmitten von Gefahren und Schrecken lachte sie, und es klang wie der reinste Klang von Zauberei. Fenton stand in dem metallenen Türrahmen. Sie sagte: »Dann gehörst du gar nicht zu Pentarns Rasse?«

Er schüttelte den Kopf. »Wer immer Pentarn sein mag, ich gehöre nicht dazu.«

»Nein, natürlich nicht«, sagte sie. »Ich sehe, du wirfst keinen Schatten; du bist kein Weltenwanderer, sondern ein ›Zwischenmensch‹. Laß mich das Vrillschwert halten.« Sie streckte die Hand nach dem grün glühenden Dolch aus.

Fenton gab ihn ihr zwischen die Finger. Sie fühlten sich substanzlos wie Nebel an, aber, wie er halb erwartet hatte, konnte er sie fühlen; er fuhr nicht durch sie hindurch wie durch das Metallgitter. Sie legte die verbrannten Finger an das Glühen des Dolches, und der grüne Schein schien durch die Finger hindurch zu dringen; die Schmerzfalten auf ihrem Gesicht schienen sich zu verflüchtigen. Sie seufzte tief und zitternd, was Fenton entsetzte, weil es so unterdrückt klang. »Es ist kein Heilstein, aber es hilft«, sagte sie, und ihre Stimme zitterte ein wenig. »Vielleicht kann ich mich jetzt, wo die Schmerzen nachlassen, ein wenig anständiger anziehen . . .«

Langsam ließ sie den Dolch an den Löchern ihres Kleides entlanggleiten. Fenton dachte schon, er würde sie durch reine Gedankenkraft wieder zusammenschmelzen, wie er sein leichtes Hemd in eine rotschwarz-karierte Wolljacke verwandelt hatte, später dann in den Daunenparka, aber das war nicht der Fall. Er sah genauer hin, und langsam, langsam, als sie den Flammendolch über die Risse hielt, begannen die zerrissenen Fäden sich zu bewegen, krochen aufeinander zu, schienen sich neu miteinander zu verweben, sich irgendwo zu verbinden.

Fenton platzte heraus: »Wie habt Ihr das gemacht?«

Sie entgegnete gleichgültig: »Wenn so etwas hier – ein Umhang oder ein Kleid – einmal eine Form erhalten hat, bleibt die Form erhalten. Es kann durch solche wie die *Irighi* zerrissen werden . . .« So hörte es sich zumindest an. »Solche Wunden heilen nicht, denn sie bestehen aus der gleichen Substanz wie diese Gitter . . .« Sie machte eine kurze Handbewegung zu dem Eisengitter hin. »Eine Wunde in unseren Stoffen und auch in unserer Haut braucht zuviel Heilkraft sogar für ein Vrill. Doch das Vrill kann ein wenig die Wärme und das Brennen nehmen, und ich kann meinen Kleidern wieder ihre ursprüngliche Gestalt geben.«

Absolut klar, dachte Fenton verwirrt. Und er begriff kein Wort von dem, was sie sagte. Er wußte nur, daß ihr Umhang, wenn er auch zerfetzt und zerrissen aussah, wieder zusammengewirkt war und sie wärmte, auch ihre Tunika war ganz. Sie schlang den Umhang um sich, um die nackten Glieder vor dem Stein zu schützen. »Fremder Zwischenmensch, ich danke für diese Hilfe. Sag mir nur noch eines: Wurden alle meine Leute getötet?«

Fenton senkte den Kopf. »Ich fürchte ja . . .« Er zögerte, aber sie schien seine Gedanken zu lesen.

»Ich weiß, wie die Eisenwesen diejenigen behandeln, die sie von unserem Volk rauben«, sagte sie traurig. »Und euch auch zuweilen. Hast du gesehen, was aus meiner Begleiterin Irielle wurde? Sie ist eine von euch, mit Haaren wie ein Laternenlicht . . .«

Fenton merkte mit einem Schock, daß er nicht mehr an die Rothaarige gedacht hatte in seiner Verzauberung, als er Kerridis' Stimme lauschte.

»Lady, ich habe sie schreien hören, aber ich sah, wie sie unverletzt – und unverwundet fortgetragen wurde.«

»Du mußt diese Höhlen sofort verlassen«, sagte sie. »Du bist ein Zwischenmensch, und es ist nicht sicher, wenn du zu lange unter der Erde bleibst. Sie werden dich finden, wenn sie zu mir kommen. Geh zurück . . .« Sie zögerte, dann gab sie ihm bedauernd den Vrill zurück, den grünen Flammendolch.

»Es zerreißt mir das Herz, mich davon zu trennen«, sagte sie. »Aber du brauchst ihn, um deinen Weg aus diesen Höhlen herauszufinden; ohne Licht könntest du auf immer hier umherwandern und gefangen sein, wenn du in deine Welt zurückkehren müßtest. Es wäre nicht so gefährlich, wenn du ein echter Weltenwanderer wärest, aber ein Zwischenmensch kann gefangen werden . . .«

»Lady, nehmt ihn. Ihr könnt ihn benutzen, sie fortzuscheuchen. Sie haben Angst davor. Ich habe es gesehen. Sie sahen, daß ich ihn trug . . .« Fenton fügte hinzu: »Er wäre mir von wenig Nutzen. Jedesmal, wenn ich umkehren wollte, verlöschte er . . .«

Wieder das zaubrische Lachen. »Das wird er nicht tun, wenn sein wahres Ziel ist, hier herauszukommen«, sagte sie. »Und du kannst mir ehrlich von größerer Hilfe sein, wenn du deinen Weg heraus findest und mir Hilfe schickst. Ich allein kann sie nicht erreichen, nicht einmal durch Gedanken, durch all diese Felsen, so schwer vom Metall der Eisenwesen. Geh, mein Freund.«

Sie reichte ihm den grünen Dolch. Zögernd nahm ihn Fenton entgegen, sah die Schmerzfalten in ihrem Gesicht wieder vertiefen, als ihre Hand ihn hergab.

»Ich wünschte, ich hätte mehr für Euch tun können, Lady . . .«

»Du hast getan, was du konntest«, sagte sie. »Und mehr, als ich von einem Zwischenmenschen erwartet hätte. Und jetzt beeil dich und such deinen Weg aus diesen Höhlen heraus.«

Sie berührte sein Gesicht. Ihre Finger fühlten sich substanzlos an, geisterhaft.

»Ich wünschte, du hättest mir Nachrichten von Irielle gebracht. Mir ist das Herz schwer aus Sorge um sie. Aber du darfst nicht hier bleiben. Geh, Fremder.« Wieder die geisterhafte Berührung, wie eine Schwanendaune. »Mein Dank und mein Segen ziehen mit dir.«

Er sah sich einmal um, sah, daß sie den Umhang um sich gezogen und sich niedergelassen hatte mit trauriger Geduld. Sie hatte den Umhang sorgfältig zurechtgelegt, daß sie auf ihm saß und keinen Stein berührte oder das Metallgitter.

Immerhin konnte ich das für sie tun. Nicht jeder kann einer Feenkönigin helfen . . .

Und natürlich ist sie überhaupt keine Feenkönigin. Es ist lächerlich, sie so zu nennen, wenn ich doch weiß, sie heißt einfach nur Kerridis . . .

Aber immer noch vermutete Fenton, daß er sie noch lange Zeit bei sich die Feenkönigin nennen würde.

Der Flammendolch in seiner Hand wurde heller, als er seine Schritte umwandte; er ging zurück durch den Tunnel in die erste große Höhle, nun verlassen, dann zum Höhleneingang. Er hatte sich vor dem langen Aufstieg über die unzähligen, endlosen Treppen gefürchtet, aber zu seiner Überraschung schien es, als bewege er sich abwärts auf den Eingang zu. War auch der Raum in dieser Dimension eine Illusion, und Oben und Unten bloße Arrangements ohne materielle Realität? Fenton hatte Kopfschmerzen und fühlte sich verwirrt. Er war froh, wieder in die schneeige Grauheit des Bergpasses aufzutauchen.

Immer noch schneite es. Und es wurde dunkel, ein tiefer werdendes Zwielicht, das Fenton zittern und sich in den Parka kuscheln ließ.

»Hier ist er«, rief eine Stimme hinter ihm, eine hohe, helle Stimme – einer von Kerridis Völkchen sicher. »Und er ist einer von Pentarns verfluchten Leuten!« Grobe Hände ergriffen ihn von hinten. Fenton schüttelte den Kopf, versuchte sich loszureißen, spürte – wenn sich auch die Hände fest anfühlten –, daß er in seiner gegenwärtigen substanzlosen Form in dieser Welt zwischen ihnen hindurchgleiten konnte, wenn er wollte, durch sie hindurch, wenn er mußte, wie bei dem Metallgitter. Aber die Stimme gehörte einem von Kerridis Leuten, ein klarer Tenor und melodisch; als er in das Gesicht seines Fängers hochblickte, sah er die Ähnlichkeit. Der Neue war nicht wie Kerridis, nein, sein Haar war kastanienfarben, wohingegen ihres lang und aschfahl gewesen war; seine Schultern waren breit, und er war viel größer als selbst Fenton. Aber die Augen und die bräunliche Fahlheit der Haut waren gleich.

»Beweg dich nicht«, sagte die schöne, bedrohliche Stimme. »Vor deiner Kehle liegt ein Vrillschwert, und selbst wenn du ein Weltenwanderer bist, werde ich dich ebenso rasch töten wie ein Eisenwesen.«

Fenton spürte ein Kitzeln am Hals. Vielleicht war er immun gegenüber Metall, er konnte durch eine Metallstange hindurchgehen – aber das unbekannte Material, aus dem Flammendolche bestanden, war in dieser Dimension für ihn real.

Er sagte, wobei er sich sehr ruhig verhielt, damit die Waffe nicht abrutschte: »Ich komme von Kerridis. Sie ist in Sicherheit und hat mich gebeten, euch zu ihr zu führen . . .«

»Das ist ein Trick, Erril«, sagte eine Stimme hinter seinem Wächter. »Glaubst du, Kerridis würde von irgendeinem aus den Höhlen eine Botschaft überbringen lassen?«

Er fummelte in seinem Umhang herum und brachte den grüngläsernen Dolch hervor, den er durch die Höhlen zurückgetragen hatte. Sein Wächter bückte sich, schnappte danach und rang ihn nach kurzem Kampf aus seinen Händen.

»Woher hast du den? Und wie kannst du ihn unbeschadet tragen?«

»Laß ihn gehen, Erril«, sagte eine andere Stimme, eine Stimme mit Autorität. »Er hat ein Vrill unbeschadet aus den Höhlen gebracht. Laß ihn los. Sieh mal . . .« Man hielt ein Licht über Fentons Kopf. »Kannst du denn keinen Zwischenmenschen erkennen? Wie könnte so einer irgend etwas tun? Er wird Kerridis weder helfen noch verletzen.«

»Aber wo hat er das Vrillschwert her?« Erril ließ Fenton gehorsam los und nahm ihm das Messer von der Kehle. Fenton blickte hoch zu dem Fremden; noch einer von Kerridis Rasse mit der unzweifelhaften Haltung von Autorität und Befehl. Er sagte zu Fenton: »Rasch, sag uns, woher hast du ihn?«

»Wenn ihr *darüber* redet . . .« Fenton machte eine Bewegung mit dem Flammendolch, und sie traten ein wenig zurück mit einer automatischen, vorsichtigen Bewegung. »Ich habe ihn aufgehoben, wo Kerridis Eskorte . . . gestorben ist. Ich dachte, er könnte mich vor . . . den anderen Wesen schützen. Ich weiß nicht, wie ihr sie nennt.« Am Rande seines Sehfeldes sah er, daß man die schauderhaften Überreste der toten Männer und Tiere zusammengesucht hatte und die sonderbaren Menschen Holz um sie auftürmten. Vielleicht für eine Art Bestattungsfeuer? Vage war er froh darüber, daß sie eine gewisse Art anständigen Begräbnisses haben würden, wo sie schon ein so schreckliches Ende erlitten hatten.

Der Neue sagte: »Wie bist du hierhergekommen?«

Plötzlich wurde Fenton wütend. »Während ihr hier steht und streitet, wer und was ich bin und wie ich hierherkam, ist Kerridis in den Höhlen unten, und sie ist verletzt. Ich habe versucht, sie herauszulassen, aber meine Hände gingen direkt durch das Metall hindurch. Und sie haben eine andere Frau, die noch am Leben war, als ich sie zuletzt sah. Anstatt um mich zu streiten – warum versucht ihr nicht, sie herauszubekommen und mir dann die Fragen zu stellen?«

»Er hat recht, Lebbrin«, sagte der mit Namen Erril, und der große, befehlende Fremde – hieß er Lebbrin? – nickte. »Es hat keinen Zweck, wenn wir alle versuchen, hineinzugehen. Bringt die Vrillschwerter, die noch leben, und du Erril, und du Findhal . . .« Er zögerte. »Ich glaube, das reicht, wenn wir ungesehen hineinschlüpfen und sie freisetzen können, aber etwa ein Dutzend . . .« Rasch deutete er auf andere. ». . . Ihr kommt hinter uns her, im Fall, daß wir uns den Rückweg erkämpfen müssen.«

Fenton sah, daß die zurückgelassenen Waffen der gemordeten Eskorte auf einem Haufen auf der Seite lagen; ein paar glühten noch schwach. Einige der anderen waren kalt und durchsichtig geworden, die Flammen waren verlöscht. Lebbrin suchte seine Männer zusammen, dann wandte er sich wieder zu Fenton.

»Du . . . wie heißt du, Zwischenmensch?«

»Fenton.«

»Fenton. Willst du wieder mit uns in die Höhlen kommen? Wieviel Zeit hast du?«

Fenton antwortete: »Ich habe keine Ahnung.« Plötzlich hatte er Angst. Für ihn existierten keine von Menschenhand geschaffenen Artefakte, nicht für seinen Körper hier. Aber Felsen, Bäume, Höhlen – taten es offensichtlich doch. Wenn sie unterirdisch gefangen würden, wenn es für ihn an der Zeit war, in seinen Körper zurückzukehren – würde er dann zurückgehen können? Verschwommen merkte er, daß er zum ersten Mal in den vermeintlich langen Stunden an seinen Körper im Smythe-Gebäude dachte. Das war eine andere Welt . . . Wagte er es, in jene Höhle zurückzugehen? Plötzlich begann er, am ganzen Körper zu zittern, als er an die häßlichen, behaarten Monster dachte, die Kerridis Eisenwesen genannt hatte, an ihre scharfen Messer, wie sie die Pferde aufgeschlitzt hatten und sie in sich hineinstopften, bei lebendigem Leibe, eine Faustvoll nach der anderen in die riesigen, fangzahnbewehrten Mäuler . . .

Lebbrin beobachtete ihn mitleidig. »Wahrscheinlich sollten wir dich nicht bitten, aber wenn wir Kerridis da rausholen können . . . wie schwer war sie verletzt?«

»Eine Hand war geschwärzt und verkohlt, wo eines der . . . Dinger sie angefaßt hat. Und man hat sie gezwickt und gezerrt – aber die Hand war das Schlimmste«, sagte Fenton und versuchte, seine Stimme unter Kontrolle zu halten.

Erril hielt den grünen Flammendolch hoch. »Versuch, deine Hand um das Vrillschwert zu legen.« Als Fentons Finger den Griff umschlossen, sagte Erril: »Ich glaube, du hast noch Zeit, wenn wir schnell sind. Wenn du merkst, daß du es nicht aushalten kannst, sag er sofort einem von uns, und wir versuchen, dich in Sicherheit zu bringen. Es ist ein Risiko, denn wir haben kein Recht, dich zu bitten. Aber für die Lady Kerridis . . .«

Fenton wußte, er würde das Risiko eingehen, und Lebbris sah ihn anerkennend an. Er sagte: »Dann komm schnell; je weniger Zeit wir verlieren, desto geringer das Risiko für dich. Erril! Findhal! Kommt! Ihr anderen, übergebt eure gefallenen Kameraden dem Feuer.«

Fenton ging zwischen Erril und Lebbrin auf den Höhleneingang zu, zum zweiten Mal. Ihn lähmte die Angst, trotz des Vrillschwertes in seiner Hand. Doch es war leichter mit den beiden großen bewaffneten Männern an der Seite; er wußte, er sollte zuversichtlicher sein, weniger furchtsam.

Wie lange bin ich eigentlich schon hier? Stunden . . . Ich kann die Zeit nicht messen, und ich weiß eigentlich auch nicht, ob die Zeit hier mit unserer vergleichbar ist . . .

Sie stürzten sich in die Dunkelheit des Eingangstunnels, und Fenton merkte, wie er beim Glühen der Flammendolche verzweifelt nach seinem Schatten Ausschau hielt, hatte Angst, ihn nicht zu sehen; keinen Schatten haben war unnormal, beunruhigend. Warum dieser plötzliche Schrecken? Er stolperte über die Stufen; die Verletzung, die er sich bei seinem ersten Versuch am Knie zugezogen hatte, als er gegen den Vorsprung gestoßen war, pulste schmerzhaft. Er umklammerte das Vrillschwert, spürte die beruhigende Festigkeit in der Hand. Es war real. Nichts anderes war real . . .

Hinter ihm kam Findhal, sogar noch größer als Lebbrin, bewaffnet mit zwei Schwertern. Das Vrillschwert oder der Flammendolch in der Linken, und in der Rechten ein langes Breitschwert aus einem rötlichen Metall, am Knauf mit glitzernden Edelsteinen besetzt. Seine Miene war ernst und bleich, die großen Augen glühten wie zwei Saphire in der Dunkelheit, das Haar aschblond wie bei Kerridis, gebunden mit einem Metallstreifen und wie bei den Wikingern lang über die Schultern herabfallend. Erril und Lebbrin trugen Tuniken, die Arme und Beine der Kälte überließen. Fenton merkte, wie sie sich beide von der brennenden Kälte des rauhreifüberzogenen Felsens an den Seiten des Treppenabgangs fernhielten. Der Riese Findhal war wie ein Krieger gekleidet, mit einem metallenen Brustpanzer und einem Kopfschutz aus rötlichem Metall. An den schmalen Händen trug er dicke Handschuhe.

Ich möchte ihm nicht im Dunkeln begegnen . . . und wenn ich zu diesen sogenannten Eisenwesen gehörte, dann würde ich fortrennen wie der Teufel bei seinem bloßen Anblick.

Aber er ist auch nicht echt . . . Plötzlich konnte er beunruhigenderweise durch Findhal durchsehen, und das erschreckte ihn. Aber das Vrillschwert in seinen Händen war hart und fest, und einen Moment lang beruhigte er sich.

Sie waren am Ende der langen Treppe hinab in der ersten großen Höhle angekommen. Über ihnen schwang die Laterne aus durchbohrtem Metall; das Feuer brannte nur niedrig. Die Höhle war dunkel und voller monströser Schatten. Fenton hörte seine Stimme wie einen dünnen Faden in den riesigen leeren Schatten. »Ich versuche, den richtigen Tunnel zu finden. Ich muß vielleicht in jeden hineinlauschen.« Er begann, langsam an der Wand entlang zu gehen. Aber er war sich nicht mehr sicher, wo er seine Suche zuvor begonnen hatte. Irielle! Sie war eine Frau, ein Mensch wie er selbst, doch hatte er sie niemals zuvor gesehen oder mit ihr gesprochen; das Schicksal Kerridis, der strahlende Zauber einer Feenkönigin, hatte sie vergessen lassen. War sie vielleicht bei lebendigem Leibe verzehrt worden von dem Eisenvölkchen, war sie irgendwo wie Kerridis in der kalten Dunkelheit eingekerkert, verwundet, verbrannt, verschreckt? Schrie sie vielleicht gerade jetzt vor Angst und Schmerz, gequält von den monströsen Dingern? Furcht umklammerte ihn, und er blieb unsicher stehen, lauschte hilflos an jedem Tunneleingang.

»Welcher war es, Fenton? Welcher Weg?« drängte Erril.

»Ich weiß es nicht – einer der Tunnel schien unten ein Feuer zu haben . . .« Fenton schwankte, wanderte von einem Eingang zum nächsten, suchte nach dem mit dem Feuer. Er erinnerte sich, daß der Schatten der Laterne den ersten Tunnel bedeckt hatte, wo die beiden behaarten Wesen vor dem Licht seines Vrillschwertes geflohen waren. Lebbrins Gesicht sah bei dem gespenstischen Laternenlicht angestrengt und furchtsam aus.

»Ich kann ihre Gedanken in einer so mit Metall angefüllten Höhle nicht erreichen. Ich weiß, daß sie hier ist, aber ich kann nicht die Richtung finden. Wenn Fenton uns nicht helfen kann, sind wir am Ende . . .«

Langsam und mit schleppendem Schritt bewegte sich Fenton

an den Öffnungen in der Felsenwand entlang. *Hier ist der dunkle Gang, in den die Eisenwesen flüchteten. Ja, hier entlang – hier ist der mit dem Feuerschein. War es nun rechts oder links . . .?* Er stolperte über einen Felsenvorsprung, streckte die Hand aus, um sich abzustützen, schrie vor Schmerz, als seine Hand flach auf dem eisbrennenden Felsen auftraf. Er sah im Licht der langsam schwingenden Laterne auf seine Finger, fast in Erwartung, sie verkohlt zu sehen wie Kerridis'. Lebbrin griff sich an die Kehle und zog an einer goldenen Kette. In seiner Tunika hing am Ende der Kette ein großer weißer Edelstein, der ein weiches Licht ausstrahlte. Er nahm Fentons Finger in die seinen, nicht drängend, aber mit einem beunruhigenden Gefühl von Eile, und drückte sie einen Moment gegen den Stein. Der Schmerz war verschwunden. Seine Stimme verriet Unruhe und Angst. »Fenton, beeil dich, ihr kann da unten alles passieren . . .«

»Ich glaube, es ist dieser . . .« Aber Fenton war sich nicht sicher. War der Eingang links oder rechts von dem mit dem Feuer gewesen? Hatte er sich schließlich doch in den Höhlen verlaufen?«

»Schnell!« drängte Lebbrin.

»Hier entlang . . . glaube ich.«

»Wir müssen es riskieren!« sagte Findhal und stürzte ihnen voran in den Tunnel.

Nach wenigen Schritten blieb Fenton stehen, weil er sicher war, daß es der falsche Tunnel war. Die Stufen schienen steiler, bedeckt mit etwas Glitschigem, was seine Schritte unsicher machte, etwas Neues und Unvertrautes. Er hörte Findhal entsetzt aufstöhnen und zurückbleiben, unsicher geworden. Dann hörten sie von hinten den Klang der Hörner, und Findhal sprang zurück auf die Haupthöhle zu, schob sich zwischen Lebbrin und Fenton durch, stieß Fenton rücksichtslos gegen die Wand. Findhal hatte das Breitschwert gezückt und das Vrillschwert zwischen die Zähne geklemmt, um Licht zu haben. Er sprang hinaus in die Höhle, und man hörte das Klirren von Schwertern, einen Schrei, ein entsetzliches bellendes Geräusch. Erril und Lebbrin zückten die Schwerter und rannten los, kämpften sich ihren Weg frei durch die riesigen fangzahnbewehrten Bestien, die in die Höhlen hineinströmten.

Fenton stand am Tunneleingang, vergessen, aus dem Weg. Er hielt sich abseits, weil das im Moment das beste zu sein schien, doch als eines der wolfsähnlichen Wesen auf ihn zusprang, bohrte er ihm das Vrillschwert tief in den Hals. Mit einem erstickenden Gefühl von Schrecken und Erleichterung, sah er, daß es zusammenbrach. Zuerst hatte es geschienen, als sei die Höhle voll von den schnappenden und heulenden Tieren, als Findhal sein großes Schwert schwang, aber Fenton, der sich fern hielt, merkte, daß es nur ein halbes Dutzend war. Findhal tötete zwei, Lebbrin und Erril standen Rücken an Rücken und kämpften, aber als weitere herbeistürzten, standen sie unter Druck. Erril glitt in dem Blut des toten Wolfes aus und ging zu Boden. Fenton eilte ihm zu Hilfe und stieß mit dem Vrillschwert zu. Das Tier schnaubte und schnappte, und er spürte die langen Zähne an seinen Kleidern und an seinem Bein zerren. Lebbrin blutete von einem Biß. Fenton war überwältigt von Entsetzen und jagte den Vrill bis an den Knauf in das Tier. Es fühlte sich sonderbar substanzlos an, als jage er den Dolch in die Luft, aber das Tier schlug mit den Beinen und blieb dann still liegen. Die beiden letzten Tiere verzogen sich, sahen die Menschen mit Augen an, die Fenton zu intelligent für Tiere schienen.

Findhal steckte sein Schwert zurück. »Schnell! Wenn Pentarn so verzweifelt ist, seine Bannwölfe loszulassen, dann wissen wir nicht, was uns noch da unten erwartet! Hier entlang!«

Fenton war übel, nun, als die Aufregung der Schlacht nachließ. Wie hatten die Wölfe ihn beißen können? Sein Körper war doch gar nicht da! Aber seine Hose hing in Fetzen herab, und er wandte den Blick von dem blutigen und zerfetzten Fleisch. Es tat auch weh und pulste unter dem Schmerz. Findhal bückte sich und sah sich die Wunde an. »Wird verschwinden, wenn du schwindest. Komm schnell!«

Halbwegs den Tunnel hinab, begann Fenton das Lichtflackern in der Höhle zu erkennen, wo er zuerst die behaarten Wesen gesehen hatte, als sie Kerridis zwickten und quälten. Zunächst schien sie leer. Findhal wandte sich wütend zu Fenton und fragte: »Wenn dies eine Falle ist, werde ich . . .« Aber Lebbrin unterbrach ihn und zeigte auf die Felsennische, das Metallgitter. Sie alle sahen die zusammengesunkene Gestalt in dem Umhang, in einem unerkennbaren Bündel auf dem Boden zusammenfallen.

Findhal rief: »Kerridis! Lady! Er rannte auf sie zu. Das Bündel regte sich nicht. Sie umringten das Metallgitter und hielten sich vorsichtig fern von den Eisenstangen, doch Fenton glitt hindurch.

»Sie ist nicht hier!« sagte er schockiert. »Nur ihr Umhang!«

Erril und Lebbrin schrien auf vor Entsetzen, aber Findhal sagte: »Keine Panik, ihr beiden, das ist nur recht, da wir das Metallgitter nicht hätten öffnen können. Wenn sie sie woanders hingebracht haben, haben wir immer noch eine Chance, sie zu retten.«

Lebbrin nahm den weißen Edelstein aus seiner Tunika und starrte ihn an; nach einem Augenblick sagte er: »Hier entlang!« Er rannte auf einen der Nebentunnel zu und verschwand darin. Fenton hörte Lebbrin vor Überraschung oder Schmerz aufschreien, ehe er verschwand. Erril schrie auf und rannte hinter ihm her. Fenton folgte ihnen langsamer mit Findhal, merkte, daß der große Krieger stark hinkte mit dem Bein, in das der Bannwolf gebissen hatte. Auch Fenton war sich des Schmerzes bewußt, aber nicht so stark, wie er es von einer solchen Wunde erwartet hätte. Er blieb an dem Tunneleingang stehen und trat vorsichtig hinein, doch auch so glitt er aus und rutschte hinab, kam unter Schmerzen auf den liegenden anderen zu Fall. Auf sie alle stürzte Findhals riesiger Körper und preßte sie zusammen zu einem großen Haufen.

Langsam suchten sie ihre Glieder zusammen. Fenton hatte es den Atem verschlagen, und Erril hatte sich an Findhals Schwert verletzt, das ihm gegen die Rippen geschlagen war. Aber ansonsten war nichts Schlimmes geschehen. Den Gang entlang hingen Fackeln in Eisenhalterungen, die ein rauchiges Licht und üblen Gestank verbreiteten. Am Ende des Tunnels brannte rötliches Feuer, und sie sahen die Gestalt eines der Eisenwesen mit dem Rücken zu ihnen gegen eine Wand sitzen und etwas kauen – Fenton wollte nach allem, was er bei ihnen beobachtet hatte, nicht daran denken, was es vielleicht sein konnte. Findhal bedeutete ihnen, zurückzukommen und schlich sich leise den Gang entlang, das Vrillschwert gezückt in der einen Hand, das Metallschwert in der anderen. Der Ighiri hörte ihn und sprang auf, schwang seine lange Machete, doch Findhals Schwert trennte ihm den Kopf von den Schultern. Blut spritzte aus dem Leichnam, und er kippte zur Seite.

Findhal sprang zurück und schüttelte die Hand, auf die Blut gespritzt war; sein Gesicht war vor Schmerz verzerrt.

»Lebbrin, dein Heilstein . . .« begann er, doch Lebbrin hörte ihn nicht und eilte an ihm vorbei zu der Felsennische, die das tote Monster bewacht hatte.

»Irielle! Gedankt sei der Luft und dem Feuer«, keuchte er. »Wo haben sie Kerridis hingebracht?«

»Ich weiß es nicht.« Fenton kam näher und sah, daß die Stimme zu der rothaarigen Frau gehörte, die er in Kerridis Begleitung gesehen hatte. »Sie haben sie vor wenigen Augenblicken hier durch gebracht, plappernd und dröhnend, und Pentarn war bei ihnen. Ich dachte, vielleicht seid ihr bereits hinter ihnen her gewesen.«

»Ist sie verletzt?« fragte Erril mit verzerrtem Gesicht.

»Ich weiß es nicht, Mylord. Aber sie haben sie gezerrt wie es solche Dinger tun, daher denke ich, sie muß zumindest arg zerschunden sein«, sagte Irielle. Fenton konnte sie sich nun genau ansehen. Auch sie hatte man hinter eines der Metallgitter geworfen, aber dieses war mit einem Riegel und Schloß versperrt, wahrscheinlich in Anerkennung der Tatsache, daß sie, anders als Kerridis, keine Angst hatte, Metall zu berühren.

Irielle sah erschöpft aus, abgehärmt, müde vor Schreck, doch sie gab sich Mühe, Haltung zu bewahren. Sie sagte: »Wenn ihr mich hier befreien könntet . . . du . . .«, sagte sie mit einer Handbewegung zu Fenton. »Am Gürtel des Wesens ist ein Schlüssel.«

»Er ist ein Zwischenmensch«, sagte Findhal. »Er könnte das Metall des Schlüssels berühren, wenn er richtig hier wäre, aber jetzt kann er es nicht . . .«

Sie lachte, fast mit einem hysterischen Unterton. »Müssen wir Pentarn dann dazu bekommen, es zu öffnen? Ich werde in dem Fall noch hier sitzen, wenn die Felsen zerbröckeln . . .«

»Ich denke, das können wir besser«, meinte Findhal, schützte seine Hände mit Handschuhen und zerrte die Leiche des toten Irighi zum Gitter. »Kannst du den Schlüssel greifen, Kind?«

Irielle bückte sich auf Hände und Knie, streckte die Hand durch das Gitter und mühte sich darauf zu. »Dreh ihn ein bißchen herum – es tut mir leid, Pflegevater, ich weiß, es ist eine unangenehme Aufgabe. So!« Sie umschloß mit schlanken Fingern den Schlüssel, schob die Hand durch das Gitter, doch das Schloß war außerhalb ihrer Reichweite.

»Das ist provozierend«, sagte sie nach einigen Mühen, den Schlüssel von innen ins äußere Schloß zu bugsieren. »Ich kann es nicht erreichen . . . kann es keiner von euch . . .?«

»Warte«, sagte Fenton. In seiner Hand hielt er immer noch das Vrillschwert, und ihm fiel plötzlich wieder ein, daß dies für ihn fest war, ebenso wie für andere Dinge in dieser Dimension. Er hob das Schwert mit der Spitze des Vrillschwertes, drehte und schob es so, daß das Schlüsselloch auf Irielle gerichtet war. Es war eine schwierige Aufgabe, da das Schloß immer wieder von der Spitze des grünflammenden Dolches herabfiel, weil beides der Form nach nicht für solche Manipulationen gemacht war. Aber endlich gelang es ihnen, es in eine solche Position zu manövrieren, daß er es an einer Metallritze halten konnte, und Irielle konnte den Schlüssel hineinstecken.

Sie drehte ihn knirschend um, und das Schloß öffnete sich; sie drückte die Tür mit einem rostigen Kreischen auf, weil die Angeln lange nicht geölt schienen. Dann schenkte sie Fenton ein atemberaubendes Lächeln.

»Clever, clever, für einen Zwischenmenschen!«

»Nicht so clever«, gab Fenton grimmig zurück, »denn dann hätte ich daran gedacht, den Käfig, in dem Kerridis saß, so zu öffnen, der war nicht einmal verschlossen . . .«

»Hat keinen Zweck, über den Schnee vom vergangenen Jahr zu weinen«, sagte Lebbrin. »Bist du verletzt, Irielle? Haben dir diese Wesen etwas zuleide getan?«

Sie schüttelte den Kopf. Immer noch atmete sie schwer. »Nein, wenn mir Pentarn auch ein paar Worte über seine zukünftigen Pläne verehrt hat und ich ihm die Zähne in die Hand grub und er nun schlechter Stimmung ist. Ich hätte ihn nicht in Wut gebracht, wenn ich gemerkt hätte, daß Kerridis noch lebt und in seinen Händen war; er könnte seine Wut an ihr auslassen . . .« Ihr Gesicht verzerrte sich vor Angst. »Sie haben sie da hinunter gebracht, auf die Feuer zu . . .«

»Komm schnell«, sagte Findhal. »Wir müssen ihr folgen so schnell wir können.« Er begann, voran zu gehen, rannte mit raschen, anmutigen Sprüngen – *nicht menschenähnlich,* dachte Fenton, der ihn beobachtete, *nicht ganz menschenähnlich* –, und die anderen folgten ihm.

Am Ende des Ganges konnten sie die Feuer sehen, und einmal, als sie an einem Tunneleingang vorbeikamen, vermeinte Fenton, Sprünge im Boden und Feuer unter sich zu sehen, als gingen sie über einen Felsenbrocken, der hinab in einen Vulkan führte.

Irielle rannte neben Fenton her und fragte: »Wie bist du hierher gekommen? Kamst du durch das Weltenhaus?«

»Ich weiß nicht, was du meinst.«

»Nein, natürlich nicht, sonst wärst du ja ein Weltenwanderer und kein Zwischenmensch. Aber sicher bist du nicht durch Pentarns Tor gekommen?«

Das klang für Fenton alles spanisch, und er schüttelte den Kopf. »Ich bin nicht sicher . . . ich erwachte und fand mich hier. Lange Zeit dachte ich, ich träume. Ist es deine Welt? Du siehst ebenso menschenähnlich aus wie ich. Du gehörst doch nicht zu diesen Leuten?« Er deutete auf Lebbrin, Erril, und den Riesen Findhal, die vor ihnen herschritten.

»Einer der Alfar? Nein«, sagte sie seufzend. »Ich kann niemals wirklich einer von ihnen sein, wenn auch Kerridis so freundlich zu mir ist, als sei ich ihr eigener Wechselbalg. Was ist denn mit dir? Woher bist du? In welcher Welt warst du, als du noch du selber warst?«

»Ich komme aus Berkeley, Kalifornien . . .«

Sie schüttelte den Kopf. »Ich habe keine Ahnung, wo das sein könnte. Es ist keine der Welten, die ich vom Weltenhaus aus gesehen habe.« Sie brach mit einem Schrei ab und begann zu rennen. »Seht seht, ich glaube, sie haben sie gefunden . . .«

Die drei Männer – Irielle hatte sie Alfar genannt – standen dicht beieinander am Ende des Tunnels und blickten auf einen Alptraum unter sich. Die Höhle war schwarz von den behaarten dicklichen Körpern der Eisenwesen, die mit ihren häßlichen Stimmen kreischten und schrien. Einer von ihnen stieß etwas aus, was wie Sprache klang – Fenton fühlte sich auf unangenehme Weise an alte Wochenschauen von Hitler erinnert – aber keiner seiner Leute schenkte ihm auch nur die geringste Aufmerksamkeit. Am anderen Ende der Höhle stieg Rauch durch die Ritzen im Boden, und es roch nach Schwefel. Irielle streckte die Hand aus, und Fenton sah Kerridis, unbeachtet in eine Ecke geworfen, umgeben von Eisenwesen; auf diese Entfernung nur ein Schimmer aus brauner Haut und wallendem Haar.

Lebbrin sagte grimmig: »Wir müssen uns zu ihr durchkämpfen. Wir haben die Vrillschwerter auf so kurze Distanz. Da sind sie nützlicher als im Freien. Ich hatte niemals vor, in den Fängen eines Ighiri zu sterben, aber es scheint keine andere Wahl zu geben . . .«

Erril hielt ihn zurück. »Nein, Mylord«, sagte er dringlich. »Das darfst du nicht tun, nicht einmal für Kerridis! Hinter uns kommen andere. Sie werden uns bald folgen, und dann haben wir eine

Chance; andernfalls wirfst du einfach dein Leben fort!« Er wandte sich zu Findhal und sagte drängend: »Geh zurück. Schnell! Führe die anderen hierher! Sie müssen schon unterwegs sein! Sag ihnen, die Eisenwesen seien hier. Wenn sie kommen, haben wir eine Chance . . .« Er sah sich rasch um. »Fenton, nimm das Vrillschwert und schleich dich am Rand der Höhle entlang auf Kerridis zu. Vielleicht halten sie dich für einen bloßen Schatten, wenn du das Vrillschwert unter deinen Kleidern verbirgst, bis du ihr nahe kommst. Dann kannst du ihr vielleicht etwas Schutz geben. Zumindest kannst du ihr zuflüstern, daß Hilfe unterwegs ist und sehr schnell kommen wird.«

Fenton dachte: *Wer, ich soll allein da unten zwischen die Monsterlinge gehen?* Aber er sah den Sinn in Errils Plan. Die Eisenwesen hatten ihn schon zuvor nicht sehen können. Es war der Anblick des Vrillschwerts in einer unsichtbaren Hand, der sie fortgescheucht hatte.

Er nickte, wenn er auch fast gelähmt vor Angst war. Nur das Wissen, daß Kerridis wohl mehr Angst hatte und von den häßlichen Monstern umringt war, hielt ihn vor einer Weigerung zurück. Er hielt sich dicht an der Mauer und begann, am Rand der Höhle entlang zu schleichen, das Vrillschwert in einer Hand unter dem Parka umklammert, den er immer noch trug.

Es war heiß hier drinnen, mit den Feuern unter ihnen und dem dichten Schwefeldampf. *Ich sollte mich in etwas weniger Warmes denken.* Aber dazu hatte er nun keine Zeit.

Er ging auf Zehenspitzen an der Wand entlang, durch die tanzenden Schatten, versuchte, sich wie der Schatten zu bewegen, für den sie ihn hielten, an den kreischenden, tobenden Eisenwesen vorbei. Ihre Sprache hörte sich an wie das Gebrabbel von Meeresvögeln. Einmal blieb Fenton das Herz fast stehen; einer der Irighi sah ihn direkt an. Fenton erstarrte, und der Irighi wandte endlich wieder den Blick ab, ohne Interesse. Fenton hatte Angst, er würde von dem Rauch niesen müssen, der nun in dichten Wolken aus den Fußbodenritzen drang.

Vulkanische Höhlen. Wo zum Teufel bin ich? Jawohl, in der Hölle; es ist eine gute Imitation. Kein Wunder, daß Kirchenmänner gelegentlich, wenn sie sich das Feenland einmal gut angesehen hatten, dachten, sie seien des Teufels. Spitze Ohren. Und der Gestank von Schwefel und Lava von den Feuern unten. Und diese verdammten . . . Dinger, die überall herumschleichen!

Und dann bekam Fenton den Schock seines Lebens!

Er blickte einen der Irighi direkt an, der sprang und gellte wie eine verdammte Seele auf dem Eisenrost, und plötzlich . . . verschwand das Ding. An seiner Stelle sah Fenton plötzlich Metallröhren, ein viereckiges Stück Wand, eine Doppeltür, auf der das Wort AUFZUG deutlich zu lesen war.

Fenton zwinkerte mit den Augen und war wieder in der Höhle.

Ich bin irgendwo im Keller eines Gebäudes auf dem Campus!

Er umklammerte das Vrillschwert und erhielt einen zweiten unangenehmen Schock. Seine Finger begannen hindurch zu gleiten. Er konnte es gerade noch halten – wenn auch das Gefühl unendlich unangenehm war, als versänken einem die Hände in nassem kalten Brei.

Das war das Zeichen für Gefahr. *Ich beginne zu schwinden . . . Ich sollte im Freien sein . . . wenn dieser Aufzug wieder auftaucht, werde ich wie gestochen losrennen und hineinspringen.*

Nein. Meine Finger würden glatt hindurchgehen, auch durch den Fahrstuhlknopf. Aber ich könnte eine Treppe finden und da hinaufgelangen . . .

In Panik wandte er sich um und wieder herum, das Vrillschwert umklammert, und dann sah er Kerridis. Er war jetzt dicht bei ihr, nur noch ein kleines Stück, wo sie von einem Kreis aus Eisenwesen umgeben wurde.

Teuflisch erfinderisch. Sie wissen, daß sie Angst hat, sie zu berühren. Daher brauchen sie sie nur zu umringen, und sie ist gefangen.

Ich muß hier heraus. Aber immerhin kann ich ihr sagen, daß Hilfe unterwegs ist . . .

Aber wie komme ich durch die Eisenwesen zu ihr durch? Er glaubte nicht, daß sie ihn sehen konnten. Aber er hatte Angst, das Risiko einzugehen. Die großen Stahlmacheten sahen unangenehm real aus.

Und wie werde ich danach wieder hier herauskommen? Ich bin verloren, und sie alle werden genug zu tun haben, Kerridis zu retten . . .

Wieder verschwand die Höhle vor seinen Augen. Dieses Mal glitt die Hand über das Vrillschwert, und es fiel mit einem grünglasigen *Klink* auf den Boden. Eines der Eisenwesen sah es und sprang auf ihn zu; hielt inne, sah sich verwirrt um. Sie konnten ihn wirklich nicht sehen! Fenton bückte sich, und es gelang, ihm das Vrillschwert aufzuheben – Er sprang über eine

Ritze und schob sich durch die Eisenwesen hindurch . . . sie fühlten sich an wie dichter Nebel – und glitt an Kerridis Seite.

»Lady Kerridis«, flüstere er und fragte sich, ob sie ihn überhaupt hören konnte.

Sie sah sich um, die großen goldenen Augen suchten nach ihm in der Dunkelheit.

»Wo . . . bist du es, Fremder, Zwischenmensch?«

»Hilfe kommt«, flüsterte er. »Irielle ist da hinten, und Erril und Lebbrin und Findhal bringen Verstärkung.« Er kämpfte darum, das Vrillschwert in der Hand zu behalten; sie streckte die Hand aus und nahm es ihm ab.

Mit ihrer wunderschönen Stimme sagte sie: »Aber . . . du beginnst zu schwinden . . . du bist hier in Gefahr . . .«

Die Eisenwesen wurden offensichtlich mißtrauisch, weil sie ihn nicht sehen konnten und umtanzten Kerridis. Sir schwang das Vrillschwert in einem Kreis, und sie wichen ein wenig zurück, murmelten und kreischten, blieben aber mißtrauisch. Dann hörte man vom anderen Ende der Höhle einen lauten Ruf:

»Oh ho hi hei Alfar! Kerridis! Kerridis!«

Findhal und ein anderer Krieger, ebenso bewaffnet wie er, sprangen durch die Eisenwesen hindurch, trennten mit jedem weitem Bogen ihrer Schwerter die Köpfe ab.

»Sieh doch!« schrie sie aufgeregt. »Es ist wirklich Findhal! Und die Männer meines Bruders!« Sie drehte sich um und rief mit ihrer hohen, glockenreinen Stimme: »Oh ho hi hei Alfar! Hierher! Hier bin ich!«

Der gestiefelte, bärtige Mann namens Pentarn schob sich hastig durch den Kreis aus Eisenwesen und stellte sich neben Kerridis. Er rief: »Wir müssen vor dem Kampf hier fort, sonst verlieren wir alles. Kommt rasch . . .!«

Er versuchte, Kerridis bei der Schulter zu fassen. Fenton schnappte sich das Vrillschwert von Kerridis und stach auf ihn ein. Es fuhr durch Pentarns Umhang, fühlte sich aber so schwammig an, daß Fenton es nicht halten konnte; es schien mit gleicher Kraft zurückzustoßen, und gleichzeitig verschwand wieder die Höhle vor seinen Augen.

Oh nein! Nicht jetzt!

Fenton zwinkerte mit den Augen, blickte wild um sich auf das Kellerensemble von Röhren, Öfen, Müll. Dann war er wieder in der schwefligen Höhle, in dem Gestank, und Pentarn rang mit ihm, die Hände an seiner Kehle . . . doch sie fuhren hindurch wie durch Nebel.

Es kann mich sehen. Aber berühren kann er mich nicht . . .

»Verdammter Zwischenmensch!« knurrte Pentarn und rief seinem Eisenvolk etwas zu, doch Findhal hatte seinen Weg gefunden und schwang das Metallschwert in weiten Bögen. Er schnitt denen im Kreis um Kerridis die Köpfe ab und vertrieb den Rest. Und dann knieten Irielle und Lebbrin neben Kerridis und halfen ihr auf; Irielle hüllte sie sanft in den Umhang; Lebbrin nahm Kerridis geschwärzte Hand. Er zog den weißen Stein von seinem Hals, schloß Kerridis verkohlte Finger um ihn, und das Licht schien durch die Haut hindurch. Kerridis schrie vor Schmerz, aber Lebbrin hielt mit sanftem Druck ihre Hand über dem Stein. Nach einem Moment zuckte ihr Gesicht, und sie sank reglos in seine Arme.

Unter ihnen, auf dem Boden, starben die Eisenwesen zu Hunderten.

Irielle wandte sich rasch zu Fenton, der immer noch versuchte, das Vrillschwert zu halten, und ihr Gesicht verriet Fenton unmittelbar, daß sie sein Problem erkannte. Sie zog Lebbrin an der Tunika.

»Lebbrin, der Zwischenmensch, der uns geholfen hat, er schwindet. Wir müssen ihn schnell ins Freie bringen . . .«

»Rede nicht zu mir über den Zwischenmensch, Kind. Die Lady Kerridis ist verletzt. Komm schnell – sieh sie dir an – der Heilstein reicht nicht aus . . .«

Irielle blickte entsetzt von Fenton zu der ohnmächtigen Kerridis. Sie war bestürzt, doch ihre Stimme klang hartnäckig.

»Ist das Alfar-Ehre? Er hat sich für Kerridis in Gefahr gebracht, und du weißt das! Wird ihn keiner nach oben bringen? Oder muß ich das tun?«

Plötzlich ertönte Errils Stimme hinter ihnen: »Pentarn! Laßt ihn nicht entkommen!«

Fenton blickte auf. Der Bärtige hatte sich umgedreht und schritt durch das fortstiebende Eisenvölkchen, und dann sah Fenton in der undeutlicher werdenden Höhle ein sonderbares graues Oval. Pentarn eilte darauf zu, Erril auf seinen Fersen.

»Das ist ein Tor! Schnell, laßt ihn nicht . . .«

Aber Pentarn erreichte das graue Oval, trat hinein, wie in eine Tür, glitt hindurch und verschwand. Es gab kein anderes Wort dafür. Hinter ihm verschmälerte sich das Oval zu einem Schlitz und war ebenfalls verschwunden.

Er trat in ein Loch und zog das Loch hinter sich zu. Das war einfach die einzige Möglichkeit zu beschreiben, was geschehen war.

Findhals Verstärkung jagte nun die Eisenwesen, tötete die meisten, und die anderen flohen in die Nebengänge und Seitentunnel. Einer von ihnen glitt durch einen breiter werdenden Spalt, und Fenton sah ihn fallen, den ganzen Weg kreischend, bis in die Feuer unten. Findhal fing Kerridis in seinen Armen auf.

»Wir müssen hier heraus! Da unten sind die Feuer, und sie haben vielleicht eine Möglichkeit, uns hineinfallen zu lassen. Kommt!«

Sie schlugen einen eiligen Rückweg durch die langen Tunnel ein. Irielle bedeutet Fenton zu folgen, eilte hinter ihm her, doch als er den langen Tunnel hinaufsteigen wollte, den sie hinabgefallen waren, zerrte sie an seinem Umhang.

»Nein, es gibt einen anderen Weg – ich habe ihn hier durchkommen sehen . . .« sagte sie dringlich. Sie wandten sich in einen Nebentunnel und liefen los. Nach einem Moment folgte Findhal. Kerridis in seinen Armen regte sich. Fenton rannte neben Irielle her und hielt mit dem Mädchen Schritt, wenn auch immer wieder der dunkle Tunnel ringsum zu schwinden begann und er das Vrillschwert nicht mehr festhalten konnte; nachdem es zweimal hingefallen war, drehte Irielle sich um und hob es auf, winkte ihm mit verzweifelter Eile. Erril und Lebbrin drängten sich in dem dunklen Tunnel hinter ihm.

Und dann – wenn auch der Tunnel um ihn her flackerte, so daß Fenton ihn kaum noch sah – waren sie draußen, im Tageslicht, auf einem Felsenvorsprung, bedeckt mit Hagelkörnern, und Wind und Regen umtobten sie, näßte Fentons Gesicht. Der Alfar beugte sich über Kerridis und versuchte, sie mit dem Körper gegen den Regen zu schützen.

Doch durch den Regen sah Fenton zuckende Sonnenstrahlen, smogdurchsetzten gelblichen Sonnenschein und einen Kreis aus hohen Bäumen . . .

Er war in dem Eukalyptushain auf dem Campus von Berkeley, stolperte über einen herabgefallenen Ast . . . wieder zuckte es, und der Regen auf dem Felsen schlug auf ihn ein, und er sah Irielles Gesicht, naß vom Regen, das lange rote Haar wild im

Wind, und sie sah ihn überrascht und besorgt an, und dann war sie verschwunden. Dieses Mal auf immer . . .

Verschwunden. Alles verschwunden . . .

Fenton wurde sich bewußt, daß er sehr müde und hungrig war, daß sein Bein stark schmerzte, wo er sich an dem Felsen gestoßen hatte und sein Daunenparka in Fetzen an ihm hing. In seiner Mitte zerrte etwas schmerzhaft. Er sah hin und entdeckte etwas Graues, das herausströmte – er konnte es nicht berühren, aber dem Druck auch nicht widerstehen. Er ging damit weiter und einen Moment später wurde er sich bewußt, daß es ihn in Richtung auf das Smythe-Gebäude zuschleppte.

Es war sehr spät, der Campus verlassen, abgesehen von einem einzelnen Studenten, der über die Sproul Plaza radelte. Er sah Lichter im Studentenzentrum, hellere von der Telegraph Avenue. Aber der Druck schleppte ihn weiter, in das Smythe-Gebäude, die Treppen hinauf. Er trieb durch einen Putzeimer, wo eine einsame Putzfrau die Treppen säuberte, durch die Wand, wo das ESP-Laborbüro lag. Er sah einen Aktenordner offen liegen, wo zuvor Marjie gesessen hatte und die ESP-Karten aufdeckte, doch jetzt konnte er deutlich seinen Körper auf der Couch sehen, wie sich Garnock über ihn beugte und den Puls fühlte . . .

Und nun konnte er das graue Ding deutlich erkennen, das ihn von seiner Körpermitte – er wußte, ohne hinzusehen, daß es zum Nabel führte – zu dem Körper auf dem Bett . . .

Wer von denen bin ich? fragte er sich verwirrt. *Ist das die Silberschnur, von der sie immer reden*? Er trieb nun über dem Bett; plötzlich glitt er mit einem Schock wieder in seinen Körper.

Sein Kopf pochte. Das Bein schmerzte mit einer Intensität, daß Fenton merkte, alles, was er außerhalb seines Körpers erlebt hatte, war nur der Schatten, das Echo eines wirklichen Schmerzes. »Großer Gott«, sagte Garnock und blickte ihm in die geöffneten Augen. »Ich machte mir schon Sorgen um Sie. Wie fühlen Sie sich?«

Fenton blinzelte, schüttelte den Kopf. *Traum? War es alles nur drogenbeeinflußte Halluzination gewesen? Kerridis? Irielle, Lebbrin, Findhal, hatte keiner von ihnen jemals existiert in der Wirklichkeit*? Er bückte sich – er konnte nicht anders, der Schmerz war zu stark – und rollte sich ein Hosenbein auf.

Die Verletzung, wo er gegen den eisigen Felsvorsprung gestoßen war, wurde dunkel und schwoll lila an.

»Das muß eine Halluzination gewesen sein«, sagte Garnock und blickte auf das geschwollene Bein. »Das geschieht zuweilen – denken Sie an das Freshman-Experiment mit der Hypnose und dem Eiswürfel? Ich erinnere mich, Sie entwickelten eine Art Verbrennung zweiten Grades, alles voller Blasen, weil wir Ihnen sagten, es sei ein glühendes Stocheisen gewesen.«

Aber Fenton hörte nicht zu.

Unterhalb der Prellung, in der Wade, sah er deutliche Zahneindrücke.

Zahneindrücke!

Genauer gesagt: Fangzahneindrücke. Die Fangzähne eines Bannwolfes, die sich in seinem Fleisch getroffen hatten.

Garnock rieb sich fröhlich die Hände.

»Ich mache für Sie eine Verabredung mit Sally für heute abend«, sagte er. »Sie will eine komplette Inhaltsangabe, ehe sie wieder verschwindet – Sie wissen, wie Träume verschwinden. Am besten machen Sie sich Notizen, ehe Sie es wieder vergessen. Ich habe einen Kasettenrecorder hier – wollen Sie diktieren, solange Sie es noch frisch vor Augen haben?«

Aber Fenton hörte kaum hin. Er sah immer noch auf die Zahneindrücke des Bannwolfes, rot und häßlich auf seinem Bein.

4

Am nächsten Morgen ging Cameron Fenton langsam ins Smythe-Gebäude zu seiner Verabredung mit Sally Lobeck.

Er hatte pflichtschuldig seine Erinnerungen an den Traum auf ein Tonband gesprochen, ehe er das Labor verließ, weil er wußte, daß selbst die lebhaftesten Träume eine Tendenz besaßen, sich in einen Mischmasch aus Halberinnerungen und Fantastereien aufzulösen. Als er fertig gewesen war, hatte es draußen schon gedämmert, und Garnock hatte ihn nach Hause geschickt.

»Ich werde für zehn Uhr morgen eine Verabredung mit Sally ausmachen; sie hat ein Erstsemester in Einführender Parapsychologie um acht«, schlug er vor, und Cameron Fenton lachte fröhlich.

»Lieber sie als ich!« Er hatte niemals besonders gern Erstsemester unterrichtet.

»Sollen wir Donnerstag für Ihre zweite Sitzung festlegen? Wir machen immer eine Reihe von zehn Sitzungen, und wir haben herausgefunden, daß es immer besser ist, drei Tage dazwischen zu haben.«

»Paßt mir gut.«

»Und jetzt gehen Sie besser und essen etwas Ordentliches«, entließ ihn Garnock fast väterlich. »Sie finden Ihren Appetit vielleicht etwas stärker als sonst – ein paar Objekte haben das berichtet, aber ich weiß noch nicht genau, wie zuverlässig das auftritt. Wir kennen noch nicht viele der biologischen Nebenwirkungen des Antaril – Ratten können natürlich ihre subjektiven Gefühle nicht mitteilen – und Studenten sind offensichtlich zu nichts anderem in der Lage.«

Fenton hatte in der Tat wilden Hunger, und das Abendessen war eine angenehme Überraschung; sein Haupteinwand gegen das Experiment, das er jetzt mitmachte, entsprang der Tatsache, daß er als Student mit LSD seinen Gaumen sensibilisiert und dadurch fast seinen Appetit zerstört hatte.

Er hatte damals fast zehn Pfund abgenommen, und das war eigentlich nicht nötig gewesen. Im Gegensatz dazu hatte er von Studentinnen gehört, die sich für übergewichtig und das ausbleibende Hungergefühl für eine angenehme Begleiterscheinung hielten.

Als er den Campus überquerte, merkte er, wie er bewußt nach Zeichen in der Landschaft Ausschau hielt, die zu seinem Traum beigetragen haben mochten. *Ich kam aus dem Smythe-Gebäude dort an. Durch die Mauer neben dem Fahrradständer. Und ich wette, das Zeichen AUFZUG war irgendwo im Keller des Barrows-Gebäudes . . .* Er mußte sich zwingen, nicht jetzt dorthin zu gehen und dies zu überprüfen. Es gab aber sicher keine Höhlen, geschweige denn vulkanische, in der Nähe von Berkeley.

Aber ich habe die Treppe und das Schild AUFZUG gesehen und das gibt es wirklich; wäre das nicht ein Beweis von extrasensorischer Wahrnehmung?

Er beschloß, nicht nach dem Schild zu suchen. Er war sich nicht ganz sicher, niemals im Keller des Barrow-Gebäudes gewesen zu sein, und unterbewußte Erinnerung war der Fluch der ESP; der Zeitpunkt, die Existenz der Treppe und des Aufzuges zu verifizieren, war nach dem Experiment, aber er sollte sich jetzt eine Notiz machen, wenn er seinen Traum Sally berichtete.

Er erinnerte sich an Sally als eine schmale, intensive Studentin, ganz Augen und Zähne, mit strähnigen Massen sandfarbenen Haars, das sie damals ungekämmt und hüftlang getragen hatte; große Brille, weite Röcke und Sandalen. Erstaunt sah er, daß sie erwachsen geworden war und nun alles zu den Augen paßte, die jetzt von schweren dunklen Wimpern gerahmt wurden, umgeben von einer modischen Silberbrille. Sie war eine hochgewachsene, gutaussehende Frau, gut und eigenwillig angezogen. Über einer Schulter hing ein dunkler Zopf, so dick wie ihr Handgelenk.

»Haben Sie die Kassette mitgebracht, Mr. Fenton? Setzen Sie sich bitte. Möchten Sie Kaffee?«

»Ja, bitte«, sagte er und blickte zur Kaffeekanne. »Zehn Uhr ist für mich im Zivilleben sehr früh.«

Sie lachte und beschäftigte sich mit den Pappbechern.

»Zucker?«

»Danke, schwarz.« Er nahm den Becher, merkte, daß sie schlanke, anmutige Hände hatte und ihre Gesten sehr grazil waren. Die langen Finger ließen ihn an Kerridis denken, mit ihrer verkohlten Hand, wie sie vor Schmerz aufschrie, als Lebbrin ihre Hände über dem glühenden Heilstein geschlossen hatte. Er fragte sich, wo Kerridis sich wohl befand und ob ihre Hand wieder besser war, verwarf aber dann wütend diesen Gedanken.

Kerridis war nur eine Frau in einem Traum. Ebenso Irielle. Keine von beiden war echt . . .

»Sie können den Becher dort drüben abstellen, Mr. Fenton. Und bitte bedienen Sie sich, wenn Sie mehr möchten.«

»Cameron, bitte. Oder einfach Cam.«

Sie lachte leise und kehlig. »Tut mir leid, ich halte Sie immer noch für einen Lehrer. Da, wo ich aufwuchs, nennt man Lehrer einfach nicht beim Vornamen.«

»Wo war denn das?«

»Im Tal auf der anderen Seite, eine Kleinstadt in der Nähe von Fresno«, antwortete sie. »Sie haben sich noch nicht recht entschieden, ob sie ihre diplomatischen Beziehungen mit dem Zwanzigsten Jahrhundert aufnehmen.«

Cam dachte, dies erkläre vielleicht die ungewaschene ›Hippie-Periode‹, die sie durchgemacht und glücklicherweise überstanden hatte. »Wie finden sie denn deine Wahl, Spezialistin für Parapsychologie zu sein?«

»Ich weiß es nicht«, gab sie kühl zurück. »Ich habe sie nicht gefragt. Ich glaube, das ist mir auch völlig egal. Sollen wir anfangen?«

Er merkte, daß man ihn gerade von privatem Territorium verjagt hatte und griff nach der Kassette, auf die er nach Garnocks Drängen seinen Traum diktiert hatte. »Paßt dies in das Gerät?« Er sah zu, wie ihre schmalen, dunklen Finger das Gerät öffneten, die Kassette einlegten, und wieder überkam ihn blitzartig die Erinnerung an Kerridis.

»Und wenn du nichts dagegen hast, dann erzähl mir bitte alles noch einmal. Hör zu und füge alles hinzu, was du vielleicht vergessen hast. Und ich werde es ab und zu anhalten und Fragen stellen; ist das okay so?«

»Das ist dein Projekt«, sagte er. »Aber ich glaube, ich verstehe nicht ganz, was du vorhast, Sally.«

Sie lehnte sich auf dem Rollenstuhl hinter dem Schreibtisch zurück und verschränkte die Arme im Nacken.

»Ich bin selbst noch nicht so sicher, wohin alles führt«, sagte sie. »Ich dachte es, als ich anfing, aber jetzt wendet es sich in eine andere Richtung. Ich habe die Idee aus einem Essay in Psychologie über religiöse Motive bei den halluzinatorischen Prozessen unter LSD; es waren ungeheuer viele Leute, die irgendeine Art religiöser Erfahrung unter dieser Droge hatten. Hast du das auch bemerkt?«

Fenton nickte.

»Nun, die Frage, die da aufgeworfen wurde, war, ob es unbewußte Erwartung war oder eine allgemeine Qualität der Erfahrung selbst, welche die Haltung gegenüber einem religiösen Phänomen färbte; und wenn es subjektiv war, zapften wir da das kollektive Unbewußte der Menschheit an. Also: Korrelierte die Qualität der religiösen Erfahrung positiv mit der grundsätzlich geistigen Anlage und individueller historischer Erfahrung, oder korrelierte es negativ, oder gab es überhaupt keine Korrelation?«

»Und was für Schlüsse hat man gezogen?«

»Nun, da waren die normalen Erwartungshaltungen – fromme Juden und devote Protestanten hatten Visionen von der Jungfrau Maria; Atheisten hatten eine religiöse Erfahrung – ungeheuer viele hatten eine Vision von Buddha aus irgendeinem Grund – aber allgemein bestand positive Korrelation mit der kindlichen Vorstellung von Religion, wie sie unter hypnotischer Regression herauskommt. Ich habe also gedacht, ich versuche etwas Ähnliches, eine Inhaltsangabe der Träume unter Antaril. Wie die Träume mit früheren Erwartungen im Zusammenhang stehen undsoweiter. Und auch hier: arbeiten wir mit dem kollektiven Unbewußten oder dem individuellen Geist und vorheriger Erfahrung?«

»Garnock hält es für eine individuelle Sache«, sagte Fenton. »Als ich meinen Traum diktierte, sagte er: Hört sich an, als läsen Sie zuviel Tolkien.«

Sally grinste. Ihr Mund war für absolute Schönheit ein wenig zu breit, aber er hatte ihr Lächeln zahnreicher und verzerrter in Erinnerung. »Hast du das?«

Fenton schüttelte den Kopf. »Ich habe die Tolkien-Bücher als Kind gelesen, aber ich erinnere mich nicht an vieles.«

»Aber unter Antaril warst du darauf eingestimmt«, sagte Sally. »Ich würde sagen, die Bücher haben einen viel stärkeren Eindruck bei dir hinterlassen, als du zu dem Zeitpunkt bemerkt hast.«

»Hmmm, vielleicht«, gab Fenton zurück. »Aber wenn es das

kollektive Unbewußte ist, stimme ich nicht vielleicht nur in das ein, was Tolkien sah. Diese Leute sahen aber nicht so aus, wie ich mir Elfen vorstelle.«

»Hören wir es uns an«, sagte Sally, wandte sich zu dem Gerät und spielte mit den Knöpfen. Ihre Anlage war groß und offensichtlich professionell. »Wenn du nichts dagegen hast, Cam, spiele ich das ganze Ding ab und übertrage es mit den Kommentaren, die ich mache und du vielleicht hinzuzufügen hast auf meins. Ist das okay?«

»Sicher.«

»Gut.« Sie diktierte seinen Namen und das Datum ins Mikrophon. »Zwei cc Antaril durch Druckspray-Injektion; Verlust des Bewußtseins nach drei perfekten Karten-Durchläufen; Subjekt nicht im gleichen Raum mit Karten, sondern durch Standardabschirmung getrennt.« Sie stellte das Mikro ab. »Und was geschah unmittelbar, nachdem du mit Garnock zu reden aufgehört hast, Cam?«

»Ich habe das Bewußtsein eigentlich nicht verloren«, antwortete Cam. »Es war mir nur zu mühsam, weiter zu reden.«

Sally stellte die Kassette an, und Fenton hörte seine Stimme: ». . . war mir einer zunehmenden Schwierigkeit bewußt, daß der vermeintlich getrennte Körper auf dem Bett und ich zusammenhängend redeten. Ich ging also einfach durch die Wand.«

»Warte«, sagte Sally und drückte auf die STOP-Taste, stellte auf REC. »Bist du dir sicher? Du hattest also definitiv den Eindruck, durch die Wand zu gehen und nicht durch die Tür?«

»Ja, durch die Wand. Ich dachte, sie sei gar nicht da. Als wenn man durch den Nebel geht.«

»Kannst du beschreiben, was im Flur zu diesem Zeitpunkt war?«

»Jede Menge Studenten. Ich erinnere mich . . .« Er runzelte die Stirn. »Da war ein großer Typ mit Brille und einem weiten weißen Pullover und roten Haaren. Ich bin direkt durch ihn hindurchgegangen . . .«

»Hört sich wie Buddy Ormsby an«, sagte Sally und machte sich eine Notiz. »Er ist einer meiner Erstsemester. Ich finde heraus, ob er zu dem Zeitpunkt im Gebäude war. Noch was?«

»Draußen war ein Mädchen auf einem blauen Fahrrad . . .« fuhr Fenton fort und beschrieb genau, was er gesehen hatte, wie der Campus langsam um ihn herum verschwand.

»Bringen wir das aufs Band«, sagte Sally und stellte es wieder an, um Fentons Stimme zu hören, wie er beschrieb:

»Da war eine junge Frau mit blonden Haaren und Jeans auf einem blauen Fahrrad. Sie trug ein Baby auf dem Rücken – in einem rotblau gestreiften Beutel, und als ich gegen das Fahrrad stieß, machte ich mir Sorgen um das Baby . . .«

»Die kenne ich auch«, sagte Sally und machte sich eine weitere Notiz. »Jessica nimmt ihr Kind überall mit hin. Ich kann bestätigen, daß sie sich gerade zu dieser Zeit vor dem Smythe-Gebäude befand. Hellseherei könnte dafür in Frage kommen, Cam. Weiter . . .« Sie wandte sich wieder dem Tonbandbericht zu, hörte stumm, wie er das Schwinden und Dünnerwerden des Campus beschrieb, wie die rotschwarze Wolljacke erschien, wie er den Gesang in der Ferne hörte.

Beim Zuhören merkte Fenton, daß der Traum nicht schwächer geworden war wie bei Träumen sonst üblich. Er stand ihm deutlich vor Augen, wie jedes andere außergewöhnliche Abenteuer in seiner jüngsten Vergangenheit. Dieses intensive Abchekken machte den Traum nur deutlicher. Als er seiner Stimme lauschte, wie er den ersten Angriff der häßlichen Wesen beschrieb, dachte er an Garnocks Bemerkung, daß er zuviel Tolkien gelesen hatte.

Es gibt eine Ähnlichkeit mit Tolkiens Elfen und Orks. Aber ich erinnere mich nicht, mir Elfen jemals so vorgestellt zu haben . . .

Er hörte seine Stimme auf dem Band. »Ich hörte, wie sie sie bei sich Kerridis nannten . . .«

»Warte«, sagte Sally wieder und hielt das Band an. »Bist du dir sicher mit diesen Namen? Sag ihn noch einmal, bitte.« Fenton tat es, und sie wiederholte ihn nachdenklich, schrieb ihn rasch auf in Symbolen, die er für phonetisch hielt. »So – Kär-ie-dis?«

»Genau. Nur nicht mit einer solchen Betonung auf der ersten Silbe. Warum?«

»Bist du sicher, es war nicht Kerridwen?«

»Aber ja. Das Wesen brüllte es in voller Lautstärke, und andere haben den Namen später wiederholt. Warum?«

»Keridwen war eine walisische Göttin, eine Art Weltenmutter«, sagte Sally. »Erinnerst du dich nicht an die vergleichende Mythologie?« Sie startete das Band wieder, und Fenton fühlte sich ausgepumpt. Er war eigentlich sehr vertraut mit der Theorie des Unbewußten, das niemals etwas vergaß, und wenn der Name seiner Feenkönigin fast identisch war mit einer Göttin aus der Mythologie, dann war das so eine Art Bestätigung. Als er sie später auf dem Band die Feenkönigin nannte, unterbrach sie wieder.

»Hast du Spensers Feenkönigin gelesen?«

»Nein. Ich weiß aber, daß es ein solches Gedicht – oder ist es ein Stück? – gibt.«

»Wie hast du sie denn zufällig so nennen können?«

»Ich bin nicht sicher«, antwortete Fenton, »es kam mir einfach so in den Sinn. Vielleicht habe ich an die Kinderballade gedacht – du weißt, die mit Tamerlan und der Feenkönigin?«

»Aber da warst du noch nicht mit in der Handlung«, sagte Sally und schien enttäuscht.

Als sie das Band wieder startete, dachte Fenton, daß dies alles recht merkwürdig sei. Es hätte ihn nicht überrascht, sich in einem solchen Traum auf einem weißen Pferd zu finden und durch eine mutige Frau von der Feenkönigin freigekauft zu werden. Aber die Königin selbst in einer Situation zu finden, wo sie gerettet werden mußte, das war in der Tat eine Verdrehung der alten Ballade und sagte einiges über Fentons Psyche aus. Er war sich aber nicht sicher, was.

Aber warum – wenn es ein Traum ist, und wir in Träumen unsere Frustrationen loswerden – habe ich bei der Rettung nicht aktiver mitgemacht, anstatt mich wie ein hilfloser Passant zu verhalten? Wie meine Hände direkt durch das Metall hindurchgingen!

Er hörte wieder seiner Stimme auf dem Band zu. »Der Mann war groß, hatte einen dichten Backenbart und einen kurzen dunklen Bart. Die Königin nannte ihn Pentarn . . .«

»Oh!« Sallys Ausruf ertönte leise, aber unmißverständlich. »Du hast auch einen Pentarn . . .!«

»Was?« wollte Fenton wissen.

Aber Sally bedeutete ihm hastig zu schweigen. »Nichts, nichts.«

Als er später von Kerridis sprach und ihrer Angst vor Eisen, unterbrach sie ihn wieder.

»Kanntest du die Geschichte, daß Elfen kein kaltes Eisen berühren dürfen?«

»Ich bin nicht sicher«, gab Fenton zurück. »Ich muß es irgendwo gehört haben.« Er durchwühlte seine Erinnerung, was er an Aberglauben jemals gehört hatte. »Ich kann mich nicht erinnern, wo. Vielleicht habe ich es aus Kiplings Geschichte ›Kaltes Eisen‹? Ich bin nicht sicher. Und ist es nicht in . . . Lady Charlotte Guest . . . nein, in Yeats *Irish Fairy and Folk Tales* – wo ein Stück kalten Eisens in einer Wiege die Feen abhält, ein ungetauftes Baby zu stehlen? Aber ich kann mich wirklich nicht erinnern, wo ich es gehört habe.«

Sie unterbrach ihn nur noch einmal, um ihn einen Namen wieder holen zu lassen.

»Ariel?«

»Irielle«, korrigierte er. »Länger als Ariel, und ein weicherer Laut am Anfang. Ein wunderbarer Klang.«

Am Ende spulte sie das Band zurück, faßte alles zusammen, um sich zu vergewissern, daß sie alles korrekt aufgeschrieben hatte.

»Machst du das mit allen Träumen so sorgfältig, Sally? So weit ich mich erinnere, ist die Analyse von normalen Träumen eher eine Sackgasse. Gibt es denn irgendeinen Beweis für die Existenz eines kollektiven Unbewußten – wie, wenn Leute gleiche Träume haben?«

Sie lächelte gutmütig. »Frag mich nicht danach, Cam«, sagte sie. »Das hieße nämlich, die Zeugen beeinflussen. Ich will dir überhaupt nichts in den Mund legen. Ich sehe dich nach der nächsten Sitzung.«

Aber er erinnerte sich an einen Satz, der ihr unbedacht herausgeschlüpft war: *Du hast auch einen Pentarn*. Das bedeutete, daß noch jemand anders den sinistren Pentarn im Traum gesehen hatte.

Sally kennzeichnete die Notizen ihrer Sitzung, nahm das Band aus ihrem Gerät und packte es in eine Schachtel. Seine Augen folgten ihr, als sie das Band in eine Schublade legte. Er würde gern ein paar ihrer Bände hören und die Träume vergleichen. Hatte noch jemand auch von Pentarn geträumt?

Verdammt, der Name klingt vertraut. Ist er ein Typ aus einem Kinderbuch, das ich mal gelesen und wieder vergessen habe?

»Noch einen Kaffee?«

»Nein, danke«, sagte er und sah zur Uhr. Hatte es wirklich drei Stunden gedauert? »Aber es ist spät genug. Kann ich dich auf einen Drink in den Rathauskeller einladen?«

Sie lachte und schüttelte den Kopf. »Danke, Cam, aber ich habe um eins ein Seminar.«

»Ein andermal?«

»Das wäre nett«, sagte sie unverbindlich. »Aber jetzt muß ich zu meinen Studenten rennen. Danke.« Sie reichte ihm die Hand auf freundliche, sachliche Art. »Wann ist deine nächste Sitzung?«

»Donnerstag um drei.«

»Dann sehe ich dich Freitagmorgen um zehn, ja? Und vergiß nicht, danach sofort alles aufzunehmen, ehe du es wieder vergißt.« Sie ging mit ihm hinaus und schloß fest die Tür hinter sich. Als sie den Gang entlang gingen, sagte sie: »Das Problem bei uns in der Parapsychologie – abgesehen davon, daß wir immer noch unsere Existenz rechtfertigen müssen – ist, daß wir trotz der ungeheuren Masse an Daten und Fakten praktisch keine Schlußfolgerungen haben. Wir wissen nicht, ob die Phänomene der Biochemie zugeordnet werden, der Neuropathologie oder einer individuellen psychischen oder psychopathischen Gabe.«

»So habe ich das noch nie gedacht«, meinte Fenton.

»Das Problem ist«, fuhr Sally fort, »es gibt Unterstützung für eine jede von diesen Positionen. Die Arbeit von Garnock am Antaril weist darauf hin, daß ESP die gestörte Biochemie des Großhirns ist. Bring es mit einer Droge durcheinander, dann bekommst du ESP – so einfach ist das. Und dann ist es ein Fall für die neurologische Erklärung. Warst du schon hier, als Ellen Ransford getestet wurde?«

Fenton nickte. Es war im gleichen Jahr gewesen, als er Sally in seiner Graduiertengruppe gehabt hatte, wenn er das auch nicht sagte – er zögerte, sich an die linkische und unattraktive junge Frau zu erinnern und mit der schick gekleideten und intelligenten Lehrerin neben ihm in Verbindung zu bringen.

»Ellen, wie ich mich erinnere, hatte ungeheuer hohe Testergebnisse – aber nur in der Phase von Scotoma, ehe sie diese schauderhaften Migräneanfälle bekam«, sagte er. »Und nur dann, wenn sie kein Ergot nahm, um die Schmerzen unter Kontrolle zu bekommen. Die Kontrolldroge verscheuchte die Migräne – aber auch ihre ESP.« Vor seinem inneren Auge sah er die kleine blonde Ellen, der die Tränen vor Schmerz über die Wangen rollten, die Augen geschlossen wegen der akuten Lichtempfindlichkeit in dieser Phase, wie sie den einzigen perfekten Durchlauf in jenem Jahr machte. »Was ist schließlich mit Ellen geschehen? Ich wurde in jenem Juni eingezogen. Ist sie im September wiedergekommen?«

Sally nickte. Ja«, sagte sie. »Eine Weile war sie, wie du dir vorstellen kannst, der Liebling der Fakultät, und ich erinnere mich an einen Tag, als Stefanson aus der Medizin hier ein EEG mit ihr machte, während Mortwell aus der Psychologie über Migräne schwätzte, daß sie nur die Manifestation eines Defektes der Persönlichkeit sei und offensichtlich psychosomatisch. Sie haben sich fast geschlagen, während Ellen dort mit den Elektroden auf dem Kopf saß und weinte. Und die ganze Zeit auf Dilantin, und ihre ESP war fort, solange sie das einnahm. Was einigen neurologischen Erklärungen Futter gab.«

»Wo ist sie jetzt?«

Sally lachte wieder. »In der Psychologie. Sie hatte eine Affäre mit einem der Assistenten vom alten Mortwell. Ich glaube, sie war eine Zeitlang mit ihm zusammen, wechselte das Hauptfach, las Behaviorismus, und das letzte, was ich von ihr hörte, war, daß sie Ratten durch ein Labyrinth jagt.« Sie blickte konsterniert zur Uhr. »Cam, ich komme zu spät in mein Seminar! Bis Freitag!« Sie jagte, ohne sich umzusehen, die Treppe hinauf.

5

Dieses Mal wußte Fenton, was ihn erwartete, und weil er es wußte, gelangen ihm perfekte Durchläufe, ehe er es zu schwer fand, seine Stimme zu kontrollieren. Als Garnock ihn bat, die Kontrolle der KK-Würfelmaschine zu versuchen, weigerte er sich.

»Sie denken, es ist ESP«, konnte er noch sagen, »ist es aber nicht. Es ist Bilokation.«

»Würden Sie das bitte erklären?« fragte Garnock mit jenem vorsichtig behutsamen Tonfall, den Fenton in diesem Zustand so sehr haßte.

Patzig antwortete Fenton: »Nein, möchte ich überhaupt nicht. Zu schwierig zu sprechen jetzt . . .« Und ging wieder hinaus durch die Wand.

Er wurde langsam nervös, sich bewußt, daß Garnock eigentlich nichts für seine Reizbarkeit konnte. Es war nur, daß er die Welt um sich schwinden spürte, das Bewußtsein, wenn er noch länger bliebe, würde er glatt durch den Fußboden fallen.

Der Campus draußen war bereits so verschwommen, daß Fenton kaum noch vertraute Zeichen fand. Er wandte sich wieder nach Norden, eilte auf den Eukalyptushain zu, der in beiden Welten gewesen war, und sah sich nach den charakteristischen Bäumen um. Die Bäume waren da wie zuvor, aber sie waren bereits keine Eukalyptusbäume mehr. Hoch ragten sie auf mit silbrigen Stämmen und fedrigen weißen Blüten, und kein Zeichen war zu sehen von dem Bergpaß, wo er zuerst die Alfar gesehen hatte, als sie vom Eisenvolk angegriffen wurden.

Unvermittelt blieb er stehen. Irgendwie hatte er es nie angezweifelt, daß er genau an die gleiche Stelle zurückgehen konnte, wo er die Welt zuletzt verlassen hatte.

Doch als ich das letzte Mal bei den Eukalyptusbäumen angekommen war, hatte die Welt der Alfar bereits zu schwinden begonnen, und auch der Campus war bereits wieder um ihn gewesen . . .

Es war ein Hain, oder ein Baumkreis, in beiden Dimensionen. Aber nur in dieser Welt war es der Campus von Berkeley, ein Eukalyptushain.

Versuchsweise berührte es einen Baum. Ja, er war hart und fest mit scharfen Dornen, die ihm schmerzhaft in den Finger stachen. Er fragte sich, ob sein Finger auf der Couch im Symthe-Gebäude auch blutete. Nun, aber sicher würde er nicht zurückgehen, um das zu überprüfen.

Nächste Frage: Er hatte angenommen, daß das Schwinden menschengefertigter Objekte aus dieser Welt und das Bestehen von natürlichen Objekten, zumindest im frühen Stadium, von einem Trip zum anderen blieb – zumindest war das bei beiden Trips bislang so gewesen. Aber ging er zurück in den gleichen Traum oder in eine andere Traumdimension oder in eine fremde Welt? Oder wartete dieses Mal ein völlig neues Traumabenteuer auf ihn?

Das verschaffte ihm ein plötzliches scharfes Gefühl von Enttäuschung. Er merkte, daß er insgeheim erwartet hatte, ja, sich darauf gefreut hatte, in die Welt zurückzukehren, wo er die Alfar gesehen hatte – und Irielle. Er wollte Irielle wiedersehen.

Wenn dies den Regeln von Träumen gehorchte, dann konnte er ihn zurückzwingen . . .

Nein. Er würde fair bleiben.

Er würde diese neue Erfahrung ohne Erwartungen oder Vorurteile erleben, die die Resultate verfälschen könnten. Er war ein Wissenschaftler, kein Kind, das Traumabenteuer genoß und seine gewählte Welt mit Feenköniginnen und bösen Zwergen bevölkerte. Er würde, was immer auch kommen sollte, annehmen und akzeptieren.

Und diese Entscheidung machte ihn weniger glücklich als zuvor. Hatte es ihm wirklich soviel bedeutet? Weil er merkte, wie er vernünftelte: Wenn es nur ein Traum ist, was spielt es dann für eine Rolle? Es ist mein Traum. Ich sollte fähig sein, es selbst zu bestimmen.

Trocken dachte er: Das sollte mir einiges über mich selbst verraten. Ich bin Psychologe. Ich sollte begreifen, was es über mich aussagt – daß ich aktiv in die Welt der Alfar zurückkehren möchte!

Aber er war nicht Zentrum des Experiments. Er würde fair bleiben und nehmen, was kam. Langsam begann er, nach Norden zu gehen, versuchte, so gut es ging, seinem früheren Weg zu folgen zum nördlichen Rand des Campus.

Es gab keine vertrauten Zeichen in der Landschaft, und es schneite auch nicht, wenn auch hart verkrusteter Schnee auf dem Boden lag, und wieder war das erste Geräusch, das er bewußt wahrnahm, das Knirschen des Schnees unter seinen Stiefeln. Er hatte sich wieder ohne nachzudenken in seinen warmen Daunenparka gekleidet und war sich der Kälte kaum bewußt. Aber kein Zeichen von dem Bergpaß. War er in einer anderen Welt? Es herrschte das gleiche graue Zwielicht. Legte er die Strecke mit einer anderen Geschwindigkeit zurück? Er merkte, daß er in jener Welt weder Sonne noch Mond gesehen hatte. Noch gab es einen Laut menschlicher Bewohner, doch einmal, als er durch den Wald ging, huschte ein kleines Tier aus seinem Versteck und von einem Baum zum anderen. Fenton erhaschte einen flüchtigen Blick, lang genug, um zu merken, daß es weder ein Eichhörnchen noch ein anderes kleines Kletter- oder Nagetier war, das er kannte. Er erinnerte sich an die sonderbar sehnigen Bewegungen, und wünschte sich, es länger anzusehen, war aber irrationalerweise erleichtert, daß er nicht die Gelegenheit gehabt hatte.

Der Wald schien dichter zu werden, und Fenton zögerte, fragte sich, ob er zurückgehen sollte, ehe er sich hoffnungslos verlief, und die Straße suchen, die er beim letzten Mal gesehen hatte. Diese Wahl hatte auch Nachteile – zum einen führte sie zu den Höhlen der Irighi, und von denen hatte er wirklich genug gesehen. Auf der anderen Seite, wenn Kerridis und ihre Eskorte hier entlang geritten waren, dann mußte sie irgendwohin führen, wo die Alfar lebten. Fenton merkte, daß er mit recht unwissenschaftlicher Hartnäckigkeit erwartete, daß er sich wieder im Land der Alfar befand.

Wo immer er auch war, dieses Mal würde er jedenfalls in keine der verdammten Höhlen gehen! Ganz abgesehen von dem freudianischen Symbolismus, den diese Abneigung verriet, hatte er das Gefühl, beim letzten Mal nur knapp entronnen zu sein, und dieses Mal hatte er nicht einmal einen Flammendolch zum Leuchten.

So, das war also geregelt. Dieses Mal keine Höhlen. Aber wenn er nicht bald irgendwohin gelangte, dann würde er wahrscheinlich kaum etwas zum Erforschen haben.

Immer noch wurde der Wald dichter. Weitere Bäume von der

Sorte, wie sie in dem Fast-Eukalyptushain gestanden hatten, tauchten auf, sowie Immergrüne mit dunklen, bläulichen Nadeln. Und auch Unterholz, hauptsächlich eine Art dichten Gebüschs mit roten Beeren – wenn sein Körper nicht richtig hier war, dann konnte ihn auch nichts vergiften – aber etwas hielt ihn zurück, und nach einer Minute erkannte er auch, was es war: Eine vage Erinnerung an vergleichende Völkerkunde:

Iß niemals und trink niemals in Feenland . . .

Oh, Blödsinn! Trotzig pflückte er einen Busch Beeren ab, führte sie an die Lippen, zermalmte dann zögernd eine zwischen den Zähnen. Nach einem Moment spuckte er sie aus. Sie schmeckte scharf nach Minze, war aber nicht verlockend genug, das erinnerte Tabu zu brechen; sie schmeckte und roch leicht nach Zahnpasta.

Als er den Resten der ausgespuckten Beeren mit den Augen folgte, entdeckte er zwischen den Bäumen so etwas wie einen Pfad. Nichts, was man nur annähernd einen Weg nennen konnte, kaum ein Fußweg, eher ein Kaninchenwechsel. Doch es war das erste, was er sah, was ihm bedeutete, daß der Wald nicht gänzlich verlassen war. Er konnte ebenso gut über den Wildwechsel gehen wie anderswo.

Als er seine Füße auf den Weg setzte, merkte er, daß er undeutlicher war als angenommen, nur Linien im Schmutz, umgeben von dichten Büschen und dichtem Unterholz. Vor ihm schien er in einem Dickicht aus Dorngestrüpp zu enden; als er versuchte, sich einen Weg hindurch zu bahnen, verfingen sich die Ranken in seinen Kleidern. An einer Seite des Dickichtes sah er eine Art Pfad und ging darauf zu, ihn zu untersuchen, aber auch dieser schien schmaler als beim ersten Hinsehen. Nach erfolgloser Jagd nach einem dritten Pfad merkte er, daß es stimmte: Die Pfade schlossen sich vor ihm, als würden ihn die Wege, die Bäume zurückweisen und ausschließen. Das natürlich schien unvernünftig.

Aber dies ist eine Traumwelt. Woher nehme ich an, was vernünftig sein müßte?

»Das ist idiotisch«, sagte er laut und hörte seine eigenen Worte schwer in der Luft hängen, fast nachhallend. Er sah etwas, was wie ein richtiger Pfad aussah und durch das Unterholz führte, und er ging rasch darauf zu, doch als er dort anlangte, sah er nur noch dichtes Dornengewirr.

Da wurde Fenton verrückt. Laut sagte er: »Also, das könnt ihr mit mir nicht machen. Ich komme hier durch, ob es euch gefällt oder nicht! Wenn sich hier der Weg einfach so versteckt, sobald ich meinen Fuß darauf setze, dann mache ich mir eben einen Weg selbst!« Er begann den schmalen Wildwechsel entlang zu gehen, den er zuerst betreten hatte. Zuerst mußte er sich den Pfad durch dichtes Unterholz kämpfen, dann schien er sich allmählich in einen gutbezeichneten Weg zu verwandeln, dann in einen echten Weg mit deutlichen Fußspuren. Laut sagte er: »Das gefällt mir besser.« Und beim Gehen wurde es immer mehr zu einer Straße, als mache der Akt des Wanderns ihn allein echter und realer.

Er fragte sich, ob Straßen in dieser Welt dem Heisenberg-Prinzip folgten – das Prinzip, so erinnerte er sich, daß der Akt der Beobachtung einen Akt verändert. Wenn man es sich genau überlegte, dachte Fenton, wenn das Heisenberg-Gesetz überall funktionierte, würde auch die Parapsychologie ein richtiges Anwendungsfeld darstellen.

Vor ihm teilten sich die dichten Büsche sichtlich, als wenn Frauen die Röcke schürzten, um Platz zu machen. Weit vor sich konnte er zwischen den dicken Bäumen Licht sehen.

Er ging darauf zu, halb zweifelnd, ob das Licht wohl wie ein Irrlicht vor ihm her huschen würde. Aber es blieb an Ort und Stelle, und Fenton richtete sich darauf aus. Es wurde deutlicher, war aber immer noch schwach, wie ein Irrlicht, definitiv kein elektrisches Licht. Noch war es von einer Fackel oder einer Kerze oder irgendeiner anderen Lichtquelle, die er hätte erkennen können; er begann sich zu fragen, ob es ein Schimmer aus natürlicher Ursache war, auf Wasser reflektiertes Licht, so etwas ähnliches!

Dann ragte Dunkelheit vor ihm auf. Sie hinderte nicht richtig seinen Weg, denn dazu war sie zu schwach und vage, nicht fest genug. Es war zum Beispiel kein Gebäude. Er war sich nicht sicher, was es war, aber ganz sicher, daß es keine solide Struktur irgendeiner Art war. Einem richtigen Gebäude hätte er sich kaum so weit nähern können, ohne es zu erkennen, zu sehen. Außerdem konnte er Zwielicht und Sternenschein durch die dunkle Masse hindurch sehen.

Er blieb stehen, wollte nicht gegen diese hinderliche Dunkelheit stoßen, ohne zuerst ziemlich genau zu wissen, was es war. Es konnte sich als ebenso gefährlich wie die Höhlen der Irighi herausstellen.

Er betrachtete es. Nein, ein Gebäude war es nicht. Doch irgendwie vermittelte es den Eindruck von einem Gebäude, mit zwei riesigen Bäumen wie zwei Eingangssäulen, dann ein Hain, der eine Art Gebäude simulierte, mit einer riesigen Halle und kleinen, schwebenden Innenlichtern, zu fern, um sie deutlich sehen zu können. Unter seinen Füßen schien die Straße zu verschwinden, oder besser: zu ihrem ursprünglichen Zustand eines kaum sichtbaren Kaninchenwechsels zurückzukehren. Oder hatte er sich nur eingebildet, daß es ein richtiger Weg war?

Oder hörte er auf, wo er jetzt hier angekommen war?

Und jetzt sah er zwischen den beiden Eingangsbäumen zwei schlanke Gestalten und merkte mit einem fast kindlichen Gefühl von Wiedererkennen und Entzücken, daß er sich wieder im Land der Alfar befand.

Keine ihm bekannte menschliche Rasse war so schlank, so fein gebaut, mit so sonderbaren dreieckigen Gesichtern. Sie trugen Vrillschwerter an den Gürteln, die schwach grünlich leuchteten. Leise unterhielten sie sich in jener hohen singenden Sprache, und einer von ihnen unterbrach sich plötzlich und sah mit seinen goldenen Augen in Fentons Richtung, in das dichte Unterholz hinein.

»Dachte, ich hätte etwas gehört«, sagte er.

»Schatten. Springst du jetzt auf jeden Schatten? Die Eisenwesen kommen nicht so dicht an Orte, die so wie dieser hier bewacht sind«, meinte der andere. »Oder was glaubst du, haben Erril und die Lady die ganze letzte Nacht gemacht? Eine ganze Bande des Eisenvolkes könnte hier vorbeiwandern, sie würden das Haus nicht sehen, so sorgfältig ist es verzaubert!«

»Aber man kann nicht vorsichtig genug sein«, meinte der andere, »oder warum hat Findhal sonst Wachen aufgestellt? Niemand weiß, was sich dieser Tage auf den Ebenen so herumtreibt. Mir ist egal, was du sagst, Rimal, irgend etwas ist falsch gelaufen. Als ich ein Junge war, brachen die Eisenwesen vielleicht ein- zweimal in einem Wechsel durch. Jetzt kommen sie durch, wann immer es ihnen gefällt, nicht nur bei den Equinoctes, wenn die Tore offenstehen, sondern wann immer es ihnen beliebt. Wer läßt sie durch? Was ist mit den Siegeln und Wachen geschehen? Weltenwanderer, Zwischenmenschen, Eisenwesen kommen und gehen, wie es ihnen gefällt. Wer kümmert sich um das Weltenhaus, ob da vielleicht ein Leck ist?«

»Du stellst zu viele Fragen«, erwiderte der andere. »Das große Volk weiß, was es tut, und es ist nicht deine Angelegenheit. Unsere Angelegenheit ist es, die Wünsche der Lady zu erfüllen, wie wir es immer getan haben.«

»Aber da kann ich dir nicht zustimmen«, antwortete der Nörgler.

»Es ist meine Angelegenheit, wenn sich jemand mit den Siegeln und Wachen befaßt, und als Resultat davon ende ich in den Fängen eines Irighi oder werde gefangen, wenn sich die Dinge zu verschieben beginnen und die Landkartenmarkierungen sich ändern. Ich sage, Rimal, gerade erst neulich . . .«

»Warte«, unterbrach ihn Rimal.

Fenton merkte, daß er in seiner Neugier, mehr zu hören, zu nahe herangekommen war, und wandte sich zur Flucht, doch es war zu spät. Unter seinem Fuß knackte ein Zweig, er glitt aus, und im nächsten Augenblick umfaßte Rimal seinen Arm.

»Was machst du denn hier? Schleichst durch die Dunkelheit, um zu spionieren? Komm unter das Licht, damit ich dich besser erkennen kann!«

Fenton ließ sich ohne Protest fortschleifen. Er merkte, daß der Griff nicht sehr fest war, und wenn er wollte, konnte er sich jeden Augenblick losreißen und fliehen, doch er hielt still, teils, weil beide Alfar Vrillschwerter trugen, die ihn verletzen konnten und teils, wei er trotz ihrer groben Worte eigentlich keine Angst vor den Alfar hatte.

»Einer von der verfluchten Sorte Pentarns«, sagte Rimal angeekelt und schleppte Fenton ans Licht. »Da waren auch einige, als die Eisenwesenhöhlen letztes Mal aufbrachen, als die Lady verletzt wurde.«

»Diesen kann keiner verletzen«, sagte der andere. »Kein Schatten. Sieh doch, er ist ein Zwischenmensch. Wohin treibt diese Welt, wenn sich dieser Abschaum in den Ebenen herumtreibt? Du!« sagte er zu Fenton und verlieh seinen Worten mit einem Rütteln Nachdruck. »Was machst du hier?«

»Ich habe einen Weg gesehen und bin ihm gefolgt«, antwortete Fenton, und die beiden starrten ihn an.

»Konnte er dem verborgenen Pfad folgen? Dann muß es einen Grund für sein Hiersein geben«, meinte Rimal.

Aber der andere schüttelte den Kopf. »Kann man nicht sagen. Überall gibt es Spione.«

Fenton sagte: »Bringt mich zur Lady Kerridis. Oder zu Findhal. Sie kennen mich . . .«

»Ohne Zweifel«, meinte Rimal. »Aber die Findhals und Lady kommen und gehen nicht auf deinen Befehl.«

»Dann«, sagte Fenton, »bringt mich zu Lady Irielle . . .«

»Huh«, meinte der eine, »das habe ich mir gedacht. Ich traue denen wie Pentarn nicht, auch wenn die Lady zu weichherzig ist, die Wechselbälger rauszuschmeißen.«

Fenton sagte: »Die Lady Irielle kann euch sagen, daß ich kein Spion bin und euch nicht schaden will. Ich habe geholfen, sie zu retten . . .«

»Eine sehr wahrscheinliche Geschichte«, spottete Rimal.

Aber der andere sagte: »Nein, Rimal, das stimmt. Ich habe von Findhal gehört, daß ihnen ein Zwischenmensch half. Ich werde ihn holen.«

»Tu das. Wenn er zu Pentarns Volk gehört, wird Findhal kurzen Prozeß mit ihm machen. Du!« sagte Rimal zu Fenton. »Komm langsam her und versuch keine Tricks.«

Fenton tat, wie ihm geheißen. Nach einer längeren Wartezeit, in der sich die Dunkelheit ringsum verdichtete, erschien die riesige Gestalt Findhals mit dem Wächter.

»Du«, sagte er. »Der Zwischenmensch. Ich habe mich schon gefragt, was aus dir wurde und ob du sicher wieder zurück gelangt bist.« Er stemmte die Hände in die Hüften und blickte auf Fenton hinab. Cameron Fenton war recht groß, doch vor der riesigen bewaffneten Gestalt Findhals wirkte er wie ein Schuljunge. »Irielle sagte, wenn du dennoch zurückkommen konntest nach all den Siegeln und Wachen, die hier aufgestellt sind, sollst du sofort zu Lady Kerridis gebracht werden. Komm also!«

»Vorsicht, Lord Findhal«, warnte Rimal. »Er könnte dennoch ein Spion für Pentarns Leute sein . . .«

Findhals klingendes Lachen hallte durch den Hain. »Unwahrscheinlich, Rimal, daß er sein eigenes Leben riskierte, um der Lady ein Vrillschwert zu bringen, als sie unter der Erde gefangen war auf gleicher Ebene, wo die Feuer waren. Ich glaube nicht, daß wir uns um ihn Sorgen machen müssen.«

Rimal murrte. »Das war vielleicht ein cleverer Trick, um dein Vertrauen zu erringen, damit er die Geschichten Pentarn überbringen kann. Ich habe noch nie einem Zwischenmenschen getraut. Ich finde es besser, wenn die Leute entweder zu der einen oder anderen Welt gehören, und nicht wischiwaschi zwischen ihnen leben.«

Findhal ignorierte ihn und sagte zu Fenton: »Komm, die Lady wartet auf dich.«

Fenton folgte dem Riesenkrieger. Als sie unter den Baumschatten traten, fragte er sich wieder, ob sie sich nicht doch in einem riesigen Gebäude befanden, das er einfach nicht sehen konnte – entweder weil es in Rimals farbiger aber wenig informativer Beschreibung ›verzaubert‹ war, oder aus einem anderen Grund.

Die Illusion blieb, wurde jeden Moment stärker, daß sich um ihn keine Bäume, Moosvorhänge, Dickichte und Haine befanden, sondern säulenbestandene Hallen, weite Korridore, Räume mit pastellfarbenen Behängen. War auf dieser Ebene irgend etwas so, wie es aussah? Konnte er seinen Sinnen überhaupt noch trauen?

Nach einer Weile hörte er Musik, Fragmente einer Melodie, aufgenommen und sonderbar ausgeschmückt von einem anderen Sänger, leicht in eine andere Melodie transportiert, angefüllt mit Trillern und schwebenden hohen Tönen. Dahinter hörte er das Tirilieren flötenähnlicher Instrumente; Panflöten, dachte er, ohne die leiseste Ahnung, was Panflöten eigentlich waren, und dann das leise Rauschen eines Zupfinstrumentes.

Unvermittelt brach Licht über ihn herein – Sonne, Sterne, Sonnen aus Licht in dem Grau. Fenton legte automatisch die Hände vor die Augen, so hell war das Licht. Nach einem Augenblick dämmerte es zu erträglicher Intensität ab – oder hatten sich seine Augen einfach daran gewöhnt? Er senkte die Hände und sah durch das nun erträgliche, wenn auch immer noch helle Licht, Kerridis.

Prächtig gewandet, gekrönt mit sternengleichem Schmuck, saß sie auf einem Thron, der grün und golden behangen war. Zu ihren Füßen kniete ein junges Alfar-Mädchen und spielte die Panflöte; auf der anderen Seite strich jemand sanft über eine Harfe. Und dahinter der Gesang, mit unglaublichen Stimmen, von einem Kontrapunkt zum anderen geworfen. War das wohl einfach die Art und Weise, wie sich Alfar unterhielten?

Kerridis machte eine Handbewegung. Das Singen verstummte, doch Flöte und Harfe spielten weiter, durch alles, was folgte. Später merkte Fenton, daß zu keinem Zeitpunkt seines Aufenthaltes hier die Musik völlig aufgehört hatte.

»Komm her«, sagte sie, ihn herbeiwinkend. »Du bist der kühne

Zwischenmensch. Ich bin froh, daß du unbeschadet entkommen konntest. Komm und setz dich vor mich. Fentarn . . . Fentrin . . .« Sie zog ein Gesicht. »Ich weiß, dein Namen ist irgendwie wie Pentarn, aber nicht genau so.«

»Fenton«, sagte er, und ihr Lachen erinnerte ihn an Zauberglöckchen, hing hoch in der Luft.

»Fenn-Trin. Nun, ist auch egal.« Sie bedeutete Fenton, sich auf den Boden vor ihr zu setzen, zwischen das Kind mit der Panflöte und der Frau mit der Harfe. Unbeholfen sank er zu Boden und kreuzte die Beine.

»Ich hoffe, alle Eure Verletzungen sind verheilt, Lady Kerridis.«

Sie streckte ihm eine schmale Hand entgegen. Auf den Fingern waren immer noch schwarze Spuren zu erkennen. Sie sagte: »So gut wie möglich; solche Wunden heilen niemals vollständig. Doch ich hatte Glück, daß es nicht schlimmer ist. In den Tagen meiner Mutter . . . aber das ist weder hier noch dort.«

»Geschieht so etwas oft?«

»Es ist nicht unbekannt«, erwiderte sie, »wenn es mir auch, ehrlich gesagt, scheint, als geschehe es heutzutage öfter. In der Vergangenheit konnten die Eisenwesen nur zu bestimmten Zeiten durchbrechen, und jetzt scheint es, können sie kommen, wann immer sie wollen, und ich kann mir nicht helfen, aber ich glaube, dein und Pentarns Volk haben diese Veränderung bewirkt. Kommst du denn nun aus der Welt Pentarns?«

Fenton schüttelte den Kopf. Dann fügte er langsam seiner Verneinung hinzu, als sei er sich nicht sicher: »Gewiß, Pentarn sieht wie ein Mensch aus. Aber er ist nicht so gekleidet wie in der Welt, aus der ich komme, und auch wie er Haare und Bart trägt . . .« Als er das gesagt hatte, war er sich nicht mehr sicher. Berkeley war immer noch das Mekka für Exzentritäten, und auf dem nördlichen Campus gab es beinahe alles. Haare, Bärte, Stiefel und Umhang wie Pentarns würden gar nicht auffallen, sondern nur Aufmerksamkeit erregen als eine weitere Besonderheit. »Jedenfalls«, endete er abschwächend, aber aufrichtig, »ist er niemand, den ich jemals zuvor gesehen habe.«

Kerridis betrachtete ihn. Dann sagte sie: »Es stimmt, daß deine Kleidung und seine in keiner Weise ähnlich sind. Und wenn dich Pentarn hierhergeschickt hätte, um uns Schaden zuzufügen, hätte er dir sicher eine feste Gestalt und einen Schatten gegeben.

Doch einige unserer Leute sind mißtrauisch, und wer will es ihnen schließlich übel nehmen, nach dem die Eisenwesen so viele meiner getreuen Begleiter gemordet haben. Selbst Irielle war den Verdächtigungen ausgesetzt.« Sie verstummte nachdenklich.

Fenton, kühner geworden durch die Nennung von Irielles Namen, fragte: »Ich hoffe, Irielle hat sich von ihrem Abenteuer in den Händen der Eisenwesen erholt?«

»Sie war nicht richtig verletzt, nur verschreckt«, sagte Kerridis. Dann hob sie die schmale Hand und rief: »Irielle? Kind, komm her und sprich mit ihm . . .«

Irielle trug nun ein langes braunes Kleid, das pelzbesetzt war – es ähnelte weitläufig den Kleidern der Alfarfrauen, war aber viel wärmer, und wiederum fand Fenton dies beruhigend. Diese Leute sorgten sich um das Wohlergehen von Menschen, die bei ihnen lebten; sie hatten sich die Mühe gemacht, Irielle warme Kleider zu machen, hatten den essentiellen Unterschied zu ihnen erkannt. Ihr Haar war geflochten und mit glitzerndem Schmuck hochgesteckt, der fast wie die Edelsteine in Kerridis Haar aussah. Sie lächelte Fenton schüchtern an. »Ich bin froh, daß du zu uns zurückgekommen bist. Die meisten Zwischenmenschen kommen in unsere Welt nur einmal, vielleicht irregeführt, vielleicht in einem Traum, und sie finden niemals den Weg zu uns zurück. Wie hast du das geschafft? Hast du ein Tor gefunden?«

Er schüttelte den Kopf. »Nein, es war Teil eines Experiments«, sagte er, doch Irielle und die Königin wandten ihm einen unmißverständlichen Blick höflichen Unverständnisses zu. Nun, vielleicht überraschte es nicht, daß in dieser Welt, wo das, was wie Zauberei wirkte, an der Tagesordnung schien, so etwas wie Wissenschaft und Experimente unbekannt waren.

Kerridis winkte einen ihrer Diener herbei. »Wirst du mit uns trinken, Fenn-tarn?«

Er zögerte. »Wenn ich das kann.«

Kerridis runzelte leise die Stirn, und Fenton fragte sich, ob er eine der Anstandsregeln hier fürchterlich verletzt hatte – er befand sich immerhin hier am Hof, und Kerridis Einladung hätte man einen königlichen Befehl nennen könnte. Irielle bückte sich und flüsterte etwas, und sie lachte, und das Stirnrunzeln verschwand.

»Ich hatte es vergessen, ja, einige der Weltenwanderer und auch die Zwischenmenschen haben die Illusion, daß man, wenn man hier ißt und trinkt, gefangen bleibt und nicht zurückkehren kann. Unter bestimmten Bedingungen kann es, wenn man mit seinem Körper hier ist – als Weltenwanderer – gefährlich sein, bestimmte Sachen zu essen; ich vermute, das wirst du später lernen.« Sie nahm den edelsteinverzierten Becher, den man ihr reichte, berührte ihn leicht mit den Lippen und hielt ihn ihm entgegen. Dann sagte sie zögernd, den Kelch mit beiden Händen umfassend: »Verstehst du – ich gebe dir die Illusion einer Erfrischung; wenn du wirklichen Durst leidest, wird er nicht gestillt werden.«

Fenton nahm den Becher. Einen Moment fragte er sich, ob seine Hände wohl hindurchgleiten würden, wie durch das Metallgitter, doch der Becher blieb in seinen Händen und fühlte sich fest und kalt an den Lippen an. Er verbeugte sich und trank, und betrachtete heimlich den Kelch. Das Getränk schmeckte kalt und erfrischend; es war weder süß noch merklich scharf, und gewiß war es kein Alkohol. Der Becher selbst – schade, dachte er, daß er ihn nicht mit zurücknehmen konnte, als Beweis für seine Geschichte.

Aber wenn ich das täte – sagt man nicht, daß Feengold sich im gleichen Augenblick zu einer Handvoll welker Blätter verwandelt, wenn es bei Tageslicht betrachtet wird? Und wenn diese Welt eine echte Parallele oder Extradimension unserer eigenen ist, wo ist dann die Sonne? Und in diesem Zusammenhang: Wo ist eigentlich der Mond?

Er hielt jedenfalls den geleerten Becher einen Moment länger in der Hand und versuchte, sich das Muster einzuprägen, damit er es Sally aufzeichnen konnte. Dann gab er ihn Irielle zurück. Kerridis lächelte sie beide freundlich an und sagte: »Lebbrin kommt, Kinder, und ohne Zweifel hat er etwas Wichtiges für meine Sitzung, daher muß ich euch fortschicken. Bring ihn hinaus in den Hain, Irielle, und unterhalte ihn.« Sie nickte ihnen freundlich zu und entließ sie. Als ihn Irielle fortführte, hörte er Fragmente der Singrede, Melodien und harmonische Fetzen, von einer Stimme zur anderen geworfen, in sonderbarem Obligato.

Er folgte Irielle einer merkwürdig dichten Mauer entlang in diesem sonderbaren Haus, das sowohl von dichtem Gestein umschlossen war, wie auch wieder nicht; bis zu diesem Augenblick war er sich nicht sicher, ob sie nun draußen oder drinnen waren. Hatten Definitionen eigentlich überhaupt eine Realität hier?

Realität? fragte er sich mit einem Schock. *Was ist denn Realität?*

»Du bist so still«, sagte sie.

»Ich habe der Musik gelauscht. Wenn du allein mit ihnen bist – kannst du so sprechen?«

Sie lachte. »Ein bißchen, wie ein kleines Kind. Die meisten achten darauf, langsam zu sprechen, wenn sie sich mit mir unterhalten. Nicht so langsam wie die Lady mit dir, aber langsamer, als sie mit ihren eigenen Alfarfrauen sprechen würde.«

Sie gelangten in helleres Licht, und er spürte, daß sie draußen waren, wenn sie auch immer noch Bäume umgaben. Sie fragte: »Macht dir die Kälte etwas aus?«

»Eigentlich nicht. Aber dir vielleicht?« entgegnete er.

Sie schüttelte den Kopf. »Ich bin jetzt daran gewöhnt; doch ich weiß noch, als ich zuerst hierher kam, habe ich immer gefroren. Ich habe Tag und Nacht vor Kälte geweint.« Sie ließ sich auf den Boden fallen und bedeutete ihm, sich neben ihr niederzulassen. »Das scheint nun lange Zeit her, und so lange ich warme Kleider habe, macht mir die Klte nichts aus, doch in den Höhlen der Eisenwesen war das anders, eine andere Art Kälte.«

»Wie bist du hierhergekommen, Irielle?« *Sie ist doch ein Mensch, so wie ich auch . . .*

Sie sah ihn mit leiser Überraschung an. »Ich bin natürlich ein Wechselbalg.«

Natürlich. Ich bin natürlich ein Wechselbalg. Nun, was hatte er denn erwartet? Eines konnte er mit Sicherheit sagen, dieser Traum oder diese Dimension oder was immer es auch war, es war logisch nach eigenen Regeln. Was hatte er denn erwartet? Sie war ein Wechselbalg, was sonst? Wenn man im Feenland einen Menschen traf, was anders konnte er denn sein als ein Wechselbalg?

Aber was in aller Welt ist ein Wechselbalg?

Er fragte: »Und dieser Pentarn – ist er auch ein Wechselbalg?«

Ihr lebhaftes Gesicht zog sich zornig zusammen. »Pentarn? Ein Wechselbalg? Wer von den Alfar würde sich denn gegen so einen eintauschen lassen? Nein, Pentarn muß irgendwo durch eines der Weltenhäuser gelangt sein, oder durch ein Tor, denn er ist ein echter Weltenwanderer; er wirft einen Schatten und hat Substanz, und ich habe ihn essen und trinken sehen. Wie ich kann er mit kaltem Metall umgehen. Aber er kann kein Pflegekind der Alfar sein; er weiß nicht genug von uns. Und er hat keine Angst vor den Eisenwesen, was sich kein Alfarpflegling trauen würde.«

»Aber was ist ein Wechselbalg, Irielle?«

Sie sah ihn verdutzt an. Sie war menschlich, ganz menschlich, und hatte nicht die fröstelnde Eleganz der Alfar; sie war warm, lebendig, doch eines hatte sie von ihnen, dachte Fenton: Das Gesicht war beweglich, spiegelte rasch jede Laune oder Gedanken. »Wie bist du hierhergekommen, wo du so wenig weißt? Die Alfar haben nur wenige Kinder, weniger – so hat es mir die Lady gesagt – im Verlauf der Jahreszeiten. Und so nehmen sie sich zuweilen Kinder aus anderen Welten. Findhal und seine Lady, die mich aufzog, haben keine Kinder, noch Kerridis oder Erril, und Lebbrins Sohn wurde von den Eisenwesen umgebracht, ehe ich geboren wurde.«

»Sie stehlen Kinder?«

»So kann man es auch nennen«, antwortete sie mit einem Anflug von Zorn, »aber sie nehmen nur solche Babys, die in ihren Wiegen schlecht behandelt werden und ohnehin sterben . . . Kerridis nahm ihren anderen Zögling aus einem Asyl, wie sie mir sagte, wo ungewollte Kinder zurückgelassen und bezahlten Ammen übergeben und wo sie vernachlässigt wurden, so daß die Hälfte von ihnen vor dem zweiten Lebensjahr starb und der Rest schwachköpfig blieb, weil es ihnen an Mutterliebe fehlte. Sollten die Alfar solche Kinder dem Tod überlassen, unbeweint und unbetrauert, wenn sie sich nach Kindern sehen und selbst keine haben?«

Fenton dachte, dies hörte sich an wie das, was er von den schrecklichen viktorianischen Waisenhäusern gehört hatte, wo Kinder an dem starben, was man Marasmus nannte, doch nun wußte man, daß man es durch liebevolle Zuwendung und zärtlicher Behandlung verhindern konnte. Doch er war sicher, auch jetzt gab es noch Heime für zurückgebliebene oder ausgesetzte Kinder, die so vernachlässigt wurden und starben, und für die der Tod eine gnädige Erlösung war. »Wie bekommen sie die Kinder, ohne daß es jemand merkt?«

»Sie lassen ein Abbild des Kindes zurück«, sagte Irielle nüchtern. »Es lebt nicht sehr lange, aber das spielt keine Rolle, da jene, die sich um das Kind kümmern, doch nur auf seinen Tod warten, und es wird begraben, und niemand merkt den Unterschied. Aber ich bin nicht so hierher gekommen; ich war alt genug, mich daran zu erinnern . . . ich wurde aus einer Kutsche geworfen, und meine Mutter und mein Vater müssen dabei umgekommen sein, denn als ich nach ihnen schrie, erhielt ich keine Antwort.« Ihr Gesicht verzog sich in Erinnerung an Schrecken und Schmerz. »Ich weiß noch, wie ich da lag, überall blutete, und die Deichsel meinen Rücken zermalmte . . . und dann war Findhal da und hob mich aus den Trümmern – ich weiß nicht, wie er es tat, ohne mich in Stücke zu zerteilen – und er sagte, wenn er mich zurückließe, ich auf immer verkrüppelt bliebe, aber daß er mich an einen Ort bringen könnte, wo man mich heilen und ich wieder spielen könnte. Ich fragte . . .«

Ihre lebendigen Züge wurden grübelnd und ruhig. »Ich fragte, ob Vater und Mutter mit dorthin kommen könnten, doch er sagte: nein, sie seien bereits tot, doch daß er und seine Lady mir statt ihrer Mutter und Vater sein würden, so lange ich lebte. Ich sah . . . genau habe ich nicht gesehen, was sie in den Trümmern zurückließen, aber er sagte, es würde so lange dort bleiben, bis es mit meiner Mutter und meinem Vater begraben würde, und dann hob er mich hoch, und ich war hier. Sieh doch . . .« sagte sie verschmitzt, hob ihren langen dicken Rock und enthüllte ein schlankes, ungebräuntes langes Bein. »Du siehst da, wie ein Bein bis zum Knochen zermalmt war. Es hat lange gedauert, bis es heilte, und lange, lange, ehe ich wieder gehen konnte, aber sie waren sehr gut zu mir.«

Fenton sah erschreckt auf die fürchterlichen Narben; wie war es ihnen nur gelungen, solche Verletzungen heilen zu lassen? Schienbein und Wade waren eine knotige Masse aus Narbengewebe. Sie zog das Kleid darüber und sagte: »Es ist häßlich, ich weiß, doch mein Rücken sieht noch schlimmer aus. Daher trage ich immer diese Kleider, wenn mir auch die Kälte jetzt nichts mehr ausmacht, und ich könnte das gleiche tragen wie die Alfarfrauen. Aber ich hasse ebenso sehr wie sie Häßlichkeit.«

Guter Gott, wie schlimm! Es hätte für die Medizin in unserer Welt eine Herausforderung bedeutet, das zu reparieren; vermutlich hätte sie das Bein verloren. Wenn sie sie davor gerettet haben, dann war das ja die reinste Gnade für sie, hierher zu kommen.

Zugleich verspürte er ungeheure Zärtlichkeit für Irielle. Sie war doch nicht die perfekte Märchenprinzessin, sondern eine narbige Überlebende eines Gott weiß wie schrecklichen Unfalls in irgend einer Welt, die vielleicht seine eigene war, vielleicht aber auch nicht. »Und dann haben sie dich hierher gebracht?«

»Als Findhals Pflegekind. Ich habe bei ihnen gelebt, bis ich erwachsen wurde, und er ist mir immer noch wie ein Vater . . . doch als ich groß war, bat mich Kerridis, hierher zu kommen und eine ihrer Sängerinnen und Dienerinnen zu sein.« Fragend hob sie das Gesicht. »Und nun erzähl du, wie du hierhergekommen bist.«

Fenton versuchte, das Experiment zu erklären, doch ihre lebendigen Züge verzogen sich ablehnend.

»Ich hoffe, dein kluger Mann, dein Professor, ist nicht einer von denen, die aus reiner Neugier Druck auf die Fasern der Weltentore ausüben, damit die Eisenwesen durchbrechen können, wann immer sie wollen und nicht nur, wenn Sonne und Mond richtig stehen und wir uns gegen sie wappnen können. Oder steht er im Bund mit Pentarns Leuten, um die Tore zu zerstören?«

»Gütiger Gott, nein!«

»Aber welche Gründe hat er?«

Fenton versuchte, es zu erklären, war sich aber bewußt, daß seine Erklärungen flau klangen. Wie konnte man die Parapsychologie in einer Welt erklären, deren Regeln so anders waren? Irielle tat die Erklärungen achselzuckend ab.

»Es wäre besser, wenn du durch das Weltenhaus hierhergekommen wärst. Ich werde versuchen, es für dich zu finden, aber ich weiß nicht, ob es zur Zeit überhaupt gefunden werden kann.« Sie verstummte, und ihr Gesicht war eine Studie des Erstaunens, und Fenton beobachtete das Mienenspiel auf ihrem lebendigen Gesicht, die feine, durchsichtige Haut, daß man fast das Blut bläulich schimmern sehen konnte in den Adern an den Schläfen. Sie schien so lebendig, daß neben ihr jede andere Frau stumpf, plump, schwer und tot erschien.

Sie ist nur die Frau meines Traumes, keine wirkliche Frau. Ich darf nicht an sie denken, als sei sie echt.

Nicht echt! Neben ihr wirkt jede andere Frau, die ich jemals gekannt habe, als hätte ich vor langer Zeit einmal von denen geträumt . . .

Ihr kleines Kinn ruhte in der Handfläche, sie war sehr still, doch dennoch sehr lebendig, feine Licht- und Schattenreflexe tauchten in ihren Augen auf und verschwanden wieder. Schließlich hob sie den Kopf und sagte: »Wir könnten losgehen und das Weltenhaus suchen; vielleicht kannst du lernen, es zu erkennen, wenn du es einmal gesehen hast . . .«

»Es suchen? Irielle, weißt du denn nicht, wo es ist?«

»Es ist nicht immer am gleichen Ort«, gab sie ernsthaft zurück. »Es bewegt sich . . . oder vielleicht ist es doch immer am gleichen Ort, nur manchmal will es, glaube ich, nicht gerne gefunden werden . . .«

Fenton platzte heraus – er konnte nicht anders: »Ich glaube, das ist das Lächerlichste, was ich jemals gehört habe!«

Wieder einmal drohten seine Gefühle, sich total umzukehren. Und er hatte gedacht, in dieser Welt herrsche genügend logische Konsistenz, daß sie fast echt wirkte!

Sein Ärger und seine Enttäuschung wirkten auf Irielle wie Wut. Sie wiederum errötete und mühte sich in einer raschen Bewegung auf die Beine, sammelte wie ein Vogel die Flügel zum Abheben zusammen, und ihr ganzer Körper zitterte vor Ablehnung.

»Was weißt du denn schon, Zwischenmensch!«

Rasch streckte Fenton eine besänftigende Hand aus.

»Irielle, Irielle, ärgere dich nicht. Es tut mir leid. Ich verstehe es nicht – wie nennst du es – daß ein fester Gegenstand, ein Haus, das du das Weltenhaus nennst, nicht gefunden werden will?«

Sie sah ihn beunruhigend, ernüchternd an. Dann sagte sie langsam: »Ich weiß es nicht – ich bin öfter als einmal durch das Weltenhaus gegangen, und es ist niemals das gleiche, nicht zweimal hintereinander am gleichen Ort. Oder vielleicht ist es immer das gleiche, nur die anderen Welten bewegen sich herum, oder das Weltenhaus scheint sich nur zu bewegen. Ignorante Leute pflegten zu glauben, daß die Sonne sich um die Welt bewegte, und jetzt wissen das sogar die kleinen Kinder besser.«

Obwohl er sich vorgenommen hatte, es nicht zu tun, blickte er zum Himmel. »Scheint denn die Sonne hier?«

»Nicht oft, das ist wahr . . . das ist der Grund, warum mir Melnia, das war Findhals Lady, öfters die Erlaubnis gab, wieder in andere Welten zu gehen; sie sagte, ich sei unter der Sonne geboren und ich würde krank, wenn ich sie nicht öfter sehen würde, als sie hier scheint. Es war auch Melnia, die mir zeigte, daß man das Weltenhaus nicht oft findet, wenn man danach sucht. Am leichtesten findet man es durch Zufall. Hast du niemals etwas zufällig gefunden, und wenn du danach gesucht hast, war es nicht aufzufinden?«

Fenton runzelte die Stirn, erinnerte sich an den komischen kleinen Buchladen in North Beach, dessen Fenster der Traum eines jeden Bibliomanen waren; doch wenn er ihn auch zweimal gefunden und in die Fenster gesehen hatte, als der Laden geschlossen war, war er doch um alle Blocks San Franciscos gegangen, hatte ihn jedoch nie zu den Öffnungszeiten gefunden.

Er erzählte es ihr, und sie nickte. »Das Weltenhaus ist genauso. Du hast es vielleicht sogar schon in einer Verkleidung gesehen. Ich bin sicher, wenn du es suchst, aktiviert es . . . eine Art Schlüssel, eine Verteidigung, deine Gedanken bewirken das. Es soll einfach nicht gefunden werden, weißt du, nur von denen, die dort wirklich etwas zu suchen haben; wenn auch Findhal kommen und gehen kann, wie er will. Und jetzt scheint es , als habe auch Pentarn ungehinderten Zugang.« Sie verstummte nachdenlich. Dann hob sie den Kopf, rasch, mit einem atemberaubenden Lächeln, und Fenton spürte, wie sich seine Kehle sonderbar zuschnürte.

Oh nein! Ich darf keine solchen Gefühle Irielle gegenüber entwickeln, einer Traumfrau . . .

Sie streckte ihm die schlanken Finger entgegen. Dann sagte sie mit jenem blitzenden Lächeln, das wie eine Kerze von innen ihr gesamtes Gesicht mit einem feinen inneren Licht zu erfüllen schien: »Ich werde Findhal fragen; er ist mein Pflegevater, und er hat mir noch nie etwas abgeschlagen. Ich werde ihn fragen, wie man das Weltenhaus findet, damit du kommen kannst, wann du willst.«

Die Berührung ihrer Hand war ihm geisterhaft, kaum wahrnehmbar, doch sie rührte Fenton – Gedanken, Körper, Gefühle – in unglaublichem Maße. Er hörte seine Stimme brüchig klingen: »Möchtest du denn, daß ich zurückkomme, Irielle?«

»Natürlich«, antwortete sie leise. »Die Alfar sind freundlich, aber ich fühle mich oft allein bei ihnen, und ich kann mit ihnen nicht so sprechen wie mit dir, denn du bist wie ich. Bitte versprich mir, daß du zurückkommst, Fenn-tarn?«

Es war Schmerz, Agonie, nichts in seinem Leben hatte bislang so schmerzhaft gewirkt wie diese unschuldige Bitte. *Wirst du zurückkommen?* Wie sollte er das wissen? Wie konnte er wissen, ob er jemals hierher zurückkommen konnte, ob es – und das war die entscheidende Frage – ob es überhaupt diesen Ort gab?

»Fen-trin? Was ist los?« Sie sah ihn tief besorgt an, dicht bei ihm, das lebendige, schöne Gesicht zu ihm hochgewandt. Fenton schluckte vor Kummer und wandte sich ab.

»Oh . . . bitte«, flehte sie. »Kannst du mir nicht sagen, was los ist, Fenn-tarn? Warum bist du . . . so traurig? Du kommst wie ein Schatten, gehst wie ein Geist – warum bist du so traurig?«

Ihm gelang es zu sagen, wenn auch die Worte in verzweifeltem Zittern herauskamen: »Ich weiß nicht, ob ich wieder herkommen kann. Ich möchte gern, aber ich . . . ich habe keine Kontrolle über mein Kommen und Gehen – ich kann nicht einmal sicher sein . . .« Seine Stimme brach, und er mußte die Worte herauszwingen: »Ich bin nicht einmal sicher, ob dies kein Traum ist – daß ich dich nicht in meinem Traum – erfunden habe . . .« Zu seinem Ärger und Verzweiflung brachen Fentons Worte in einem Schluchzer ab.

Irielle sah ihn an, und ihr Gesicht spiegelte die Verzweiflung wider, die sie empfand. »Oh, was für ein Kummer«, flüsterte sie. »Wer hat dir das angetan, und warum, Fenn-trin . . .?« Selbst die falsche Aussprache seines Namens schien traurig. Impulsiv schlang sie die Arme um ihn. Sie fühlte sich substanzlos an, leicht wie eine Feder; er spürte nicht einmal ihren Atem, aber sie war da, die Arme um ihn geschlungen. »Fenn-tarn, weine nicht. Ich bin echt. Wie kann ich dir das beweisen? Wie kannst du wissen, daß du echt bist, daß das ganze Leben nicht einfach ein Traum ist, während wir auf etwas anderes warten?« Sie warf den Kopf zurück und sah ihn an, pulsierte vor Intensität. »Ich wünschte, es gäbe eine Möglichkeit, dir zu zeigen . . . einen Trost. Ich kann nur sagen . . .« Plötzlich wurde ihr bewußt, daß sie ihn umschlang, und er sah, wie sie langsam errötete, scharlachrot wurde vor Verlegenheit, und wieder ganz erschreckte Bescheidenheit war.

Bescheidenheit. Das ist ein Wort, das wir im Zusammenhang mit Frauen auf unserer Welt nicht mehr verwenden . . . aber es paßt . . .

Sie wandte den Blick ab, rang um Ruhe, und er sah, wie sie ein paar Mal den Mund öffnete, ehe sie sprechen konnte. Schließlich sagte sie fast geflüstert: »Ich kann dir nur erzählen, was mir Kerridis einst sagte, als ich noch sehr klein war und neu hier. Ich konnte nicht gehen, und ich hatte viel Schmerzen und weinte vor Kälte und trauerte noch um meinen Vater und meine Mutter, wenn auch Melnia sehr freundlich war und Findhal tagelang an meinem Bett saß und mir vorsang, damit ich die Schmerzen des Heilsteines vergaß. Kerridis kam zu mir, und sie fragte mich, wie es mir ginge, und ich sagte, mir schiene immer noch alles wie ein schrecklicher Traum. Und sie deutete auf einen Vogel, der in einem Baum saß und sang, und Kerridis sagte: »Das Leben selbst ist ein Traum, Kleines. Trotz allem, was wir wissen, sind du und ich vielleicht nur ein Traum jenes Vogels, der träumt, das irgend jemand seinem Lied zuhören muß. Vielleicht ist das Leben ein Traum, oder vielleicht war dein anderes Leben ein Traum, und jetzt bist du in der Wirklichkeit erwacht, die du immer gekannt hast, oder vielleicht bist du nur in meinem Traum oder in Melnias, einem Traum, in dem sie das Kind hat, nachdem sie sich gesehnt hat und nicht bekommen konnte.« Irielles Stimme klang entrückt.

Fenton sagte: »Es gibt eine alte Philosophengeschichte: ›Ich träumte, ich war ein Schmetterling, träume ich, daß ich ein Schmetterling bin, oder träumt jetzt der Schmetterling, er sei ich?‹«

Irielle nickte, und dann hörte er einen langen zitternden Seufzer.

Was ist nur über mich gekommen? So zusammenzubrechen und ihr Angst zu machen?

Sie zog seine Hand an sich. Dann sagte sie sehr leise: »Du mußt wirklich wiederkommen. Ich werde Findhal fragen, ob ich dich zum Weltenhaus bringen darf. Aber inzwischen – kennst du einen Ort, der in deiner und meiner Welt gleich ist? Wenn es das gibt, können wir uns dort verabreden, damit ich, wenn du nicht kommen kannst, vielleicht zu dir kommen kann.«

Fenton dachte nach, ihre feinen Finger wie zarte Schatten zwischen den seinen. *Ich werde niemals glauben, daß Irielle nicht echt ist. Irgendwie, irgendwo existierte sie in einer Realität so echt wie seine eigene.*

Was für ein Parapsychologe wäre ich, eine Realität zurückzuweisen, nur weil ich sie nicht nach meinen eigenen Kriterien ermessen kann?

Und der Wissenschaftler in ihm trat durch den Kummer und plötzlichen Ärger an die Oberfläche. Er sagte stirnrunzelnd: »Es gibt einen Kreis aus Bäumen. In meiner Welt sind sie in der Nähe . . . des Ortes, an dem ich studiere. Und in deiner Welt ist es auch ein Baumkreis, ein Kreis aus weißen, fedrigen Blüten . . .«

»Ich kenne sie«, sagte sie. »Das ist eine gute Stelle, oder war es bis vor kurzem; jetzt brechen dort manchmal die Eisenwesen durch, aber vielleicht hält die Güte des Ortes die Eisenwesen unter den Bäumen fort.« Sie war tief in Gedanken versunken. »Komm, ich bringe dich dorthin. Es ist auch eine gute Stelle, in deine Welt zurückzukehren. Und du mußt bald gehen, sonst schwindest du, und das ist unangenehm, das weiß ich . . .«

Sie streckte ihm wieder die Hand entgegen, und er spürte den leichten Druck der substanzlosen Finger. Sie sagte: »Wir müssen durch die Große Halle zurück. Ich bin kein Kind mehr und komme und gehe, wie es mir gefällt, aber Findhal macht sich Sorgen, seit mich die Eisenmenschen ergriffen haben, und hat mich gebeten, nicht unbewacht nach draußen zu gehen, nicht wegzugehen von den verzauberten Orten, wo die Eisenmenschen nicht hinkönnen, selbst wenn sie Talismane für die Tore tragen. Er war mir immer ein lieber Vater, und so werde ich mich seinem Wunsch nicht widersetzen.«

Fenton war einverstanden. So sehr er sich danach sehnte, mit Irielle allein zu sein, war doch der Gedanke, wieder den Eisenwesen in die Hände zu fallen, etwas, an das er nicht gern dachte.

Wieder führte sie ihn durch das erstaunliche Labyrinth der Großen Halle, aber er sah nichts, was auch nur entfernt so aussah wie ein – Gebäude? Schloß? Einfriedung? – was er zuvor gesehen hatte. Brachte ihn Irielle auf einen anderen Weg? Oder begann er bereits wieder, sich zu verändern und zu schwinden, daß nichts mehr ganz das gleiche war? Es gab keine starren Zeichen, hatte er befunden, also konnte man in dieser Dimension nichts leicht finden. Das Gespräch der beiden Alfar-Wachen vor dem Eingang hatte ihm das bestätigt.

Irielle fand Findhal in einem Teil der Einfriedung, den, wenn er ein wenig fester ausgesehen hätte, Fenton als eine Art Waffenkammer und Beutelager bezeichnet hätte; es gab Vrillschwerter, die sorgfältig in einen glänzenden Stoff gehüllt waren, nicht unähnlich dem glitzernden Gewebe, das Irielle in ihrem hellen Haar trug; es gab Schilde und Teile heller Rüstung und sonderbare Waffen.

Irielle eilte auf ihn zu, und Fenton, der aus der Ferne zusah, folgte ihrer Bitte, näherzukommen, die er von ihren Zügen ablas. Sie unterhielten sich in der Alfarsprache, der Fenton nicht folgen konnte. Findhal schien nicht begeistert von dem, was sie ihm vortrug, und sie sah zwei-, dreimal zu Fenton hinüber, als gefiele ihr etwas nicht, doch endlich nickte Findhal und sagte langsam, daß auch Fenton ihn verstehen konnte: »Nimm ein Vrillsschwert mit, Irielle, immer wenn du einen verzauberten Ort verläßt, und ganz bestimmt, wenn du dich in Gesellschaft dieses Zwischenmenschen befindest.« Er bedeutete zwei Alfar, sie zu begleiten.

Sie kam zurück und sah beleidigt aus. »Mein Vater traut dir nicht«, sagte sie schließlich, »und nicht zuletzt, weil du zurückgekommen bist; die meisten Zwischenmenschen können nicht umkehren, und er hat das Gefühl, daß du irgendwie in Verbindung mit Pentarns Welt stehst. Und so hat er nicht zugehört, als ich ihn bat, mir das Weltenhaus zu zeigen oder dir einen Talisman zu geben, damit du es findest, wann immer du willst. Noch wollte er mir einen anvertrauen, wenn er das auch sonst immer gemacht hat.«

»Was habe ich getan, daß Findhal mir nicht vertraut?« Fenton kam das ungerecht und unfair vor. Er war immerhin beträchtliche Risiken eingegangen, als er bei seinem ersten Besuch die gefangene Kerridis mit gerettet und Irielle aus ihrer Zelle geholfen hatte.

Irielle nickte langsam, zögerte, es auszusprechen. Schließlich sagte sie: »Er fürchtet, du seist ein Spion von Pentarn, der unser Vertrauen erringen will, weil keiner von uns Pentarn traut. Wenn ich jünger wäre, ich glaube, er würde mir verbieten, mit dir irgendwohin zu gehen oder mich mit dir zu verabreden. Du kannst es ihm nicht übelnehmen«, fügte sie hinzu. »Denk daran, es war seine Lady, Melnia, meine Pflegemutter, die beim allerersten Überfall der Eisenwesen getötet wurde, als sie unerwartet durchbrachen. Und Findhal hatte Pentarn getraut und mochte ihn, so daß er nie aufgehört hat, sich Vorwürfe zu machen . . . es war keine glückliche Sache«, fügte sie hinzu, und ihre empfindsamen Züge sahen traurig aus, »zu denken, jemand, den man . . . liebt, stirbt von den Händen der Eisenwesen, so fürchterlich.«

Fenton wünschte sich, er könnte sie trösten, sie in den Arm nehmen und sie vor den Gefühlen schützen, die so frei in ihrem Gesicht spielten. Er fragte: »Hast du sie auch geliebt?«

»Sie war die einzige Mutter, an die ich mich richtig erinnern kann. Sie liebte mich; sie konnte keine Kinder mehr bekommen, wenn sie auch schon so lange zusammengelebt hatten, und daher hat es Findhal riskiert, ans Licht zu gehen und mich aus den Trümmern unserer Kutsche zu holen, obwohl es auch für die Alfar gefährlich ist. Noch lange danach hat er Schmerzen in den Augen gehabt, und er dachte eine Zeitlang, er würde blind. Die meisten Alfar würden es niemals riskieren, nur beim Licht des Neumondes«, sagte Irielle, »oder wenn die Tore offen sind bei der Sonnenrückkehr oder der Sonnenverdunkelung. Er muß sie mehr geliebt haben, als ich in meiner kurzen Zeit ermessen konnte. Und ich bin alles, was er noch hat an Erinnerung an sie, so daß er immer Angst hat, auch mich zu verlieren. So viele aus seiner Familie sind gestorben, seit Pentarn uns dieses . . .«

»Warum?« brach es auch Fenton heraus. »Warum hat Pentarn das über euch gebracht?« Was für ein Mensch würde mit den Eisenwesen gemeine Sache gegen die Alfar machen?

Irielle seufzte und schüttelte den Kopf. »Warum verrät ein Verräter seine Freunde?«

Damit mußte sich Fenton zufriedengeben.

Als sie den Weg von der Großen Halle zurückgingen bis zum kreisförmigen Hain, wo in seiner Welt Eukalyptusbäume standen, kam Fenton zu dem Schluß, daß die Zeichen sich veränderten und die Landschaft anders war. Er erkannte ein paar vertraute Dinge – einen Felsen mit einem Vorsprung wie ein Vogelschnabel, ein paar Büsche mit den minzeähnlichen Beeren, in einem sonderbaren Winkel zum Weg stehend, der sich vor ihnen verbreiterte, der Hain selbst – aber die Landschaft war ihm nicht vertraut. Er erwähnte dies Irielle gegenüber, und sie sagte überrascht und neugierig: »Aber natürlich, all dieses Land hier ist offen, nicht verzaubert. Ist das in deiner Welt anders? Wie langweilig das sein muß, in einer sich nie verändernden Landschaft zu leben.«

Fenton war sich der Anwesenheit der beiden Männer Findhals sehr bewußt, die ihnen gerade außer Hörweite folgten – wenn sie leise sprachen – aber bewaffnet waren und Vrillschwerter trugen. Irielle hatte ebenfalls auf Findhals Drängen ein Vrillschwert an einem schmalen bestickten Ledergürtel um die Hüfte gebunden.

Ich möchte gern eines mitnehmen und sehen, ob es in meiner Welt immer noch fest ist! Er zögerte, sie darum zu bitten, weil er wußte, wie wertvoll sie waren; was für eine wunderbare Waffe gegen die Eisenwesen. *Vielleicht später einmal, wenn ich zurückkommen kann, dann kann ich mir eins leihen und in meiner Welt untersuchen lassen. Das wäre sicher Beweis genug für jeden, auch für Garnock, daß diese Dimension echt ist.*

Echt. Selbst wenn sie sich ändert wie Traumlandschaften?

Möglicherweise hat es etwas gemein mit dem Ort, wo immer

wir in Träumen wandeln, dachte er, und merkte mit einem Schock: Träume sind immerhin nur Perioden von REM-Schlaf, charakterisiert durch schnelle Augenbewegungen, die der Art von Gehirnaktivität den Namen gegeben haben . . .

Oder wie?

»Ist das der Hain, den es auch in deiner Welt gibt, Fenntarn?«

Fenton nickte. Unvermittelt ging ihm die fortwährende falsche Aussprache seines Namens auf die Nerven. Er wiederholte ihn zweimal, sagte dann: »Läßt mein Name dich wirklich an Pentarn denken?«

»Ja«, antwortete sie zitternd. »So sehr, daß ich zögere, ihn auszusprechen. Gibt es keinen anderen Namen, unter dem wir dich kennen können, Zwischenmensch?«

»Mein anderer Name lautet Cameron – oder Cam.«

»Cameron!« Plötzlich glühten ihre Augen unter einem sonderbaren Gefühl.

»Irielle, was ist?«

Sie sagte, und die Hände flogen wie in großer Aufregung vor die Brust: »Das war . . . das war einer meiner Namen, als ich . . . als ich noch in der Sonnenwelt lebte. Cam-eron.« Langsam und nachdenklich sagte sie: »Cam-eron. Cameron . . . und jetzt habe ich ein Gefühl, daß du vorbestimmt warst, hierher zu kommen. Oder ist das nur ein weiterer Trick, mein Vertrauen zu erschleichen?«

»Dein Name war Cameron?« Stammte sie denn wirklich aus seiner Welt? Cameron war ein gewöhnlicher Name, wenn auch als Vorname ungewöhnlich. Er war irgendwo in der Familie seiner Mutter gebräuchlich gewesen; sie stammte aus Schottland, einige Generationen zurück.

Irielle nickte, das Gesicht aufgelöst vor Emotion, und sie schien mit einer Erinnerung zu ringen. »Irielle war der Name, den mir Melnia gab. Sie sagte, mein Name klinge rauh und dem Ohr nicht angenehm. Ich habe meinen . . . meinen Sonnenweltnamen nicht mehr gehört, seit ich sehr klein war, aber ich glaube, er lautete Emma – Emma Aurelia Cameron . . .«, sagte sie zögernd. »Ich erinnere mich irgendwie, wie ich in der anderen Welt auf einer Art schiefrigen Steins mit einem weißen bröckeligen Stein schreiben lernte . . . laß mich nachdenken«, sagte sie, und ihr Gesicht verzerrte sich unter der Erinnerung. Sie kniete zwischen den Bäumen nieder. Findhals Männer kamen näher, und als

Fenton ihr eine Hand auf den Arm legte, rückten sie rasch und mißtrauisch noch dichter heran.

Irielle malte mit dem Finger auf die Erde, aber der Boden war hart gefroren, und nach einem Augenblick zog sie das Vrillschwert vom Gürtel und begann mit der Spitze, das Gesicht starr vor Eifer, Striche in den harten Boden zu ritzen.

Dann sagte sie abwesend, das Gesicht vor Anspannung verzerrt: »Es ist schwer, sich zu erinnern. Schwer. Ich habe das so viele, viele Jahreszeiten nicht mehr getan. Ich habe es vergessen, und ich glaube nicht, daß ich groß genug war, gut zu schreiben. Aber mein Name war so –«

Fenton blickte hinab auf die kindlichen Druckbuchstaben:

EMMA CAMERON

Er starrte hinab, verwundert und voller wilder Vermutungen. Hatte sie als Kind . . . wie lange war das her? War die Zeit in ihrer Welt und wo? – auf einer Schiefertafel mit Kreide schreiben gelernt? Unsicher bewegte sie die Hand, als wisse sie nicht genau, wie man einen Stift hielt. Aber die Worte und Buchstaben waren ganz gewöhnliche, der Name amerikanisch – oder vielleicht europäisch.

Wechselbalg?

Plötzlich riefen die Wachen eine Warnung. Irielle sprang auf, das Vrillschwert gezückt. Findhals Wachen umgaben Irielle auf beiden Seiten.

Ein Eisenwesen rannte durch den Hain, ein Alfar-Krieger ihm dicht auf den Fersen. Dahinter erspähte Fenton flüchtig Pentarn, und gleichzeitig merkte er, daß über ihm die Bäume wabberten, daß es jetzt Eukalyptus waren, dann wieder blaß mit fedrigen weißen Blüten . . .

»Irielle . . .«

»Fort von hier, du!« Einer von Findhals Wachen schob ihn verächtlich beiseite. Er spürte den Schlag nicht mehr; er begann zu schwinden, aber er spürte die brennende Wut in der Stimme des Alfars. »Wieder hast du sie in eine Falle gelockt! Geh fort, und wenn du wieder herkommst, das werde ich Findhal schwören, will ich deinen Kopf!«

»Nein! Es ist wahr! Ich schwöre . . . Irielle . . . Irielle . . .«

Ihr Gesicht verschwamm vor seinen Augen, flehend, erschrokken. Die Alfar kämpften, er hörte das Klirren des Vrillschwertes gegen die brutalen Messer in den Händen der zwergenähnlichen Kreaturen. Etwas schlug ihm gegen den Hinterkopf, und die Welt explodierte in Dunkelheit und kehrte nicht mehr zurück.

Er lag in dem Eukalyptushain; um ihn wurde es dunkel. Wie lange war er bewußtlos gewesen? Um ihn schwankte seine Welt, und da war wieder das hartnäckige Ziehen . . . *Ich muß zurück in meinen Körper . . .*

Was würde geschehen, wenn ich zu lange fortbliebe?

Irielle? Konnte sie entkommen, haben Findhals Wachen sie in Sicherheit gebracht? Er starrte wild um sich in dem Hain, als könne er irgendwie aus dem unnachgiebigen Material der Bäume eine Antwort nach ihrem Ergehen erzwingen.

Sie konnte immer noch dort sein, tot, oder um ihr Leben kämpfend, und ich könnte sie nicht einmal sehen . . .

Fenton spürte krampfhafte Wut. Wieder einmal war er im entscheidenden Augenblick aus der Welt vertrieben worden, die ihm so nahe wurde.

Wie konnte er zurückgehen? Konnte er es überhaupt?

Gab es überhaupt eine Realität, in die er zurückkehren konnte?

Dann sah er auf dem Boden zwischen den Bäumen etwas liegen. Halb von verwischten Fußspuren verdeckt, wahrscheinlich im Kampf zertreten, aber immer noch tief mit dem Vrillsschwert in den Boden geritzt, der in ihrer Welt hart gefroren war, sah er die Zeichen:

EMMA CAMERON

Der Rest war verwischt. Doch diese Zeichen hatten in dieser Welt überlebt. Beweis!

Erkenntnis schnitt sich durch seine Freude. Er war immer noch außerhalb seines Körpers, im Traum oder was immer es war.

Ich muß hierher zurück, sobald es geht, die Zeichen überprüfen, Bilder von ihnen machen, wenn das geht . . .

Dann stand er auf, weil er wußte, es mußte sein, und ließ sich von dem schärfer werdenden Zug an der glänzenden Schnur zurück ins Smythe-Gebäude rucken, wo sein Körper lag.

6

An der Tür des Büros der Parapsychologie hing ein Zettel:

MISS LOBECK
hält keine Vorlesungen diese Woche
Termine und Notfälle bitte
WA 56–77312

Sally Lobecks Stimme klang am Telefon wütend und wie ertappt. »Ich scheine mir das Knie verrenkt zu haben. In der nächsten Woche werde ich mit meinem Mann die Autos tauschen – er hat eine Automatik – aber meinen eigenen Wagen kann ich nicht fahren. Wahrscheinlich kommst du besser hierher – ich habe ein ziemlich gutes Tonband. Und ich kann mir nicht leisten, eine ganze Woche Termine zu versäumen. In der nächsten Woche hast du alles vergessen.«

Sie schnitt ihm seine Mitleidsbekundungen ab und beschrieb ihm, wie er zu ihrer Wohnung kommen konnte.

»Kann ich irgend etwas mitbringen? Da du ja ans Haus gebunden bist?«

Sie antwortete unfreundlich: »Nein danke, ich brauche nichts. Vergiß nur nicht die Kassette, die du für Garnock gemacht hast.«

Cameron Fenton fragte sich, als er über den Campus zur Euklid-Avenue ging, ob Sally ihn wirklich so wenig leiden konnte. Oder hatte sie einfach etwas dagegen, Arbeit mit nach Hause zu nehmen, anstatt die kühle, unpersönliche Umgebung ihres Büros im Smythe-Gebäude zu benutzen? Sallys Launen spielten keine Rolle, aber er mochte diese Art persönlicher Abneigung bei der Arbeit nicht, wo es doch um ein echtes gemeinsames Anliegen ging.

Sein Weg führte ihn in der Nähe des Eukalyptushaines vorbei, und aus einer Laune heraus machte er einen Umweg. Er war gestern abend hierhergekommen, nachdem er Garnocks Büro verlassen hatte, aber er hatte gezögert, sofort eine Kassette aufzunehmen, dieses hastige Abchecken, damit er keine Details vergaß. Als er im Hain ankam, war es zu dunkel gewesen, um noch sehen zu können. Diese Energiesparmaßnahmen. Er hatte überlegt, mit einer Taschenlampe zurückzugehen, aber nach mehreren Vergewaltigungen auf dem Campus in diesem Jahr waren die Sicherheitsvorkehrungen dort verbessert worden, und er war sich nicht sicher, wie er einem Wächter erklären würde, im Eukalyptushain, auf der Suche nach Zeichen, herumzuwühlen, die vielleicht von jemandem aus einer anderen Welt zurückgelassen worden wäre – oder auch nicht.

Selbst bei Tageslicht war das kein Vergnügen.

Berkeley wird jeden Tag größer. Zu Fentons Studentenzeit war es noch eine kleine Stadt, ein paar Studenten ließen sogar ihre Wohnungen unversperrt, und Diebstähle waren selten. Jeder, der heute eine Wohnung unversperrt verläßt, auch wenn er nur den Müll hinunterbringt, würde für verrückt erklärt.

Der Hain lag praktisch verlassen da. Eine kleine Gruppe Studenten saß noch auf den Bänken und Tischen, vor sich Notizbücher, kleine Figuren von Menschengestalt sowie einen vielseitigen Würfel, und sie spielten Kerker-und-Drachen oder etwas Ähnliches. Das ist eine Campusmode, die überdauert hat. Ich habe das auch immer gespielt, als ich noch studierte, dachte Fenton. Vermutlich ist es seitdem zwei-, dreimal in Vergessenheit geraten und dann wieder aufgetaucht wie Skateboard oder Frisby. Der Gedanke deprimierte ihn, ließ ihn sich älter fühlen und müder, als die Studenten, die sich in ihren bunten kostümartigen Kleidern über die kleinen Figuren der bunt bemalten Schwertträger und Zauberer und Kriegerelfen beugten.

Verdammt. Er war doch ein ausgebildeter Psychologe und mußte merken, daß das Milieu seiner beiden Antaril-Halluzinationen nicht unähnlich war einer Episode in dem alten Kerker-und-Drachenspiel.

Ich hatte es vergessen. Ich habe es immer gespielt, in meinem ersten und zweiten Jahr. Ich erinnere mich, einmal haben wir ein Spiel gehabt, das über zwei Wochen ging. Das war nicht einmal ein Rekord – ein paar in der Newman-Halle haben ein Spiel das ganz Semester am Laufen gehalten – aber es war auch ein tolles Spiel und muß seinen Eindruck hinterlassen haben! Kommen daher die Alfarbilder?

Der Gedanke ließ verwirrte Depression zurück. *Verdammt! Ich will, daß es echt ist!* Es war ein bohrender Schmerz, als er merkte, daß Irielle vielleicht ein Traum aus verschwommenen Halberinnerungen der Tolkien-Welt der Kerker-und-Drachen aus seinen Studententagen war!

Er blickte auf die aufgewühlte Erde im Eukalyptushain. Nichts mehr zu sehen natürlich. Studentenfüße hatten auf ihrem Weg zu den Morgenvorlesungen alles zertrampelt, wenn nicht letzte Nacht ein Pärchen auf der Suche nach Ungestörtheit, für was für Paarungsriten auch immer die Studenten dieser Tage pflegten, die letzten Spuren ausgelöscht hatte. Es gab sicher nichts mehr zu sehen, und er hatte keine Lust, sich auf den Boden zu knien und vor den dicht gescharten Studenten, die um ihre Bretter und Figuren hockten, auf die Jagd zu gehen, um ein Zeichen zu suchen, das vielleicht von einem magischen Schwert aus einer anderen Dimension zurückgeblieben war.

Oder suche ich nach einer guten Entschuldigung, um nicht nachsehen zu müssen, um mich nicht zu überzeugen?

Wütend und entschlossen suchte er nach dem Baum, unter dem er und Irielle vor dem Durchbruch der Eisenwesen gekniet hatten. Es gab ein paar Spuren auf dem Boden, Fußabdrücke nach allen Richtungen in solcher Vielzahl, daß er zweifelte, ob Sherlock Holmes selbst etwas daraus entziffert hätte.

»Mann, was ist denn dein Problem?« fragte einer der Spieler auf der Bank. »Hast du vielleicht 'ne Kontaktlinse verloren?«

»Nicht sicher«, gab Fenton zurück und fühlte sich albern. »Ich habe wahrscheinlich gestern abend hier etwas vergessen, weiß es aber nicht genau.«

»War wohl 'ne kleine Party«, meinte der Student kichernd. Man reichte dünne braune Zigaretten herum; Fenton zog eine Grimasse, als er den süßlichen Rauch roch, aber die Marihuana-Gesetze, die zwar immer noch bestanden – eine zehn Dollar-Strafe für den Besitz von mehr als einer Unze – waren nicht durchsetzbar und toter Buchstabe. Die Antitabak-Gesetze waren viel härter. Fenton, der beides nicht recht mochte und dem egal war, was die Leute rauchten, solange er es nicht einatmen mußte, versuchte, dem Rauch auszuweichen, und da sah er die Kratzer, die ein E hätten sein können, ein verzerrtes M, noch ein teilweise verwischtes M in andere Richtung geneigt – Irielles steife, kindliche Druckbuchstaben.

Wunschdenken? Oder der Beweis, den ich so sehr suche?

Wenn sie wirklich hier sind, wirklich Buchstaben sind, ist auch Irielle echt.

Aber er war sich nicht sicher. Er konnte nicht sicher sein. Jeden Gedanken, die Kerker-und-Drachen-Spieler herbeizubitten, um zu verifizieren, was er für Buchstaben hielt, verwarf er rasch. Zeugen? Fünf Studenten, total unter Dope, dem Geruch nach zu urteilen, vom feinsten Eigenanbau luftgetrockneten Marihuanas? Er konnte sich schon vorstellen, was ein geübter Untersucher aus diesem Beweis machen würde, was er selbst daraus machen würde, wenn ihm das jemand vorsetzte.

Doch die ungelenken Buchstaben hatten seine ärgsten Depressionen vertrieben. Die Möglichkeit, die Hoffnung bestand noch. Irielle konnte vielleicht doch echt sein. Oder sollte er besser Emma Cameron sagen?

Sally Lobeck wohnte in einem alten Holzschieferhaus, einem der wenigen in der Arch Street, das noch nicht niedergerissen war, um Studentenhochhäuser im Bienenstocksystem zu errichten. Man hatte den kleinen Flur, eine alte Eingangshalle mit Parkettboden, umgebaut und mit Namensschildern und Briefkästen versehen, mit TV-Monitoren und anderen Sicherheitsvorkehrungen, und zunächst suchte er vergeblich nach einem LOBECK auf Briefkasten oder Namensschildchen. Dann sah er in Bleistift unter der Karte TANNER ein LOBECK, S. Ja, sie hatte einen Ex-Ehemann erwähnt, mit dem sie immer noch ein gutes Verhältnis hatte – immerhin gut genug, daß er ihr das Auto geliehen hatte – vielleicht trug sie ja auch immer noch seinen Namen oder hatte noch nicht wieder ihren Mädchennamen angenommen, als sie die Wohnung anmietete.

Er drückte auf einen Knopf, und nach einem Moment klang Sallys Stimme mechanisch verzerrt aus dem Lautsprecher. »Die Treppe hoch und dann nach links, Cam.« Der Summer ertönte; er schob die Tür auf und ging hinauf.

Sally öffnete die Wohnungstür. Ihr Bein war dick bandagiert, und sie sah erschöpft und müde aus; mit ihrem Haar hatte sie nichts anderes unternommen, als es nach hinten zu kämmen, und sie trug einen ausgeblichenen Hausmantel, an dem ein paar Knöpfe fehlten. Sie deutete ein entschuldigendes Achselzucken an. »Du siehst, warum hier alles so aussieht, Cam. Komm rein. Wenn du Kaffee willst, mußt du ihn dir selbst machen. Ich kann keine zwei Minuten lang auf diesem Bein stehen.« Schwerfällig humpelte sie zum Sofa, auf dem Bücherstapel lagen, Papiere und andere Materalien.

»Ich brauche nichts, Sally, aber kann ich dir etwas machen?«

»Kaffee«, sagte sie und lächelte schief. »Mir war es zu anstrengend, weil ich so lange auf den Beinen bleiben müßte!«

»Oh, in diesem Fall . . .«

Sie hatte eine kleine Kaffeemaschine; nach ihren Anweisungen fand er Kaffee in einer Blechdose in der Küche – die war ebenso chaotisch wie alles andere in der Wohnung – und stöpselte sie ein. Als er fertig war, brachte er ihr eine Tasse, und sie hob sie mit einem anerkennenden Lächeln an die Lippen.

»Ich bin nur zu einem Toast und einem gekochten Ei gekommen, aber meinen Morgenfix vermisse ich«, sagte sie und schluckte dankbar.

»Du solltest ins Krankenhaus gehen. Warum haben sie dich nicht ins Cowell gebracht?« wollte er wissen. »Was hast du überhaupt angestellt?«

»Das hier?« Sie deutete auf das bandagierte Knie. »Reine Dummheit. Ich habe etwas gemacht, wofür ich jedes Kind verprügeln würde. Ich mache jeden Tag Ballettübungen für meine Taille, und zum ersten Mal habe ich es gemacht, ohne mein Trikot anzuziehen. Ich bin ausgerutscht und gefallen: anstatt daß das Trikot riß, riß etwas in meinem Knie. Da war ein ziemlicher Menschenauflauf – sie mußten mich auf einer Bahre nach unten bringen. Aber ich konnte nicht im Krankenhaus bleiben. Ich habe zu viele Termine.«

»Ist es gebrochen?«

Sie schüttelte den Kopf.

»Sie sagen nein. Kniescheibe ausgerenkt und der Muskel eingerissen. Aber es ist höllisch schmerzhaft, mehr als bei einem Bruch.« Sie stellte die Tasse ab und hob das Bein mit beiden Händen auf das Sofa. »Aber irgendwie komme ich schon zurecht.«

»Das muß aber schwer sein, wenn man allein lebt.«

»Das einzige, was ich wirklich nicht kann, ist duschen«, sagte Sally. »Was die hygienischen Grundübungen angeht – nun, ich bin auf einer ziemlich primitiven Farm aufgewachsen, und Baden im Küchenspülstein macht mir überhaupt nichts aus, solange es temporär ist. Besser als im Krankenhaus zu sein und mir Sorgen zu machen, was ich alles nicht geschafft bekomme.« Sie hörte sich grimmig und wütend an. »Jedenfalls hat mir mein Exmann versprochen, die Autos zu tauschen – ich kann sein Auto fahren, auch wenn ich kein linkes Bein mehr hätte; es hat eine Automatik und nur ein Fußpedal, keine Kupplung. Daher werde ich wahrscheinlich übermorgen wieder Seminare halten.«

»Wie lange bist du schon geschieden?«

Sie zuckte die Achseln. »Offiziell drei Monate. Effektiv eineinhalb Jahre. Ich habe am Anfang das ganze Frauenbefeiungsgemüse durchgemacht, habe sogar eine Weile in einer Frauenkommune gelebt. War eine gute Erfahrung – ich fand nämlich heraus, daß Gruppenleben nichts für mich ist. Ich habe es so gesehen, daß ich gerne meine Privatsphäre habe und nicht arbeiten kann, wenn immer soviel Leute um mich rum sind. *Sie* haben es so gesehen, daß ich im Grunde meines Herzens doch eine Mittelklasse-Hausfrau bin. Ich fand heraus, daß ich es besser aushalten konnte, richtig allein zu sein, als allein in einer Horde anderer Menschen.«

Fenton nickte, verstand das. »Das habe ich bei der Armee herausgefunden«, sagte er. »Davor gefiel mir die Idee von Wohngemeinschaften. Danach habe ich gemerkt, daß ich praktisch jemanden töten würde für das Privileg eines eigenen Zimmers und einer Tür mit einem Schloß innen.«

Sie zuckte die Achseln. »Ich hatte nichts gegen die Ehe«, sagte sie. »Nur war Tom einfach nicht der Mensch, den ich für den Rest meines Lebens um mich haben wollte. Wenn man heiratet, um von zu Hause fortzukommen, hält man sich nicht damit auf, einen Mann unter diesen Gesichtspunkten auszusuchen.«

»Du hast Glück«, sagte er, »daß du kein Kind hast, um das du dich kümmern mußt.«

Ihr Gesicht verhärtete sich zu tiefen Falten. »Ja«, sagte sie. »Das habe ich mir auch zu sagen versucht, als Susanna starb. Sie war drei.« Ihr angespanntes Gesicht verbat ihm auch nur das leiseste Mitleid.

Gott, manchmal bin ich wirklich wie der Elefant im Porzellanladen!

Sie sah sein schockiertes Gesicht und hatte Mitleid. »Das hast du nicht wissen können. Fangen wir mit der Arbeit an, ja? Hast du die Kassette mitgebracht, die du für Garnock besprochen hast?

Schieb sie in diesen Schlitz, und drück auf den roten Knopf mit *Play*.«

Ihre Stereoanlage war ungeheuer, und anders als alles andere in der Wohnung sah sie sorgfältig abgestaubt und ordentlich aus, die Platten und Kassetten penibel nach den Komponisten eingeordnet. Es gab eine Menge klassische Musik, Jazz und Folkmusik, aber nichts neueren Datums. Er sah es sich an, verlor den Faden beim Hören seiner Stimme auf dem Tonband bis zu der Stelle, wo Irielle anbot, Findhal zu fragen, wie man den Weg zum Weltenhaus fände, damit er kommen und gehen konnte, wie es ihm gefiel. Er hörte seine Stimme zittern bei den Worten: »Und dann hatte ich einen emotionalen Zusammenbruch.«

Sally streckte die Hand aus und stoppte das Band. Ihre Stimme klang wieder kühl und klinisch. »Kannst du die Emotionen beschreiben?«

Der klinische Ton stieß ihn ab. Er wollte gerade sagen: »Ja, will ich aber nicht.« Dann erinnerte er sich, daß er Wissenschaftler war und an einem Forschungsprojekt teilnahm und nicht Subjekt war für eine persönliche Psychoanalyse seiner Träume und Phantasien. Er sagte so nüchtern er konnte: »An jenem Punkt wollte ich, daß alles echt sei. Objektiv, könnte man sagen, anstatt subjektiv.«

»Das kommt vor«, sagte sie geistesabwesend, als habe er sie bei anderen Gedanken erwischt. »Ich kenne das Gefühl.« Dann schien sie sich wieder im Griff zu haben. »Weiter, Cameron, unterbrich das Band jederzeit, wenn du etwas weiter ausführen willst.«

Aber er unterbrach nicht mehr, lauschte seiner Stimme und sah Sallys Händen zu, die Notizen auf dem Klemmbord machten. Es waren lange schmale Hände mit dünnen, feinen Gelenken und spitzen Nägeln, lackiert, aber farblos. Sally war eine schlichte Frau, dachte er, besonders jetzt, eingehüllt in diesen formlosen Hausmantel. Aber sie hatte wunderschöne Hände, und etwas an ihnen, wie sie sie benutzte und sie bewegte, ließ ihn an Kerridis denken, als sie ihm den feingetriebenen Metallbecher reichte. Als es ihm einfiel, nahm er einen Bleistift und versuchte, den Becher zu zeichnen und die Muster am Rand. Aber als er ihr die Zeichnung reichte, sah sie sie nicht an, sondern legte sie beiseite und lauschte bis zum Ende des Bandes.

Dann, nach langem Schweigen, sagte sie: »Cam, ich glaube, du sollest Garnock bitten, dich aus dem Projekt herauszunehmen.«

Seine erste Reaktion war Schock. *Ich werde Irielle niemals wiedersehen . . . Gott, beweist das nicht, daß Sally recht hat?*

»Ich bin Psychologin«, sagte sie mit einem kalten Lächeln. »Immerhin bin ich für eine APA-Lizenz qualifiziert, was immer das wert ist. Ich will nicht ein gutes Testobjekt verlieren, und du bist eines der besten; deine Inhaltsanalyse ist klar und interessant, und du kannst dich viel artikulierter ausdrücken als die Erstsemester in dieser Gruppe. Aber wie ich sagte, ich bin Psychologin. Zu deinem Besten empfehle ich dir, daß Garnock dich aus dem Projekt entläßt. Es wird zu wirklich für dich.«

Fenton war selbst genügend Psychologe, um zu erkennen, daß in Sallys Worten etwas Wahres lag. Er war hinreichend versiert in der Psychologie – ein Forscher in der Parapsychologie mußte soviel wissen, daß er seine eigenen Neurosen und Phantasien ausblenden konnte. Es war einfach diese Objektivität, das wußte er, die den Forscher vom Gläubigen trennte: Die Suche nach der Wahrheit ohne emotionale Beziehung zu einer Theorie im Gegensatz zu einer anderen.

Aber er sagte sich, daß er auch den Wunsch hatte, tatsächlich herauszufinden, ob diese Dinge, die er erfahren hatte, subjektiv oder objektiv waren. Doch er sagte nur: »Ich sehe, worauf du hinauswillst, Sally. Ich passe schon darauf auf. Immerhin habe ich meine emotionale Reaktion als Teil meiner Erfahrung wiedergegeben, sowie alles andere auch.«

»Das ist wahr«, gab sie zu.

»Ich möchte das durchstehen.«

Sie zuckte die Achseln. »Die Gefahr besteht für dich, nicht für mich«, sagte sie und nahm die Zeichnung, die er von dem Kelch gemacht hatte. »Ich möchte das behalten und zu den anderen Akten nehmen, wenn ich darf. Bist du vertraut mit Warlocks *Zeichen und Symbole des Keltischen Glaubens in Irland*?«

Fenton dachte einen Moment nach und schüttelte den Kopf. »Ich glaube nicht. Vergleichende Folklore war nicht so meine Sache. Ich kann nicht beschwören, ob ich nicht einmal hineingesehen habe, und ich habe keine Möglichkeit, dir zu beweisen, daß ich es nicht kenne oder nicht mehr in Erinnerung habe. Warum?«

Sie schüttelte den Kopf. »Nur so eine Frage«, sagte sie und schob die Zeichnung in einen Aktenordner. »Das ist alles, was ich brauche.«

Er zögerte beim Hinausgehen. »Wie kommst du denn zurecht mit Einkaufen und Kochen und so?«

Sie zuckte die Achseln. »Okay. Für einen solchen Haushalt wie meinen. Wie du mit einem schnellen Blick ringsum feststellen kannst, tue ich nicht viel. Es geht gut, und es macht mir nichts aus, aus Dosen zu leben – ich kann mich einfach nicht lange genug auf den Beinen halten, um großartig zu kochen.«

Er sah die tiefen Falten des Schmerzes in ihrem Gesicht. Impulsiv sagte er: »Soll ich einfach zu dem Chinesen die Straße runter gehen und etwas zu essen herholen?«

Scharf entgegnete sie: »Das war aber kein schüchterner Versuch!«

»Ist mir nicht in den Sinn gekommen«, sagte er leicht verärgert. »Schmink dir das ab, Sally. Ist es so undenkbar, daß ein Mann dir einmal ohne niedere Motive eine einfache Geste menschlicher Freundlichkeit erweisen kann? Ich eß nun mal gerne chinesisch, und bin es leid, allein zu essen. Oder hast du lieber Fisch und Fritten oder Brathuhn?«

Sie lachte und schüttelte den Kopf. »Um Himmels willen. Davon hatte ich genug im letzten Jahr, als ich noch mit Tom lebte. Einer der Gründe, warum wir auseinandergingen, war, daß ich zu kochen aufhörte. Ich sah nicht ein, wo wir beide einen vollen Lehrerjob hatten, daß ich nach Hause kommen und das Abendessen kochen sollte, während er einfach die Füße hochlegte und Fachmagazine las. Daher habe ich das Kochen gelassen und meine Wäsche selbst gemacht und seine liegengelassen, und das hat ihm nicht gepaßt. In der Theorie war er absolut bereit, seinen Teil zu erledigen, aber als es an die Praxis ging, war seine Haltung: Warum zum Teufel habe ich eine Frau, wenn sie weder meine schmutzige Wäsche wäscht, noch mich bekocht? Wie es war in Fresno, so wird es sein immerdar und in Ewigkeit Amen. Nun – ja, ich esse gern chinesisch. Besonders Wanton. Fast alles, nur keinen gebratenen Tintenfisch. Ich bin zu sehr Fresno, fürchte ich, um mit diesen knatschigen kleinen Fühlern etwas anfangen zu können.«

Fenton mühte sich achselzuckend in den Mantel. »Ich persönlich neige zur Ente. Ente in jeder Verfassung. Gebraten, Wanton, gebraten, mit Mandeln . . .

»In diesem Fall verlasse ich mich auf deinen Geschmack.«

Über eine Reihe von Pappschachteln aus dem Hop Lee Chinarestaurant wurde ihre Unterhaltung etwas lockerer; Sallys Mißtrauen ließ nach, und sie erzählte ihm, wie es gekommen war, daß sie sich der Parapsychologie zuwandte.

»Meine Mutter war Spiritualistin«, sagte sie, »hatte es immer mit Psychoten und Medien, einer schlimmer als der andere. Aber sie ging auch zu Psychoheilern, und sie ist nie krank gewesen. Das hat mich gereizt – konnte ihr Glaube sie so gesund halten? So stieß ich zur Psychologie, und da begann ich zu merken, daß sie eine gute Hälfte der menschlichen Seele herausschnitten. Weil ich in Fresno aufwuchs, war alles, was ich jemals von Religion gehört hatte, die Bibel, und das konnte ich nicht schlucken, zusammen mit dem Lippenbekenntnis zur Bibel und toter Verehrung von wissenschaftlichem Materialismus und einem Glauben an eine bestimmte Art Wissenschaft, die in den Sechzigern ausrangiert wurde mit dem neuen Durchbruch in moderner Physik. Da merkte ich, daß ihre Meinung von Wissenschaft genau so irrational war wie das Lippenbekenntnis zur Bibel – das Leben nach dem Tod auf der einen Seite loben und auf der anderen Seite alles tun, was man konnte, um einen weiteren Tag nicht in den Himmel zu müssen, ihre geliebte Wissenschaft verehren und nicht sehen, daß sie aus ihren Ministranten Affen macht und Hölle mit den religiösen Meinungen spielt. Eine Zeitlang hatte ich überhaupt keine Religion, aber ich merkte auch, daß ich die Wissenschaft nicht an ihre Stelle setzen konnte, was die meisten Atheisten tun. So suchte ich nach einem neuen Modell des Universums. Als ich mit dem College begann, entdeckte ich, daß die neue Physik direkt auf die neue Psychologie zuführte und zum Modell Parapsychologie. Und . . .« Sie zuckte die Achseln. »Hier bin ich. Und wie war das bei dir?«

»Ich habe einige außergewöhnliche Begabungen beobachtet«, sagte er, »und wurde fasziniert von der Idee, zu wissen, wie sie tun, was sie tun. Im ersten Semester Psych habe ich einen Mann an einem EEG gesehen, dem das Gehirnstrommuster mit einer Biofeedbackmaschine verändert wurde, und ich habe auch einen Yogi gesehen, der seinen Herzschlag und den Blutdruck durch Meditation ändern konnte. Hatte ein paar Seminare bei Garnock und wurde süchtig.«

»Man könnte es sehr gut so formulieren«, sagte Sally, »wenn man das Interesse eines Studenten an Parapsychologie erklären will als das, was die Psychologen und Shrinks einem als neurotisches Bedürfnis beschreiben. Ich möchte ein Modell des Universums, das mir erlaubt, das begrenzte Modell zurückzuweisen, daß ich während meiner armseligen Kindheit in Fresno hatte. Du willst eine Erklärung für Kräfte, die du im menschlichen Körper und der Seele für wünschenswert hältst, um deinen Glauben daran zu rechtfertigen, daß du sie besitzt. Es wäre interessant – und wissenschaftlich brauchbar, davon bin ich überzeugt – ein psychisches Profil von jedem in der Para-Fakultät aufzustellen, um zu sehen, wie seine neurotischen Bedürfnisse sich in der jeweiligen Forschung niederschlagen.« Ihr Lächeln war plötzlich wunderbar weich. Und wieder dachte Fenton mit unvermittelter Schärfe an Kerridis. Sally war dunkel, wo Kerridis hell war, aber ihre Stimme, wenn sie sich gehen ließ und die Bitterkeit daraus verschwunden war, klang schön und melodisch, und ihre Hände waren so anmutig; er konnte sich nun gut vorstellen, daß sie eine Ballettausbildung hatte.

Sie wäre wunderschön, wenn sie sich entspannte. Es ist die Spannung, die sie so unscheinbar, fast häßlich wirken läßt. Er fragte sich, ob er in die Phantasie von Kerridis unbewußt etwas von Sally gelegt hatte. Sehr sanft sagte er: »Und welche neurotischen Bedürfnisse lebst du aus, Sally?«

»Oh . . .« Sie zuckte die Achseln und lächelte. »Vielleicht ein Bedürfnis, mir zu beweisen, daß auch andere Menschen ihre Ticks haben. Daß ich nicht allein bin mit meiner Neurose und alle anderen nicht nur nett und normal sind, wie sie scheinen und für das jeder sie hält – nur ich nicht, wie damals in Fresno.« Sie reckte sich wie eine Katze, zuckte zusammen, und Schmerz war an ihrem Gesicht abzulesen, das sich verspannte. Die Hände fuhren zum Knie. Rasch sagte Fenton: »Kannst du nichts dagegen einnehmen?«

»Der Doktor im Cowell hat mir was gegeben. Es ist im Badezimmerschränkchen«, sagte sie und protestierte nicht, als er es holen ging. Er wühlte in dem Medizinkästchen, fand ein Röhrchen mit Tabletten mit Sallys Namen und einem drei Tage alten Datum und der Anweisung: Zwei Tabletten bei Schmerzen. Er brachte ihr zwei Pillen und ein Glas Wasser und wartete, bis sie sie geschluckt hatte, nahm ihr dann das Glas ab, bückte sich und küßte sie unvermittelt und impulsiv.

Sie zuckte ein wenig zurück, und Fenton riß sich zusammen und wich zurück.

»Tut mir leid, Sally. Das war . . . gemein, deine Lage so auszunützen.«

Sie schüttelte den Kopf. Ihr Hals war lang, die Kehle sehr zart und hell, und er spürte, daß er sie wieder küssen wollte.

»Nein, Cam, ich habe dich herausgefordert.« Sie rührte sich auf dem Sofa und fügte unsicher hinzu: »Wenn du allerdings mehr wollen solltest – und ich hätte nichts dagegen – dann muß das warten, bis ich wieder so etwas wie ein funktionierendes Kniegelenk habe. Im Augenblick sind, fürchte ich, die einzigen Gefühle, zu denen ich fähig bin, recht unangenehm und im Kniebereich.«

Das war so offen und ehrlich, daß Fenton nicht das Gefühl hatte, abgewiesen worden zu sein. Er beugte sich hinunter und küßte den weißen Hals, und dann wurde er sich mit einem sonderbar verzweifelten Gefühl bewußt, was er tat.

Ich kompensiere mit einem echten Mädchen meine Furcht, daß Irielle vielleicht nicht echt ist . . . und das war in gewissem Sinne eine gemeine Ausnutzung von Sally. Lag es an der zufälligen Ähnlichkeit mit der unerreichbaren Kerridis?

Aber als sie die Arme um seinen Hals schlang, wußte er, daß diese Frage absolut akademisch war. Sally war hier, und er wollte sie – wenn er auch wußte und akzeptierte, daß es in ihrem gegenwärtigen Zustand kaum eine anstrengendere Form des Liebens geben würde, bis Sallys Knie wieder in Ordnung war. Dies hier war keine hastige Verführung; es lag ihm daran, daß es ihr gefiel. Er wollte sehen, wie die angespannte Bitterkeit aus ihren Zügen wich und das wunderschöne, entspannte Lächeln zurückkehrte, Sally sehen, wie er sie vor einer kleinen Weile gesehen hatte, nicht die harte, verschlossene, unabhängige Sally, die sie in den Seminaren und vor den Studenten spielte. Weil er einmal ganz kurz hinter Sallys Fassade gesehen hatte, wußte er, er würde nicht eher zufrieden sein, bis er das wieder hervorgelockt hatte.

Sie fuhr sanft mit den Fingerspitzen über seine Wange. »Ich war eifersüchtig«, sagte sie leise. »Eifersüchtig, daß du dich total in ein Traummädchen verliebst. Ich wollte dich schon letztes Mal. Ich fand es schwer, das nicht . . . nicht zu zeigen. Es gibt heutzutage keinen Grund für eine Frau, es nicht zu zeigen.« Sie stieß ein leises, hilfloses Lachen aus. »Fresno stirbt nur schwer in mir. Man kann ein Mädchen von den Fesseln befreien, aber du kannst sie nicht aus einem Mädchen herausschneiden, und in Fresno zeigen die Frauen sowas einfach nicht. Oh, Cam, Cam, ich sollte nicht so reden . . .«

»Nein«, sagte er und schloß ihre Lippen mit einem Kuß, »solltest du nicht.«

Aber auch in der Aufwallung von Zärtlichkeit fühlte er sich unruhig und besorgt.

Betrog er Irielle mit Sally?

Oder Sally . . . mit Irielle?

7

Der Unfall mit Sallys Knie war nur der erste Schlag in einer Reihe kleinerer Katastrophen, die die Parapsychologie-Fakultät in diesem Winter lahmlegte. Zuerst bekam Marjie, Garnocks Assistentin, und dann Garnock selbst das, was man in jenem Winter Teherangrippe nannte. Fentons nächste zwei Sitzungen im ESP-Labor mit Antaril wurden abgesagt, und Fenton merkte, wie unruhig und bekümmert er darüber war, weil er sich fragte, was Irielle wohl dachte, ob er das Interesse an ihr verloren hatte – oder Angst vor Findhals Drohungen hatte und nicht zurückkehren wollte.

Ich frage mich, ob es eine Möglichkeit für mich gibt, ebenso wie Pentarn in jene Dimension zu gelangen – als fester Körper. Wie nannte es Irielle noch? Weltenwanderer und kein Zwischenmensch? Pentarn wirft dort einen Schatten und kann alles berühren.

Und als er so weit gedacht hatte, rief sich Fenton zur Ordnung und zu anderen Gedanken. Er durfte unter keinen Umständen als selbstverständlich hinnehmen, daß dieses unbekannte Reich echt war, eine objektive Realität.

Hatte er das Ziel von Garnocks ursprünglichem Experiment aus den Augen verloren – eine Droge ausprobieren, die die ESP oder PSI-Fähigkeit ungeheuer verstärkte? Insgeheim wußte Fenton, daß er in gewissem Sinne das Interesse an Garnocks Experiment verloren hatte. Er fühlte sich wie ein Verräter, aber er wußte, es war wahr – es war ihm eigentlich völlig egal. Was spielte es für eine Rolle, wenn er, mit der bilokalen Fähigkeit durch Antaril ausgestattet, zu Marjie gehen und sehen konnte, welche Karten sie ablegte, ohne daß sein Gesichtsfeld normal begrenzt war? Das würde ohnehin niemand glauben. Er erinnerte sich an einen Vorfall in seiner Kindheit, an die Sonntagsschule, wo jemand gesagt hatte: Ja, selbst wenn einer von den Toten auferstünde, das würde ihm niemand glauben. Allmählich war er Psychologe genug geworden, um zu wissen, daß die Leute nur glaubten, was sie glauben wollten, und die Fakten so zurechtlegten, wie es ihnen paßte. Würde er den Rest seiner Tage damit verbringen, mit den Flache-Erde-Sektierern zu streiten? Gab das Raumfahrtprogramm eine Menge Geld aus, um die Wahren Gläubigen zu überzeugen, die absolut davon überzeugt waren, daß niemand auf dem Mond gewesen war und die Regierung und wissenschaftliche Gemeinde von vier Ländern an einer gigantischen Verschwörung beteiligt waren, um das vorzugeben?

Was spielt es da für eine Rolle, wenn wir beweisen, daß einige Leute Dinge hören können, die man außer Hörweite glaubt, und Dinge sehen, die außerhalb des Gesichtsfeldes liegen? Die meisten Menschen wissen ohnehin, daß Hellsichtigkeit und Hellhörigkeit Fakten sind; warum machen wir uns all diese Mühe und versuchen, sie Ignoramussen gegenüber zu beweisen, die uns doch immer wieder sagen, daß sie uns auch nicht glauben würden, wenn wir zehnmal soviel Beweise hätten?

Und da Fenton so weit gegangen war, sah er sich gezwungen, stehenzubleiben und sich zu fragen: Was war überhaupt eine Tatsache?

Wenn es Irielle wirklich gelungen war, ihren Namen mit dem Vrillschwert in den Boden des Eukalyptushains zu ritzen, Emma Cameron, dann war das eine Tatsache, die auch die skeptischsten Menschen glauben mußten. Warum hatte er nicht darauf bestanden, daß ein paar unabhängige Zeugen noch im gleichen Augenblick, als er zurückkehrte, mit Garnock dorthin gingen?

Wollte ich es überhaupt beweisen, oder hatte ich Angst davor?

Für den Fall, daß Irielle oder Emma Cameron das wirklich getan hatte, war die Natur der Realität so anders als das, woran Fenton glaubte, dann konnte er nicht einmal den bewiesensten Fakten Glauben schenken. Hellsichtigkeit und Hellhörigkeit wären unwichtig, wenn das gesamte Konzept der Realität auf dem Spiel stand.

Haben daher die meisten Menschen vor der ESP solche Todesangst und hören einfach nicht auf die Tatsachen? Dann hatte Fenton selbst eine für einen Wissenschaftler kriminelle Tat begangen. Er hatte es unterlassen, eine Tatsache zu untersuchen und überprüfen. Unentschuldbar, nicht einmal am nächsten Tag nachzusehen, und dann zu ignorieren, was an Zeichen noch übrig geblieben war.

Aber es war jetzt ohnehin zu spät. Regen hatte die letzten Spuren verwischt. Und nun, wo es zu spät war, ging er zurück zum Eukalyptushain und starrte auf den Boden, wo Irielle, wenn es jemals eine wirkliche Irielle gegeben hatte, den Namen *Emma Cameron* gekritzelt hatte. Es gab keine Entschuldigung für diese Ignoranz; er hätte Garnock hierherschleppen sollen, an den Haaren herbeizerren, falls das notwendig gewesen wäre. Warum hatte er es nicht getan?

Sally. Sally, die echt war; er hatte Angst vor ihrer Ungläubigkeit gehabt, vor ihren Anschuldigungen, daß er sich Phantasiefrauen ausmalte. Sally war echt, und er wollte nicht glauben, daß er eine sehr echte Frau in seinen Armen gegen eine Frau eintauschen wollte, die außerhalb eines drogenerzeugten Traums keinerlei Realität besaß. Und wenn er Sally gegenüber darauf bestanden hätte, daß Irielle echt war, dann hätte er keinen Weg gefunden, ihren stummen Zorn zu besänftigen, ihre Verachtung für einen Mann, der die Beziehung zu einer echten Frau ablehnte, um von Phantasiegestalten zu träumen. Feenkönigin! Wechselbälger! Oberflächlich gesehen klang es absolut verrückt. Okay, er würde auf Sally eingehen; sie analysierte seine Traumsymbolik unter dem Einfluß von Antaril, und er spielte das Spiel nach ihren Regeln.

Sally. Langsam, allmählich, Tag für Tag merkte er, wie er sich unter Sallys Schutz begab. Selten nur noch wandte sie ihm den grimmigen, kalten Blick zu. Es war ihnen zur Gewohnheit geworden, zusammen zu Abend zu essen. Er hatte ein paar Nächte in ihrer Wohnung verbracht und sie einmal überredet, mit zu ihm zu kommen. Was immer es war mit Sally, es war keine lockere Affaire; dafür war sie nicht die Frau, aber sie schien sehr ängstlich zu sein, daß er Forderungen an sie stellte, die über das hinausgingen.

Als die dritte Woche lang ein Kärtchen an Garnocks Tür hing, was besagte, daß sämtliche Termine im Parapsychologielabor ausfielen, versank Fenton in schlechte Laune. Das Semester ging auf die Osterferien zu, und es bestand nur eine geringe Chance, das Projekt noch im ersten Vierteljahr zu beenden. Er rief Sally zu Hause an, doch niemand hob ab. Dann versuchte er es in ihrem Büro. Als sie abhob, klang sie fern, rauh, abgelenkt.

»Garnock hatte einen Rückfall. Du weißt, wie das ist mit Grippe, und du weißt, er ist sehr nachlässig sich selbst gegenüber. Ich schmeiße den Laden hier praktisch allein. Meine persönliche Meinung ist, daß wir ganz schließen sollten bis zu den Ferien und allen Studenten ein Testat ausstellen und sie im nächsten Quartal die Kurse wiederholen lassen. Aber vermutlich würde die Fakultät Zeter und Mordio schreien – denn zu etwas so Vernünftigem sind sie nicht in der Lage.«

»Das wäre hart für die Studenten mit Stipendium und die Abschlußsemester, die im Juni fertig sein wollen.«

»Ja, vermutlich.«

»Kann ich irgend etwas tun, Sally?«

»Nein, ich wühle mich durch den Papierkram und muß dieses Wochenende vierunddreißig Erstsemester-Essays lesen. Würdest du gern das Zeugs für mich lesen und benoten?«

Er versuchte es noch einmal. »Verlangst du Maschinenschrift für die Arbeiten ?«

»Genau, verdammt. So wie man in den High-Schools Schreiben lehrt – oder besser nicht lehrt – kann ich kein einziges handgeschriebenes Papier lesen, selbst wenn es Erstsemester geben sollte, die überhaupt mehr als eine halbe Seite schreiben können. Gottseidank gibt es jetzt die Tippkurse. Aber ernsthaft, Cam, könntest du dich damit anfreunden?«

»Warum nicht? Benotest du nach einem Schema?«

»Keineswegs«, antwortete Sally. »Ich habe den Studenten gesagt, ich sei absolut bereit, vierunddreißig Mal eine Eins zu vergeben, wenn sie neunzig Prozent von dem kapiert haben, was ich ihnen beizubringen versuchte, aber auf der anderen Seite würde ich ihnen auch vierunddreißig Fünfen geben, wenn sie nicht mehr als dreißig Prozent davon können. Wenn ich vorab entscheide, drei Einsen zu geben, neun Zweier und nicht mehr als sechs in den Ofen, setze ich mich allen Arten von subjektiven Schätzungen aus, wer oben oder unten ist in einem Kurs und wer nur Durchschnitt. Daher messe ich es daran, was sie wirklich gelernt haben von dem, was ich ihnen aus der Parapsychologie beizubringen versuchte. Die einzige Frage bei diesem Aufsatz ist: Beschreibe, was du in diesem Kurs gelernt hast. Wenn sie nur ein paar Allgemeinsätze aus den Büchern abschreiben, vermute ich, haben sie nicht viel gelernt. Ich suche nach Beweisen für ihre Fähigkeit, zu beurteilen und zu werten. Und das ist natürlich heutzutage ein Sakrileg, aber für mich heißt die Benotung nach einem Schema, die Konformität zu bewerten statt eigener

Gedanken. Man hält mich für hart – die meisten Erstsemester wollen in Joes Kurse. Er benotet nach einem Schema und gibt nichts weiter auf als Abfrageteste mit Computer-Benotung.«

Fenton lachte. »Daher bin ich kein Lehrer«, sagte er. »Ich würde bei solchen unterschiedlichen Auffassungen über die Benotung zu Fetzen zerhackt.«

»Was wirst du denn machen, wenn du nicht unterrichtest, Cam?«

»Keine Ahnung.« Plötzlich fühlte er sich unbehaglich. »Gottseidank brauche ich mir darüber ein paar Monate noch keine Gedanken zu machen, und dann muß ich mich dem stellen. Aber jetzt noch nicht. He, Sally, soll ich Abendessen mitbringen?«

»Nein, ich bin an der Reihe, dafür zu sorgen«, sagte sie. »Ich habe Salate da und werde auf dem Nachhauseweg noch was einkaufen. Aber wenn du willst, kannst du ein paar leere Kassetten mitbringen, da wäre ich dir dankbar.«

»Ich bin um sieben bei dir«, sagte er. Dann senkte er die Stimme und fügte hinzu: »Lieb' dich.«

»Lieb' *dich*«, erwiderte sie leise durch das Telefon und hing den Hörer auf.

In dem Laden, wo man die Kassetten kaufen konnte, Batterien und billige Aufnahmen, wartete er auf die Bestellung, die Sally telefonisch durchgegeben hatte, als eine junge Frau neben ihm sprach, und er hinhörte. Nichts ist an einem fremden Ort so deutlich wie der eigene Name, der unerwartet von jemandem ausgesprochen wird.

»Nein«, sagte sie. »Die Bestellung ist für Cameron; und mein Name lautet Dameron mit D. Bitte sehen Sie unter D wie David nach, und dann finden Sie es.«

»Frances Dameron?« fragte der Verkäufer, und wühlte in den Unterlagen. Die Frau nahm das Paket und bezahlte, aber Fenton war Irielle wieder eingefallen.

Cameron war kein ungewöhnlicher Name. Es war Cams eigener Vorname, oder einer von ihnen. Seine Mutter hatte ihn Michael Cameron Fenton genannt, nach ihrem eigenen Vater, und da es in jenem Jahr in der Schule vier Michaels gegeben hatte, war aus ihm Cam geworden, und das war er seitdem geblieben. Aber Cameron war vermutlich ein Familienname auf vielen Seiten in jedem Telefonbuch des Landes. Wenn er versuchte, eine Emma Cameron herauszufinden, die vielleicht zusammen mit ihren Eltern bei einer Art Kutschenfahrt getötet wurde, vor Generationen, in einer unbekannten Stadt eines unbekannten Landes – nein, das hieße, die berühmte Stecknadel in einem Heuhaufen finden, und das wäre noch lächerlich im Vergleich dazu. Irielle selbst war wahrscheinlich zu jener Zeit zu jung gewesen, um Jahr und Stadt oder sogar Land zu kennen. Die Aufgabe wissenschaftlicher Beweisfindung ähnelte der Suche nach einem bestimmten Stern im Andromedanebel mit dem bloßen Auge.

Er steckte die Kassetten ein und ging langsam über die Telegraph-Avenue. Es war Spätnachmittag an einem sonnigen Frühlingstag, und die Straße war voll von Studenten, Neo-Hippies, Spaziergängern aller Art, Ständen, an denen Schmuck verkauft wurde, Tarotkarten, selbstgebackene Plätzchen und selbstgefertigte Lederartikel, Batik-T-Shirts und Zigarettenpapier.

Ein schäbiger Junge im Studentenalter – aber Cam hatte ihn noch nie auf dem Campus gesehen – stellte sich vor Fenton; er war nach der neuesten Mode kahlrasiert, und er trug drei Ohrringe in einem Ohr. Fenton hatte verlauten gehört, daß dies eine private oder esoterische Bedeutung von sexuellen Vorlieben signalisierte, aber er wußte es nicht genau, und es interessierte ihn auch nicht besonders.

»He, Mann. Willst du was kaufen? Gutes, legales, selbstangebautes, luftgetrocknetes Gras? Nicht dieses Importzeugs aus Mexico mit dem chemischen Dünger – richtiger, organischer Stoff aus San Diego.«

Fenton schüttelte den Kopf. »Sorry, Bursche. Hab keine Verwendung dafür.«

»Bist du ein Jesus-Freak?«

Fenton schüttelte den Kopf. »Nee. Krieg Halsschmerzen davon, das ist alles.«

Aber der Neo-Hippie ging hinter ihm her, als er weitergehen wollte. »Sieh mal, Mann, das ist gutes Zeugs. Versuch's mal mit einer Wasserpfeife, um es abzukühlen, und dann bist du überrascht, wie mild es schmeckt. Es schickt dich wirklich in kürzester Zeit zum Mond.«

Fenton lachte. »Tut mir leid. Warum machst du dir solche Mühe? Ich kann das Zeugs nicht ab, das ist alles.«

Der Student sah beleidigt aus. »Komm schon, ich muß meine Miete zusammenkriegen, sonst holen sie meine elektrische Orgel diesen Monat ab. Versuch es, deinem Mädchen zu schenken. Ich habe extra Zeug, das mit Moschus versetzt ist, das macht die Frauen so richtig an. Läßt sie alle Hemmungen vergessen, du weißt schon, was ich meine, Mann!«

Fenton lächelte. Was immer auch Sallys Probleme waren, Hemmungen waren nicht darunter. »Tut mir leid, brauche ich auch nicht.«

»Kein Mädchen?«

»Keine Hemmungen.«

»Aber ich wette, ihr gefällt das. Komm Mann, riech mal daran«, schmeichelte der Junge. Dann senkte er die Stimme. »Oder wenn dir nicht nach 'nem legalen Trip zumute ist, kann ich dir auch Tabak besorgen. Gutes Zeug, sauberes Zeug, aus Ecuador geschmuggelt. Oder Owsley oder Sandoz-Acid, aber das kommt teurer. Alles, was du willst.«

Unter einem plötzlichen Impuls sagte Fenton: »Wie steht's mit Antaril?«

Der Hippie trat einen Schritt zurück. »Das braucht seine Zeit«, sagte er, »und alles, was du kriegen kannst, ist LSD mit ein bißchen Datura vermischt, und nicht viele kennen den Unterschied. Aber ich kenne einen Typen, der sagt, sein Zeug sei sauber. Ich könnte um elf wieder hier sein«, schlug er vor, und Fenton zögerte, dann sagte er unbeteiligt: »Okay, vielleicht komme ich vorbei.«

»Ich werde hier sein«, versprach der kahköpfige Student und ging fort.

Fenton überquerte die Avenue, kam an vielen kleinen Läden vorbei, die Tacos verkauften, Krawatten, bedruckte Halstücher, Süßigkeiten und Kunstdrucke. In einem sah er eine Serie von Rackham-Drucken von Elfen und Zwergen, die ihn unvermutet und mit plötzlicher Intensität an Kerridis bei den Eisenwesen erinnerte. Er fühlte sich versucht, sie zu kaufen, aber der Laden war geschlossen und verriegelt, und er dachte: Ich komme wieder und hol es mir. Sally möchte vielleicht gern sehen, wie sie aussehen, und dann merkte er, daß die Elfenfrau auf dem Bild ihn weniger an Kerridis erinnerte, als unterschwellig an Sally selbst.

Ich frage mich, dachte er, ob ich vielleicht dieses Bild als Kind gesehen habe? In Cams Kindheit waren Rackham-Illustrationen in Märchenbüchern in Mode gewesen, auch wenn er sich bewußt nicht an sie erinnern konnte. Sally hatte so etwas angedeutet.

Er ging weiter über den Campus, schritt durch den Eukalyptushain, ohne der Versuchung nachzugeben, wieder den Boden zu untersuchen – jedwede Spur würde inzwischen vom Regen verwischt worden sein.

Wenn das Projekt nicht in den nächsten Tagen wieder begann – er runzelte die Stirn bei dem Gedanken an das Antaril und beschloß, zurück zu dem Hippie zu gehen. Er hielt nicht sehr viel von Drogen, auch nicht von den legalisierten, oder vom hoch besteuerten Marihuana. Während seiner Zeit als Mitglied einer Forschungsgruppe hatte er ein paar LSD-Trips unternommen, um festzustellen, welche ESP-Fähigkeiten diese Droge auslöste. Aber selbst auf dem Höhepunkt der Hippie-Bewegung hatte er sich geweigert, gelegentlich aus Spaß auf den Trip zu gehen.

Er läutete Sallys Glocke, und sie begrüßte ihn mit einem Kuß. Sie sah entspannt aus, weniger zurückgezogen und mißtrauisch als gewöhnlich.

»Gib mir deinen Mantel. Ich habe Brathuhn mitgebracht und brauche nur noch den Salat zu machen. Würdest du eine Avocado für mich schälen?«

Während er Avocados und Tomaten in Scheiben schnitt, blickte er hoch zu dem Bild eines kleinen, hellhaarigen Kindes, dessen Haare zu zwei Zöpfen hochgebunden waren. Er sagte nichts, aber sie folgte seinem Blick.

»Das ist Susanna«, sagte sie. »Ich möchte mich immer so an sie erinnern. Tom wollte, daß ich alles von ihr verstecke. Bilder, Spielzeug, alles, als habe sie niemals gelebt. Und sofort ein neues Baby haben. Aber . . . ich konnte das nicht. Ich wollte kein anderes Baby, das mir Susanna ersetzte. Ich wollte warten und dann . . . kamen die furchtbaren Schuldgefühle. Weil Susanna tot war, merkte ich, daß ich nicht mehr bei Tom bleiben mußte, und es war, als habe ich ihren Tod gewünscht, um von ihm loszukommen – damit ich frei sei. Jetzt merke ich, auch wenn Susanne weitergelebt hätte, hätte ich Tom früher oder später verlassen, daher tut es nicht mehr so weh.«

Sie beugte sich über den Salat und zupfte ihn mit jenen langen schlanken Händen auseinander, die ihn so sehr an die Kerridis' erinnerten . . .

»Hier«, sagte sie und reichte ihm die Salatschüssel. »Bring sie schon mal rein, ja?«

Er stellte sie auf den Tisch, und sie setzten sich. Sally gab ihm die Pappschachtel mit dem Huhn. »Nicht elegant, macht aber satt«, bemerkte sie.

Am Rand des Tisches lag ein dicker Papierstapel. Sally hob ihn hoch, ehe sich Soße darüber ergoß. »Leg diese Sachen solange auf meinen Schreibtisch, ja? Ich muß sie heute abend auf Tonbänder übertragen.«

Die oberste Akte trug seinen Namen. M. C. Fenton. Er begann, sie durchzublättern, und sie runzelte die Stirn und schüttelte den Kopf.

»Ist nicht fair, Cam. Ich habe dir vertraut.«

Zögernd legte er die Akte auf den Schreibtisch und biß in sein Huhn. »Komm schon, ich habe doch ein Recht, einen Blick in meine Unterlagen zu werfen?«

»Das habe ich doch erklärt, Cam!«

»Okay, okay. Ich habe deine Kassetten. Sie sind in meiner Manteltasche.«

»Ich hole sie nach dem Essen«, sagte sie. »War es ein Umweg für dich?«

»Nein, eigentlich nicht. Aber es ist verdammt lästig, herauszukommen, einer von uns beiden sollte zum anderen ziehen.«

Das war ein Fehler gewesen. Sallys Mund verspannte sich, und sie sagte mit ihrer kalten Stimme: »Ich habe nicht die geringste Neigung, eine dieser beiden Möglichkeiten zu wählen. Wenn es zuviel Mühe macht, hierher zu kommen, dann können wir die nächste Sitzung drüben im Smythe-Gebäude in meinem Büro abhalten.«

»Sally! Sally!« Er legte quer über den Tisch seine Hand auf ihren Arm. »War doch nur ein Scherz, Liebling. Werde nicht wieder so kalt, um Himmels willen.«

Sie sagte wütend und zitternd: »Männer tun das immer. Sie nutzen alles aus. In dem Augenblick, wo eine Frau ein Zugeständnis macht . . .«

»Sally, um Himmels willen. Ich bin nicht ‚die Männer'. Ich bin ich, und du bist nicht die Frauen, du bist Sally! Ich liebe dich, und ich mache gern einen Spaß mit dir!« Er starrte sie so entgeistert an, daß sie den Blick senkte.

»Es tut mir leid, Cam. Ich weiß, ich bin sehr empfindlich. Aber gerade jetzt brauche ich meine Unabhängigkeit. Ich möchte nicht, daß du denkst, weil wir . . . weil wir so gut miteinander auskommen, daß du sofort damit anfängst . . . daß wir zusammen ziehen. Ich bin noch nicht bereit dazu, und ich weiß nicht, ob ich das jemals wieder sein werde. Lassen wir es noch ein Weilchen, ja?«

»Gut«, erwiderte er, und wollte sich Salat nehmen. Sallys plötzliche kühle Rückzüge verletzten ihn zuweilen.

»Haben sie Theater gemacht, die Kassetten auf meine Rechnung zu schreiben?«

»Gar nicht.«

»Jedenfalls danke ich dir, Cam. Ich gehe nicht gern über die Telegraph Avenue dieser Tage. Sie ist voller Freaks und Straßenleute. Ich weiß, die meisten von ihnen sind harmlos, aber es gefällt mir nicht.«

»Einige von ihnen sind auch sonderbar«, stimmte Cam zu, froh über das neutrale Thema. »Einer der Dealer, ein Typ mit drei Ohrringen, was immer das bedeutet, der kam und hat mir besonderes Gras angeboten, das mit Moschus versetzt ist. Er sagte, es würde mein Mädchen anmachen und ihr alle Hemmungen nehmen.«

Sie lachte. »Glaubst du, ich brauche es?«

»Nein, das habe ich ihm auch gesagt. Das sei das letzte, was du bräuchtest«, sagte er spielerisch und entblößte die Zähne.

Sie streckte die Hand aus und drückte seine Finger, sagte dann immer noch lachend: »Komm schon, Junge. Wir müssen noch alle diese Papiere lesen und benoten. Irgendwann, wenn wir nicht zuviel Arbeit haben, zeige ich dir, wie sehr ich solches Zeug brauche. Aber ich kann Moschus ohnehin nicht riechen.«

»Ich bin auch nicht verrückt danach«, sagte Cam. »Aber dieser Typ brannte darauf, etwas zu verkaufen. Er hat mir sogar Antaril angeboten.«

»Ist der wieder unterwegs? Nun, wenn man es sich genau überlegt, ist es leicht herzustellen und nicht sehr schädlich«, sagte Sally. »Wahrscheinlich besser als alles Tödliche wie Methedrin-Kristalle. Soviel ich weiß, hat Antaril keine Nebenwirkungen, aber natürlich weiß das noch keiner richtig. Es ist noch nicht viel damit experimentiert worden.«

»Und es scheint, als würde es das auch nicht. Ich bin versucht, es zu nehmen, es sei denn, Garnock kommt wieder und wir können mit dem Projekt weitermachen.«

»Bist du in Eile, Cam? Ich bin eigentlich froh, daß ich ein bißchen Zeit habe, mit meinem Papierkram nachzukommen. Mit dem Lesen liege ich auch weit zurück. Warum bist du so eilig?«

Er machte den Fehler zu sagen: »Ich wüßte gern, was aus Irielle und den anderen geworden ist.«

»Den Rest kannst du dir selbst denken, Cam. Das kannst du, wie du weißt, einfach deine unfreiwilligen Phantasien in bewußte verwandeln; denk dir einfach irgendein Ende aus.«

Sehr ruhig sagte er: »Du glaubst nichts davon, nicht wahr, Sally?«

»Nein. Ich habe zu viele solcher Phantasien gehört. Ich glaube, sie verraten eine Menge über dich, das ist alles – du willst eine Elfenkönigin, einen Wechselbalg, weil eine wirkliche Frau zu bedrohlich ist. Sie hat vielleicht eigene Bedürfnisse in einer wirklichen Welt. Das ist aber eine sehr normale Männerphantasie.«

Fenton hielt seinen Zorn im Zaum, weil er die gleichgültige Verachtung in diesen Worten spürte. »Und was ist mit den Spuren im Eukalyptushain?«

»Hat sie irgend jemand anders gesehen?«

»Verdammt, Cam. Du bist doch Psychologe genug, um zu wissen, daß die Leute sehen, was sie sehen wollen. Augenzeugen sind notorisch wertlos. Die Leute sehen immer noch Fliegende Untertassen. Wenn du deiner Spuren sicher gewesen wärest, hättest du dafür gesorgt, daß jemand anders die Gelegenheit bekam, sie anzusehen.«

»Das war tief unter die Gürtellinie, Sally.«

»Du willst einfach nicht sehen, daß du einer Selbsttäuschung unterliegst, oder, Cam? Daß du eine gefühlsmäßig perfekte Frau geschaffen hast, eine, die keine Forderungen an dich stellen wird.«

»Perfekt, Hölle!« sagte er wütend. »Irielle ist nicht perfekt. Ich habe dir von den Narben erzählt, die sie durch einen Unfall hatte, daß sie es so gedreht haben, daß es aussah, als sei sie dabei umgekommen . . .«

Sallys Gesicht war kalt und blaß. Sie fragte: »Wer hat dir von Susanna erzählt?«

»Ich weiß nicht, wovon du sprichst.«

»Erwartest du, daß ich dir das glaube? Es war in der ganzen Fakultät herum. Einige haben Blut für sie gespendet. Der Unfall. Und . . .« Ihre Stimme schwankte, brach. »Und was mit ihrem Bein geschah. Sie sagten, wenn sie weiterlebte, würde sie zum Krüppel. Schrecklich verkrüppelt. Ich habe dir keinen Vorwurf gemacht, als ich es auf dem Tonband hörte. Ich dachte, du hättest dich vielleicht erinnert, daß ich es war, mein Kind, über das du sprichst . . .«

»Sally, Sally«, sagte er konsterniert. »Es muß geschehen sein, als ich im Ausland war. Ich habe niemals ein Wort davon erfahren.«

Aber sie ließ sich nicht besänftigen. »Deine eigenen unbewußten Bedürfnisse veranlassen dich, die ganze Geschichte so zu drehen, wie du sie brauchst. Selbst die Tatsache, daß du nichts berühren konntest, damit du niemandem etwas geben mußtest, daß du für nichts, was geschah, verantwortlich warst – du konntest dich zurückziehen und die Verantwortung für alles, was geschah, ablehnen.«

Er brüllte sie an: »Und was ist mit deinen emotionalen Bedürfnissen, nichts zu glauben, mich zu einem Mann zu machen, der etwas so Schäbiges tun könnte? Was ist mit deinem emotionalen Bedürfnis zu glauben, jeder Mann, mit dem du dich einläßt, sei ein Scheißtyp, damit du eine gute Entschuldigung hast, ihn zu zerfetzen?«

Sie saß sehr reglos, rührte sich nicht. Ihr Gesicht war totenfahl, und er war schockiert. Hatte sie ihn wirklich so nah an sich herangelassen, daß er ihr so wehtun konnte? Dann sagte sie mit einem langen zitternden Atemzug: »Gut getroffen, Cam. Siehst du mich wirklich so? Ich meinte es nicht so – unvernünftig sein. Laß uns versuchen, die ganze Geschichte rational anzugehen . . .«

»Auf deine Weise«, sagte er, immer noch wütend.

»Cam, ich bin Wissenschaftlerin und Parapsychologin, und du und ich wissen, daß Wunschdenken und die Arbeit mit unbestätigten Daten der Fluch eines jeden Parapsychologen sind. Gib mir einen festen Beweis, Cam, und ich höre dir zu. Aber an der Oberfläche hört es sich zu phantastisch an, erschüttert zu viele Realitäten.«

»Willst du sagen: ›Ich habe meine Meinung, verwirr mich nicht mit Fakten?‹«

»Nein. Ich habe bislang noch keine Fakten gesehen, nur wilde Theorien. Über verschiedene Universen und alternative Realitäten.«

Langsam sagte er: »Als ich dir zuerst darüber erzählt habe, sagtest du etwas . . . ich hatte gedacht, jemand anders habe dir schon ähnliche Geschichten erzählt. Du sagtest: ›Oh, auch du hast einen Pentarn.‹ Hat ihn jemand anders getroffen oder eine ganze Gruppe?«

»Cam, du weißt, das kann ich dir nicht sagen. Es würde alles zunichte machen. Vielleicht wenn das Projekt vorbei ist. Auf jeden Fall haben Namen keinerlei Bedeutung. Es könnte der Name aus einem Buch sein, das ich gerade studiere.«

Sie hielt inne und sah ihn an. »Cam, das habe ich schon einmal gesagt, und ich sage es noch einmal. Ich glaube, du solltest aus dem Projekt aussteigen. Es wird zu real für dich. Wie wirst du dich fühlen, wenn du entdeckst, daß alles Phantasie ist?«

»Nicht halb so schlimm, als wenn ich niemals erführe, was es nun ist«, gab er zurück. »Sally, du legst großen Wert darauf, Wissenschaftlerin zu sein. Bitte, nimm zur Kenntnis, daß ich auch einer bin. Natürlich möchte ich meine Erlebnisse bestätigt haben, aber das meiste hat nichts mit Beweisen zu tun, sondern mit glauben. Verstehst du das?«

Sie streckte die schlanken Finger wieder über den Tisch und griff nach seiner Hand. Dann sagte sie: »Okay, Cam. Aber versuche auch ein wenig, alles in der Perspektive zu halten, ja?« Ihr Lächeln war flach. »Gut, ich gebe es zu. Ich mache mir Sorgen. Ich mache mir um dich Sorgen, Cam . . . oh, verdammt, glaubst du, ich will in einen Zustand geraten, wo mir ein verdammter Mann etwas bedeutet?« Sie schob den Stuhl zurück, legte den Kopf auf den Tisch und bedeckte das Gesicht mit den Händen. »Ich weiß, ich bin in der Defensive. Ich kann nicht anders, Cam. Ich habe zuviel durchgemacht«, sagte sie erstickt durch die Finger. »Ich bin nichts für dich. Ich bin für niemanden etwas. Ich bin nicht einmal mir selbst nütze. Wenn du noch ein bißchen Verstand hast, dann stehst du auf und gehst hinaus und kehrst niemals wieder!«

Er trat um den Tisch und kniete neben ihr nieder, hielt sie umfangen, während sie weinte, und er versuchte nicht, mit ihr zu reden. Schließlich nahm er mit einer Hand ihr Kinn und hielt ihr Gesicht zu ihm hoch.

»Willst du, daß ich gehe, Sally? Ich versuche nicht, deine Unabhängigkeit zu gefährden. Aber ich möchte auch nicht dein Leben komplizierter machen. Du bedeutest mir eine Menge. Ich glaube, du kannst mir noch mehr bedeuten. Und ich suche nicht einfach eine simple Affaire. Gib mir eine Chance!«

Sie sagte mit abgewandtem Blick: »Oh, Gott, ich habe es wieder geschafft, nicht wahr? Hast du das gemeint? Mein Bedürfnis, jedem Mann zu beweisen, daß er mich nur ausbeuten will, daß Männer nichts taugen, nur um mich zu schützen . . . wieder verletzt zu werden. Ich will das nicht, Cam. Ich weiß, daß du nicht so bist, aber ich fange an zu handeln – das ist schon fast paranoid, nicht wahr? Ich möchte dir vertrauen, Cam. Ich mag dich, aber ich . . . ich bin noch nicht bereit, mich weiter mit dir einzulassen, noch nicht. Können wir eine Weile ohne solchen Druck weitermachen? Um zu sehen, wie sich alles entwickelt?«

Er nickte, hielt den Arm fest um sie. »Gut, Sally, kein Druck. Keine Verpflichtungen. Wir spielen es so, wie es kommt, und sehen, was läuft. Laß uns bei diesen Aufsätzen anfangen.«

Sie schniefte ein wenig, stand auf, um den Tisch abzuräumen. »Du sagst, du willst mich nicht ausbeuten. Aber *ich*, ich benutze dich, mir bei der Benotung zu helfen.«

»Das«, erwiderte er lachend, »ist ein Schicksal schlimmer als der Tod, oder? Gib mir die verdammten Sachen, ehe ich die Nerven verliere.«

Sie arbeiteten fast bis Mitternacht an den Papieren, und da nickte Sally fast über dem Tisch ein, als sie sie fast fertig gelesen und benotet hatten. »Immerhin sind sie jetzt fertig«, sagte sie gähnend und rieb sich die Augen. »Ich hätte dazu noch ein paar Tage gebraucht und versucht, sie schubweise zwischen den Seminaren zu lesen. Cam, wie kann ich dir danken?«

»Ist schon gut; es war interessant zu sehen, wie Parapsychologie in den Augen der Erstsemester aussieht«, sagte er. »Ich hoffe, ich habe sie nicht viel strenger bewertet als du es getan haben würdest.«

Sie schüttelte den Kopf. »Glaube ich nicht. Wahrscheinlich in etwa gleich. Immerhin können wir den Jungen, der in der Parapsychologie eine gute Sache sieht, um okkulte Kräfte zu entwikkeln, taktvoll aus der Fakultät ausmerzen oder ihn den Kurs wiederholen lassen, damit er es das nächste Mal kapiert.« Sie gähnte.

Er sagte: »Geh ins Bett, Sally. Du schläfst ja schon mit offenen Augen. Ich gehe schon.«

»Cam, wenn du bleiben willst, dann ist das okay, aber ich bin so kaputt . . .«

»Ist schon gut, Liebling. Ein andermal.« Er küßte sie sanft, nicht drängend.

»Drück den Türverschluß hinunter, wenn du gehst, ja?« Sie ging auf das Schlafzimmer zu, und Fenton nahm seinen Mantel. Um an sein Kleidungsstück zu gelangen, mußte er den Stapel Ordner hochheben, und eine Akte fiel heraus. Er bückte sich, um sie aufzuheben, und sie schien ihn spöttisch anzusehen.

M. C. FENTON

Er legte den Daumen auf den Rand. Einen raschen Blick, und er würde bestätigt bekommen, was sie über ihn dachte. Oder hatte sie überhaupt nichts gesagt und verhüllt, was er als ihre gefühlsmäßig beeinflußte Sicht betrachtete?

Nein. Sie hatte ihm vertraut. Er durfte nicht in ihren Unterlagen herumwühlen.

Verdammt, dachte Fenton. Es hatte sogar schon Gerichtsurteile gegeben, die das Recht der Studenten bestätigten, Einsicht in ihre Akten zu nehmen.

Dann ermahnte er sich, ehrlich zu sein. Die Gerichtsurteile trafen auf Fälle zu, die die Arbeit eines Studenten bis ans Ende seines Lebens behinderten, nicht auf Unterlagen eines wissenschaftlichen Experiments. Okay, er würde fair sein. Er legte die Akte nieder und ließ sich hinaus, verschloß sorgfältig die Tür hinter sich.

Es war weit nach elf, und er hatte nicht erwartet, irgend etwas von dem kahlrasierten Hippie zu sehen, aber der Mann stand an der Straßenecke, sah kalt und verfroren aus und sehr vorwurfsvoll. Als er Fenton sah, sagte er: »Hey, Mann, ich wollte gerade aufgeben. Noch zehn Minuten, und ich wäre abgehauen. Ich habe dein Antaril. Vier Schüsse. Garantiert sauberes Zeug, kein Verschnitt, kein Gift, kein Unkraut oder Datura drin. Kein Zukker. Vierundzwanzig.«

»Das ist viel!«

Der Hippie zuckte die Achseln. »Das kostet es aber. Ich mache nur einen Fünfer dabei. Ist aber auch sauberes Zeug, das garantiere ich. Wenn es nicht funktioniert, kannst du mich vier Tage die Woche an dieser Ecke finden, und ich gebe dir dein Geld zurück. Hey«, fragte er, als Cam das Geld hervorzog, »bist du nicht Professor Fenton?«

»Bin kein Professor.«

Dem Hippie war das egal. Er sagte: »Du siehst aber aus wie einer der Professoren da am Cal, in der Spukfakultät, wo sie Geister und fliegende Untertassen jagen und Leute haben, die

Gedanken lesen können. Dafür kriegen sie auch noch Geld, haben aber nicht genug, mir mein Stipendium rechtzeitig zu zahlen, daher muß ich die Schüsse hier verticken. Bis bald, Junge!« fügte er hinzu, stopfte sich die zusammengeknüllten Banknoten in die Tasche, ohne sie zu zählen, und verschwand in der lichter werdenden Menge.

Fenton nahm den Umschlag mit vier blauen Tabletten in die Tasche und ging langsam weiter. Die Menge der Studenten und Straßenverkäufer war weniger dicht geworden – aber bis weit nach Mitternacht würde hier noch Betrieb sein. Er dachte daran, in eines der Cafes zu gehen, um einen Espresso zu trinken, ging aber weiter. Jetzt, wo er das Antaril hatte, würde er es wahrscheinlich niemals benutzen. Er wußte nichts über die Wirkung von Antaril in Tablettenform, verglichen mit der intravenösen und klinisch sauberen Variante.

Doch es war eine Versuchung. Schluck eine von diesen blauen Pillen, und ein paar Minuten später würde er in der Welt der Alfar sein, mit Irielle kommunizieren – und mit Kerridis . . .

Nein. Das Experiment war wissenschaftlich geplant. Er durfte nicht einfach mit dem unbekannten Faktor der Straßendroge herumspielen. Er war Wissenschaftler, und diese Tatsache hatte er bei Sally stark betont.

Aber er wünschte sich – ach wie sehr – daß er erfuhr, was sie gemeint hatte, als sie sagte: »Ach, du hast auch einen Pentarn!«

Er wünschte sich auch, daß ihn keine dummen Skrupel zurückgehalten hätten, in die Akte zu blicken. Es war offensichtlich, daß Sally nicht die geringste Ahnung hatte, was ihm dieses Experiment bedeutete.

Es konnte bedeuten, daß nichts in dieser Welt war, wofür die Menschen es hielten, daß selbst die Parapsychologen, die vorsichtig einen Zeh aus dem Kreis des normalen wissenschaftlichen Materialismus tauchten, nicht die geringste Ahnung von der wahren Natur der Realität hatten. Er hatte ein paar Studenten in der Neuen Physik-Fakultät sagen hören, daß wir wahrscheinlich keinen Begriff von Realität hatten, unsere Sinne vermutlich unfähig seien, auch nur die geringste Ahnung von Realität aufzunehmen.

Noch ein Hippie, dieser in eine mürbe, ausgeblichene Decke gewickelt, trat auf ihn zu und jammerte die vertraute Frage: »Kleingeld, Mann?«

Genauso automatisch erwiderte Fenton: »Tut mir leid«, und merkte, daß im Türeingang vor ihm ein halbes Dutzend der Straßenpenner aufgereiht standen und er an ihnen vorbei Spießruten laufen mußte. Er sah zur anderen Straßenseite. Zwei oder drei Schaufenster waren noch erleuchtet, darunter der kleine Laden, wo er die Rackham-Drucke gesehen hatte. Er würde hinüber gehen und einen für Sally kaufen.

Er begann die Straße zu überqueren, blieb dann aber reglos stehen beim Anblick eines großen dünnen Mannes, der rasch auf der anderen Straßenseite entlang ging – ein bärtiger Mann mit hohen Stiefeln und einem langen grünen Cape. Fentons erster Gedanke war, daß es einer der Anachronisten war, der sich in mittelalterliche Kleider gewandete, wurde von einem Gedanken verscheucht, wo er diesen besonderen langen grünen Umhang, die besonders arrogante Haltung des Kopfes schon einmal gesehen hatte.

»Pentarn!« brüllte er und rannte auf die andere Straßenseite.

Der Kopf des Mannes peitschte hoch, und er blickte mit rascher Drehbewegung um sich. Fenton sah, wie er kurz die Zähne bleckte, mit einer sonderbaren Geste; dann begann auch Pentarn zu rennen, direkt auf den kleinen Laden mit den Drucken zu. Fenton war Pentarn hart auf den Fersen, als er dort ankam, doch auf der Schwelle stieß er mit einem der Straßenmenschen zusammen, der Gitarre spielte, und warf den Hut mit den gesammelten Münzen über die Schwelle. Fenton hatte die Hand auf Pentarns Schulter; der große Mann rang sich los, und der Hippie brüllte vor Entrüstung, als die Gitarre gegen den Türrahmen stieß.

»He, Mann, du verdammter Anachronist, mach deine Streitereien auf dem Turnierplatz aus, huh? Wenn mir die Gitarrensaite gerissen ist, Mann . . .

Fenton murmelte ein paar eilige Entschuldigungen und schob sich durch die Tür. Auf der Schwelle wurde ihm schwindlig, und unvermittelt verdeckten ihm Schwärze und funkelnder Schwindel die Augen. Er spürte, wie er seitlich fiel . . .

Fiel, fiel, der Raum drehte sich, wirbelte herum . . .

Er blinzelte, spürte die Füße fest auf dem Boden des kleinen Ladens. Benommen blinzelte er noch einmal und riß dann die Augen auf. Der Laden war verschwunden. Es gab keine Rackham-Drucke, kein Zeichen des bärtigen Pentarn mit dem Umhang. Statt dessen nur die kahle Leere einer Münzwäscherei und Reinigung, und der Besitzer, ein kleiner, welker Mann, sah ihn feindselig an und sagte: »Keine Zeit für Wäsche. Wir schließen pünktlich um Mitternacht.«

Fenton blinzelte, murmelte ein paar benommene Entschuldigungen, an deren Worte er sich hinterher nie mehr erinnern konnte. Die falsche Tür, er war in die falsche Tür gerannt; Pentarn war verschwunden, wenn es überhaupt Pentarn gewesen war und nicht irgend ein anonymer Campus-Anachronist auf dem Heimweg von einem Turnier oder einer Spielsitzung. Doch er mußte es versuchen. Er konnte nicht glauben, daß sich der Mann in Luft aufgelöst hatte, nicht so schnell!

»War hier kurz vor mir ein Mann? Ein großer in einem grünen Cape?«

»Kein Cape«, erwiderte der Mann gleichgültig. »Nur ein Typ, der einen Regenmantel reinigen wollte. Bist du auf dem Trip, Mister?«

Fenton schüttelte den Kopf und stolperte hinaus.

Pentarn. War es überhaupt Pentarn gewesen?

Oder hatte er auch das halluziniert?

Nein, sagte er sich entschieden. Ich bin durch die falsche Tür gegangen. Er drehte sich um und blickte nach beiden Seiten auf der Suche nach dem kleinen Laden, wo er die Rackham-Drucke in dem stahlvergitterten Fenster gesehen hatte – wohin Pentarn verschwunden war.

Aber neben der Reinigung war eine Bäckerei, auf der anderen Seite ein Buchladen mit einem prosaischen Plakat, auf dem die Studenten erinnert wurden, daß der letzte Tag, geliehene Bücher für die Kurse zwecks Wiedererstattung abzugeben, der zweite April war. Fenton schritt den Block auf und ab, aber auf diesem Stück gab es überhaupt keinen Laden für Drucke. Er war einfach fort. Er untersuchte jede Tür und die Nummern eines jeden Hauses und fragte sich, ob seine Augen ihm einen Streich gespielt hatten. Danach untersuchte er den nächsten Block und den nächsten, suchte sich Tür auf Tür den Weg zurück bis zur Ecke Bancroft Way und dem Campus; dann begann er das gleiche auf der anderen Seite. Als er schließlich die Glocke vom Turm eins schlagen hörte, gab er auf, zweifelte stirnrunzelnd seinen Verstand an.

Der Laden war doch da gewesen! Verdammt, er war wirklich da gewesen, und er hatte den Druck von Rackham mit den

Zwergen und einer großen Elfenkönigin gesehen, die ein wenig Kerridis ähnlich sah, mehr aber noch Sally.

Ein grimmiger Gedanke stahl sich in Fentons Gehirn, als er den Regenmantel um seinen ausgekühlten Körper schlang und langsam zu seiner Wohnung zurückging. War es eine Halluzination gewesen aus einem verzweifelten Bedürfnis heraus, unbedingt Beweise zu beschaffen? Er braucht den Glauben, daß alles wahr war, und deshalb hatte er diesen Zwischenfall erfunden, die es echt erscheinen ließ.

Aber es hatte den Druck gesehen, ehe er zu Sally ging, erinnerte er sich, und war auch von dieser unmittelbaren Rationalisierung beeindruckt.

Er mußte den Druck in einem anderen Buchladen gesehen haben. Rackham-Bilder waren nicht ungewöhnlich. Und der Besitzer hatte es vielleicht aus dem Fenster genommen und verkauft.

Aber warum war der kleine Laden nicht mehr da? Warum war es plötzlich nur eine Reinigung gewesen? Und warum konnte er den Laden mit den Drucken nicht mehr wiederfinden?

Ungebeten kam der Gedanke: Als wenn sich der verdammte Laden vor mir versteckte. Fenton setzte sich auf sein abgenutztes Sofa und dachte darüber nach.

Ein Ort, der sich nicht finden lassen will.

Ein Ort, den man nicht findet, wenn man nach ihm sucht.

Der sonderbare Schwindel, der ihn überkam, als er hineintrat, war der besonderen Benommenheit nicht unähnlich, wenn er unter Antaril die fremde Dimension betrat.

Fenton schauderte es den ganzen Rücken herab, als stünden all die winzigen Härchen auf dem Rücken und im Nacken zu Berge wie bei einer verängstigten Katze.

War es möglich, daß er das gesehen hatte, dem begegnet war, was Irielle das Weltenhaus nannte?

8

Am nächsten Tag nahm Fenton die Suche wieder auf. Die gesamte Länge der Telegraph Avenue entlang, von Bancroft an, bis sich der Charakter der Avenue zwischen den Banken, Tankstellen und Ballettstudios südlich der neuen Stadtautobahn verlor. Dann ging er zurück, untersuchte wieder die gesamte Länge auf beiden Straßenseiten und war schließlich davon überzeugt, daß es keinen kleinen Laden für Drucke gab, ob mit oder ohne Rackham-Bildern im Fenster.

Was zwei Dinge bedeutete: Entweder hatte er Pentarn halluziniert, nachdem er zuvor einen verschwundenen Druckladen halluziniert hatte, in dem der Mann verschwinden konnte. Oder . . .

Oder . . . was? Irielles Geschichte über das Weltenhaus?

Sally konnte er das nicht erzählen. Sicher würde sie glauben, er habe das alles erfunden. Er überflog noch einmal seine Notizen über das erste Antarilexperiment, erinnerte sich dann an die dicke Wolljacke, die seinem Onkel Stan gehörte, die er gesehen hatte, und die Fragen, die ihm dabei in den Sinn gekommen waren. Nun, das konnte er immerhin überprüfen.

Auf dem Campus konnte er nichts tun, da die Fakultät geschlossen war. Nichts, nur die Fachzeitschriften durchblättern und die Stellenanzeigen durchgehen. Er las, daß man an der Cornell Universität eine Assistenzprofessur eingerichtet hatte. Er hatte keine große Chance – als weißer Mann, und bei der gängigen Haltung würden sie wahrscheinlich entweder einen Schwarzen, einen Mexikaner oder eine Frau vorziehen – aber er würde die Bewerbung losschicken und fragte sich, ob Sally wohl im Staat New York würde leben wollen. Es war weit weg von Kalifornien, wo ihre Verwandten lebten. Doch dann wieder war sie nicht sonderlich vertraut mit ihnen.

Und Irielle?

Er ermahnte sich wütend, Irielle zu vergessen. Sie hatte wahrscheinlich niemals existiert. Sally war real. Sally war ein Mensch, und außerdem brauchte ihn Sally. Das war sowieso verrückt, ernsthaft zu zögern zwischen einer wirklichen Frau und einer im Traum. Vielleicht verdiente er alles, was Sally über ihn gesagt hatte!

Auf jeden Fall hatte er seine Verwandten im Staat New York schon lange nicht mehr besucht, und Onkel Stan würde sich freuen.

Als er in Richtung Norden fuhr und kurz vor Sacramento auf den Highway Fünf abbog, dachte er an das, was ihm Irielle über das Weltenhaus erzählt hatte. Man kann es nicht finden, wenn man es sucht, hatte sie gesagt. Nun, das traf gewiß auf den kleinen Kunstladen zu. Aber warum sollte der Kunstladen ein Weltenhaus sein? Camouflage . . . konnte man es auf so rationale Weise verstecken, zu etwas so prosaischem machen?

Aber da es so etwas in seiner Realität nicht gab, spielte es eine Rolle, wie es aussah?

Gut. Angenommen, daß es so etwas wie ein Tor zwischen den Dimensionen gab, ein Haus, das irgendwie zwischen den Welten stand. Stell es dir in seiner eigenen Realität vor. Wie würde ein solches Haus aussehen?

Cameron Fenton schien es, als müsse es einem Computerzentrum ähneln. Er dachte ironisch, daß er die Welten durcheinander brachte. Natürlich, wenn es um einen Science Fiction Film ging, wo ein Tor zwischen Dimensionen eine Funktion hätte, hätte es sicher mit Computern zu tun – Computer waren das gegenwärtige Äquivalent zur Zauberei, die auch nur das war, was man nicht begreifen konnte. Die meisten Menschen, die Science Fiction Filme machten oder sie sich ansahen, verstanden Computer nicht, aber wußten, daß sie sonderbare, schwere und eigentlich unmögliche Dinge taten; alles das traf auch auf die Zauberer zu; der Zaubergott saß heute im Computerzentrum.

Aber es gab keinen Grund zu der Annahme, daß ein Weltenhaus, ein Tor zwischen den Dimensionen, so aussah, wie es ihm vernünftig erschien oder wie seine Sinne ermessen konnten. Ergo sah es wahrscheinlich nicht so aus. Vielleicht sah es wie nichts aus, das seine Sinne vernünftig akzeptieren konnten, und so rationalisierte sein Verstand die Erfahrung als etwas, was er kannte. Als einen Kunstladen.

Oder eine Reinigung? *Vielleicht hätte ich einfach durch die Reini-*

gung hindurchgehen sollen und wäre . . . wo immer Pentarn hinging, angelangt. Das hätte ich tun sollen! Ihn schnappen und mich festklammern und mit ihm dorthin gehen, wo immer er hinfloh . . .

Dieser sonderbare Schwindel, der ihn überkommen hatte, als er wie angewurzelt auf der Schwelle zum Kunstladen stand . . . Pentarn war durch diesen Schwindel an einen anderen Ort gegangen. Und das Weltenhaus war mit Pentarn verschwunden, hatte Fenton in der gewöhnlichen Münzwäscherei seiner eigenen Dimension stehen lassen.

Aber, dachte Fenton und blickte geistesabwesend auf die vor ihm liegende Straße und die Spitze vom Mount Shasta, der mit der gewundenen Autobahn Versteck zu spielen schien. *Ich habe doch den Kunstladen schon zuvor auf der Avenue gesehen, ehe ich zu Sally ging . . .*

Du hast ihn gesehen, aber er war versperrt und verschlossen. Du hast ihn gesehen, als du nicht hinein konntest . . .

Aber er hatte ihn auch offen gesehen . . . einmal. Als Pentarn sich hineinschob. Und dann hatte er sich in eine andere Dimension verdreht . . .

Das ist ein Irrenhaus. Ich glaube immer noch, irgendwann werde ich in einer Gummizelle in Napa landen.

Als Fenton seine Gedanken ablenken wollte, versuchte er, das Kunstladen-Erlebnis als sonderbare Halluzinationen abzuwerten, heraufbeschworen durch eine besessene Sorge um das Antarilprojekt. Das konnte er mit Sally nicht diskutieren. Sie würde es als weiteren Beweis sehen, daß er die wissenschaftliche Objektivität bei diesem Test verloren hatte und sich sofort zurückziehen müsse.

Und dann würde ich Irielle nie wieder sehen . . .

Und genau dieses Gefühl, vermutete er, bedeutete, daß Sally recht hatte und er sich wirklich zurückziehen sollte.

Als er die kleine Stadt in der Sierra nördlich von Shasta erreichte, war er kreuzleid, alles zu durchdenken.

Er fand die kleine Abzweigung, bog ab, fuhr stolpernd über die kleine Holzbrücke und dann in den Hof. Ein paar neugierige Ziegen schoben und kämpften sich auf ihn zu, und er scheuchte sie gutgelaunt fort. Er mußte sie mit dem Ellbogen an die Seite stoßen, als er auf die Haustür des Hofes zuging.

»Onkel Stan?« rief er. »Ich bin's, Cam!«

Keine Antwort. Die einfache Küche war sauber und verlassen.

Sein Onkel mußte irgendwo draußen arbeiten; oder, wenn Fenton kein Glück hatte, führte er eine Gruppe Bergsteiger auf einem Rucksacktrip durch die Sierra.

Auf dem Herd stand eine Kanne Kaffee. Sie war steinkalt, aber das war nicht wichtig. Fenton stellte das Gas an. Während der Kaffee warm wurde, suchte er, ob die Campingausrüstung seines Onkels an seinem Platz war. Der Schlafsack hing in einem Gestell im Schlafzimmer, um zu lüften; der Daunenparka hing hinter der Tür. Dann konnte Onkel Stan nicht weit sein. Der Kaffee begann zu kochen, und Fenton goß sich eine Tasse ein, setzte sich an den wachstuchbedeckten Tisch und schlürfte den schwarzen Kaffee. Dann ging er in das andere Schlafzimmer und suchte im Schrank.

Die rotschwarze Wolljacke, die sein Onkel für ihn aufbewahrte, hing an ihrem Platz. Er fühlte in die Tasche, und wieder lief Fenton ein Kitzeln den Rücken hinab, als er den kleinen groben Flicken mit den unregelmäßigen Stichen fühlte.

Bestätigung?

Nein. Nicht notwendigerweise. Es könnte einfach bedeuten, daß sein Unbewußtes ein besseres Erinnerungsvermögen hatte. Ihm wurde fast übel vor Frustration. Wie beweist man, daß man etwas nicht weiß, etwas nicht gesehen, nicht gelesen hat? Jeder, von Oscar Wilde angefangen, wußte um die Vergeblichkeit, etwas Negatives zu beweisen. Der Angeklagte mußte nicht beweisen, daß er etwas *nicht* getan hatte, der Staatsanwalt mußte beweisen, daß der Angeklagte die Tat begangen hatte.

Nur in der wissenschaftlichen Forschung, in der Parapsychologie, dachte Fenton mit einem aufwallenden Gefühl von Ungerechtigkeit, muß der Forscher alle möglichen Negativa beweisen. Anstatt daß jemand von außen bewies, daß er log, mußte er beweisen, daß er nicht log. Er mußte sogar beweisen, daß er sich nicht unbewußter Fälschung hingab. Wie konnte man jemals etwas Negatives beweisen? Wie konnte er beweisen, daß er niemals über seine Erfahrung mit den Alfar und den Eisenwesen gelesen oder gehört hatte?

Nahm es einen wunder, wenn so viele Parapsychologen es leid wurden, gegen die unmenschlichen, rigorosen Eingrenzungen anzukämpfen, die unterstellten, daß man automatisch ein Lügner war, ein Betrüger, ein Scherzbold, intellektuell unredlich?

Entmutigt saß Fenton am Tisch und schluckte den abgekühlten, bitteren Kaffee. Was sollte es? Sally würde er nie überzeugen können. Selbst wenn er Sally und Garnock überzeugte, was brächte es schon? Niemand anders würde ihm glauben, und wenn er ein Buch darüber schrieb, was würde er beweisen? Nur ein weiterer Verrückter aus der Parapsychologiefakultät . . .

Ich sollte den Kram hinwerfen und wieder Ratten durch Labyrinthe jagen lassen!

Er erkannte, daß er sich am Rand einer Depression befand, der zu entkommen er hierher gefahren war. Er schlüpfte in die Wolljacke und ging hinaus in die kühle, scharfe Luft der Sierra. Die Ziegen schubsten sich mit zunehmender Angriffslust um ihn herum; er schob sie beiseite und erinnerte sich auf sonderbare Weise daran, wie Pentarn durch die Eisenwesen geschritten war.

Nur, die Ziegen waren harmlos. Neugierig vielleicht, und aufdringlich, aber grundsätzlich harmlos.

Er ging über einen schmalen Pfad, überwachsen mit Lebenseiche und Bergwacholder, auf den Berg hinter dem Haus. In der klaren, hallenden Luft hörte er das Klingen rhythmischer Schläge und wußte, daß sein Onkel irgendwo Holz hackte.

Hier oben in den Sierras war der Schnee noch nicht geschmolzen; ein paar Meilen weiter lag dicker Schnee und glitzerte auf den Gipfeln ringsum. Die Luft war kalt und frostig, der Wegrand schneegesäumt. Fenton ging weiter, dachte an den Weg, der ihn ins Alfarland geführt hatte. Doch dieser Pfad hier war fest unter seinen Füßen.

Hatte er in seinem Traum ein Land besucht, das ihm vertraut war?

Die Axtschläge ertönten nun näher. Fenton stieg einen steilen Weg hinauf, der auf die Geräusche zuführte. Es lag immer noch eine merkliche Pause zwischen Schlag und Echo.

»Onkel Stan?« rief Fenton.

Die fernen Schläge hielten einen Moment inne, und wieder rief Fenton.

»Onkel Stan, bist du da oben? Ich bin's, Cam!« Er trat um einen gefallenen Stamm herum auf eine kleine Lichtung. Am Rand der Lichtung stand ein großer schlanker Mann in einem ausgeblichenen Flannellarbeitshemd, der einen Baum bearbeitete. Er hörte auf, winkte und rief: »In einer Minute bin ich durch. Laß mich das erst fertig machen!«

Nach einem Moment stürzte der Baum um und krachte ins Unterholz. Es war kein sehr großer Baum. Dann stellte Stanley

Cameron die Axt ab und kam auf seinen Neffen zu, wischte sich dabei die Stirn mit dem Hemdszipfel. »Hi, Cam, schön, dich zu sehen. Bist du heute von Berkeley hochgekommen?«

Er streckte ihm die Hand entgegen. Fenton umklammerte die Hand des Bruders seiner Mutter und schüttelte sie fest. Stan Cameron war ein hagerer alter Mann, die rostbraunen Haare angegraut, die Augen tief zwischen Sonnenfältchen, ein Mann, der den größten Teil seines Lebens im Freien verbracht hatte.

»Ich dachte, es sei die Jugendgruppe, denen ich versprochen habe, sie morgen auf den Shasta zu führen«, sagte er. »Ich hatte mir gedacht, der eine oder andere kommt heute hoch, klettert ein bißchen herum und bereitet sich auf den richtigen Aufstieg morgen vor.« Er ließ sich auf einen Baumstamm fallen. »Nur eine Minute. Ich muß den Baum da zu Anmachholz zerhacken. Ich gebe mir Mühe, hier oben alles frei zu halten, daß der Wald sich nicht wieder vorfrißt. Die Ziegen machen sich über die unteren Blätter her, aber das Zeug wächst so schnell. Habe es früher abgebrannt, so alle fünf, zehn Jahre, und dann hatten wir Gewitter, und die brannten auch alles schön ab, aber jetzt leben hier zu viele Leute, und sie haben Angst vor den Bränden, und natürlich geht das nicht, wenn Leute da leben. Ist ja keine Wildnis mehr hier. Ein gutes Feuer tut für den Buschwald Wunder, nicht aber in besiedeltem Gebiet. Nun, Cam, was treibt dich mitten im Semester hierher? Nichts zu tun, diese Saison?«

»Die Fakultät ist wegen Grippe geschlossen.« Er konnte Stan Cameron kaum sagen, daß er hierher gefahren war, um eine Tasche in dem karierten Jackett zu untersuchen.

»Weiß nicht, wie du das aushältst, da unten in der Stadt mit dem Smog«, sagte Onkel Stan. »Du solltest hierher ziehen!«

Fenton grinste. »Ist mir zu einsam, Onkel Stan.«

»Such dir ein nettes Mädchen«, meinte Stan Cameron. »Heirate sie und komm hierher und zieh ein Hausvoll Kinder groß, dann hast du keine Zeit mehr, einsam zu sein. Ich schenke dir auch ein paar Ziegen.«

Fenton lachte. Sein Onkel machte ihm in periodischen Abständen dieses Angebot, seit er die Armee verlassen hatte. »Nehme dich vielleicht eines Tages beim Wort!«

»Erzähl mir nicht, du hast jetzt ein Mädchen!«

»Sozusagen«, meinte Fenton. »Sie will aber noch nicht heiraten!«

»Gib ihr Zeit. Das wollen sie alle, was immer sie auch sagen.«

»Vielleicht zu deiner Zeit«, protestierte Fenton, und der alte Mann grinste.

»In meiner und in deiner Zeit. Auch heute kommen die Mädchen nicht gegen die Biologie an.«

Fenton sagte: »Ich glaube, wir sind an einem Zeitpunkt angekommen, wo Frauen nicht mehr an Biologie als ihr einziges Ziel denken, Onkel Stan.«

»Vielleicht nicht«, gab der Alte unbeeindruckt zurück, »aber ob man das eine oder andere denkt, macht der Biologie nicht viel aus. Zeig du mir einen vegetarischen Löwen, und ich gestehe dir zu, daß die Biologie vielleicht nicht das Endziel ist. Ansonsten halte ich mich an die Natur. Ich habe zuviel mit Ziegen zu tun, um über Biologie zu streiten.«

Fenton lachte. »Ich weiß nicht, ob Sally es gefällt, mit Ziegen verglichen zu werden.«

»So heißt sie, Sally? Bring sie doch mal mit«, sagte Stan Cameron. »Ich verspreche auch, sie nicht mit meinen Ziegen zu vergleichen, aber es gefällt ihr hier vielleicht, wo die Luft frisch und rein ist. Wenn sie gern bergsteigt, kann ich euch beide auf den Shasta führen.«

»Sie hat sich gerade das Knie verletzt, aber vielleicht, wenn es ihr besser geht.« Er verspürte ein vages Vergnügen bei dem Gedanken, Sally dem Rest der Familie vorzustellen.

»Was macht sie?«

»Sie arbeitet in meiner Fakultät, Parapsychologie.«

Der alte Mann zuckte die Achseln. »Gut, gut. Ihr versteht die Arbeit des anderen und könnt einander helfen.«

Es raschelte in den Bäumen. »Waschbären«, sagte Stan Cameron, als Cam zusammenzuckte.

Ein Eisenwesen, bizarr, struppig und verknorzt rannte über die Lichtung, nahm Stan Camerons Axt und verschwand wieder im Unterholz.

Fenton schrie unartikuliert auf und lief los. Er rannte durch das dichte Gehölz und brüllte.

»Hi, Cam! Komm zurück! Was ist denn los?« rief sein Onkel, und Cam schüttelte den Kopf, benommen, und sah sich um.

»Es hat deine Axt mitgenommen . . .«

»Sei nicht albern«, räsonierte der ältere Mann. »Kein Waschbär würde eine Axt fortschleppen.«

»Es war auch kein Waschbär.«

»Was zum Teufel war es denn?« fragte Stan Cameron und schaute zum Fuß des gefallenen Baumes. »Gütiger Gott, es sieht wirklich so aus, als sei die Axt fortgeschleppt worden, aber da müßten Waschbärenspuren dort sein.«

Stirnrunzelnd kam er zurück. »Das haut mich um«, sagte er. »Nichts in diesen Wäldern ist groß genug, eine Axt fortzuschleppen, es sei denn ein Bär, und Bären schleppen normalerweise nichts fort außer Essen. Waschbären stehlen alles, Ziegenfutter – schnappen sich den Futtereimer und tauchen hinein. Ich habe mal einen gefunden, der in dem Futtereimer steckengeblieben war und fast platzte, so viel hatte der gefressen. Aber kein Waschbär könnte eine Axt fortschleppen, und Bären mögen es nicht, wenn Dinge nach Menschen riechen . . . Cam, du bist ja weiß wie ein Laken. Setz dich!« Der alte Mann drückte ihn auf den Baumstamm. »Hör zu, Sohn, wenn ein Bär hier vorbeikommt, dann werden sie dir nichts tun, wenn du ihnen nichts tust. Sie haben viel mehr Angst als du. Der ist jetzt fort, verschwunden.«

»Das war kein Bär, Onkel Stan. Und auch kein Waschbär. Ich habe es gesehen.«

»Was war es denn?«

»Sah aus wie ein kleiner Mensch. Ein Zwerg. Klein. Knorrig. Behaart.« Er stand auf und suchte nach Spuren. »Willst du mir etwa erzählen, daß dies Waschbärenspuren sind?«

Trotz allem hatte er nicht geglaubt, sie würden Spuren hinterlassen. Das bedeutete, sie waren echt, wirklich auf diesem Planeten. Sie waren nicht in diese Welt gekommen wie er in die Welt auf Alfar, als substanzloser Schatten, unfähig, feste Körper zu berühren.

Sie konnten einen Schatten werfen, Spuren hinterlassen, eine kalte Eisenaxt fortschleppen . . .

Er kniete sich über die Spuren am Boden: Schmal, mit Sohlen und langen Zehen, nicht die Pfoten eines Tieres.

»Nein«, sagte Stan Cameron hinter ihm. »Das sind gewiß keine Bärenspuren oder Spuren eines Tieres, das ich jemals gesehen habe. Ich würde fast meinen, sie stammen von Menschen, aber warum zum Teufel sollte ein Mensch hier herauf kommen und barfuß laufen, wo es Dornbüsche und Klapperschlangen und Gifteichen gibt. Vielleicht . . .«

»Nein, was immer das war, das war kein Mensch«, sagte Fenton.

Sein Onkel sah ihn scharf an. »Du hörst dich an, als wüßtest du, von wem sie sind.«

»Ja«, erwiderte Fenton, sah dann hilflos den Älteren an. »Aber du würdest es mir nicht glauben.«

»Warum nicht? Du willst mich doch nicht etwa anlügen, oder? Du warst doch immer ehrlich. Vermutlich würde ich dir fast alles glauben, was du mir erzählst, selbst wenn es ein bißchen unwahrscheinlich klingt, es sei denn, ich glaube, du willst mir aus Spaß einen unterjubeln. Du hast gesehen, wer meine Axt geschnappt hat?«

»Ich habe es gesehen. Ich habe es – oder besser sie – schon einmal gesehen. Ich weiß nicht, wie sie heißen. Der einzige Name, den ich jemals gehört habe, lautet Eisenwesen. Vielleicht ist es wie bei den Schafen, ein Schaf, viele Schafe, ein Eisenwesen, viele Eisenwesen – Hölle, ich plappere dummes Zeug.«

»Du sagst, du hast sie schon einmal gesehen, komm, erzähl mir, wie das gewesen ist.«

»Sie sind klein. Ungefähr einen Meter groß. Behaart. Schrecklich. Sie stinken. Ich . . .« Fenton merkte, daß sein Puls jagte, daß seine Knie fast nachgaben, und er ließ sich wieder auf dem Baumstamm gleiten, und seine Hände zitterten.

»Einen von denen hier zu sehen.« Es war schlimm genug gewesen, als er wußte, daß sie ihm nichts anhaben konnten, weil er nicht eigentlich da war, sondern nur träumte, halluzinierte. Aber sie waren hier, solide, sie konnten Schatten werfen, eine Axt fortschleppen . . . kaltes Eisen . . . Spuren hinterlassen.

»Ich sah . . . sah eine ganze Meute von ihnen, wie sie ein . . . Pferd aufschlitzten und verzehrten. Lebendig. Bei lebendigem Leibe und schreiend. Oh, Gott, ich habe doch gesagt, du würdest mir nicht glauben.«

»Ich kann daran sehen, wie du zitterst, daß du etwas gesehen hast, das dir viel Angst einjagte, Cam«, sagte der Ältere. »Ich habe in diesen Wäldern manchmal Dinge gesehen, Dinge, die ich nicht erklären könnte. Ein Wissenschaftler war einen Sommer hier, die den sogenannten Großfuß gejagt haben, und ein Rudel Reporter, die sie bejubelten und durch die Landschaft jagten, als suchten sie Marsmenschen, aber ich erinnere mich, daß die Leute noch vor zweihundert Jahren dachten, der Gorilla sei ein Mythos, und sie entdeckten den Orang Utan erst zu meiner Zeit. Es könnte Tiere auf diesem Planeten geben, von denen wir noch keine Ahnung haben. Hier in den Sierras gibt es verdammt wildes Land.«

Und wenn sie kommen und gehen und nicht immer in dieser Dimension sind . . . aber er zögerte, das seinem Onkel zu erzählen.

»Hör zu«, sagte der Alte. »Ich möchte mich richtig nach der Axt umsehen. *Etwas* hat sie fortgeschleppt, das ist sicher, und ich war es nicht, und du warst es auch nicht, und es war auch kein Bär . . . davon können wir ausgehen. Sehen wir nach, ob sie die Axt irgendwo in der Nähe liegen gelassen haben. Wenn sie fort ist, ist sie halt verschwunden. Mir sind schon öfter Werkzeuge weggekommen. Ich habe immer gedacht, daß die Waschbären die kleineren Dinge mitnahmen. Sie sind ja wie Affen. Nur habe ich noch nie einen Waschbär gesehen, der eine richtige große Axt fortschleifte. Folgen wir diesen Spuren und sehen, was daraus wird.«

Fenton zitterte nicht mehr, doch er wollte nicht gern in das Unterholz gehen, wo einer oder mehr von den Eisenwesen lauern mochten.

»Warte«, sagte Stan Cameron. »Ich hol' mein Gewehr. Wenn es ein unbekanntes Tier ist oder ein menschenähnlicher Affe, dann wissen wir nicht, ob es sich dort versteckt, und das könnte gefährlich sein. Ich will es nicht erschießen, aber ich möchte auch nicht verletzt werden. Besser, es kommt in einen Zoo oder eine Universität, aber es wäre verdammt unklug, mitten hinein zu rennen. Und du sagst, diese Wesen sind klug genug, Messer zu benutzen?«

»Sie benutzen Messer«, sagte Fenton, und seine Stimme klang grimmig.

Der Ältere ging zurück zum Haus und kam mit einem Gewehr und einer Pistole zurück. Die Pistole reichte er Fenton.

»Ich schieße nicht oft«, sagte er. »Ein bißchen Schrot hin und wieder, um die Waschbären zu verscheuchen, wenn sie zu aufdringlich werden. Einmal im Jahr erledige ich ein Reh, das ist so etwa das einzige Fleisch, das ich noch esse, und wenn man die Rehe nicht dezimiert, vermehren sie sich zu rasch und verhungern im Winter, da die Leute so pingelig mit den Rehen geworden sind, daß sie alle Silberlöwen abschossen. Ein Bär tut dir nichts, es sei denn, er ist krank oder hat Angst, aber ich möchte auch keinem im Zorn begegnen, und eine Ladung Schrot tut ihm nichts, wird ihn aber vertreiben . . . Sie können keine lauten Geräusche leiden. Aber wenn da draußen etwas steckt, was mir noch nie begegnet ist, dann werde ich nicht mit leeren Händen auftauchen.«

Fenton nahm die Pistole ohne Widerspruch. Er hatte nicht die Absicht, einem einzigen Eisenwesen unbewaffnet zu begegnen, geschweige denn einem ganzen Stamm.

Ich frage mich, ob ein Gewehr ihnen etwas anhaben kann. Ja, denn sie sind echt genug, um Spuren zu hinterlassen.

Aber sie folgten den Spuren mehrere Stunden lang – Spuren, die schließlich auf hartem Boden aufhörten, und so sehr sie auch im Kreis herumsuchten – sie fanden die Spuren nicht wieder. Schließlich seufzte Stan Cameron.

»Nun, das war's also«, sagte er, und sie machten sich auf den Rückweg.

»Hast du eine Kamera, Onkel Stan?«

Der Mann nickte. Dann sagte er: »Daran habe ich auch schon gedacht. Hätte ganz gern eine Art Beweis, daß wir nicht den ganzen Tag eine wilde Gans gejagt haben.«

Sie machten Aufnahmen, aber das Licht wurde schon dunkler, und Fenton merkte, daß die schwachen Abdrucke, bei schwindendem Licht aufgenommen, nicht das waren, was jeder in seiner Fakultät als wissenschaftlichen Beleg für die Existenz der Eisenwesen auf dieser Ebene ansehen würde.

Würde wenigstens Sally an sie glauben? Und plötzlich wurde Fenton wütend. In jedem anderen Gebiet außer dem seinen wurde ein relativ ehrenwerter Zeuge oder zumindest ein Zeuge mit gutem Ruf solange für ehrlich gehalten, bis das Gegenteil bewiesen war.

Mein Gott, selbst Freud brauchte die Existenz von Id, Libido und Superego nicht zu beweisen, er brauchte nur die Ergebnisse vorzuweisen . . . manche Leute sagen, er hätte nicht einmal richtige Ergebnisse. Er hätte nur so getan, als habe er Ergebnisse erhalten!

Kein Wunder, daß die Parapsychologen es überdrüssig wurden oder aufgaben und den Rest des Lebens auf Vortragsreise verbrachten, anstatt im Labor. Wenn nun Einstein die Existenz seines Atomkerns hätte beweisen müssen! Wenn nun Menschen gewesen wären, die seine Mathematik nicht begriffen, tödlich entschlossen gewesen wären, ihn als Scharlatan hinzustellen und die gesamte Mathematikfalkutät in Princeton hätte dies als Scherz mitgemacht?

In der armseligen Küche der Berghütte machte Stan Cameron ein paar Bohnen heiß, bereitete einen Salat und schob eine Pfanne Kartoffeln in den Backofen. Fentons Angebot zu helfen, wies er kurz von sich mit den Worten, er wisse, wo alles sei, und die Küche sei nicht groß genug, daß sich zwei Leute auf die Füße träten. Er kochte frischen Kaffee und fragte seinen Neffen, ob er lieber ein Bier wollte. »Ich habe das letzte Mal, als ich in der Stadt war, ein paar Flaschen gekauft.«

Fenton verneinte und setzte sich schließlich an den Tisch.

»Komm und iß was, Cam. Hier, eine Serviette. Ich mag diese Papierdinger nicht.« Er senkte kurz den Kopf und murmelte: »Herr, im Namen dessen, der sagte: Gib uns unser täglich Brot, segne diese Speise zu unserem Nutzen und Leben zu deinen Ehren. Amen.«

Fenton, der in keiner Weise religiös war, wunderte sich kurz, ob die Religiösität ein Grund dafür war, daß sein Onkel ein wenig bereiter war, an Unsichtbares zu glauben. Eine andere Art Beweissystem, vielleicht. Andere Ergebnisse, als man in einem Labor erzielte.

»Kaffee? Ich habe auch Tee, wenn du den lieber magst, Cam.«

»Kaffee bitte. Danke. Das sind leckere Bohnen, Onkel Stan.«

»Kann deine Freundin auch gute Bratkartoffeln machen?«

Fenton lachte. »Ich weiß es nicht. Sally kocht nicht sehr oft.« Er nahm die unausgesprochene Parole auf: Während des Essens würden sie das Thema nicht berühren und entspannen. Er erzählte Stan über Sally – daß sie aus Fresno stammte, einen Abschluß in Parapsychologie hatte und als Assistentin arbeitete, daß sie verheiratet war und geschieden, ein Kind gehabt hatte, das gestorben war.

»Hast du sie schon gefragt, ob sie dich heiratet?«

»Noch nicht. Ich habe einen Scherz darüber gemacht, und sie glaubte nicht, daß sie schon bereit sei, auch nur daran zu denken.«

»Man pflegte zu sagen, wenn ein Mann wieder heiratet, dann hat seine erste Frau ihn glücklich gemacht. Und wenn eine Frau wieder heiratete, träfe das Gegenteil zu«, sagte Stan. »Es geht aber nicht immer so zu. Gott weiß, ich war glücklich mit deiner

Tante Louise, doch als sie gestorben war – tut mir leid, wenn dich das Wort stört, aber ich konnte die Ausdrücke ›sanft entschlafen‹ oder ›verschieden‹ nie leiden. Die Toten sind tot, und ihre Seelen sind bei Gott, und ich sehe keinen Grund, nicht ›tot‹ zu sagen.«

»Finde ich okay.« Er hatte in Vietnam genügend Tote gesehen, daß er nicht den Wunsch verspürte, eine so häßliche Tatsache zu beschönigen. »Glaubst du an eine Seele, Onkel Stan?«

»Habe keinen Grund, es nicht zu tun«, sagte der Alte ruhig. »Wenn sich herausstellt, daß es keine gibt, dann habe ich nichts verloren, weil es mein Leben viel glücklicher gemacht hat, und wenn der Tod nichts anderes ist als die ewige Stille, dann werde ich den Unterschied nie erfahren, und ich werde auch keine Gelegenheit haben, mich auszulachen, ein solcher Narr gewesen zu sein. Und wenn es eine gibt, dann habe ich eine Ewigkeit, froh darüber zu sein, daß ich den Ketzern nicht geglaubt habe. Nicht, daß ich besonders an einen Gott glaube, der die Leute in die Hölle schickt, wenn sie nicht an ihn glauben, mit keinem besseren Beweis, als daß er für seine Existenz gestorben ist. Vermutlich fühlst du dich manchmal so, sonst wärest du wohl bei einer Arbeit, die leichter zu beweisen wäre und wo die Leute sich nicht abwartend zurücklehnen und dich verspotten. Eines Tages werde ich also Louise vielleicht wiedersehen, und das ist ein schöner Gedanke. Und vielleicht auch nicht, und ich kann auch damit leben. Ich vermute nur, du bist mir recht ähnlich und verbringst dein Leben nicht damit, dir Sorgen darüber zumachen, ob die Leute an dich glauben oder nicht – Hauptsache ist, daß es dir sinnvoll erscheint.«

Fenton holte tief und langsam Luft. Dann sagte er: »Onkel Stan, ich möchte dir etwas erzählen, wenn du nichts dagegen hast. Ich bin nicht hierher gekommen, um dir das zu erzählen, sondern . . .«

»Wenn ich es recht bedenke, hast du mir noch gar nicht erzählt warum du gekommen bist.«

»Ich bin gekommen, um die Wolljacke anzusehen. Oder besser, ein Loch in der Tasche der Wolljacke. Aber jetzt muß ich dir wohl die ganze Geschichte erzählen.«

Es nahm eine ganze Weile in Anspruch. Stan Cameron unterbrach ihn nicht und hörte ruhig zu, als Fenton ihm die Einzelheiten seiner beiden Abenteuer in der Welt der Alfar erzählte. Aber als sein Neffe seine Versuche der Beweissicherung erwähnte, runzelte er die Stirn, und als Fenton berichtete, wie er Pentarn auf der Telegraph Avenue gesehen hatte, stützte er das Kinn auf die Hände und starrte eindringlich auf das Muster der Wachstuchdecke.

Schließlich sagte er: »Als du noch ein Kind warst, hör mit bitte gut zu, bevor du auch mich für einen Ungläubigen hältst, Cam! Du mußt auf alle Beweise achten, nicht nur auf die Teile, die dir in den Kram passen. Als du noch ein Kind warst, könntest du von Emma gehört haben. Auf der anderen Seite gibt es keinen Grund, daß du von ihr gehört haben solltest, und ich bin sicher, das Album hast du nie gesehen.«

Fenton griff mit zitternden Fingern nach der dicken Kaffeetasse. »Du meinst . . . es gibt . . . gab eine Emma Cameron? Ich meine, es gibt vermutlich hunderte davon aber . . .«

»Nun, wahrscheinlich nicht heutzutage«, antwortete Stan Cameron. »Emma ist einer von den Namen, die man heutzutage nicht sehr häufig hört, aber als meine Mutter noch ein Mädchen war, war er recht beliebt. Aber jetzt zu der Geschichte. Mein Vater hat sie mir erzählt über seinen Lieblingsneffen – weit vor der Jahrhundertwende in den neunzigern, natürlich in den Tagen von Pferd und Wagen. Mein Vater sagte, seine Lieblingskusine war Emma Cameron, und sie starb zusammen mit seiner Tante und dem Onkel in einem Kutschenunfall, als Emma so sechs, sieben Jahre alt war. Ich glaube nicht, daß ich sie jemals dir gegenüber erwähnt habe, sie war einfach jemand, den mein Vater als Kind schon gekannt hatte, und Louise hat es auch niemals erwähnt, weil ich nicht glaube, daß Pa es jemals Louise gegenüber erwähnt hat. Aber er hatte ein Foto zusammen mit ihr, als er und sie kleine Wichte waren – mein Pa und seine Kusine Emma. Eines von diesen altmodischen Familienportraits, wo jeder steif wie Wachs steht, vermutlich wegen der Kameras, die sie hatten, da mußte man so lange still stehen. Das alte Album liegt noch irgendwo, vielleicht kann ich es wieder ausgraben. Ich vermute, du könntest es als Kind irgendwann einmal gesehen haben.«

Fenton konnte kein Wort herausbringen. Er wußte nicht, ob ihn das Wissen aufregte, daß Emma Cameron tatsächlich eine echte Person gewesen war . . . oder ein bißchen Treibgut aus seinem nichts vergessenden Unbewußten. *Wechselbälger.* Aber wie sonderbar, daß er den Namen einer echten Person ausgesucht hatte und den Unfall beschrieb, in dem sie getötet wurde!

Vielleicht nicht getötet, sondern in eine Welt gebracht, wo sie ihre schrecklichen Verletzungen überleben konnte . . .

Er versuchte, die Aufregung in seiner Stimme zu unterdrücken und sagte: »Onkel Stan, könntest du das Album jetzt für mich suchen?«

»Sicher. Ich habe es mir gerade vorgenommen«, sagte der alte Mann. Räumst du den Tisch ab?«

Fenton war froh, etwas zu tun zu haben für Hände und Gedanken, während Stan in den anderen Räumen herumwühlte, alte Schachteln öffnete und Kisten durchwühlte. Fenton räumte die Küche auf, wusch das Geschirr ab, stellte die Reste fort, machte neuen Kaffee und ging schließlich, nachdem er sich rufend mit seinem Onkel verständigt hatte, hinaus, die Ziegen füttern und sie für die Nacht einzusperren.

Er schaufelte ihnen das Futter in den Stall, eine Aufgabe, die ihm von früheren Besuchen vertraut war, rieb freundliche Nasen, die gegen seine Knie stießen, kratzte ein lebhaftes, lustiges Junges zwischen den sprießenden Hörnern und zitterte plötzlich bei dem Gedanken, eines der Eisenwesen zwischen diesen freundlichen, vertrauten Tieren zu wissen.

Das beantwortete immerhin eine seiner Fragen. Wenn ein Eisenwesen solide genug war in dieser Dimension, eine Axt fortzuchaffen, so war es sicher solide genug, eine Ziege zu fressen. Die Frage war nur, warum die Eisenwesen, die immerhin Lebewesen waren und keine Märchenmonster, die nur Unheil im Sinn haben, sich überhaupt der Mühe unterzogen, in andere Dimensionen zu wandern. Wenn es schlicht durch Hunger erklärt werden konnte, so nahm ihnen das viel von der Monsterfilmqualität und verlieh ihren Handlungen Motivation und Grund.

Es war schließlich eine der Grundannahmen der Psychologie, daß kein lebendiges Wesen etwas ohne Grund tut. Es war vielleicht nicht der Grund, den er persönlich für gut befand oder für verständlich, aber es wäre ein Grund, der dem Lebewesen ausreichte.

Und Hunger war immerhin ein sehr guter Grund, und so, wie sie sich den Alfarpferden gegenüber verhalten hatten, wäre der Grund nicht einmal überraschend gewesen. Er schloß den Riegel zum Ziegenstall mit äußerster Sorgfalt, sagte sich aber, daß er ein entschlossenes Eisenwesen nicht abhalten würde.

Jetzt sah er die Irrwische auch noch im Ziegenstall . . .

Als er wieder hereinkam, saß sein Onkel am Küchentisch, und vor ihm auf dem Wachstuch lag ein altes Album.

»Hast du die Ziegen alle zu Bett gebracht? Danke, Sohn.«

»Schon gut. Ich mache das gerne. Onkel Stan, hast du jemals Ziegen verloren, wo du keine natürliche Ursache finden konntest?«

»So dicht an dem wilden Gebiet? Ja, natürlich«, sagte der Alte. »Ich verliere jedes Jahr eine oder zwei. Ich dachte, ein Silberlöwe hätte sie erwischt. Aber ich verliere lieber noch mehr von ihnen, als näher an die Stadt zu ziehen.« Dann kniff er die Augen zusammen. »Du denkst an dieses Ungeziefer, das meine Axt geklaut hat? Könnte sein. Ich habe die Karkassen niemals sorgfältig untersucht. Aber warum sperre ich sie dann nachts ein und verschließe den Stall? Einige Bauern hier oben lassen die Ziegen nachts draußen, sie bleiben wach und schießen die Silberlöwen und Koyoten. Ich denke, die wilden Tiere haben auch ein Recht auf Nahrung, und wenn ich nicht will, daß sie meine Ziegen fressen, dann muß ich die Ziegen aus ihrem Jagdgebiet heraushalten. Aber die anderen Bauern sehen das anders.«

Er schob das vergilbte alte Album Fenton zu, eine der ersten Seiten aufgeschlagen. »Ich habe mir das alles nicht mehr angesehen, seit Louise tot ist. Und diesem Bild habe ich nie viel Aufmerksamkeit geschenkt. Vielleicht sollte ich es eines Tages in ein Museum bringen über die Frühzeit Kaliforniens. Hier.« Er zeigte mit einem genarbten, dicken Finger auf eine Seite.

Zwei Familien hatten sich steif in Haltung geworfen, zwei Frauen mit den hochgeschnürten Taillen und ausladenden Röcken jener Generation, und zwei schnurrbärtige Männer . . . einer hatte starke Ähnlichkeit mit Stan Cameron und Cam selbst . . . und vor ihnen zwei kleine Jungen, einer mit Kragen und Krawatte und sehr behaglich aussehend, der andere klein und dick mit einem Matrosenanzug und schwarzen Strümpfen. Neben ihnen stand ein kleines niedliches Mädchen mit blonden Korkenzieherlocken, die bis auf den Kragen des karierten Kleides fielen . . .

Cam Fenton atmete auf. Das war nicht Irielle, wie er sie gesehen hatte, das blonde Haar offen, bei den Alfar singend . . . Aber das entschlossene kleine Kinn, der Schwung der Brauen . . . Ja, das war Irielle.

Stan Cameron zeigte auf einen kleinen Jungen mit dem Matrosenanzug. »Das ist mein Pa«, sagte er. »Dein Großvater. Dann der Pa deiner Mutter natürlich. Der andere Junge da ist mein Onkel Jerome, der hat sich in Flandern erschießen lassen. Ehe ich geboren wurde, ein oder zwei Jahre vorher, aber ich hörte natürlich davon. Senfgas, das war die grausame Waffe jener Tage. Wir hörten ebenso viel darüber wie ihr vielleicht über Napalm. Onkel Jerome ist in Flandern auf dem Schlachtfeld begraben, für das sie jedes Jahr all die Kriegsgräberblumen verkaufen. Jede Generation denkt, sie hätte den grausamen Krieg erfunden. Vermutlich haben sie das schon gesagt, als sie kochendes Pech von den mittelalterlichen Stadtmauern herabgossen. Jedenfalls ist das Emma, die Kusine meines Vaters. Ihre Leute waren . . . nun, das ist ja egal, hat keinen Zweck, in all die Familieneinzelheiten zu gehen. Sie starb nur ein oder zwei Monate, nachdem dieses Bild aufgenommen wurde.«

Fenton blickte wieder auf das kleine, adrette, feste Gesicht, das lockige viktorianische Kind auf der blassen Sepiafotografie. Irielle. Emma Cameron. Gestorben bei einem Kutschenunfall, irgendwann in den neunziger Jahren des neunzehnten Jahrhunderts. Oder in eine andere Dimension gewirbelt, wo die Zeit anders war, und jetzt war sie immer noch ein Mädchen in den zwanzigern. Wie alt würde Emma Cameron jetzt sein? Irgendwie um die neunzig, wenn sie noch lebte.

Wenn ich sie in diese Welt brächte, würde sich da der bekannte Trick abspielen und sie sich in eine uralte Dame verwandeln oder zu Staub zerbröseln? Er erschauerte.

Stan Cameron nahm vorsichtig die Seite aus dem Album, suchte einen gebrauchten Katalogumschlag hervor und legte die Seite hinein. »Vielleicht möchtest du sie behalten«, sagte er. »Besser du hast sie, als ich. Hat keinen Zweck, daß diese Dinge hier herumliegen, bis sie jemand mit dem anderen Müll fortwirft, wenn ich gestorben bin, und sicher werde ich sie dann nicht mehr wollen, wo immer ich dann bin. Es hat auch keinen Sinn, sentimental über ein Bild von Pa zu werden in einem Matrosenanzug, als er sechs Jahre alt war. Er ist auch dein Großvater. Du kannst es behalten, Cam. Ich würde nicht versuchen, irgend jemanden zu überzeugen versuchen, wenn ich du wäre. Menschen, die sich entschlossen haben, nichts zu glauben, sind ebenso hartnäckig wie die, die sich entschließen, alles zu glauben.«

Fenton nickte zustimmend, doch er nahm den Umschlag und das Portrait und brachte es ins Auto. Er hatte es eigentlich nicht Sally sofort unter die Nase halten und ihr sagen wollen: »Sieh doch, Irielle ist ein richtiges Mädchen.« Aber es war gut zu wissen, daß eine solche Person wirklich gelebt hatte.

Doch in der Nacht, auf dem alten Sofa im Wohnzimmer des armseligen Farmhauses, lag er wach, und jedes kleine Rascheln und andere Geräusche schienen verstärkt, und es schien, als könne er die Schritte der herumschleichenden Eisenwesen hören. Wenn eine Gefahr bestand, daß die Eisenwesen wirklich in diese Dimension eindringen konnten, um Ziegen und Pferde zu fressen – und er vermutete, sie würden auch vor Menschen nicht halt machen – hätte er lieber, das alles wäre ein bizarrer Traum.

Aber vermutlich hatte er keine Wahl. Entweder waren die Eisenwesen echt, oder sie waren es nicht. Und was er, Cam, über Realität dachte, würde den Eisenwesen verdammt egal sein.

Cam stöhnte laut und stand auf, um im Badezimmer nach Aspirin zu suchen. Wenn die Eisenwesen echt waren, dann hatte er vielleicht gar nicht das Recht, sie totzuschweigen. Dann hatte er die Pflicht, die Menschen vor einer sehr echten Bedrohung zu warnen – er mochte nicht einmal daran denken, daß die Eisenwesen frei auf dem Campus von Berkeley herumrannten!

Er fühlte sich wie die Kontaktperson einer fliegenden Untertasse, auf die Erde geschickt, um das zu übermitteln, was sie für eine sehr irdische Bedrohung hielten.

Ich kann es jetzt sehen, dachte er. *Entlassung aus der Fakultät als ernsthafter Irrer war das wenigste, was er erwarten konnte, wenn er begann, die Leute vor Eisenwesen im Eukalyptushain zu warnen*!

9

Den ganzen Weg zurück auf der Autobahn nach Berkeley beschuldigte sich Fenton moralischer Feigheit.

Die Eisenwesen waren echt. Das war es in Kürze. Und da das so war, hatte er die Pflicht, die Menschen zu warnen.

Vor was warnen? fragte er sich mürrisch. Daß es haarige kleine Monster gibt, die plötzlich aus dem Nichts in Existenz floppten und einen fortschleppten, um einen aufzuschlitzen und lebendig aufzufressen? Sie würden mir kein Wort glauben. Man würde lediglich mich fortschleppen, sehr prompt, in die nächste Irrenanstalt, um auf ewig mit Tranquilizern zu leben, und das täte der Fakultät für Parapsychologie auch nicht gut.

Am Ende sagte er nichts, aber er merkte, wann immer er über den Campus ging, warf er vorsichtige Blicke über die Schulter zu den Eukalyptusbäumen. Er suchte die Telegraph Avenue heim und versuchte, einen Blick auf den kleinen Kunstladen zu erhaschen, in dem er die Rackham-Drucke gesehen hatte, und er ging den Verkäufern in allen Buchläden auf der Straße auf die Nerven, wenn er sie fragte, ob sie am fraglichen Tag Rackham-Drucke im Fenster hatten, aber entweder konnten sich die Verkäufer nicht erinnern, oder sie gaben es nicht zu – und als Cam an diesem Punkt ankam, begannen seine Gedanken zu begreifen, warum man die Parapsychologie als direkten Weg in die Paranoia betrachtete.

Vielleicht sollte ich das Fach wechseln. Vielleicht werde ich verrückt.

Sind sie deshalb so abhängig von Beweisen, um sich selbst zu beweisen, daß sie mit dem Wissen über etwas leben können, das nicht mit den gegenwärtigen ordentlichen wissenschaftlichen Disziplinen übereinstimmt?

Es war die eine Sache, zu glauben, daß alle parapsychologischen Phänomene sich den natürlichen Gesetzen unterwerfen müßten – noch unbekannten Naturgesetzen, aber immerhin.

Denn alles, was wirklich geschah, jedes Phänomen, mußte durch die Tatsache allein seines Vorkommens möglich sein.

Aber wenn die Gesetze, nach denen sie sich ereigneten, wenn sie erst akzeptiert waren, aus der Gesamtheit der wissenschaftlichen Erkenntnis Ragout machten und die einfache Tatsache enthüllten, daß die Menschen nicht mehr über das Universum wissen, in dem sie leben, als die Ratte in ihrem Laborkäfig über theoretische Psychologie.

Wundert es da, wenn das gesamte wissenschaftliche Establishment entschlossen ist, selbst die zehnfache Beweismenge nicht zu akzeptieren?

Fenton kam zu dem Schluß, ob es nun wahr war oder nicht, daß er verdammt viel Angst hatte, darauf liefen alle seine Erkenntnisse hinaus.

Er wußte später, wenn die Unsicherheit noch ein paar Tage gedauert hätte, daß er darunter zerbrochen wäre. Eines Abends nahm er den Trip Antaril, den er von dem rasierten Hippie erstanden hatte und betrachtete ihn lange Zeit, fragte sich, ob er es schlucken und damit seine Zweifel beseitigen sollte – oder würden sie einfach erneuert? Schließlich wickelte er das Zeugs wieder in den Umschlag und legte es fort, kämpfte gegen die Überzeugung an, daß er es ins Klo werfen und fortspülen sollte.

Mit großer Mühe verschwieg er Sally, was ihm in der Sierra geschehen war. Er fühlte sich der Tatsache nicht gewachsen, sie zu überzeugen. Es belastete ihre Beziehung, und zu einem Zeitpunkt überlegte er, ob er sie abbrechen sollte.

Aber sie war bereits verbittert und mißtraute Männern; es kam Cam in den Sinn, wenn er sich ohne Erklärung einfach aus ihrem Leben entfernte, müßte die Wirkung auf sie katastrophal sein, und wenn er versuchte, ihr eine Erklärung zu geben, würde genau das geschehen, was er zu vermeiden suchte, ein weiterer langer Streit, wie schlimm das Antaril-Experiment ihn beeinflußte. Er führte sie also aus in den Zoo von San Francisco und zu mehreren Matinéekonzerten im Hertzgebäude, zum Abendessen in sein japanisches Lieblingsrestaurant, und eines Abends, als sie nach dem Lieben eingeschlafen war, dachte er ernsthaft, ihr die Schlüssel zu klauen und sie kopieren zu lassen in einer 24-Stunden-Schlüsselbar; er wußte, daß er früher oder später einen Blick in ihre Akten werfen mußte.

Schließlich, er haßte sich selbst dabei, öffnete er leise die

Schublade und nahm den Ordner mit den Namen *M. C. Fenton* heraus. Rasch warf er einen Blick hinein; es war ein getippter, nackter, objektiver Bericht über seine Beschreibung der Alfar und seinen Trip durch die Höhlen der Eisenwesen. Er sah nicht auf die handgeschriebenen Notizen, die sie am Rand angebracht hatte. Ja, dachte er sauer, richtig moralisch bist du, nicht wahr? Aber bei der ersten Erwähnung von Pentarn hatte sie zwei Bemerkungen gemacht. Die erste lautete einfach:

Archetyp eines Schurken! Teufelsgestalt? Kollektives Unbewußtes?

Und die zweite lautete: *Vergl. Amy Brittman wegen Pentarn.*

Er wühlte die Akten durch nach einer Amy Brittman, hielt dann schweißgebadet inne. Das konnte er, würde er nicht tun. Er schloß die Schublade, glitt ins Bett neben die schlafende Sally und hielt sie reumütig ganz fest.

Sally, Sally, wie kann ich das wieder gutmachen? Ich bin schrecklich.

Aber auch vor sich selbst konnte er nicht verbergen, daß er den Namen Amy Brittman immer und immer wieder bedachte. Er wußte, er hatte ihn schon einmal gehört. Und Sally hatte gesagt: Ach, auch du hast einen Pentarn!

War Amy Brittman eine von jenen, die unter Antaril mit dem kollektiven Unbewußten angekommen war und entdeckt hatte, daß es den Namen Pentarn ausspuckte?

Am nächsten Tag erbrachte ein Besuch im Sproul-Gebäude, wo Namen und Adressen von Studenten aufgelistet waren, die Information, daß Amy Brittman eine Studentin im ersten Semester war in Erziehungswissenschaftlicher Psychologie und Freiwillige bei gelegentlichen Experimenten in der Parapsychologie. Die Adresse war die von einem der Studentenheime, aber ein Anruf informierte ihn, daß Miss Amy Brittman vor drei Wochen ohne Hinterlassung einer Adresse ausgezogen war.

Er ging so weit, die Unterlagen der in Forschungsexperimenten beteiligten Studenten zu überprüfen. Aber die Fakultätsunterlagen besagten lediglich, daß Miss Brittman, wie üblich bei Erstsemestern, versäumt hatte, den Adressenwechsel mitzuteilen; sie war immer noch unter ihrer Studentenwohnheimadresse registriert. Fenton dachte vorwurfsvoll, daß die Schlafhallen seiner Zeit doch einige Vorteile gehabt hatten, wo sich die weiblichen Studenten zu bestimmten Zeiten an- und abmelden mußten, als könne Sex und Sünde nur nach elf Uhr abends stattfinden, und es war ihnen nicht gestattet, ohne Benachrichtigung die Adresse zu wechseln. Doch das erkannte er als irrational und lachte über sich, fragte sich aber immer noch, wie er die verschwundene Amy Brittman aufspüren könnte, um sie zu fragen, was sie über Pentarn wußte.

Dann rief Garnock am Mittwochabend an.

»Cam, ich weiß, es ist sehr kurzfristig, aber wir versuchen, das Antaril-Projekt wieder zeitlich in die Reihe zu bekommen. Könnten Sie um elf morgen früh kommen?«

Und das ist, dachte Fenton abwesend, *genau das, was Sally meint, wenn sie sagt, ich solle mich aus dem Projekt zurückziehen; es wird mir zu wichtig.* Mit klinischem Bewußtsein bemerkte er, daß sein Puls raste und er das alte Gefühl von Übelkeit in der Magengrube spürte. Aber recht ruhig sagte er in den Hörer: »Sicher, Doc. Ich komme morgen.«

Er kam kurz vor elf an, und während er den Ärmel aufrollte und sich bereit machte für die Drogenspritze, sagte er zu Garnock: »Sie sagten, einige der Teilnehmer berichteten von lebhaften Träumen und Halluzinationen. Hat es irgend jemand ausführlicher beschrieben?«

Garnock zuckte die Achseln. »Die Leute erzählen immer gern ihre Träume. Ich achte nie darauf.«

Garnock überprüfte seinen Puls, als er die Armschnalle anlegte. »Haben Sie auch Grippe gehabt, Cam? Ihr Puls ist ein bißchen zu hoch.«

Fenton sagte: »Nein, mich hat es nicht erwischt. Ich fühle mich wohl. Ein bißchen nervös vielleicht.«

»Ist aber im Normalbereich«, sagte Garnock und machte die Spritze bereit. »Versuchen Sie dieses Mal, lange genug bei Bewußtsein zu bleiben, um drei perfekte Durchgänge zu machen, Ja? Wir haben die Information, daß Sie das können, aber Sie verlieren ein wenig zu schnell die Kontrolle, um ein wirklich gutes Testobjekt zu sein.«

Fenton merkte, daß er trotz Garnocks Begeisterung das Interesse an perfekten Durchgängen verloren hatte. Die Implikationen waren natürlich faszinierend. Aber die weiteren Implikationen, daß das Antaril als Tor diente, das ihm Zugang zu anderen Dimensionen und anderen Realitäten ermöglichte – das war für ihn nun der Hauptkern des Experiments, und wie es mit allen früheren Annahmen über das physikalische Universum kurzen Prozeß machte.

Aber Garnock interessierte sich nicht für diese Seite des Experimentes!

Er spürte den kurzen Stoß der Sprayhypo und wartete darauf, daß die Wirkung einsetzte.

»Fertig für den ersten Durchgang, Cam?«

»Okay«, gab er zurück, ließ seinen Körper zurück auf dem hohen Tisch und ging um die Abschirmung herum, um Marjies Karten zu inspizieren. »Kreuz, Wellenlinie, Kreuz, Kreis, Viereck, Wellenlinie . . .«

Ihm gelangen drei vollständige, perfekte Durchläufe, und er war halbwegs durch einen vierten, ehe er begann, durch den Boden des Labors zu sinken, und er wußte, er mußte ins Freie. Wahrscheinlich würde ihm in diesem Zustand der Fall durch den Boden nicht wehtun, aber er war nicht daran interessiert, es herauszufinden. Er hatte sich früher oft über die alten Geschichten über Geister und so weiter gewundert, die durch Wände gingen und sich gefragt, warum sie nicht auch durch den Fußboden fielen.

Als er draußen anlangte, war der Campus fast vollständig verschwommen, und er konnte nichts Vertrautes mehr entdekken. Lange wanderte er im Kreis herum, ehe er den weißfedrigen Kreis sonderbarer Bäume fand, der in der Welt des Campus der Eukalyptushain war. Er begriff nicht die merkwürdige Teleskopierung von Zeit und Raum, die ihn bei seinem ersten Trip irgendwo in die Sierras gebracht und ihn nun immer mehr ins Gebiet des Campus und des Eukalyptushains zu versetzen schien. Vermutlich war das eine Art Naturgesetz . . . alles unterlag irgendwelchen Naturgesetzen. Aber diese Gesetze begriff er überhaupt nicht.

Schließlich fand er den Hain aus Federbäumen, aber die Landschaft war sonderbar und veränderte sich, und es wurde bereits dunkel. Fenton kam es nicht so vor, so lange dort gewesen zu sein – es war elf Uhr morgens gewesen, als er den Campus verließ, und er hatte sicher nicht mehr als zwei Stunden subjektiver Zeit auf der Suche nach dem Eukalyptushain zugebracht – aber es wurde dunkel, und ein Mond ging auf, weiß und kalt und voll. Über den Bäumen hing blendendes Licht. Cam konnte bei diesem Licht deutlich genug sehen, um nicht über Wurzeln, Felsen und Dornbüsche zu stolpern, aber nicht deutlich genug, um einen Weg oder Pfad zu suchen, den er von der sonderbaren palastartigen Konstruktion aus gekommen war, wo Kerridis Hof hielt.

Er fragte sich, wie Kerridis Hof wohl aussähe, wenn er weltliche Substanz besäße . . .

Einmal dachte er, den Pfad gefunden zu haben, aber gerade, als er darauf trat, schien er sich zu versperren und nichts blieb zurück als ein Haufen Dornbüsche, aus denen er sich mühsam wieder herauszerren mußte; natürliche Objekte wie Dornbüsche waren real für ihn, selbst wenn es menschengefertigte Objekte seiner eigenen Welt nicht waren. Mit einem Schaudern dachte er daran, daß er auf einer der neuen Stadtautobahn herumwandern könnte, und der Verkehr sauste über ihn und um ihn hinweg.

Und wenn ich mich dort wieder materialisiere . . .

Nein. Er klammerte sich an sein Wissen, daß sein Körper sicher im Smythe-Gebäude lag, was auch immer sein Schatten, sein Zwischenmenschkörper finden würde, wenn er in seine Welt zurückkehrte.

Er begann wieder die Suche nach einem Weg. Verdammt, es mußte doch Wege geben. Irielle sagte, dies sei ein häufig betretenes Gebiet; sie hielt es auch in ihrer Welt für eine gute Stelle. Aber wo auch immer er den Baumkreis verließ, standen dichte Dornbüsche, durch die er nicht gehen konnte, und jede Lücke zwischen den Büschen schloß sich sofort, wenn er darauf zuging.

Gegen seinen Willen erinnerte er sich daran, was einer der Alfarwachen beim letzten Mal gesagt hatte – daß die Wege gegen Fremde verzaubert seien. Vielleicht hatte Findhal, nachdem er ein Eisenwesen in dieser Zuflucht seines Volkes entdeckt hatte, diese Stelle verschlossen und eine Illusion für jene geschaffen, die aus anderen Welten hier ankamen. Wenn man bedachte, wie der kleine Kunstladen sich um eine unsichtbare Achse gewirbelt hatte und verschwunden war, zusammen mit Pentarn, wie konnte man da sagen, irgend etwas sei unmöglich?

Wenn er in dieser Welt Substanz hatte, könnte er sich durch die Bäume zwingen. Oder, wenn die Dornbüsche Illusionen waren, müßte er doch irgendwie an ihnen vorbeikommen . . .

Dann hörte er einen Laut, der sein Blut gefrieren ließ; die sonderbare brabbelnde Sprache der Eisenwesen irgendwo außerhalb des Kreises aus fedrigen Bäumen.

Mit einem Schock fiel ihm wieder ein, was Irielle gesagt hatte; es hatte einmal eine Zeit gegeben, als sie nur kommen konnten, wenn Sonne und Mond richtig standen. Seit undenkbaren Zeiten geschahen allen Volkslegenden nach sonderbare Dinge unter einem vollen Mond. Vielleicht geschah um diese Zeit, unterstellt, daß Zeit in verschiedenen Universen unterschiedlich war, daß sich die Welten überlappten . . . aber ging das überhaupt? Denn natürlich waren die Vollmonde nicht synchronisiert.

Das ergibt keinen Sinn! Wenn es die gleiche Erde ist, sind die Kreisbahnen von Erde und Mond die gleichen . . .

Aber Zeit kann unterschiedlich verstreichen oder anders erfahren werden in verschiedenen Welten . . .

Fenton gestand sich zu, daß er das nicht begriff. Aber es geschah, und er konnte später darüber Theorien aufstellen. Er duckte sich in einen Dornenbusch, als eine kleine Gruppe Eisenwesen – vielleicht vier oder fünf – in den Kreis getrabt kam.

Bei Mondschein fand er sie noch abstoßender.

Sie umrundeten den Kreis, und Fenton merkte, daß sie – wie er – gefangen waren in dem Zauber der weißen Bäume und der Dornbüsche. Einer nach dem anderen schoß auf einen vermeintlich offenen Weg zu und wurde gefangen und von den Dornen gestochen. Fenton konnte nicht alles verstehen, was sie sagten, aber er merkte, wie sie fürchterlich fluchten in ihrer gluckernden, brabbelnden Sprache. Und langsam begann er, aufgrund der merkwürdigen Regeln dieser Welt – gehörte Telepathie zu den ESP-Kräften, die durch Antaril geweckt wurden, oder war es etwas anderes? – sie zu verstehen, wie er auch die Alfar verstand.

»Fluch!« sagte der eine, der eine grausame hakenbewehrte Waffe trug. »Sie haben sie gebannt! Verdammte Dornen! Selbst mein Fell hält ihnen nicht stand. Wir werden die halbe Nacht damit zubringen, den Gegenbann herauszufinden.«

»Geduld«, meinte ein anderer, ein großer, grob aussehender mit einem abgebrochenen Fangzahn. »Der Mond wird noch lange hoch stehen, und irgendwann brechen wir zu Kerridis Palast durch . . .« Er leckte sich andeutungsweise die behaarten Wangen.

»Ja, und dann warten die Vrillschwerter auf uns«, sagte der erste Sprecher verärgert. »Aber das wollte Pentarn, als er uns durchbrachte; wir sollen Kerridis halten und alle anderen beschäftigen, während er den Ort sucht, wo die Wechselbälger eingeschlossen liegen.«

»Wir tun nur seine Drecksarbeit«, sagte der mit dem abgebrochenen Fangzahn mürrisch, und befreite sich aus einem Dornbusch, der seine dürftige Bekleidung zerfetzt hatte, aber ein dritter zuckte die Achseln. Er trug eine Hacke, die aus jedem Geräteladen stammen konnte und ließ Cam an die Axt denken, die von der Farm seines Onkels verschwunden war. Offensichtlich holten sie sich ihre Eisengeräte, wo immer sie sie fanden.

»Ich tue Pentarns Drecksarbeit oder die von jedem anderen, wenn ich dafür ein gutes Fressen oder eine der Wechselbalgfrauen bekomme«, sagte er. »Die Alfarfrauen machen keinen Spaß. Wer will schon eine Frau, die schrumpelt und verkohlt, wenn man sie berührt? Aber die Wechselbälge sind etwas anderes, und wenn Pentarn mit der fertig ist, die er will, gibt er uns den Rest. Er schuldet uns etwas, wenn er diesen Balg zurückbekommt!«

Fenton, der verborgen in seinem Versteck lag, schauderte bei dem Gedanken, wie die Eisenwesen sich unter den Wechselbälgern austobten – und Irielle gehörte zu ihnen.

»Ist nicht fair«, sagte der Fangzahn. »Pentarn ist ohnehin der Grund allen Übels. Wie es früher war, da kamen wir bei Vollmond, und wenn wir die Zeit richtig berechnet hatten, da sangen und tanzten die Alfar im Mondschein, und wir konnten uns die Pferde schnappen und ohne alle Probleme davonrennen. Und jetzt schaffen sie es bei jedem Vollmond, die Haupttore gebannt gegen uns zu halten, und alles Unglück fing an, als sich Pentarn gegen sie wandte. Ich glaube, wir wären besser dran ohne seine Hilfe.«

»Oh, ich weiß nicht . . . er hat uns heute Nacht hierhergebracht, und ich werde mich vergnügen – wenn ich mich jemals von diesen verdammten Dornen befreien kann!« Der mit der Hacke wischte sich Blut von einem knorrigen Arm. Er schwang das Gerät gegen den Dornbusch.

»Verflucht, nicht einmal die Büsche können kaltes Eisen aushalten und ihre Bannflüche halten nicht dagegen«, sagte Fangzahn. »Geht mit euren Messern im Kreis herum. Es wird einige Zeit dauern, aber wir hätten früher daran denken sollen, anstatt uns durch die Büsche hindurchzukämpfen. Fangen wir hier an; Pentarn will uns dort haben, wenn der Rote Stern aufgeht, damit wir sie ablenken, wenn er zu den Wechselbälgern stößt, und das dauert eine Weile.«

Hintereinander wanderten die Eisenwesen methodisch durch

den Kreis, murmelten etwas, und Fenton, der in seinem Versteck lag, erfror fast.

Ich muß die Alfar warnen, dachte er. Sie warnen, daß sie durch den gebannten Kreis eingebrochen sind mit kaltem Eisen!

Natürliche Objekte waren ihm in dieser Welt real. Er konnte nicht durch ihre Felsen wandern, er würde von den Dornen gefangen und aufgehalten. Aber als Zwischenmensch, ohne Substanz in dieser Welt, hatte er einen kleinen Vorteil gegenüber den Eisenwesen, von denen jetzt alle aus tiefen Kratzern bluteten. Fenton brauchte sich nur vorsichtig zu entwirren– und dann war er aus dem gebannten Kreis heraus und rannte einen Weg entlang, der sich auf zaubrische Weise vor ihm auftat.

Und dann, als bewege er sich mit der Schnelligkeit von Gedanken, sah er eine Lücke in der Dunkelheit, die Illusion von hohen Säulen und Türmen, das Schloß der Alfar, und die großen Alfarwachen vor dem Eingang auf- und abschreiten. Er rannte ungestüm auf einen zu, und die Altarwache wandte sich mit den Vrillschwert in der Hand auf ihn zu.

»Sterne und Kometen! Ist das nicht der Zwischenmensch, dem wir laut Findhal nicht trauen dürfen?« sagte der eine.

»Mach dir um mich keine Sorgen«, sagte Fenton. »Die Eisenwesen sind in dem . . . gebannten Kreis, haben den Bann mit kaltem Eisen durchbrochen! Es sind fünf, glaube ich, und ich habe sie reden hören . . .«

»Halt, halt, mal langsam«, sagte der Alfarwachmann. »Die Geschichte erzählst du Findhal. Ich nehme kein Wort von einem Spion aus Pentarns Welt ernst. Und inzwischen . . .« Er sah seinen Gefährten an und schüttelte den Kopf.

»Du kannst einen Zwischenmenschen nicht einsperren; er geht einfach zwischen den Gitterstangen hindurch. Hier, du«, sagte er und machte eine Bewegung mit dem Vrillschwert. »Eine verdächtige Bewegung, und wir durchbohren dich. Man kann keinem trauen, wenn der Mond voll ist, und Findhal sagt, heute Nacht ist er in mindestens vier Welten voll. Eine falsche Bewegung, und du findest dich in allen vieren tot!«

Er zwang Fenton vor sich her. Der andere sagte: »Ich glaube, wir sollten ihn überhaupt durchbohren. Er sieht Pentarn für meinen Geschmack viel zu ähnlich.«

»Oh, alle Wesen aus der Wechselwelt sehen gleich aus«, sagte der erste Alfar. »Ich vermute, sie haben auch gute und schlechte wie überall anderswo. Die Wechselbälger sind recht anständig, und wenn sie alle schlecht wären in jener Welt, dann würden auch die Wechselbälger nicht zu anständigen Wesen heranwachsen. Das tun sie aber. Hier, du . . .« Er stieß Fenton mit dem Vrillschwert an. »Hier hinein.«

Der Alfar rief etwas mit hoher, klingender Stimme. Nach einem Moment kam Findhal heraus und starrte Fenton ohne Begeisterung an.

»Du«, sagte er. »Wie bist du durch den gebannten Kreis gekommen? Ich dachte, es wäre uns zumindest gelungen, dich herauszuhalten, wenn mich auch Lebbrin gewarnt hat, daß es bedeute, Libellen mit Drachenschwertern zu töten.«

»Das hatte auch sein Gutes«, sagte Fenton. »Weil du, indem du mich draußen ließest, auch vier Eisenwesen, oder auch fünf, gefangen hast; sie sind immer noch da, wenn sie nicht aus dem Kreis gebrochen sind. Ich habe sie reden gehört; sie sollen euch hier aufhalten, während Pentarns Mannschaft auf die Suche nach Wechselbälgern geht.«

»Feuer und Teufelei!« sagte Findhal. Wenn auch in Fentons Welt diese Worte harmlos gewesen wären, wußte er, daß Findhal fürchterlich fluchte. »Du willst mir erzählen, daß sie durch jenen Kreis konnten? Du hast das getan«, beschuldigte er ihn. »Du hast sie durchgebracht; das war eine der Stellen, an die Eisenwesen nicht gelangen konnten, und ich habe da nie eines gesehen, bis zu jenem Tag, als du Irielle in den Kreis geführt hast!«

»Dann vertrau mir eben nicht, verdammt!« rief Fenton wütend. »Ich weiß nicht, warum ich mir die Mühe gebe, euch zu warnen. Laß sie doch durchbrechen, was kümmert es mich! Aber du bringst Irielle besser an einen sicheren Ort, sonst sind sie hinter ihr her. Sie sagten häßliche Dinge darüber, was sie mit Wechselbalgfrauen tun.«

Der große Alfar erbleichte. »Stimmt. Ich habe keine Zeit zu vergeuden, Zwischenmensch, aber wenn du hinausgehen solltest und eine Botschaft an Pentarn . . .«

»Nur um der Neugier willen«, meinte Fenton, »wie willst du mich halten? Ich kann selbst durch die Gitterstäbe der Eisenwesen gehen.«

»Du kämst nicht aus der Felsenfestung«, sagte Findhal und machte der Alfarwache ein Zeichen.

»Bringt ihn in die Felsenfestung. Ich muß zu Kerridis und

sicherstellen, daß man Irielle an einen sicheren Ort bringt.«

Der Alfar machte eine Geste mit dem Vrillschwert. Fenton begann, Angst zu bekommen.

»Hier hinein.« Es war eine Höhle, und Fenton schauderte, weil er an die Höhlen der Eisenwesen dachte. Ein Alfarwächter winkte ihn in einen zellenartigen Raum, eine natürliche Nische in dem lebendigen Felsen. Die Tür glimmerte grünlich.

»Aus der Felsenfestung wirst du nicht entkommen«, sagte der Wächter. »Sie ist mit Vrill und unseren stärksten Bannflüchen verstärkt.«

Allein zurückgelassen, entdeckte Fenton, daß die Felsenbarrieren auch für ihn real war. Hier saß er gewiß und sicher im Gefängnis, obgleich er ein Schatten war.

Und wenn er sich nun wieder in seine eigene Welt materialisierte . . . und sich irgendwo unterirdisch fand, in echtem Felsen oder Erde? Früher oder später, wenn die Droge nachzulassen begann, und sein Schattenselbst hier eingekerkert war und er nicht in seinen Körper zurückkehren konnte – was geschah dann mit seinem Körper, bewußtlos, aber ohne das Element der Persönlichkeit, das den Körper Cam Fenton bildete? Ihn schauderte. Ihm gefiel nicht einmal der bloße Gedanke daran. Bei seiner Arbeit in der Psychologie hatte er gestörte Patienten gesehen, die sich vollständig in einem Vakuum befanden, ohne irgendeine Ahnung, menschlich zu sein.

Bald würde er einer von denen sein . . .

Er machte ein paar vergebliche Versuche, durch die vrillverstärkte Tür zu gelangen, doch er verletzte sich nur unangenehm. Er war in seinem Zustand so daran gewöhnt, durch Mauern oder die Gitter der Eisenwesen zu gehen, daß er es einfach nicht glauben konnte, wie sie ihn hier eingekerkert hatten.

Felsenfestung. Ganz schön raffiniert. Sie mußten früher schon mit Zwischenmenschen zu tun gehabt haben – und das machte das Schaudern schlimmer.

Er untersuchte die Mauern und Gitter der Felsenfestung, so weit es ging. Dann, wütend und gelangweilt, setzte er sich nieder und wartete. Sonst konnte er nichts tun. Aber er war wütend, wurde immer wütender. Er hatte sich so dafür eingesetzt, hierher zu kommen, und dann fand er sich im örtlichen Gegenstück zu einer Gefängniszelle wieder!

Er dachte fast triumphierend, daß zumindest dies seine Erfahrung bewies. Denn die Natur von Gehirnaktivität in Träumen brachte keine Inaktivität und Langeweile hervor; im Gegenteil, es führte zu lebhafter Aktion.

Aber er konnte schon hören, was Sally sagte, wenn er dies als Argument für die Realität dessen anführte, was mit ihm geschah. »Als ausgebildeter Psychologe«, plapperte er die passenden psychologischen Klischees; »weißt du doch sicher, daß dein Verstand nur auf deine eigene Angst um deinen Zustand der Halluzination reagiert; daher gibst du einen Traum der Gefangenschaft vor als Ausdruck dafür, daß du dich gefangen fühlst.« Das nannte man im Kreis denken!

Und das war, dachte Fenton, wahrscheinlich der Grund, warum er die Psychotheraphie und die Psychologie des Unbewußten verlassen hatte. Was immer auch geschah, wurde verdreht, um zu den Theorien des Unbewußten und des Ich zu passen. Fakten zu verdrehen, damit sie Theorien paßten, war nicht einmal so wissenschaftlich wie die Parapsychologie, die zumindest Versuche unternahm, ihre phantastischen Hypothesen zu untermauern.

Aber Sally warf ihm vor, nicht wissenschaftlich genug zu sein!

Er rief sich in Erinnerung, daß alles nutzlos sei. Es hatte keinen Sinn, auf Sally wütend zu werden. Wenn er wütend sein wollte, dann konnte er ebenso gut seinen Zorn für Findhal aufsparen oder die Eisenwesen.

Hinter ihm sagte eine leise Stimme: »Fremder Zwischenmensch!« Fenton sprang auf die Beine. Draußen vor der Felsenfestung stand Kerridis, in ihren hellen Umhang gehüllt.

»Mylady Kerridis . . .«

»In der Tat. Deine Gefangenschaft tut mir leid«, sagte sie. »Glaub mir. Ich habe Findhal meinen Ärger darüber kundgetan, aber er hatte keine Zeit zu erklären, was er getan hatte. Ich glaube nicht, daß du es bist, der die Eisenwesen zu uns geführt hat.«

»Hölle, nein!« explodierte Fenton. »Wenn ich dazu imstande wäre, würde ich mich dann an euren verdammten Dornen aufspießen, um vor den Eisenwesen aus dem Kreis zu kommen und euch zu warnen?«

»Du sagtest, du weißt nichts über Pentarn«, sagte Kerridis, »und es stimmt, daß du uns nichts als Gutes erwiesen hast; das ist Findhal nicht würdig, und ich hoffe, es kommt ein Tag, an dem er wissen wird, daß er dir gegenüber ungerecht war.«

Cam Fenton sagte bitter: »Das möchte ich erleben!«

»Du darfst Findhal nichts vorwerfen«, mahnte ihn Kerridis, und wieder war er angerührt durch ihre Feinheit. Sie war keine wirkliche Frau, nicht einmal richtig menschlich, hatte aber deutliche, wenn auch schwache Ähnlichkeit mit Sally.

Kerridis sagte: »Findhal hat Pentarn einst getraut, und er macht sich Vorwürfe wegen der Tragödien, die dieses Vertrauen uns gebracht hat.«

»Aber Irielle ist eine erwachsene Frau, nicht wahr? Kann sie nicht selbst entscheiden? Läßt du mich zu ihr gehen?«

Kerridis Lächeln umwölkte sich. »Ich selbst fühle mich dazu versucht«, sagte sie. »Aber ich schulde auch Findhal Loyalität, und ich will ihn nicht auf diese Weise in Wut bringen. Dir aber schulde ich einen Dienst, Zwischenmensch, und selbst wenn Findhal recht hat, kannst du mich hier nicht verletzen.«

»Das würde ich ohnehin nicht tun«, sagte er, und das ließ Kerridis lächeln, es war ein Lächeln, das ihn an Sally erinnerte, wenn sie weder wütend noch mißtrauisch war, wenn sie sich entspannte und nicht ihre Gefühle so scharf bewachte, das Lächeln, das er niemals sehen würde, ohne zu wünschen, es bald wieder zu sehen.

»Es ist wahr, ich schulde dir einen Gefallen«, sagte sie, »und es ist wahr, daß Irielle alt genug ist, ein Privatleben zu haben. Ich bin ihre Herrin, aber sie ist meine Freundin und Pflegetochter, nicht meine Sklavin; andernfalls wären Pentarns schlimme Geschichten über uns alle wahr. Ich will Irielle freie Wahl lassen. Ich werde sie zu dir schicken, Zwischenmensch.« Kerridis zögerte. »Sag mir, Zwischenmensch, bist du in Irielle verliebt? Möchtest du sie von uns fortgewinnen?«

»Ich weiß es nicht«, antwortete Fenton aufrichtig. »Ich habe Grund zu der Annahme, daß sie . . . eine . . . junge Verwandte von mir ist.«

Junge Verwandte, dachte er mit absurder Albernheit, denn sie war, wenn ein Bild, das ihm Stan Cameron gezeigt hatte, der Realität entsprach, die Kusine seines Großvaters.

Er sagte zu Kerridis: »Ich weiß nicht, was du über Zeit weißt, aber sie scheint hier anders zu verstreichen. Irielle ist immer noch jung hier, aber die Zeit ist weitergegangen, und unsere Welt hat sich stark verändert. Wenn sie in unsere Welt zurückkehrte – würde sie da sicher sein? Würde sie plötzlich alt werden, würde sie . . ?« Er schluckte ein paarmal. »Sie würde doch nicht etwa sterben oder zerbröseln oder so, oder?«

Rasch sagte Kerridis: »Nein, nein! Es stimmt, wir altern nicht wie andere Menschen, aber einmal erwachsen, bleiben wir fast genau so, bis zum Tode, und wir leben länger als ihr. Irielle ist fast die gleiche, seit sie kein Kind mehr ist, aber wenn sie die Welt wechselte, würde sie genau zu diesem Zeitpunkt zu altern beginnen, wie das bei euch üblich ist. Das ist alles. Wechsel oder Verfall sind uns schrecklich, und ich wäre nicht glücklich, ihre Hände auf Irielles wunderbarem Gesicht zu sehen, aber es liegt an ihr. Wenn ihre Welt sich so sehr verändert hat, und viele, die sie kannte, tot sind, würde eine solche Rückkehr vielleicht mehr Kummer bringen, als sie ertragen könnte. Sie könnte des Kummers sterben . . . aber dann wiederum, das liegt an dir und ihr. Sie ist nicht unsere Sklavin, und sie ist hier aus Liebe, nicht aus einer bestimmten Notwendigkeit.«

»Ich glaube dir.«

Sanft sagte Kerridis: »Und ich glaube dir. Wenn du uns übel wolltest, würdest du nicht so besorgt um Irielle sein. Wenn das doch Pentarn geglaubt hätte, als wir es ihm sagten. Nein . . .« Sie hielt die schmale Hand hoch. »Das ist eine lange Geschichte, und sehr, sehr traurig. Ich werde sie dir jetzt nicht erzählen.

»Werdet Ihr mich aus diesem schrecklichen Ort befreien?«

»Das kann ich nicht«, antwortete sie. »Findhal hat mir ein Versprechen abgerungen, daß ich das nicht tun würde, und ich breche niemals mein Wort. Aber Irielle steht unter keinem solchen Versprechen. Ich werde sie zu dir schicken.«

10

Als Kerridis gegangen war, setzte sich Fenton in der Felsenfestung nieder und wartete mit dem verbliebenen Rest von Geduld auf Irielle. Er fragte sich, ob die Wachen draußen nicht Findhals Männer waren und sich verpflichtet fühlten, seinen Befehlen zu gehorchen und nicht Kerridis, und ob sie Irielle überhaupt hereinließen, wenn sie kam.

Und das brachte ihn dazu, weiter über diese Welt zu spekulieren, in der er sich befand. Er hatte nur einen oberflächlichen Teil der Alfar-Welt gesehen. Er fühlte sich angezogen und fasziniert durch das, was er gesehen hatte – aber wie war diese Welt wirklich? Was machten die Alfar, wenn sie nicht gegen Eisenwesen kämpften – unterstellt, daß das keine Vollzeitbeschäftigung war?

Dann fragte er sich, was wohl geschähe, wenn sich herausstellte, daß alle diese miteinander verschränkten Welten, von denen Irielle ihm erzählt hatte, real waren – nicht subjektiv, sondern objektiv? Es würde nicht nur die Natur seiner eigenen Welt über alle Vorstellung hinaus ändern und das Akzeptieren von Dingen fordern, die man schon immer für Aberglauben oder Schlimmeres hielt, sondern auch die unmittelbare Reform aller Wissenschaften und Wissenszweige verlangen. Nicht nur das, dachte er in einem Anflug von Humor, sondern es würde eine vollständig neue Welt eröffnen – eigentlich viele neue Welten für die Soziologen und die Spezialisten in fremden Kulturen. Ganz zu schweigen davon, was es für das Gebiet der Psychologie bedeutete.

Fenton wagte nicht, auch noch über die internationalen Implikationen nachzudenken. Das würde er den Politikern überlassen müssen. Aber wenn man bedachte, welche Mühe die Alfar hatten bei der Bewachung ihrer Tore gegen die Eisenwesen, würden die politischen Auswirkungen gewaltig sein. Man stelle sich die militärische Macht einer Nation vor, die sich nicht nur gegen

Feinde auf dem eigenen Planeten schützen muß, sondern auch noch gegen eine Vielzahl fremder Welten, die Gefahr darstellten. Er dachte recht trocken, daß er die Reaktionen einiger Kongreßmitglieder voraussagen konnte – nach größeren Rüstungsausgaben würden sie schreien!

Fenton verspürte Durst und auch leisen Hunger. Gewiß, da die Zeit in der Welt der Alfar offensichtlich nach anderen Maßstäben fortschritt, konnte er nicht sagen, wieviel Zeit in seiner eigenen Welt verstrichen war. Er nahm an – da es subjektiv in der Welt der Alfar nicht mehr als drei oder vier Stunden gewesen sein konnten – daß er nun die Reaktion seines halbbewußtlosen Körpers im Smythe-Gebäude spürte, wo es fast Mittagessenszeit war. Aber der Gedanke machte ihm angst. Wenn er sich nun in dem festen Felsen wieder materialisierte? Selbst die Alfar hatten zugegeben, daß das gefährlich sei für einen Zwischenmenschen, was er in dieser Welt ja zu sein schien.

Zeit verging. Endlich hörte er das leise Geräusch von Glöckchen vor der Felsenfestung, und er hob den Kopf und sah Irielle draußen vor den Gittern.

»Fenton«, sagte sie mit schüchternem Lächeln. »Ich freue mich, dich zu sehen, daß du zurückgekommen bist, und ich entschuldige mich für meinen Pflegevater. Er weiß es nicht so gut wie ich, aber es wird eine Zeit kommen, wenn er sich dessen schämt, was er dir angetan hat. Aber darauf dürfen wir nicht warten. Beginnst du schon wieder zu schwinden? Wenn ja, dann müssen wir sofort nach draußen.«

»Ich glaube nicht«, erwiderte Fenton. »Ich habe noch nichts gemerkt.«

»Aber du mußt aufpassen. Wie lange bist du schon hier?«

»Ich habe nicht die geringste Ahnung.«

»Wie auch immer, wir müssen dich nach oben bringen«, sagte sie und löste die Gitter. Einer der hochgewachsenen Alfarwachen sah, was sie tat, und kam verärgert zu ihr.

»Lady Irielle, Ihr Vater hat den Befehl gegeben . . .«

»Aber ich habe direkten Befehl von der Lady«, sagte sie und zeigte dem Alfar etwas in ihrer Hand. »Kerridis hat mich hergeschickt; beklag dich bei ihr, wenn du willst.«

Grollend zog sich die Wache zurück, und Irielle beendete, was immer sie auch mit den vrillverstärkten Stangen der Felsenfestung tat, und Fenton trat heraus. Er merkte, wie verkrampft er war, und er spürte einen stechenden Schmerz am Bein, der ihn stolpern ließ. Er dachte überrascht und verwirrt: *Das ergibt einfach keinen Sinn, mein Körper ist überhaupt nicht hier; wie kann ich verkrampft sein?*

Mein Körper liegt doch reglos im Smythe-Gebäude . . .

Er bückte sich und rieb sich die Beine. Irielle sah ihm mitleidig zu.

»Du bist nicht sehr warm angezogen für diese Welt«, sagte sie. »Frierst du?«

»Eher verkrampft.«

»Das beste dagegen ist Bewegung«, sagte Irielle. »Komm.«

Sie reichte ihm die Hand; er humpelte ein wenig nach dem langen Eingesperrtsein und folgte ihr durch die Waffenkammer der Alfar und eine Reihe langer Gänge ins Freie.

Es war jetzt sehr dunkel, und der Mond blendete leuchtend weiß und kalt, größer als jeder andere Mond, an den er sich in seiner eigenen Welt erinnern konnte, hoch über den fremden Baumwipfeln.

Mit Mühe gelang es ihm, sich ein deutliches Bild von Onkel Stans dicker Wolljacke vorzustellen – die mit dem gestopften Loch in der Tasche – und spürte, wie sie ihm um die Schultern glitt. Als er sich dankbar in die Wärme kuschelte – obwohl er sich immer noch verkrampft fühlte –, fragte er sich, was wohl geschähe, wenn Stan Cameron diese Jacke trüge in der anderen Welt, der wirklichen Welt – nein, das durfte er nicht sagen – in der Welt, aus der er gekommen war?

Wahrscheinlich nichts. Weil dies nur eine vorgestellte Analogie ist, eine gedankliche Form, wenn man so will, der wirklichen Jacke . . .

Wenn ich an zwei Stellen zugleich sein kann, warum nicht auch die Wolljacke meines Onkels?

»Komm«, sagte Irielle und zog ihn an der Hand. »Jetzt ist nur ein Ort für dich sicher, bei den Wechselbälgern. Wir wohnen getrennt, wo es Feuer gibt, weil wir die Kälte mehr spüren als die Alfar, und da wirst du dich wohler fühlen.«

Fenton sagte, als sie unter den Bäumen hergingen: »Ich dachte, Pentarn ist mit seinen Eisenwesen zu den Wechselbälgern unterwegs?«

»Aber jetzt sind wir gewarnt«, gab Irielle zurück, »und mein Pflegevater wird am Kreis sein, um mit den Eisenwesen fertig zu werden. Und es gibt genügend Wechselbälger, die entschlossen sind, sich zu verteidigen, selbst gegen die Eisenwesen. Ich habe nicht den geringsten Wunsch, von ihnen gefangen zu werden.« Sie schauderte und streckte ihm die Hand entgegen. Rasch umschlang sie Fenton. Sie schien wie ein Kind, sonderbar liebebedürftig. Er fragte sich, ob es das fremdartige Leben bei den Alfar war, das sie so jung und verletzlich machte, ein Mädchen von ihrem offensichtlichen Alter benahm sich gewöhnlich erwachsener als Irielle. Aber was bei den Alfar würde ihr auch das vermitteln können, was man normalerweise als weltliche Klugheit und Bildung kannte?

Und wie alt war sie wirklich? Er merkte, daß auch er sich schüttelte.

»Frierst du immer noch? Ich habe etwas für dich, was dir ein wenig helfen wird.« Sie trug am Gürtel ihres warmen Wollkleides eine Reihe kleiner Beutel, wie sie die Anachronisten an ihren mittelalterlichen Umhängen auch trugen. Plötzlich fiel Cam auf, daß dies in der Tat der Ursprung von Taschen war. Sie wühlte in ihnen herum, runzelte die Stirn, und brachte endlich etwas Festes, eingewickelt in das seidige Material, das die Alkar trugen, zum Vorschein.

»Spinnenseide ist schön«, sagte sie, »aber ich trage sie nicht, denn sie hält nicht die Kälte ab, wenn mich auch Findhal in nichts anderes kleiden würde, wenn ich es gern hätte. Sie ist selten und schwer zu bekommen, aber mein Pflegevater schlägt mir keinen Wunsch ab. Aber dies habe ich für dich. Ich habe es von einem . . . einem der anderen Wechselbälger erbeten.« Vorsichtig wickelte sie etwas aus dem Tuch, das sie Spinnenseide nannte.

Fenton schnappte hörbar nach Luft, als er es sah, denn was Irielle in der Hand hielt, war Gold, glänzend, überaus fein mit Symbolen verziert.

»Nimm es«, drängte sie ihn. »Es ist ein Talisman für die Tore!«

»Aber Irielle, wie kann ich das annehmen? Das ist eine Kostbarkeit – unschätzbar . . .«, sagte er, aber sie sah ihn lediglich verständnislos an.

»Ich weiß nicht, ob du ihn mit in deine Welt nehmen kannst«, sagte sie. »Ich weiß nicht viel über die Gesetze, unter denen Zwischenmenschen leben. Wenn du ein Weltenwanderer wärest, könntest du ihn in jede Welt mitnehmen, und wenn du ihn bei dir trägst, würde er zwischen den Welten mit dir wandern, denn er ist in jeder Welt anders. Aber ich weiß nicht, wenn du in dieser Welt schwindest, ob er dann mit dir geht. Doch du kannst es zumindest versuchen.«

Fenton schürzte die Lippen, versuchte sich Garnocks Gesicht vorzustellen, wenn er mit diesem Ding wieder im Labor auftauchte. Das zumindest wäre der Beweis der Realität dieser Welt der Alfar. Irielle legte den Goldklumpen in seine Hand. Er fühlte sich angenehm fest an, hart wie nichts anderes, außer den Vrillschwertern oder den Felsen hier.

»Ich gehe nicht mehr viel in die Sonnenwelten, seit ich erwachsen bin«, sagte Irielle. »Wenn mir auch der Gedanke gefällt, daß ich es kann, wenn ich will. Ich bin hier keine Gefangene. Das kann Pentarn nicht verstehen . . .« Sie ging voran zu einer der sonderbaren und umrißhaften Wohnstätten, die mit der Anordnung der Bäume den Anschein von Säulen und einer Tür gaben; und als sie unter den Bäumen hergingen, entdeckte Fenton, daß es wirklich eine Tür war. Die Mauern schienen substanzlos – er hatte keine Ahnung, aus was sie bestanden oder ob sie wirklich vorhanden waren, aber ihm war weniger kalt. Immer noch bückte er sich, um den Krampf aus den Beinen zu reiben; jetzt war stechender Schmerz in den Armen dazu gekommen, und er rieb und rieb sie immer wieder, um die Schmerzen zu lindern. Das war neu; das war bei keinem seiner voraufgegangenen Besuche bei den Alfar geschehen. Einen Moment war der Schmerz so heftig, daß er sich bücken und seine Beine pressen mußte. Es war, als würden Messer in ihn hineingejagt. Rational wußte er, daß dies lediglich eine Resonanz, ein Nachhall der Verkrampfung seines Körpers im Smythe-Gebäude war, und er wußte, daß er bald an die Rückkehr denken mußte. Außerdem quälte ihn Durst.

Aber ich will nicht zurück; wer weiß, wann ich wieder hierherkomme? Ich weiß nicht einmal, ob ich Irielles Talisman mitnehmen kann – was sagt man über Feengold, daß es im Licht der Sonne zu einer Handvoll welker Blätter vergeht?

Irielle beobachtete ihn mitleidig. »Hast du Schmerzen?«

Unter Schwierigkeiten gelang es Fenton, seine Glieder wieder unter Kontrolle zu bekommen. »Ist schon gut«, sagte er und richtete sich auf. »Ich bin nur so durstig. Gibt es hier irgend etwas zu trinken?« Wasser, dachte er, würde doch das gleiche in allen Welten sein, weil es ein natürliches Objekt war wie Steine . . .

»Was hast du denn da, Irielle?« lachte eine Frauenstimme.

»Bringst du jetzt Wechselbälger mit als Liebhaber, wenn der Mond richtig steht?«

Irielle lachte ebenfalls. »Ach nein«, antwortete sie. »Das ist ein Zwischenmensch, der es gewagt hat, durch den verzauberten Kreis zu kommen, um uns zu warnen, daß Pentarn mit den Eisenwesen nach hier unterwegs ist. Fenton, das ist Cecily, meine Freundin und Pflegeschwester.«

Cecily war blond, rund und rosig und trug ein ähnliches rostfarbenes Wollkleid wie Irielle – er fragte sich, ob die Alfar vielleicht teilweise farbenblind waren, sie schienen so wenige Farben in ihrer Kleidung zu verwenden. Danach würde er Irielle gern fragen.

Es gab so viele Dinge, die er Irielle fragen wollte, und er hätte gerne gewußt, ob er jemals genügend Zeit haben würde. Er schwitzte nun vor Schmerz, der mit voller Macht zurückgekehrt war, und Irielle blickte ihn mitfühlend an.

»Bring ihm etwas zu trinken, Cecily. Ich will ihn nicht allein lassen . . . Hat es hier Aufregung gegeben?«

Cecily kam mit einem Kelch zurück, den sie Fenton reichte. Irielle sagte dabei: »Denk daran, Fenton, es wird deinen Durst nicht richtig löschen, denn dein Körper ist nicht hier. Aber vielleicht gibt es dir eine Illusion davon.«

Fenton nickte, nahm den Becher und trank. Die Flüssigkeit war kühl und erfrischend, Balsam für seine ausgedörrte Kehle. Als er getrunken hatte, fühlte er sich wunderbar erfrischt, wenn auch ein Teil seiner Gedanken wußte, daß er immer noch durstig war.

Ist die Feenwelt deshalb so gefährlich? Weil Essen und Trinken in einer fremden Welt nicht wirklich nährt oder erfrischt, und einer, der davon zu leben versucht, nur so dahinsiecht?

Nun, immerhin war er jetzt weniger durstig.

Cecily sagte: »Überall sind Wachen; Findhal und Lebbrin kamen selbst, uns zu warnen, nicht nach draußen zu gehen. Findhal suchte dich, Irielle, und war wunderbar wütend, als er dich nicht finden konnte!« Sie lachte. »Ich wollte nicht, daß er zu dir geht und diese Wut auf dich richtet, daher sagte ich ihm, du seiest in eine Sonnenwelt gegangen, um Spinnenseide für Kerridis zu besorgen . . . War das falsch?«

»Nicht falsch«, gab Irielle zurück, »aber vielleicht eine schlechte Ausrede; er wird sich Sorgen um mich machen. Aber es ist etwas, was ich schon zuvor getan habe und wieder tun werde. Kerridis sagt, niemand ist so schnell wie ich, es in der Sonnenwelt zu erkennen.«

Fenton fragte in Erinnerung an das glänzende Viereck aus Spinnenseide, in das Irielle den Talisman gewickelt hatte: »Wie sieht es in der Sonnenwelt aus?«

Irielle kniff angeekelt das Gesicht zusammen. »Grau und häßlich«, sagte sie, »und es zerreißt fast unter dem Atem, aber wenn man es in diese Welt bringt, wird es stark und zäh und wunderschön. In einer der Sonnenwelten gibt es sie überall in Wäldern und dunklen Höhlen und häßlichen Ecken.«

Spinnweben. Natürlich. Das würde in dieser Welt anders aussehen . . .

Was zum Teufel ist denn nun Realität?

Aber Irielle hatte sich schon wieder an Cecily gewandt. Sie fragte: »Was hat Joel Tarnsson gemacht, als die Nachricht kam?«

»Was konnte er schon tun?« gab Cecily zurück. »Er nahm ein Vrillschwert und schwor, er würde seinen Pflegevater verteidigen und die Alfar, auch wenn er dabei sein Leben lassen müsse; Lebbrin konnte ihn nur zurückhalten und ihm sagen, daß er nicht mit der Schuld leben könne, wenn er das Blut eines Verwandten vergösse. Jetzt ist er beleidigt und unter Wache in den Quartieren der Wechselbälger . . .«

»Ah, das sieht ihm ähnlich«, meinte Irielle leise. »Ich wünschte, ich wäre dabei gewesen.«

»Ich auch«, sagte Cecily. »Denn niemand von uns konnte ihn zu Verstand bringen.«

Unvermittelt begann draußen Lärm, und es hörte sich an wie Schwerterklirren und Schreie: Kampfgeräusche. Irielle schrie bestürzt auf, und plötzlich wurde die Tür aufgerissen, und Pentarn stürzte herein.

Er trug immer noch den grünen Umhang, aber über sein Gesicht war ein halbes Visier herabgelassen. Fenton erkannte ihn an Größe und Haltung und dem flammend roten Bart. Er war, abgesehen von einem kleinen Vrilldolch in der Hand, unbewaffnet.

Zu Fentons Erstaunen ignorierte Pentarn die Frauen und redete ihn direkt an.

»Schleichst hier bei den Frauen herum? Das hätte ich mir denken können«, sagte er verächtlich. »Beeil dich jetzt, und wir kommen ohne weitere Kämpfe aus, wenn dir daran etwas liegt. Die Wachen wissen nicht, daß ich hier bin; sie sind mit den Eisenwesen beschäftigt. Mir ist egal, was mit den Alfar geschieht, aber diese Frauen sind Menschen, und selbst wenn sie die mißhandelten Sklaven der Alfar sind, dann willst du sie doch sicher nicht von den dunklen Wesen geschändet sehen. Komm sofort mit mir, und ich sehe zu, daß ihnen nichts geschieht.«

Irielle lachte, ein fröhlicher, verächtlicher Klang. »Sieh da, der Pentarn«, sagte sie.

Der große Mann zuckte zusammen und schob das Visier vom Gesicht, und in dem Augenblick erhielt Cameron Fenton einen Schock.

Pentarn hatte lange Haare und trug einen Bart. Aber ansonsten war es, als hätte er in einen Spiegel geblickt. Pentarns Gesicht war das seine. Und nun erkannte Fenton die Gründe für das Mißtrauen der Alfar.

»Feuer und Tod!« fluchte Pentarn. »Wer bist du?« Er wandte sich heftig an die Frauen. »Ist das eine Gestaltszauberei? Wo ist er?«

Cecily sagte: »Er ist da, wo du ihm nichts anhaben kannst, Pentarn – auf seinen eigenen Wunsch.«

»Du lügst!«

Wütend erwiderte Cecily: »Dann lüge ich, um deine Gefühle zu schonen, Pentarn, falscher Freund. Doch ich weiß wirklich nicht, warum ich das tun sollte! Was er wirklich wollte, ist, das Schwert ergreifen und die Alfar gegen deine widerwärtige Gewalt und jene Dinge, die du auf uns losgelassen hast, verteidigen . . .«

»Halt deinen Lügenmund!« Pentarn hob die gehandschuhten Finger und schlug Cecily, daß sie taumelte; sie fiel benommen nieder, und Irielle rannte zu ihrer Verteidigung heran und kniete sich auf den Boden neben die Freundin.

Fenton stürzte auf ihn zu. »Da, wo ich herkomme, werden keine Frauen geschlagen, du Bastard«, schrie er, und erhielt einen Hieb mit der Kante des Vrilldolches, der auch ihn taumeln ließ, während Pentarn mit einer wilden Bewegung, die seinen Umhang herumwirbeln ließ wie Rauch, auf Irielle zusprang.

»Wechselbalg für Wechselbalg!« rief er. »Wenn ich dich habe, Irielle, dann muß mir Findhal geben, was ich will!« Er umklammerte Irielle an den Armen; Fenton stürzte sich auf ihn und zerrte an ihm.

»Denkst du, mich könnte irgendein Zwischenmensch halten –

du Schatten?« spottete Pentarn und zwang Irielle auf die Beine. Sie rang zwischen seinen Händen wie eine Katze; für sie war der Weltenwanderer fest, während Fenton nichts Festes zu packen bekam. Aber sein entschlossenes Eingreifen ließ Pentarn zurücktreten. Irielle kratzte wütend in das ungeschützte Gesicht, und er ließ sie einen Moment los, um das Blut von der Wange zu wischen.

Cecily schrie, und plötzlich brach die Tür auf, und zwei Alfarwachen stürzten herein. Sie flogen auf Pentarn zu mit gezückten Vrillschwertern; der Mann zog sich rasch zurück und ließ Irielle los und wirbelte herum. Er schimmerte einen Moment im Licht auf, und in diesem Augenblick rief Fenton: »Nein, verdammt, den Trick spielst du mit mir nicht mehr! Dieses Mal gehe ich mit dir, wo immer du auch verschwindest!«

Er spürte, wie sich Pentarns Gestalt unter seinen Händen auflöste, spürte einen Moment dichte, schwindelnde Dunkelheit, die sie alle umgab; dann gab es ein sonderbares leises Klacken, Fentons Füße kamen auf festem Boden auf, und er stand mitten auf der Sproul-Plaza, den Arm immer noch an Pentarn geklammert. Wieder drehte und kippte die Welt, der Himmel flammte dunkel und hell, und plötzlich stand Fenton neben Pentarn in einem beflaggten Hof, über ihnen eine dunkle, niedrige Sturmwolke, der Himmel erleuchtet von Blitzen. Kein Zeichen von den Alfar, von Irielle oder Cecily.

Pentarn zog die Brauen hoch und überflog Fenton mit einem ironischen Blick.

»Wie ist denn das geschehen?« fragte er. »Ich dachte, du seist ein Zwischenmensch. Ich dachte, ich hätte dich zumindest in der Mittelwelt zurückgelassen. Erzähl mir nicht, du habest einen Talisman in der Tasche?«

Erstaunt umklammerte Fenton das goldene Ding in seiner Tasche. Irgendwie hatte sich seine Struktur verändert; es war nicht mehr so kühl und metallisch, sondern warm mit fast seifenartiger Oberfläche. Es fühlte sich wie Jade an. Aber es war beruhigend fest, und er spürte die tiefen Gravuren unverändert.

Hinter ihnen erhob sich ein Gebäude, fast ein Palast. Flaggen – Fenton konnte die Einzelheiten in der Dunkelheit nicht erkennen – flatterten an Stangen, und Wachen in dunklen Uniformen mit reichlich Goldtressen standen vor den Eingangssäulen. Keiner von ihnen hatte auch nur die leiseste Notiz von Pentarns und

Fentons Ankunft mitten unter ihnen genommen. War diese Art zu reisen denn in Pentarns Welt an der Tagesordnung?

Pentarn schüttelte den Kopf. Er sagte: »Du nützt mir nichts. Du bist nicht der, für den ich dich hielt. Ich vermute, du weißt nicht einmal, was du getan hast, oder?« Er wischte sich die Stirn. Er sah müde aus und älter als er war – Fenton vermutete, der Mann war so alt wie er – fünfunddreißig – wenn ihn auch der Bart erheblich älter aussehen ließ.

»Ich vermute, du bist wie alle Zwischenmenschen, du hast nicht die geringste Ahnung, um was es geht, stimmt's?«

Fenton sagte: »Ich weiß nur, daß mir die Eisenwesen nicht gefallen, und der Gedanke, sie auf hilflose Frauen loszulassen . . . und das habe ich zweimal bei dir beobachtet . . .«

Pentarn zuckte die Achseln. »Die Eisenwesen sehen schlimmer aus, als sie sind«, sagte er. »Und der Zwang heiligt die Mittel. Ich bin ein menschlicher Mann, du warst da, du hast gesehen, daß ich nicht zugelassen habe, daß sie Kerridis verletzten. Jedenfalls nicht ernsthaft, obwohl sie Schlimmeres verdient. Ich vermute, du bist auf den Alfar-Unsinn hereingefallen, denkst, sie sind glänzend schön und gut, und kannst nicht die andere Seite sehen – und warum sollte ich mich vor einem Zwischenmenschen entschuldigen?«

Einer der uniformierten goldbestreßten Wachen ging langsam über den Platz. Er hob salutierend die Hand.

»Führer, ist dies die Person . . .« Er hob eine undefinierbare Waffe an seiner Hüfte; sie sah häßlich aus, wie ein Blaster aus einer Space-Opera. Pentarn bedeutete dem Mann, sie fortzustekken, und Fenton wußte, daß die Waffen dieser Welt ihm nichts anhaben konnten, es sei denn, sie waren aus Vrill. Aber trotzdem atmete er jetzt etwas befreiter auf.

»Er kann keinem etwas tun; er ist nur ein Zwischenmensch«, sagte Pentarn. »Komm, Zwischenmensch, du wirst nicht lange genug hier sein, um irgend jemandem etwas zu tun. Falls du dich fragen solltest, was dies hier ist, das ist der Kriegspalast.«

Er führte Fenton durch langgezogene Hallen und schenkte ihm keine weitere Beachtung. Es gab Waffen aller Arten, nicht die simplen Geräte der Alfar, sondern monströse Maschinen, die Fenton aufgrund der unbekannten Bedrohung nach Luft schnappen ließen. Riesig, hoch aufragend, obszön stumpfe Schnauzen, die aussahen, als könnten sie unbekannte Todesstrahlen aussenden, etwas wie ein Panzer mit großen Stacheln, die, wenn sie über den Boden rollten, alles in Fetzen zerreißen würden.

Pentarn lächelte über Fentons Entrüstung, es war ein sonderbar selbstzufriedenes Lächeln.

An den Wänden in diesem monströsen Kriegspalast hingen im Abstand von zehn, zwölf Metern überlebensgroße Portraits von Pentarn, und Fenton bemerkte, daß der Soldat, der hinter Pentarn herging, ein jedes Gemälde grüßte, mit dem gleichen ausgestreckten Arm, wie er vor Pentarn selbst salutiert hatte. Er tat es nicht übertrieben auffällig, eigentlich sah ihn Pentarn gar nicht, und dem Soldaten schien es egal, ob Fenton es bemerkte oder nicht; er tat es einfach mit einem sonderbaren Blick, den Fenton als Ehrfurcht und Verehrung begriff.

Das ist ein Typ, der Hitler in den Schatten stellt. Kein Wunder, daß die Alfar ihn verachten.

Schließlich, nach einer – seinem Empfinden nach – halben Stunde Weg – Fentons Beine schmerzten schrecklich, und immer wieder bückte er sich und versuchte vergeblich, den Krampf zu lockern – gelangten sie an eine kleine bescheidene Tür.

»Komm herein«, sagte Pentarn. »Das sind meine Privaträume.«

Der Wächter sagte devot: »Aber Lordführer, das ist vielleicht ein Trick dieser Geister, um euch unbewacht zu erwischen. Laßt mich doch mit dem Burschen fertigwerden!« Er legte eine Hand auf Fentons Schulter, doch die Finger fuhren glatt durch ihn hindurch, und Pentarn lachte sein spöttisches, verächtliches Lachen.

»Mit ihm fertigwerden? Wie denn? Er ist ein Zwischenmensch, ein Schatten«, sagte er. »Aber mich interessiert, wie er hierherkam. Komm herein.« Er zögerte. »Vermutlich hast du eine Art Namen. Ich kann dich nicht immer Bursche nennen wie einen Hund.«

»Fenton.«

»Fenton.« Pentarn schenkte ihm einen langen, nicht mehr abweisenden Blick. »Ja, vermutlich sind wir Analoge.« Auf Fentons verwirrten Blick hin erklärte er ungeduldig: »Die Person, die ich in deiner Welt gewesen wäre, was immer sie auch ist. Die Schlüsselentscheidung, die Welten einander zu entfremden, geschah vor langer Zeit, aber es gibt Analogien. Vermutlich bist du in deiner Welt nicht sonderlich wichtig; aber normalerweise funktioniert das nicht so. Komm rein.«

»Nein, nicht sonderlich wichtig.« Wenn man bedachte, was man in Pentarns Welt für wichtig hielt, war ein Forschungsassistent in Parapsychologie für Pentarn vermutlich nicht besonders beeindruckend.

»Vielleicht können wir zu einer Übereinkunft kommen. Ich könnte vielleicht ein Double gebrauchen«, überlegte Pentarn. Er ging voran. Die Räume waren spartanisch, kahl und nüchtern, ohne Schmuck an den kahlen Wänden. Zu dem Soldaten sagte er: »Sag der Frau aus der Mittelwelt, daß ich sie gern sehen möchte.«

»Sofort, Lordführer.« Der Soldat ging fort, und Pentarn winkte Fenton zu einem Stuhl. Er setzte sich und massierte das verkrampfte Bein wieder. Der Durst, für einen Moment durch den Trank gelöscht, den Irielle ihm gegeben hatte, tobte in unverminderter Stärke. Pentarn beobachtete ihn abwesend, was Fenton zu seiner Überraschung als mitleidig interpretierte.

»Wie bist du hierhergekommen?«

»Mit einer Droge«, antwortete Fenton zwischen zwei Krämpfen.

»Vermutlich würde es dir wenig nützen, wenn ich dir etwas zu trinken anböte, oder? Ich bin auch einmal ein Zwischenmensch gewesen, ehe ich das Weltenhaus fand und weiß, wie es funktioniert. Aber du fühlst dich vielleicht besser. Hier.« Er reichte ihm einen Krug, der wie Silber aussah. Hastig schluckte Fenton die Flüssigkeit; es schien ein wenig zu helfen. Jedenfalls konnte er wieder sprechen.

Pentarn sagte: »Ich habe von dieser Droge gehört.« Er brach ab, als eine Frau den Raum betrat. Sie trug prächtige Kleider; das Haar war mit einem hohen Kamm aufgesteckt. Ihre Augen waren leer, anbetend, demütig auf Pentarn geheftet.

»Wie kann ich dir dienen, Lordführer?«

»Ist dieser Mann aus irgendeinem Teil deiner Welt, den du kennst?«

Die Frau nickte. »Er ist einer von denen aus der Fakultät«, sagte sie. »Er hat Zugang zu der Droge, von der ich dir erzählt habe.«

»Das könnte nützlich sein«, sagte Pentarn. »Ich könnte Spione ins Land der Alfar schicken – Zwischenmenschen, die die Alfar nicht festhalten können, und die mir sagen, was sie im Schilde führen und vielleicht mir ein Bild davon geben, wie sich das Land da verändert. Stell dir vor, wie nützlich das gewesen wäre, wenn ich das Tor direkt in die Quartiere der Wechselbälger hätte anlegen können für Joel, ehe sie die Zeit fanden, ihn fortzuzaubern. Sie haben ihn natürlich wie gewöhnlich versteckt.«

»Wie ekelhaft«, sagte die Frau, den Blick immer noch unterwürfig auf Pentarn geheftet.

Pentarn ergriff den Krug. Dann fragte er Fenton: »Fühlst du dich ein bißchen besser? Gut. Jetzt können wir reden. Kannst du mir von dieser Droge etwas besorgen? Ich verschaffe dir Zugang zum Weltenhaus, also kannst du sie dorthin bringen. So kannst du als Weltenwanderer zwischen den Welten ein- und ausgehen, und bist kein Zwischenmensch mehr, kein Schatten. Du hast Substanz, kannst essen und trinken und eine Frau nehmen oder was immer du vorhast. Aber ich muß diese Droge haben.«

Frei heraus sagte Fenton: »Mir gefällt es nicht, dir zu helfen, die Alfar auszuspionieren.«

»Höllenfeuer!« gab Pentarn wütend zurück. »Sie haben auch dich genarrt mit all dem Unsinn von Frieden und Liedern und Schönheit. Du weißt nicht, was für eine miese Sorte sie sind. Sie stehlen Kinder – sie können kein kaltes Eisen berühren, daher brauchen sie Leute, die Schlachten für sie führen, denn das Vrill ist immer schwerer zu beschaffen. Sie holen sich Menschen, die sie als Krieger ausbilden, damit sie für sie kämpfen und getötet werden. Sie nehmen Kinder von ihren Eltern fort . . .«

»Kinder, die ohnehin sterben würden«, warf Fenton ein. »Und denen geben sie ein gutes Leben.«

Ungeduldig schüttelte Pentarn den Kopf. »Das haben sie dir natürlich so dargestellt. Sie halten meinen Sohn fest, verstehst du? Und sie haben ihn einer Gehirnwäsche unterzogen, also glaubt er, daß er nicht zurückkommen will. Ich muß ihn dort loseisen, damit er wieder zu Verstand kommt, und nicht seine Gedanken mit diesem Gesang und Tanz und diesem ekstatischen Zeugs verstopft. Sieh mal!« Er machte eine Handbewegung zu der Waffenkammer vor der Tür des kleinen spartanischen Zimmers. »Das alles wartet auf ihn. Er ist mein Sohn! Mein einziger Sohn! Er ist nun alt genug, um als Lordführer all dieser Völker eingeführt zu werden!« In einem Wutausbruch schlug er mit der Faust auf den Tisch. »Und diese Leute haben ihn geschnappt. Meinen Sohn! Würde irgend ein normaler Junge diesen Quatsch dem vorziehen, was ich ihm zu bieten habe? Verdammt, mein Sohn ist kein Weichling, kein singendes Kaninchen, er ist mein Sohn! Er ist der Sohn des Lordführers! Und er muß zurückkommen. Ich kann ihn überzeugen, wenn ich ihn nur lange genug dort fortbekomme. Aber sie lassen mich nicht einmal mit ihm reden, sie haben Angst, daß die Pracht, mit der sie ihn umgeben, abnutzen könnte, und er dann wieder vernünftig würde!«

Pentarn hörte sich wütend an, aber bei Verstand. Oder befand er sich auf dem schmalen Grad zur Paranoia eines machtbesessenen Diktators?

Fenton wußte es nicht. Offen sagte er: »Ich bin nicht so sicher. Bei der Wahl zwischen einer Diktatur und dem, was die Alfar haben, ziehe ich vermutlich die Alfar vor.«

Das ignorierte Pentarn. »Die Menschen in der Mittelwelt sind alle beschränkt. Ich habe ihre Welt oft genug passieren müssen.«

»Warum?« fragte Fenton.

»Weil es die Mittelwelt ist. Der Angelpunkt zwischen meiner Welt und den Alfar«, erklärte Pentarn. »Und da ich oft hindurch muß, habe ich es mir zur Aufgabe gemacht, ein wenig darüber zu erfahren. Kommen wir zur Sache. Ich könnte ein Double gebrauchen, und ich könnte dir Zugang zum Weltenhaus verschaffen. Das ist ein gutes Leben«, sagte er mit einer jener Gesten, die den Kriegspalast umfaßten. »Ist ein gutes Leben für einen Mann. Deine Welt hat das ausgerottet, und dein Volk hungert so sehr nach Handlung und Krieg, daß sie sich in ausgefeilte Spielchen vertiefen – sehe ich nicht die Straßen von Berkeley voll von Anachronisten mit Schwertern, die Kampf spielen, weil es keine passende Arbeit mehr für einen Mann in deiner Welt gibt? Du kannst die Natur des Menschen nicht mit sentimentalem Unsinn über Frieden ändern! Wenn du Löwe und Lamm beieinander liegen siehst, ohne daß der eine von beiden an Essen denkt, dann ergibt euer sentimentaler Quatsch einen Sinn. Bis dahin ist der Krieg das Geschäft des Menschen, und ich habe meinen Sohn so erzogen, daß er der Realität ins Auge sieht – und jetzt haben ihm die Alfar eine Gehirnwäsche verpaßt.«

Aber Fenton hörte nicht zu. Plötzlich und mit einem Schock erstarrte er, weil ein Auto vorbeiraste, über eine hellbeleuchtete Straße röhrte . . . er konnte seinen Körper nicht sehen, und dann befand er sich wieder in Pentarns nüchternem Zimmer im Kriegspalast.

»Endlich schwindest du«, sagte Pentarn. »Du bist zu lange geblieben; weißt du nicht, daß du an Hunger und Durst sterben kannst, wenn du zu lange außerhalb deines Körpers bleibst? Wo kann ich dich erreichen? Ich kann in deine Welt kommen, und wir reden dann darüber . . .«

Fenton lag in Agonie und hörte die Worte nicht mehr bewußt; er konnte auch nicht mehr sprechen. Die Welt zuckte um ihn her. Arme und Beine schmerzten wie unter weißglühenden Nadelstichen; schmerzhafte Krämpfe ergriffen seine Kehle. Unvermittelt waren Pentarn und sein Kriegspalast verschwunden. Um ihn herum waren der Lärm und die Menschenmengen der Telegraph Avenue, Autos rasten an ihm vorbei, und eines verfehlte ihn nur um Zentimeter. Er stolperte, streckte sich nach dem sicheren Bordstein, ehe er merkte, es spielte keine Rolle, denn sein Körper war nicht vorhanden. Sicher konnte er die Autos passieren und über den Bürgersteig gehen . . . er ging durch einen Stand hindurch, an dem wunderbare Glasgefäße ausgestellt waren. Den Talisman von Irielle hielt er immer noch in der Tasche umklammert.

Der Schmerz zerriß ihn fast. Stolpernd suchte er sich den Weg über die Avenue ins Smythe-Gebäude. Nur ein Gedanke beherrschte seinen Kopf, zurück in seinen Körper zu gelangen und diese Schmerzen loszuwerden . . . Noch nie zuvor war so etwas geschehen. Was war falsch gelaufen? Er war sich bewußt, daß es sehr dunkel war, und die Uhr an dem im Dämmerlicht schwindenden Glockenturm zeigte elf Uhr dreißig. Fast Mitternacht? So lange war er noch nie geblieben.

Hatte Garnock ihm eine Überdosis gegeben, oder hatte der Talisman – den seine Faust in der Tasche umklammerte – irgendwie sein Schwinden und seine Rückkehr beeinflußt?

Er taumelte in das Smythe-Gebäude, den Gang entlang, hoch ins verlassene Labor. Garnock sollte doch bei seinem Körper Wache halten. Aber im Labor war niemand. Marjies Notizen lagen ordentlich auf dem Tisch. Aber Garnock war verschwunden.

Und sein Körper ebenfalls.

11

Fentons erste Reaktion war reinste Panik.

Sein Körper war verschwunden, war fortgebracht – tot? Vor Jahren hatte er eine Horrorgeschichte gelesen, in der ein Mann tot und begraben war, aber nicht wußte, daß er tot war, und jahrelang unter den Lebenden wanderte, unfähig, sich verständlich zu machen, unfähig, irgend etwas zu berühren . . . Es war des Autors Version von der Hölle gewesen.

Aber ein kurzes Nachdenken brachte Fenton wieder zur Vernunft. Er war immerhin lange fort gewesen, und als Garnock merkte, daß Fenton nach der normalen Zeitspanne nicht wieder zu Bewußtsein gelangte, hatte er ihn ins Krankenhaus gebracht. Sein Verstand sagte ihm, daß es das Krankenhaus auf dem Campus sein würde, das Cowell-Hospital. Es wäre nicht das erste Mal, daß ein Laborexperiment fehlschlug . . .

Aber er war so müde, so entnervt durch die zerreißenden Schmerzen . . . Fenton brach in Garnocks Stuhl zusammen. Wie vorherzusehen war, sackte er hindurch und landete auf dem Boden, begann beängstigenderweise auch in diesen einzusinken. Hastig nahm er sich zusammen . . . er konnte über den Boden gehen, oder so schien es zumindest, in was für substanzloser Form sein Körper auch war, wenn er sich nur darauf konzentrierte. Aber er war so müde, und es machte solche Mühe, sich zu konzentrieren.

Fenton unternahm einen sehr ernsthaften Versuch, seine Gedanken zusammenzunehmen. Er begann nun wirklich Angst zu bekommen. Er war nicht sicher, was ihm in dieser Gestalt geschehen würde, wenn er zu lange außerhalb seines Körpers gefangen bliebe, aber er war sehr, sehr sicher, daß er es nicht herausfinden wollte.

Seine wichtigste Aufgabe bestand jetzt darin, in seinen Körper zurückzugelangen. *Das nächste Mal,* dachte er, und dabei umklammerte er seinen Talisman in der Tasche, *das nächste Mal, wenn ich in diese Welt gehe, nehme ich meinen Körper mit! Ich habe genug davon, ein Zwischenmensch zu sein!*

Als er unter Schmerzen aus dem Smythe-Gebäude taumelte, dachte er sehnsüchtig an die Welt der Alfar mit einer Landschaft, die sich bewegte und fließend war und die man rascher durchwandern konnte, wenn man sich nur auf sein Ziel konzentrierte. Nun bemerkte er, daß sein Körper, der in seiner bewußt werdenden Sicht zu wanken und schwanken begonnen hatte und sich auch weniger substantiell anfühlte, in eine bestimmte Richtung gezerrt wurde, als ob er von einer Schnur gezogen würde. Da war eine Schnur, sie bestand aus einer feinen grauen Substanz und schien irgendwo von seiner Körpermitte auszugehen und ganz weit in die Ferne zu reichen. Er wußte nicht genau, wo sie anfing, aber er dachte, etwa in Nabelhöhe, denn so fühlte es sich an. Fenton glaubte sich fast wie im Delirium; er fragte sich, ob er an etwas hängenbleiben konnte und was geschähe, wenn es passierte.

Die Treppen hinab, stolpernd, immer wieder unter krampfhaften Schmerzen. Über den verlassenen Campus, in verzweifelter Eile, einmal eine Abkürzung durch die Ecke eines Hauses nehmend, weil es schneller ging, als herumzugehen. Das Gebäude fühlte sich grob und körnig an, schmerzhaft auf der nicht vorhandenen Haut. Stechender Schmerz ergriff ihn, und er ließ sich wiederholt auf die Knie fallen, ignorierte das hartnäckige Zerren von der Schnur wie ein Jucken in seinem Körper. Er versuchte, sich die Schmerzen aus Waden und Schenkeln zu massieren. Er merkte, daß es leichter war, die Treppen hinab zu rutschen, als zu gehen. Das schmerzhafte Zerren und die Krämpfe wurden immer unerträglicher, je mehr er sich dem Krankenhaus näherte. Vage hatte er sich gefragt, wie er seinen Körper in dem Krankenhaus mit seinen vielen Zimmern finden würde. Doch jetzt hatte er daran keinen Zweifel, weil er das Ziehen spürte, die Forderung und das Zerren seines Körpers. Er versuchte keinen Widerstand, sondern ließ sich einfach ziehen.

Doch er hatte immer noch Irielles Talisman, dachte er wiederholt. Es war *hier* vermutlich kein Goldfiligran, in Pentarns Welt war es wie ein Jadestein gewesen. Er fragte sich plötzlich, ob die mittelalterlichen Geschichten über Alchemie solche interweltlichen Transmutationen bedeuteten. Sicher gab es in dieser Welt keine Möglichkeit, geringe Metalle in Gold zu verwandeln. Aber wechselnde Welten konnten das vielleicht ändern . . .

In einem kleinen Warteraum im zweiten Stock saß Garnock zusammengesunken und halb schlafend auf einem Stuhl. Fenton entdeckte, daß es ihn rührte. Garnock blieb also bei ihm, anstatt ihn dem Krankenhaus zu übergeben und friedlich nach Hause ins Bett zu gehen. Oder war es nur wissenschaftliche Neugier? Garnock war unrasiert, zerknittert, die Kleider sahen unordentlich aus.

Fenton sagte: »Ist okay, Doc . . .«, aber Garnock konnte ihn weder sehen noch hören in seinem substanzlosen Körper; in dieser Gestalt war er ein Geist.

Das Zerren wurde nun quälend. Er ließ sich – von der ziehenden Schnur – in den angrenzenden Raum bringen, wo er in einem Krankenhausnachthemd in einem Krankenhausbett lag. Angeekelt bemerkte er die Schläuche in Mund und Nase, die Nadeln in seinem Arm, eine Art intravenöser Tropf . . . *was zum Teufel* . . . Doch während er noch beobachtete, kam eine Schwester und band eine Blutdruckmeßmanschette um seinen Arm und begann sie aufzupumpen. Er hörte sie sagen: »Sein Blutdruck sinkt. Wir sollten . . .«

Oh nein, dachte Fenton. *Das hat mir gerade noch gefehlt! Eine dieser als heldenhafte medizinische Tat gefeierte Wiederbelebung* . . . Er ließ sich auf seinen Körper zutreiben, versicherte sich aber gleichzeitig, daß er Irielles Talisman fest umklammert hielt.

Irielle war selbst unsicher gewesen, ob ein Zwischenmensch ihn in seinen festen Körper zurücknehmen konnte. Nun, er würde es versuchen. Das Zerren wurde immer nachdrücklicher; er kämpfte nicht mehr dagegen an.

Betäubender Schmerz durchschoß Mund und Nase, Arme, Beine. Er schrie unter dem Ansturm. Er richtete sich wild auf, wedelte mit den Armen. Die Krankenschwester trat einen Schritt zurück, starrte mit der Blutdruckmanschette in der Hand auf Fenton hinab.

»Sie sind ja bei Bewußtsein!« sagte sie. Es klang wie ein Vorwurf.

Fenton sagte: »Verdammt nochmal, ja. Finden Sie nicht, daß es an der Zeit ist?« Aber er konnte wegen des Schlauches kaum sprechen und legte protestierend die Hand daran.

Die Schwester sagte: »Okay, Mister Fenton. Sie waren eine Weile bewußtlos . . . hier, ich mache es schon . . .«

Sie entfernte den Schlauch, doch so vorsichtig sie es auch tat, es schmerzte, und als es geschafft war, setzte sich Fenton auf und sagte: »Mir geht es gut. Was geht hier vor?«

»Legen Sie sich bitte hin, damit ich Ihren Blutdruck messen kann«, sagte die Schwester. »Ballen Sie die Faust . . .«

Fenton ballte gehorsam die Faust. Mit unendlichem Triumph, der ihn die beißenden Schmerzen im ganzen Körper vergessen ließ, merkte er, daß er Irielles Talisman noch in der Hand hielt.

Er hatte es geschafft! Er hatte es geschafft! Garnock konnte diesen Beweis für die Wirklichkeit seiner Erfahrung nicht ignorieren!

»Aber das verstehe ich nicht«, sagte die Schwester. »Vor ein paar Sekunden war Ihr Blutdruck noch so niedrig, daß ich ihn kaum finden konnte, und jetzt scheint er ganz normal.«

»Sagen Sie Garnock Bescheid«, sagte Fenton. »Rufen Sie Doktor Garnock herein.«

»Er wartet draußen«, sagte die Schwester und eilte hinaus. Fenton lehnte sich zurück, verkrampft, schwindlig, erschöpft. Er fühlte sich krank und schwach, aber ansonsten normal.

Garnock kam eilig herein, das Gesicht besorgt, aber in ein Lächeln ausbrechend, als er Fenton mit weit offenen Augen sah. »Gottseidank, Fenton! Cam, geht es Ihnen gut?«

»Natürlich«, erwiderte Fenton gerührt. »Sie sollten sich nicht solche Sorgen machen, Doktor. Ich wollte dieses Mal so lange wie möglich bleiben und alles sehen, was es gab.«

Garnock schüttelte verärgert den Kopf. »Cam«, sagte er, »Sie haben hier sechsunddreißig Stunden bewußtlos gelegen! Und jetzt sitzen Sie da und behaupten, alles sei okay?«

»Aber es geht mir okay«, gab Fenton zurück. Doch spürte er einen ziemlichen Schock, als Garnock ›sechsunddreißig Stunden‹ sagte. Kein Wunder, daß ihn die Anstrengung, von seinem Körper getrennt zu bleiben, fast umgebracht hatte! Er hegte nicht den geringsten Zweifel, daß er, wenn er noch länger geblieben wäre, an langsamem Versagen aller Lebenssysteme gestorben wäre. Hunger und Dehydrierung konnte man durch einen Tropf beseitigen – wie sie auch getan hatten, wie er bemerkte, denn es spürte die scharfen Schmerzen in den Armen – aber es gab andere Versagen.

»Und dieses Mal habe ich den Beweis mitgebracht, Doc! Er ist echt. Die anderen Dimensionen sind real, objektiv real. Irielle hat mir einen Talisman gegeben, mit dem ich durch die Tore komme. Sehen Sie.«

Er öffnete die zusammengeballte Faust, spürte das Gewicht des Talismans in seinen festen, substantiellen Fingern.

Garnock streckte die Hand danach aus. Mit freundlich-neutraler Stimme sagte er: »Sie haben also apportiert, Cam. Das ist sehr interessant. Ich habe immer schon Ihre telekinetischen Fähigkeiten vermutet, wenn Sie auch bei der Würfelmaschine nicht sonderlich gut waren. Aber hier gibt es natürlich keine Möglichkeit des Mogelns. Sie waren in den letzten vierundzwanzig Stunden hier im Bett unter den Augen eigens für Sie abgestellter Krankenschwestern. Schwester, hatte er irgend etwas in der Hand, als man ihn brachte?«

Die Schwester gab zurück: »Bestimmt nicht. Sicher nicht, als der Arzt den IV-Tropf anlegte.«

Garnock grinste. »Sie werden es niemals glauben«, sagte er. »Ich werde das nie beweisen können, daß es kein As im Ärmel ist, das ich Ihnen in die Faust schob. Nicht einmal, wenn die Schwestern unter Eid aussagen würden. Aber ich weiß es, und nur das ist mir jetzt wichtig. Ich habe es mit eigenen Augen gesehen.« Und mit einem kalten Schauer über den Rücken merkte Fenton, daß selbst Garnock, der Professor für Parapsychologie, ihm bisher nicht wirklich geglaubt hatte. Seine ganze Suche nach einem Beweis war das Bedürfnis gewesen, sich selbst zu überzeugen, seinen eigenen Unglauben zu transzendieren.

Wenn man das ganze Leben lang mit einem Satz von Regeln lebt, wo die Linien zwischen Möglichem und Unmöglichem deutlich und starr gezogen sind, gibt es keine Möglichkeit – keine Möglichkeit – sie zu transzendieren. Keine noch so starken Beweise werden einen überzeugen, weil man bei diesem Thema konditioniert ist, nicht einmal den eigenen Sinnen zu trauen.

Und wie sehr man auch denkt, daß man glauben will, man kann es nicht.

Fenton hatte noch nie eine fliegende Untertasse gesehen. Er glaubte auch nicht an fliegende Untertassen. Und wenn er eine sah, selbst wenn eine mitten auf dem Rasen vor der Sproul-Halle liegen würde, glaubte er es nicht, weil er wußte, tief in sich, daß solche Raumfahrzeuge unmöglich waren. Wenn er eines mit eigenen Augen sähe, würde er sie für eine Halluzination halten, und das würde er vernünftig nennen und die realistisch.

Darum waren die Primitiven in Afrika und Asien ausgestorben. Nicht, weil der weiße Mann physisch ihre natürliche Stammes-Umgebung zerstört hatte, sondern weil die Kultur des weißen Mannes ihre Postulate und ihren Verstand tötete.

Es war vermutlich hoffnungslos.

Aber er sagte: »Apportiert, Doc?«

»Ja. Bei einigen der alten Seancen habe ich so etwas gesehen: Blumen oder Schmuck. Ich habe immer geglaubt, die Medien seien sehr, sehr clever, so clever, daß selbst die professionellen Zauberer, die wir zur Beobachtung einsetzten, sie nicht erwischten, wie sie sie hereinschmuggelten.« Schwach ließ er sich auf einen Stuhl neben dem Bett sinken. »Aber ich weiß, Cam, daß Sie es nicht hereingeschmuggelt haben, um Himmels willen, diese Art felsenfesten Beweises der Telekinese . . . diesen Felsbrocken mitzuschleppen . . .«

»Warte, warten Sie«, warf Fenton ein. »Ich habe ihn nicht teleportiert. Irielle, das Mädchen, von dem ich Ihnen erzählt habe, aus der Welt der Alfar, hat ihn mir gegeben . . .«

Garnock machte eine wegwerfende Handbewegung. »Ich weiß nicht, wie Sie das in den Halluzinationen rationalisieren. Wichtig ist doch, daß Sie einen Felsbrocken von außerhalb des Campus ins Krankenhaus und in Ihrer Hand transportieren.«

Fenton sagte: »Ich kann das nicht glauben! Der Talisman . . . Sehen Sie ihn sich doch nur an, Doc . . ., sehen Sie sich die feine Arbeit an . . .«

»Nein«, erwiderte Garnock. »*Sie* sehen es sich an.« Er streckte es Fenton entgegen.

Es war ein flacher, unscheinbarer Stein.

12

»Tut mir leid, Cam«, sagte Garnock schließlich. »Sehen Sie nicht, daß alles, was Sie sagen, die Sache nur noch schlimmer macht? Sie haben die ersten schlimmen Nebenwirkungen, die wir bei Antaril feststellen, und bis wir wissen, ob dies eine persönliche Idiosynkrasie gegenüber der Droge ist oder etwas, was die Statistik einfach noch nicht erwiesen hat, können wir das Risiko nicht eingehen, die Experimente mit Ihnen weiterzuführen. Sehen Sie, Cam«, fügte er hinzu, und er hörte sich ehrlich betrübt an. »Es tut mir leid, Sie zu enttäuschen. Ich weiß, wie sehr Sie an diesem Experiment interessiert sind, aber ich gestehe, noch ehe dies geschah, war ich nahe daran, den Termin mit Ihnen abzusagen. Mit Drogen ist das so eine Sache. Sie waren nicht beim LSD-Projekt dabei, wie ich mich erinnere, aber wir hatten den einen oder anderen während der kurzen Experimentierphase, die sich mit der Droge selbst einließen. Ich mußte mit dem Brittman-Mädchen abbrechen, weil sie von dem Antaril gleich in der Anfangsphase abhängig wurde, auf gleiche Weise, wie Sie allmählich beginnen . . .«

Wütend unterbrach Fenton. »Verdammt. Ich bin nicht psychisch davon abhängig . . .«

»Sie wären der letzte, das zu erkennen«, gab Garnock brutal zurück. »Sie begann ebenso zu reden wie Sie, über die Realität der anderen Welt, und sie wollte mehr und mehr Zeit da verbringen, was sie als echte Alternative betrachtete. Ich hörte, daß sie ihr Studium abgebrochen und sich Trips bei den Straßenhändlern besorgt hat, und es gab nichts, was wir dagegen tun konnten. Wir fanden keine gesetzliche Möglichkeit, die Droge zu bannen; sie ist selbst für Mäuse unschädlich, ganz zu schweigen für Menschen.«

Verbittert entgegnete Cam: »Oh, kann man nicht alles fälschen, wie sie das mit LSD und Hasch gemacht haben? Die alten frommen Lügen, Hasch sei der erste Schritt zur unvermeidlichen Heroinabhängigkeit?«

Garnock sah beleidigt aus. Dann sagte er: »Wir haben ja in Kalifornien gesehen, was dem gesetzestreuen Bürger geschieht, wenn man versucht, etwas zu verbieten, was der Bürger als harmlos betrachtet und deshalb benutzen will: Alkohol während der Prohibition, LSD und Marihuana in den sechzigern, legitime Prostitution bis vor ein paar Jahren. Nun, Polizisten bei der Sitte sind notorisch korrupt und zynisch, weil sie ja nur die Bußgelder fürs Finanzamt einsammeln müssen. Aber was mit Amy Brittman geschehen ist und mit Ihnen geschieht, könnte erste Anhaltspunkte ergeben; wenn wir Antaril als ernsthafte psychische Gefahr deklarieren für bestimmte Typen von Menschen, können wir die Benutzung auf den Laborbereich beschränken, wie wir es mit LSD gehalten haben. Und wir haben schon flüstern gehört, daß die Regierung die nächsten Antaril-Experimente über die Parapsychologie-Stiftung unterstützt. Die Fakultät erhält sicher eine Unterstützung; stellen Sie sich nur die militärischen Verwendungsmöglichkeiten vor. Sie wissen ebenso gut wie ich, daß der Kommunistische Block mit Psychoforschung experimentiert hat – als die Spionagewaffe *non plus ultra,* ohne die Notwendigkeit, die Agenten in den Bereich unserer Geheimdienste zu schicken. Die Regierung in Washington wird allmählich gegenüber der Tatsache hellhörig, daß wir in der PSI-Forschung mit den Russen gleichziehen und ihnen möglicherweise voraus sein werden. Daher könnte es ein paar gute Regierungsaufträge geben, hier auf dem Campus die mögliche militärische Verwendbarkeit von PSI und ESP-Kräften zu erforschen. Und Sie sollten wissen, was das bedeutet für die Fakultät! Wir hatten niemals genügend Gelder, und nun befinden wir uns kurz vorm Ziel.«

»Guter Gott«, sagte Fenton. »Ich dachte, die Parapsychologie sei eine Fakultät, die man nicht für militärische Zwecke zurechtbiegen kann!«

»Aber es wäre ein neuer militärischer Durchbruch. Stellen Sie sich all die Leben vor, die gerettet würden, wenn wir niemanden mehr körperlich in ein anderes Land schicken müßten!«

»Und alles, was Sie interessiert, sind genügend Gelder für die Fakultät? Sie sind an den Bedingungen überhaupt nicht interessiert, was diese Forschung bedeuten könnte? Wenn wir nun wirklich Zugang zu einer anderen Dimension hätten? Sind Sie nicht an Grundlagenforschung über die Natur der Realität interessiert?«

Garnock sah ehrlich bestürzt aus. »Ich wünschte, Sie würden nicht so reden. Wenn Ihr System wieder frei sein wird von der Droge, werden Sie begreifen, was mit Ihnen geschah. Soll ich ein paar Gespräche mit der psychotherapeutischen Abteilung vereinbaren? Möchten Sie mit jemandem reden, der wirklich objektiv ist?«

Fenton zog seine langen Beine an und stand auf. »Nein, danke. Ich weiß, wie objektiv die sind«, sagte er und verzog ironisch den Mund. »So objektiv, daß sie meine freudianischen Konflikte hinterfragen würden und warum ich das Gefühl von Macht brauche, das mit der Arbeit in der Parapsychologie einhergeht, und sie werden zu dem Schluß kommen, daß ich ein Eskapist sei. Danke, Doc, danke wirklich. Geben Sie mir meinen Talisman – entschuldigen Sie, meinen Felsbrocken – und ich mache mich davon!«

»Ich hasse es, Sie so verbittert zu sehen. Ich dachte, Sie seien ernsthaft an der Forschung interessiert!«

»Komisch. Der Grund für meine Bitterkeit ist, daß ich die gleichen Ideen über Sie hatte, Doc. Aber wenn es um ein ›entweder-oder‹ zwischen Forschung und Fakultätsgeldern geht, dann werden die Gelder jedes Mal den Sieg davontragen, oder?«

Garnock schüttelte den Kopf. »Sie gehen besser, Cam, ehe wir beide etwas sagen, das wir bereuen.«

»Sie haben es bereits gesagt. Geben Sie mir meinen Talisman, und ich werde gehen.«

Garnock schüttelte den Kopf. »Tut mir leid, Cam. Das Stück Stein ist der erste echte Apport, den wir in fünfzehn Jahren Forschung bekommen haben, und gehört zu den Schaustücken der Fakultät.«

»Wenn Sie so verdammt sicher sind, daß es nur ein Stein ist«, erwiderte Fenton, »dann gehen Sie doch einfach hinaus und holen Sie sich einen. Ihnen sind sie doch alle gleich. Diesen einen brauche ich. Er wurde mir persönlich gegeben, und Sie dürfen ihn nicht behalten.«

»Wenn es Sie interessiert«, antwortete Garnock, und nun sah sein Mund häßlich aus, »ich kann doch. Materialien, die während eines Experiments entwickelt wurden, gehören rechtlich gesehen der Fakultät. Ich habe das noch niemals durchgesetzt, aber dies ist so wichtig, daß ich es tun werde. Dieser Stein bleibt im Safe der Fakultät, und das ist alles, was ich dazu zu sagen habe!«

»Aber wenn Sie doch nur auf mich hören würden! Mit dem Talisman habe ich einen Schlüssel für die andere Dimension. Ich kann das Weltenhaus finden, und vielleicht kann ich Sie sogar mitnehmen . . .«

Aber Garnocks Gesicht sah aus, als ob er den Tobereien eines Irren lauschte, und Cam brach ab.

Dann zitierte er: »›Ja, selbst wenn einer von den Toten auferstünde, würde man ihm nicht glauben.‹« Er spürte, wie das Grinsen seinen Mund verzerrte. »Manchmal frage ich mich, was Lazarus den Leuten erzählt hat. Ich frage mich, wie viele ihn zu überzeugen versuchten, daß er niemals tot gewesen sei?«

Garnock antwortete mit bemerkenswerter Sanftheit. »Es gibt keine Möglichkeit, die Wunder der Bibel zu hinterfragen, Cam. Niemand weiß, ob sie jemals geschehen sind, oder ob die Gläubigen einfach daran glauben. Verfangen Sie sich nicht darin. Es ist die Falle, auf die alle Parapsychologen aufpassen müssen – der Glauben, daß wir bestimmte Ausnahmen der Naturgesetze gefunden haben. Wenn Ihre jetzige Stimmung schwindet und Sie sich wieder vernünftiger fühlen, kommen Sie zu mir, und wir unterhalten uns weiter. Bis dahin sehe ich keinen Sinn, weiter zu reden.«

»Nein«, meinte Fenton. »Ich auch nicht.«

Er ging hinaus und widerstand der Versuchung, die Tür hinter sich zuzuknallen. Das also war Garnocks wissenschaftliche Objektivität!

Im Vorzimmer sagte Marjie: »Geht es Ihnen besser, Cam? Sie haben dem Doc und mir einen ziemlichen Schrecken eingejagt.«

»Es ging mir noch nie besser.«

In ihrer Sprechanlage summte es. Sie nahm den Hörer auf, legte ihn nach einer Minute wieder hin.

»Garnock bittet Sie, daß Sie Sally Ihren Abschlußbericht geben«, sagte sie. »Sie arbeitet immer noch an den Inhaltsanalysen.«

»Okay«, antwortete Cam mit einem grimmigen Achselzucken. »Ich gehe.« Das schuldete er Garnock vermutlich. Und es war möglich, daß Sally sich geneigt fühlte, ihm Glauben zu schenken. Aber nun, da sie ihn geschickt seines Talismanes beraubt hatten, den ihm Irielle geschenkt hatte . . .

Er stoppte sich. Auf das paranoide ›sie‹ durfte er sich nicht beziehen. Vielleicht könnte er Garnock oder Sally überreden, ihm den ›Apport‹ für ein Weilchen zurückzugeben, und er könnte ihn gegen einen ähnlichen Stein austauschen. Er konnte sich vorstellen, wie weit er kommen würde, wenn er die Fakultät verklagen würde, sein persönliches Eigentum konfisziert zu haben, nämlich ein Stück grauen alluvialen Steins, etwa drei Zoll Durchmesser, rund, und vielleicht einen Zoll dick, von dem der Kläger behauptet, es sei in einer anderen Dimension ein Talisman mit mystischen Runen und in einer weiteren Welt wie ein Stück Jade, ähnlich verziert.

Fenton hatte genügend Sinn für Proportionen übrig behalten, um über sich selbst zu grinsen, als er die Treppe hinabging und das Smythe Gebäude verließ. Wenn man es so sah, konnte man Garnock nicht vorwerfen, ihm keinen Glauben zu schenken. Es gab Zeiten, in denen er es selbst nicht glaubte.

Vielleicht sollte ich doch mit den Leuten von der Psycho reden . . .

Stattdessen rief er Sally an und lud sie zum Essen ein.

Da er warten mußte, bis Sally ihre letzte Konferenz beendet hatte, ging er hinab in die Wohnheime der Erstsemester und entdeckte, daß Amy Brittman, als sie aus dem Heim ausgezogen war, eine Adresse hinterlassen hatte, eine Adresse auf der Telegraph Avenue, wo sie mit der schmierigen North-Oakland-Avenue verschmolz. Mit einem flüchtigen Blick auf die Uhr machte er sich auf den Weg dorthin.

Es war heller Nachmittag, ein sonniger Tag im Spätherbst, und die Straße war voller Menschen. Er sah seinen rasierten Hippie mit den drei Ringen im Ohr und mehrere Anachronisten in hohen Stiefeln und wehenden Umhängen. Suchten sie wirklich nach einem Führer wie Pentarn, weil diese Welt keinen Raum mehr für Kämpfe und Schlachten bot? Oberflächlich gesehen war ihre Zurschaustellung ein Spiel, aber hatte es die sinistre Unterströmung, an die Pentarn glaubte?

Und das brachte seinen Gedanken wieder zu Pentarn, er sah die Fenster des kleinen Kunstladens, wo er die Rackham-Drucke gesehen hatte. Rasch überquerte er die Straße, um ihn aus der Nähe zu betrachten.

Im Fenster lag das Bild einer hochgewachsenen Elfenkönigin, umgeben von kleinen, wieselnden Zwergen, die in der Tat erschreckende Ähnlichkeit mit den Eisenwesen hatten . . . Kerridis unter den Eisenwesen, wie er sie zuerst gesehen hatte . . . Im Fenster gab es noch andere Drucke, einer mit einem großen unscheinbaren Gebäude, vor dem Fahnen wehten, das ihn irgendwie an Pentarns Kriegspalast erinnerte, einige sonderbare Strukturen, die er immer als Science Fiction-Kunst abgetan hatte oder Fantasy-Kunst. Nun fragte er sich, ob sie statt dessen Menschen anregen sollten, die von einer Gelegenheit wußten, wo man die Welten wechseln konnte . . .

Aber, dachte er verärgert. *Ich bin doch schon zweimal um diesen Block gelaufen. Es gab eine Münzwäscherei und eine Reinigung hier zwischen diesem Buchladen und dem Griechischen Restaurant . . .*

Er jagte die Häuserfront ab nach der Hausnummer, doch es hatte keine. Das war natürlich nichts Besonderes, wahrscheinlich dachten selbst die Postboten auf dieser Straße nicht in Hausnummern. Nun, es gab eine Möglichkeit, mehr herauszufinden. Er schob die Tür auf und ging hinein. Zumindest hatte sich der Laden dieses Mal nicht in eine Reinigung verwandelt.

»Kann ich Ihnen helfen?« Die Verkäuferin war eine jüngere Frau in einem hippieartigen langen Kleid, mit Blumen im Haar, das im Präraffaelitenstil wehte, den einige Anachronistenfrauen als Straßenkleidung auserkoren hatten.

»Das Bild im Fenster. Die Elfenkönigin und die . . . wie heißen sie . . . Zwerge?«

»Das ist eine Illustration von Rackham für Rossettis Gedicht *Goblin Market*«, sagte das Mädchen. »Schön, nicht wahr?«

Fenton stimmte zu, daß Rackham ein begabter Illustrator gewesen war. »Haben Sie es auch größer?«

»Ich sehe mal nach«, sagte sie und begann in den Hängeregistern von Zeichnungen und Drucken nachzusehen, während Fenton sich in dem Raum umsah. »Ja, ich habe es neun mal zwölf und sechs mal acht auf Holz.«

»Ich nehme den Druck«, sagte Fenton. Er wollte sich nicht mit dem schweren Holzrahmen belasten, wenn Sally ihn auch vermutlich gern gehabt hätte. Als das Mädchen es einpackte, deutete er auf einen der Gnome und sagte: »Gut, daß wir die nicht hier herumlaufen haben.«

Sie schenkte ihm ein verschmitztes Grinsen. »Denen möchte ich sicher nicht im Dunkeln begegnen.«

Er sagte mit sorgfältig ausgewählten Worten: »Ich möchte keinem der Eisenwesen an keinem Ort, zu keiner Zeit, begegnen, oder?«

Einen Moment dachte er, ein Zucken in ihren Augenwinkeln

gesehen zu haben, aber sie entgegnete nur: »Möchten Sie noch etwas anderes?«

»Ja«, sagte er. »Wann haben Sie normalerweise geöffnet? Ich bin oft hier vorbeigekommen und finde den Laden manchmal gar nicht. Einmal dachte ich, er sei offen, aber statt dessen landete ich in einer Reinigung.«

»Nun«, sagte sie, sich umsehend. »Eigentlich sehen wir nicht wie eine Reinigung aus, oder?«

Fenton betrachtete die bunten Illustrationen an den Wänden und dachte, kein Laden könne weniger wie eine Reinigung aussehen als dieser.

»Und dann«, fügte er hinzu, »kam ich wieder, und da habe ich den Laden überhaupt nicht mehr gefunden.«

»Nun«, sagte sie, »wir sind ein bißchen schwer zu finden. Mit uns ist das so wie mit vielen Dingen. Man muß wissen, wo man uns findet. Und wann. Und warum. Das ist sehr wichtig«, fügte sie hinzu, und Fenton bekam das wahnsinnige Gefühl, daß sie wartete, bis er das Richtige sagte, etwas Wichtiges, ein Schlüsselwort. Er fragte sich, was er wohl in dem Laden gefunden hätte, wenn Irielles Talisman in seiner Tasche gesteckt hätte. War dies ein Haus zwischen den Welten, wo es einen Angelpunkt, ein Tor gab, und Pentarn konnte hier kommen und gehen?

Sie wiederholte: »Noch irgend etwas anderes, Sir?«

»Nein«, antwortete Fenton entmutigt, weil er wußte, er konnte niemals hoffen, zufällig auf das Codewort zu stoßen. »Dieses Mal nicht.«

»Bitte kommen Sie wieder vorbei«, sagte sie. Als ein junger Anachronist in Stiefeln und Umhang hereinkam, lächelte sie. »Du kannst direkt durchgehen.« Sie winkte ihn durch eine Hintertür.

Fenton fragte: »Was ist denn da hinten?«

»Der Kerker-und-Drachen-Club«, sagte das Mädchen. »Tut mir leid, nur für Mitglieder.«

»Darf ein Außenstehender nicht einmal einen Blick hineinwerfen?« fragte Fenton in dem Wissen, daß er das irgendwie vermißt hatte, und sie schüttelte den Kopf. »Aber ein Blick ist okay«, sagte sie und öffnete die Tür. Sehr kurz, so kurz, daß Fenton niemals erfuhr, ob er es sich so vorgestellt hatte; es war wieder dieses sonderbar wirbelnde Gefühl; dann schwang die Tür auf, und er sah einen Tisch und Stühle und ein paar junge Anachronisten über das Spielbrett gebeugt, ein ungewöhnlich großes und kunstvolles Spielbrett mit großen Figuren. Aber immer noch nur ein Spiel . . .

»Sehen Sie?« fragte die junge Frau. »Nur ein Spielezimmer.«

»Kann ich Mitglied werden? Ich bin selbst ein kleiner Kerker-und-Drachen-Spezialist, und hier zu spielen, mit all den verschiedenen Welten an den Wänden . . .« sagte Fenton und versuchte, es so klingen zu lassen, als sei in seinen Worten eine tiefere Botschaft enthalten.

Aber ihr Gesicht blieb unbeteiligt. »Tut mir leid, Sir. Sie müssen von einem Mitglied empfohlen werden. Vergessen Sie nicht Ihr Päckchen, Sir. Ich lasse Sie hinaus und schließe dann ab.«

Fenton wußte nicht genau, wie er prostestieren könnte, und befand sich schon auf der Schwelle. Dann machte er einen letzten Versuch.

»Ist Pentarn hier Mitglied? Kommt er oft hierher? Ich sah ihn neulich hier . . .«

»Tut mir leid, Sir. Ich kenne nicht alle Mitglieder«, sagte sie. Fenton war wieder draußen auf der Straße, und die Tür war versperrt.

Zumindest weiß ich nun, wo ich den Laden zu suchen habe. Zwischen dem Buchladen mit der grünen Markise und dem Griechischen Restaurant.

Und er hatte den Rackham-Druck. Doch als er die Telegraph Avenue hinabschritt, hatte er das verrückte Gefühl, als habe er etwas sehr Wichtiges versäumt.

Nun, vielleicht konnte Amy Brittman einen anderen Schlüssel bieten, wenn sie irgendwann bei ihren Erfahrungen mit Antaril eine Begegnung mit Pentarn gehabt hatte.

Immerhin war Pentarn kein mythisches Monster, das ohne jeden Grund mit den Alfar im Krieg lag. Er hatte schon eine Art Motiv für das, was er tat, selbst wenn dieses Motiv halsstarrig und falsch war. Die Alfar hatten ihm seinen Sohn genommen. Fenton überraschte es nicht, daß der Junge die Alfar vorzog – er selbst zog sie Pentarns Militärdiktatur vor. Er hatte für sein Leben lang genug vom Militär.

So weit vom Campus bestand die Telegraph Avenue aus Banken, Tankstellen, Häusermaklern und jenseits der Stadtautobahn aus Ballettstudios und kleinen religiösen Buchläden. In einer der Seitenstraßen fand er die Adresse, die ihm als Amy Brittmans gegeben worden war.

Er drückte auf die Klingel neben einer kleinen Karte mit dem Namen Brittman und hörte nach einem Augenblick eine brüchige, metallische Stimme.

»Der Video funktioniert nicht. Wer ist da?«

»Ich heiße Fenton. Ich bin von der Parapsychologie-Fakultät«, sagte er, und der Summer ertönte. Fenton ging durch die Tür zu einer Wohnung im Parterre und klopfte an die Tür. Eine junge Frau spähte vorsichtig hinaus.

Sie war sehr jung, das Gesicht rund und gequollen, einige würden sie fett nennen. Bis zum Kinn war sie in einen wuscheligen Hausmantel gewickelt, das Haar umrahmte ungekämmt das Gesicht. Sie sah schlampig und verbraucht aus, und einen Moment erkannte sie Fenton nicht.

Unsicher sagte sie: »Ich weiß nicht, was Sie wollen . . .« In diesem Augenblick erkannte Fenton sie.

Es war die Frau aus der Mittelwelt, die neben Pentarn gestanden und ihn so anbetend angestarrt hatte. Die Frau des Lordführers.

Und das Erkennen war gegenseitig. Sie blinzelte und sagte mit schriller Stimme: »Du, der Zwischenmensch!«

Und schlug ihm die Tür ins Gesicht!

»Das sollte doch jeder vernünftigen Person klar sein«, sagte Sally, »daß Amy Brittman verrückt ist. Sie hat die Schule aufgegeben, ist voll in der Straßenszene, voll von Acid und Psychedelics und Antaril . . .«

»Du weißt das doch gar nicht, Sally. Du rätst das nur. Ich weiß aber . . .«

»Du hast sie in deinem Traum gesehen. Und du erfreust dich an der Tatsache, daß sie dich angeblich auch sah . . .«

»Du denkst immer noch, es war ein Traum, Sally?«

»Ich behaupte gar nichts. Ich rede von Tatsachen. Du lagst im Cowell Hospital unter ständiger Beobachtung. Du behauptest, ein Mädchen gesehen zu haben, das Ähnlichkeit mit Amy Brittman hatte . . .«

»Ich wußte da doch gar nicht, wer sie war. Ich habe sie in der Fakultät nie gesehen.«

»Trotzdem. Du behauptest, ein Mädchen gesehen zu haben, das Amy Brittman ähnlich sah – Cam, um Himmels willen, laß mich doch einen Satz ohne Unterbrechung zu Ende sprechen – und daß sie behauptet, dich in dem gleichen Traum gesehen zu haben.«

»Sally, verdammt, du hörst dich an wie ein Rechtsverdreher, den ich einmal kannte. Er stand bei drei blutenden Leichen und sagte: »Und nun zu diesem angeblichen Unfall . . .«

»Ich versuche ja«, meinte Sally mit gefährlich ruhiger Stimme, »so etwas wie entfernt wissenschaftliche Objektivität über deine Bemerkungen beizubehalten.«

»Und wie erklärst du dir die Tatsache, daß sie mich mit dem gleichen Wort wie die Alfar anredete und wie Pentarn auch: Zwischenmensch?«

»Ich erkläre es nicht. Ich habe es ja nicht gehört.«

»Sally, würdest du mir die schlichte Gerechtigkeit erweisen und zugeben, daß ich – nur vielleicht – versuche, die Wahrheit zu sagen? Du redest wie ein rattenjagender Desillusionist, der die Fakultät als zwanzig Jahre alten Scherz überführen will.«

»Ich bin Psychologin, kein Mitglied der Sekte der 'Wahren Gläubigen'! Ich bin Forscherin, und das bedeutet, ich streite nicht über Fakten und passe sie in deine Theorien ein!«

»Nein, du ignorierst die Fakten, es sei denn, sie passen in deine Theorien!« erwiderte Fenton wütend. Er starrte sie über den Tisch hinweg an in dem kleinen dämmrigen Restaurant, wo sie aßen.

»Ich finde diese Bemerkung beleidigend, Cam. Es ist ein Hieb gegen meine Integrität, als Frau und als Wissenschaftlerin.«

»Und vermutlich sind deine Bemerkungen kein Hieb gegen meine Intregität? Du hast so ungefähr gesagt, ich sei ein Lügner, ich sei verwirrt, und jede Tatsache, die ich dir nenne, ist entweder eine Halluzination oder eine glatte Lüge.«

»Fakten, um Himmels willen!« Sally sah ihn durch das Licht der Kerze an. Das Licht warf sonderbare, wabernde Schatten über ihr Gesicht, höhlte die Wangen aus und betonte die merkwürdige Ähnlichkeit, die er zuvor gesehen oder fantasiert hatte. »Welche Fakten? Du schleppst mich über die Telegraph mit einer Geschichte über irgendeinen Kunstladen, den es nicht gibt . . .«

»Es gibt ihn«, beharrte er, »denn wo sonst habe ich den Druck für dich gekauft?«

»Willst du damit sagen, daß es nur einen einzigen Laden auf der ganzen Telegraph gibt, in dem man einen Arthur Rackham-Druck kaufen kann?«

»Aber nicht diesen besonderen Druck«, argumentierte Fenton, »denn der kommt aus dem kleinen Laden ohne Namen, wo sie aber eine Riesenmenge Drucke im Fenster haben, direkt zwischen dem Buchladen und dem Griechischen Restaurant.«

»Cam, was willst du damit sagen? Daß aus einer Reinigung plötzlich ein Kunstladen wird und umgekehrt? Ich kenne die Reinigung. Ich bringe da fast jede Woche etwas zum Reinigen hin, und sie kennen mich. Willst du mir sagen, daß er manchmal nicht da ist und dann zu einer Art Zauberladen wird, der gleichzeitig das Hauptquartier eines Drachen- und- Kerker-Clubs ist, welcher wiederum eigentlich etwas Geheimnisvolles überdeckt?«

»Das ist mir so passiert.«

»Das habe ich gehört. Aber ich gehe nach Beweisen, Cam. Ich habe den Laden nicht gesehen. Und was die Tatsache angeht, daß du und Amy euch in Träumen begegnet, sogar den etwas ungebräuchlichen Terminus Zwischenmensch benutzt, nun, eines der Dinge, die wir im Para-Psych-Labor bewiesen haben, ist, daß es so etwas wie Telepathie gibt, und es überrascht mich gar nicht, wenn du mit Amy Brittman in Kontakt getreten bist. Übrigens ist Amy eine recht gestörte junge Dame, und das sind genau die Phantasien, die ich von ihr erwartet hätte. Das einzige, was mich neugierig macht, ist, warum sie dich herausgesucht hat, diese Phantasien zu teilen, wenn sie doch so gestört ist. Mich beunruhigt nur, daß ihre geistige Gestörtheit dich vielleicht . . . beeinflussen könnte . . .«

»Du versuchst mir also zu sagen, daß es ansteckend sein könnte?«

»Ja«, antwortete Sally. »Ich stehe am Anfang der Hypothese, daß einige Menschen ihre Phantasien per Telepathie projektieren. Das würde eines der größten Rätsel in der Standardpsychologie erklären, die *folie à deux,* wenn zwei Leute die gleiche Illusion teilen. Es würde auch einige besonders beliebte Illusionen erklären, den Massenwahnsinn, Mobpsychose – denk daran, wie Hitler ein ganzes Land infizierte mit dem Glauben, daß die Juden gefährlich seien und vernichtet werden müßten? Er war vielleicht nur ein abnorm starker Projektor von Phantasien, und das würde vielleicht das erstaunliche Charisma erklären, das einige Massenführer haben.«

»Und wer redet jetzt über Lieblingstheorien?«

»Ich sicher nicht«, gab Sally zurück. »Ich bemerkte lediglich, daß man möglicherweise deine Erfahrungen mit Fakten erklären könnte, die bereits bekannt sind, wie Telepathie.«

Ruhig gab Cam zurück: »Falls diese simple Theorie zu *allen* Fakten in meiner Erfahrung paßt, Sally, dann würde ich sie akzeptieren. Aber sie paßt nur, weil du alle Fakten ignorierst außer denen, die in deine Theorie passen.« Er zählte sie an den Fingern ab. »Der Name Emma Cameron, auf den Boden des Eukalyptushains gekritzelt. Der Laden, in dem ich diesen Druck des *Goblin Markets* kaufte. Die Tatsache – und sei gerecht, Sally, und unterstelle, daß ich die Wahrheit sagte – daß der Laden nicht da war, als ich dorthin zurückging. Ich habe dir gezeigt . . .«

»Du hast mir eine Stelle gezeigt, die ich seit mehr als einem Jahr kenne, und zwar meine Reinigung. Ich habe nicht gesagt, daß du lügst, Cam . . .«

»Aber du glaubst mir auch nicht.«

»Ich glaube, du warst verwirrt. Ich glaube, du hast immer noch schlimme Nebenwirkungen vom Antaril, und daß du zuweilen deine inneren Phantasien unter der Droge mit dem externen Input deiner Umgebung verwechselst. Das ist doch auch der Grund, warum sich sogenannte psychedelische Drogen in der parapsychologischen Forschung als Sackgasse erwiesen haben, auch unter kontrollierten Bedingungen. Sowohl du als auch Amy seid Unfälle. Würdest du dabei bitte begreifen, daß ich damit kein Werturteil fälle, Cam? Ich glaube, du wirst niemals recht unterscheiden können, was in dem Zeitraum, als du unter der Droge standest, echt war und was nicht. Ich weiß, Garnock ist fast krank dabei geworden. Er war so sicher – wir alle waren das – daß Antaril das war, was wir gesucht hatten, die Droge, die die ESP ohne gefährliche Nebenwirkungen erweitert. Glaubst du etwa, ich hätte gewollt, daß du die Ausnahme bist? Oder auch Amy? Ich hätte Amy ablehnen können, ich hatte vom ersten Tag an vermutet, daß sie potentiell instabil war, und ihr Freakout lag eher an ihrer grundsätzlichen Instabilität als an der Droge. Aber du, Cam, du bist stabil; nein, das muß eine Nebenwirkung von Antaril sein.«

»Du ignorierst also alle meine Beweise, weil sie eine Nebenwirkung der Droge sind?«

Sally zögerte, streckte dann die Hand aus und berührte seine Finger auf dem Tisch. »Das ist ein wenig schärfer formuliert, als ich es gesagt hätte, Cam. Sagen wir einfach, daß ich keinen objektiven Beweis gesehen habe, und alle Dinge, von denen du berichtest, sind wirklich geschehen, während du mehr oder weniger unter dem Einfluß von Antaril gestanden hast. Ich möchte dir einen Termin bei einem der erfahrenen Psychotherapeuten im Cowell machen. Wenn du dort vielleicht darüber redest, könntest du einen . . . einen objektiveren Standpunkt gewinnen.«

Fenton starrte sie an, die Brauen unwillig zusammengezogen.

»Du sagst also schlicht und einfach, ich sei verrückt?«

Sally sah ihn stirnrunzelnd an und erwiderte: »Und jetzt reagierst du wie ein unausgebildeter Laie. Ich schlage dir vor, einen Therapeuten zu konsultieren, und du reagierst automatisch mit einem ›Du denkst, ich bin verrückt‹!«

»Was du sagst«, gab Fenton mit weißglühender Wut zurück, »ist, daß ich unbequeme Gedanken habe, die nicht in deine Vorstellungen passen, also schickst du mich zu einem Therapeuten, damit er sie mir ausredet und mich überzeugt, daß alle Ideen, die nicht zu deinen passen, von vornherein nichts anderes als Illusionen seien.«

Sie öffnete den Mund vor Ärger, der den seinen reflektierte.

»Weißt du eigentlich, wie paranoid das klingt? Es hört sich an wie eine intelligentere Version von ›Alles hat sich gegen mich verschworen‹.«

»Natürlich! Alles, was ein wenig furchterregend klingt, kann man auflösen. Nenn ihn paranoid, und er hält schon seinen Mund und hört auf, über Dinge zu reden, die uns allen ein wenig Angst einjagen.«

Sally nahm das Weinglas vom Tisch und trank einen Schluck. Das Glas in ihrer Hand zitterte. »Du bist wild entschlossen, dies zu einem Kampf ausarten zu lassen, nicht wahr? Auf persönlicher Ebene.«

»Ich gebe zu, daß ich es verabscheue. Ich komme zu dir als Mensch und versuche dir zu erzählen, was ich sah und erfuhr, und du gibst dich als Psychotherapeut und erklärst mir, alles sei nur eine Illusion!«

»Und darum sollst du zu einem anderen Psychotherapeuten gehen, Cam. Ich bin zu sehr in die Sache und mit dem Menschen verwickelt.« Er sah das Kerzenlicht in einer langgezogenen Träne auf ihrer Wange glitzern. Einen Moment sah sie zart aus, verletzbar, die Frau auf dem Rackham-Druck, mit dem Rücken gegen der Felswand, umringt von den Gnomen. Kerridis belagert von den Eisenwesen. Mit unvermittelter, überströmender Zärtlichkeit drückte er ihre Hand.

»Ich will nicht mit dir streiten, Sally. Gott weiß, das ist das letzte, was ich will.«

Sie atmete auf und nickte. »Ich weiß es. Und ich will auch nicht diesen Eindruck erwecken. Vielleicht streite ich mich ebenso mit mir selbst wie mit dir.« Ihre Hand zitterte. »Oh, Cam, ich will dir ja gern glauben, daß du recht hast, daß du all das erlebt hast, wie du es erzählst, wie phantastisch es auch immer klingt. Und manchmal glaube ich es auch fast. Du klingst so sicher, du bist so verdammt beharrlich! Aber siehst du, das genau ist die Gefahr. Es ist ansteckend . . .«

Fenton wollte beim Thema bleiben und weitere Zweifel herausfinden. Aber dann sprach er über etwas ganz anderes.

»Als ich oben in den Bergen war, habe ich mit meinem Onkel Stan über dich gesprochen. Er möchte dich gern kennenlernen. Er ist ein wunderbarer alter Mann in den Siebzigern, aber er führt immer noch Gruppen von jungen Leuten auf Tagestouren in die Sierras, hackt sein Holz selbst, hat eine Ziegenherde und macht Käse, verkauft ihn an einen Gesundheitsladen. Er sagt, das hört sich an mit dir, als sei es genau das, was ich brauchte. Er hat mich gebeten, dich einmal mitzubringen. Willst du mal mitkommen?«

»Möchte ich gern«, erwiderte sie mit ihrem raschen Lächeln. »Er hört sich wie ein wunderbarer alter Bursche an. Davon gibt es nicht so viele wie früher, als wir noch klein waren, nicht wahr? Findet er es gut, daß ich Psychologin bin, oder meint er, daß der Platz der Frau zu Hause ist?«

Fenton lachte. »Ich weiß es nicht. Ich habe auch nicht vor, ihn über dieses Thema zu befragen, aber du kannst ihn ja selbst fragen, wenn du es wichtig findest.«

Sie schüttelte den Kopf. »Eigentlich nicht. Ich wollte mich vermutlich nur vergewissern, daß ich nicht die einzige Person in der Welt bin, die fürchterlich engstirnige Verwandte hat, wie aus der Steinzeit, und dein Onkel Stan klingt so perfekt, daß ich eifersüchtig wurde. Meine Verwandten – aber ehrlich, Cam – sie gehören in einen Schauerroman. Mein erster Mann hielt sie natürlich für wunderbar. Das paßte zu ihm.«

Ihr Gesicht wurde kühl und verbittert wie immer, wenn sie über ihre Ehe redete, aber Fenton bemerkte, irgendwo in einem Winkel seines Hirns, daß sie ›erster Mann‹ gesagt hatte, was bedeutete, daß irgendwo in ihr der Gedanke eines zweiten Gestalt annahm. Das erfüllte ihn mit Zärtlichkeit. Er hatte kaum eine Vorstellung von einer Ehe, aber der Gedanke an ein Leben mit Sally wurde zunehmend attraktiver.

Und dann fiel ihm etwas anderes ein.

»Du könntest vielleicht sogar deinen unabhängigen Zeugen bekommen. Du sagst immer wieder, daß alle Fakten, die ich für objektiv halte, alle subjektiv sind, daß sie einfach zufällig dort stattfinden, wo es keine Zeugen gab. Aber mein Onkel Stan hat eines der Eisenwesen gesehen. Es hat seine Axt geklaut.«

»Hat er es wirklich gesehen? Deutlich genug, daß er einen Eid darauf schwören könnte? Nicht, daß ein Augenzeuge soviel wert ist – sieh dir all die Leute an, die kleine grüne Marsmännchen gesehen haben – aber er hat es wirklich deutlich gesehen?«

Fenton sank das Herz. »Er hat die Spuren gesehen, wo es seine Axt fortgeschleppt hat.«

»Das reicht nicht«, sagte Sally stirnrunzelnd. »Cam, wie alt ist dein Onkel Stan? Wie sind seine Augen? Irgendeine Augengeschichte, milde Aphasie oder ein kleiner Schlaganfall?«

»Er ist nicht senil, wenn du das meinst«, gab Fenton zurück. »Und wenn du selbst mit ihm redest, wirst du es merken.«

»Aber ich habe noch nicht mit ihm gesprochen, Cam. Können wir es dabei belassen? Diese Unterhaltung führt uns nirgendwohin, und ich möchte nicht wieder streiten. Wenn du bei dem Therapeuten warst . . .«

»Fängst du schon wieder damit an? Sally, um Gottes willen, glaubst du wirklich, daß ich einen Gehirnklempner brauche?«

»Ich finde diesen Begriff beleidigend«, erwiderte sie eisig. »Ich sehe keinen Grund, warum eine eigentlich stabile Person sich weigern sollte, zu einem hervorragenden Therapeuten zu gehen. Hast du Angst, deine Phantasiestruktur zu gefährden, wenn du sie einer vernünftigen Untersuchung preisgibst?«

»Verdammt, Sally«, explodierte er, so laut, daß die beiden Erstsemester am nächsten Tisch die Köpfe wandten und sie anstarrten. »Mir reicht es, wie du jedes Mal in den therapeutischen Jargon verfällst, wenn du dich nicht mit meinen Themen auseinandersetzen willst. Kannst du nicht auch einmal zugeben, unrecht zu haben?«

»Die gleiche Frage stelle ich dir«, fauchte sie.

»Kommst du mit mir zu Onkel Stan?«

Ihr Gesicht wurde einen Moment weicher. »Ich komme sicher mit, Cam. Ich komme, weil er dein Onkel ist und sich wie ein wunderbarer alter Mann anhört. Ich würde ihn gern kennenlernen.«

»Ich hole dich Freitagmorgen ab, dann haben wir das ganze Wochenende.«

»Gern«, sagte sie und lächelte. »Aber Cam, bitte, versuch nicht, den alten Mann dazu zu bewegen, deine wilde Geschichte zu bestätigen, um deine Phantasien zu untermauern.«

Er starrte sie wütend und zitternd an. »Was du sagst, bedeutet: Verwirr mich nicht mit Tatsachen – ich habe mir bereits eine Meinung gebildet.«

»Und was du sagst, bedeutet: Liebe mich, liebe meine Illusionen. Wenn du mir irgendwann Fakten zeigen kannst, werde ich ihnen gern zuhören.«

Er schob den Stuhl ruckartig vom Tisch zurück, an dem er sich mit beiden Händen festhielt. Vorsichtig sagte er dann: »Gut, ich hole dich Freitagmorgen um zehn ab.«

Ohne sich umzusehen, schritt er vondannen. Das mußte sein. Er wußte, wenn er nur eine einzige Minute geblieben wäre, hätte er sie geschlagen. Er warf dem Kassierer ein paar Münzen hin und knallte die Tür des Restaurants hinter sich zu.

13

Die Reinigung war immer noch da, schien ihn zu verspotten. Wütend dachte er: Wenn ich Irielles Talisman noch hätte . . . und Zorn wallte in ihm auf. Das war seiner . . . mit welchem Recht hatte Garnock ihn behalten?

Er starrte auf die bleiche Fassade der Reinigung, als könne er sie durch reine Willensanstrengung in den kleinen Kunstladen verwandeln, hinter dem er nun das Weltenhaus vermutete, das ihn ohne die Droge durchschleusen würde. Und jetzt hatte ihn Garnock von jedem Zugang zu der Welt der Alfar abgeschnitten, zuerst, indem er ihn aus dem Antaril-Experiment ausschloß, dann, als er Irielles Talisman fortnahm . . .

Für wen, zum Teufel, hält Garnock sich eigentlich?

Wütende Pläne mahlten sich durch sein Hirn, von denen keiner einen Sinn ergab. Er konnte hier bleiben, die Tür beobachten, bis sie sich wieder in die des Kunstladens verwandelte. Ein Topf, dem man zusieht, fängt nie an zu kochen. Würde ein Weltenhaus unter Beobachtung jemals sein Aussehen verändern? Geschah es nur, wenn niemand zusah? Konnte er hier bleiben und zusehen, bis Pentarn durchkam? Er vermutete, niemand würde die Eisenwesen durchlassen. Oder doch? Welche Gesetze bestimmten, wer durchkam und wer nicht? Er hatte versucht, hinter Pentarn durchzuschlüpfen, und im gleichen Augenblick war das Weltenhaus verschwunden und wieder zu der harmlosen Reinigung geworden. Oder sah das nur wie eine Reinigung aus? Ob hinter einer sonderbaren zwischenräumlichen Fassade wirklich der kleine Kunstladen war? Aber nein. Sally sagte, sie brächte ihre Wäsche immer hierher. So waren sie offensichtlich beide wirklich und verschoben sich und ersetzten einander. Wenn die Reinigung hier auf der Telegraph Avenue war, wo war dann das Weltenhaus? War es überhaupt irgendwo, oder verbarg es sich in einer anderen Dimension? Stand es irgendwo auf der anderen

Seite der Welt, maskierte ein harmloses Geschäft und bewegte sich zwischen den Räumen wie auch den Dimensionen? Konnte es sich vielleicht als Blumengeschäft verbergen, als Marktbude, als Souvenirladen des British Museum? Als ein Kunstkino? Was war es wirklich, und als was würde es als nächstes erscheinen? Was war mit dem kleinen Buchladen, den er zweimal in San Francisco nicht finden konnte? Cam bekam Kopfschmerzen.

Sally glaubte nicht an die Existenz eines Weltenhauses. Verdammte Frau! Aber ihm war es egal.

Nein, *sie* war ihm nicht egal. Angesichts des Wissens, daß Sally befremdet war, spürte er die gleiche schmerzende Leere, die er gespürt hatte, als Garnock ihn aus dem Experiment ausschloß, und er merkte, daß ihm die Welt der Alfar verschlossen war.

Auf immer . . .

Nein, dachte Cam wütend. *Ich werde das nicht akzeptieren.* Irielle, wie er das Kind zweier Welten, Kerridis . . . Kerridis, auf immer entzogen. Seine Freunde dort, Findhal, der trotz aller Wut sein Freund gewesen war . . . Es mußte einen Weg zurück geben, auch wenn er den ganzen Tag hier sitzen und auf das Auftauchen des Weltenhauses warten mußte.

Aber konnte er ohne Irielles Talisman hindurchgelangen?

Nun, dachte er trocken, *wenn alles scheitert, dann kann ich immer noch in Garnocks Büro einbrechen und mir den Talisman zurückholen. Zum Teufel, Garnock nannte ihn einen Stein. Ich könnte jedes Granitstückchen vom Campus in sein Büro schmuggeln, und er würde es nicht einmal merken!*

Er stand auf der Straße und starrte mürrisch auf die kleine Reinigung, und das nützte ihm gar nichts. Wenn er wirklich hier Tag und Nacht säße, bis das Weltenhaus wieder erschien, hätten die Cops wahrscheinlich auch ihr Wörtchen dazu zu sagen. Es gab immer noch Gesetze über Landstreicherei in Berkeley. Sie wurden zwar nicht oft angewandt, aber es gab sie, und wenn er achtundvierzig Stunden ohne Pause auf dem Bürgersteig sitzen wollte, würden sie wahrscheinlich herausfinden, daß die Gesetze anwendbar waren. Jedenfalls, dachte er mit einem ersten Anflug von Humor, seit er aus dem Restaurant gestürmt war, wenn er versuchte, drei oder vier Tage hier zu sitzen, würde er es kaum aushalten. Er konnte nicht ohne Essen sein, aber er konnte rasch in das griechische Restaurant springen, um ein Glas zu trinken. Aber irgendwann würde er eine Toilette aufsuchen müssen, und bei seinem Pech der letzten Tage würde das Weltenhaus ausgerechnet dann kommen und wieder gehen, wenn er gerade auf dem Lokus saß!

Er lehnte sich gegen die Mauer und dachte über die verschiedenen Möglichkeiten nach.

Er konnte zurück in das Restaurant gehen, sich mit Sally versöhnen und sie mit in die Sierras nehmen, damit sie mit seinem Onkel Stan sprach. Gerade jetzt würde ihm die Weite der Berge gut tun. Vielleicht könnte er sie überreden.

Er konnte zurückgehen und sich einen Weg zu Amy Brittmans Wohnung verschaffen, um eine Botschaft durch sie an Pentarn zu schicken. Pentarn hatte ihm eine Möglichkeit angeboten, daß er durch die Tore kommen und gehen könnte, und er konnte vermutlich Pentarn hinhalten, nichts gegen die Alfar zu unternehmen, bis er sie warnen konnte.

Nein, das war der letzte Ausweg. Pentarn war freundlich zu Fenton gewesen, aber irgendwie vertraute Cam ihm nicht.

Er konnte sich seinen Weg in Garnocks Büro erzwingen und den Talisman fordern, von dem Garnock behauptete, es sei ein Apport.

Es wurde spät, und Fenton zitterte ein wenig. Ein junges Pärchen kam aus Larry Blakes Ratskeller starrte flüchtig zu den Straßenlungerern, und Fenton merkte in diesem Augenblick, daß er auch einer von ihnen war.

Einer der Straßenleute mit zwei neoindianischen Zöpfen, hageren tätowierten Wangen und einem langen Ohrring kam auf Fenton zu. Er murmelte: »Worauf wartest du, Mann? Was für'n Kraut willst du? Ich habe kubanisches Gras, das beste, garantiert sauber.«

Automatisch schüttelte Fenton den Kopf. »Kann nichts damit anfangen, Freund.«

»Ich handele nicht mit dem verbotenen Zeugs, aber ich kann dich zu einem Typen bringen, der gutes Acid oder Downers hat.«

Wieder schüttelte Fenton den Kopf. »Tut mir leid, aber das ist nichts für mich«, sagte er, merkte aber, daß er besser verschwand. Immerhin war das eine der Möglichkeiten, mit Straßenpushern ins Geschäft zu kommen, einfach abzuwarten, bis einer auf einen zukam. Zum Teufel, er war nicht hier, um moralische Urteile abzugeben, wenn sie so ihr Leben verbringen wollten – sollten sie. Recht ironisch dachte er, daß er sich fast wie ein

Süchtiger auf dem Entwöhnungs-Trip fühlte, seit Garnock ihn vom Experiment ausgeschlossen hatte.

Er ging mit festen Schritten in Richtung auf seine Wohnung. In der Laune, in der sich Sally befand, würde sie auf keine Anrufe reagieren. Er gab ihr Zeit, sich abzukühlen und würde sie am Morgen anrufen. Es war spät, er konnte kaum zu der Wohnung von Amy Brittman gehen, und wenn er versuchte, um Mitternacht seinen Weg in die Wohnung zu erzwingen, würde irgend jemand sicher die Polizei rufen. Er wollte lediglich mit der Frau reden, aber er würde bessere Aussichten haben, wenn er sie bei hellem Tageslicht überredete.

Aber nur, wenn sie nicht in einer fremden Welt an der Seite Pentarns war, als seine Anbeterin, entzückt über die Stellung als Frau des Lordführers . . . vielleicht war sie gerade dort. Verdammt, Garnock, wie konnte der Mann es wagen, seinen Talisman zu nehmen, das Geschenk Irielles? Wenn er seinen Talisman wieder hatte, würde er nicht bei dem Weltenhaus warten müssen, um in diese Ebene zurückzugelangen; er konnte das verdammte Haus finden, wo immer es sich verbarg.

Noch zweimal wurde er, als er die Telegraph Avenue hinaufging, von Dealern angesprochen, sie glitten neben ihn, murmelten die diversen Angebote. Fenton lehnte ab, aber der letzte hatte drei Ringe im Ohr, was ihn an den kahlrasierten Hippie erinnerte, der ihm das Antaril verkauft hatte.

Seine Wohnung war leer und kalt. Er suchte den Umschlag heraus und starrte die kleinen blauen Tabletten an.

Wieder diese Versuchung. Nun, da er aus dem offiziellen Antaril-Projekt ausgeschieden war, konnte er nicht einmal einwenden, daß es die Endergebnisse fälschen würde. Schluck eine von den blauen Pillen und gehe durch die Wand, und über kurzem würde er in Irielles Welt sein und ihr alles erklären. Irielle war vernünftig, keine männerhassende Paranoide wie Sally.

Das brachte ihn auf. Sally hatte ihm vorgeworfen, eine Traumfrau zu wollen, weil ihm eine wirkliche Frau zu herausfordernd sei. Und wenn er nach einem Streit mit Sally zu Irielle floh, bewies er damit nicht, wie recht sie hatte?

Er konnte die ganze Nacht in dieser Tretmühle, dieser Sackgasse denken. Er fühlte sich verpflichtet zu glauben, daß die Welt der Alfar echt war, daß auch Pentarns Welt echt war. Auch die Eisenwesen waren real, real genug, um eine Axt davonzuschleppen, und der Gedanke, was sie wohl damit anstellen konnten, gefiel ihm nicht. Wenn sie Pferde lebendig zerhacken konnten, um sie aufzufressen, glaubte er irgendwie nicht, daß sie vor Menschen haltmachen würden.

Und wenn die Eisenwesen nun in andere Welten gelangten?

Pentarn hatte einen berechtigten Groll gegenüber den Alfar. Aber die Eisenwesen loszulassen, war ein fauler Trick, und wenn er einmal damit herumspielte, die eine Welt in die andere überlappen zu lassen, mußte man sich fragen, wie lange er es unter Kontrolle halten konnte.

Ich muß zu den Alfar und sie warnen. Sie wissen, was Pentarn vorhat, aber sie wissen nicht warum.

Auch darüber dachte er nach, während er an seinem Schreibtisch saß und die blaue Tablette auf dem Tisch lag. Pentarn war kein Elfenland-Schurke, der ohne bestimmten Grund Unheil stiftete. Er glaubte, daß sie seinen Sohn mit Zauber und Bannflüchen gefangen hielten. Wenn die Alfar ihn überzeugten, daß der Junge gar nicht zurückwollte . . . nein. Schlimmer und schlimmer. Das würde Pentarns Stolz unerträglich verletzen.

Ich sollte Pentarns Angebot annehmen und Frieden zwischen den Welten zu schließen versuchen . . . Bitter lachte er darüber. Er behandelte die ganze Sache wie einen Roman, eine Phantasie, die ein nettes Happy End haben müßte. Und er selbst hatte sich die Rolle des Helden zugedacht, der Frieden zwischen den kämpfenden Welten schließt. Netter Job, wenn man es konnte, mahnte er sich, aber er war nicht aus dem Stoff, aus dem Helden sind.

Das beste war, zurück in die Welt der Alfar zu gelangen und dort seinen Frieden mit Findhal zu schließen, der auf deren Weise ein Führer war. Vielleicht konnte Kerridis helfen.

Als er sich dazu entschlossen hatte, begann er ernsthafte Pläne zu schmieden. Konnte er irgendetwas mitnehmen? Nein, wahrscheinlich nicht, es sei denn, er hätte den Talisman wieder, den Garnock ihm abgenommen hatte.

Körperlos würde er durch Mauern und die Artefakte dieser Welt laufen, und nichts konnte ihn aufhalten. Aber der Talisman war in allen Welten fest. Konnte er in Garnocks Büro in Zwischenmenschgestalt einbrechen und direkt durch die Wände dorthin gehen, wo die Gegenstände aufbewahrt wurden? Das müßte sein erster Plan sein, den Talisman zurückzubekommen, und dann direkt zum Weltenhaus . . .

Er hatte die Tablette schon fast am Mund, da hielt er entsetzt inne. Er erinnerte sich an seine Erfahrungen – drei Sitzungen unter dem Einfluß von Antaril – daß sich die Welt um ihn herum rasch in die Waldungen der Alfar auflösen würde. Wie könnte er in dieser Welt – oder irgendeiner – Garnocks Büro finden oder auch den Talisman? Körperlich befand er sich zehn Blocks vom Campus entfernt, und wenn er dorthin gegangen sein würde in seiner zwischenmenschlichen Gestalt, hätte er sich wahrscheinlich bereits hoffnungslos in der sich bewegenden Landschaft der Alfar verloren.

Vielleicht sollte er die Tablette direkt vor dem Büro Garnocks schlucken – aber was geschah dann mit seinem Körper? Er würde ihn hinter sich lassen und bewußtlos dort auf der Treppe liegen, und was würde dann passieren? Wenn sie ihn dort fanden, offensichtlich im Drogenrausch, vor Garnocks Büro, würden sie ihn direkt wieder ins Cowell Krankenhaus schleppen, dieses Mal mit der Beschreibung ›nicht genehmigter Drogengenuß‹ auf dem Einweisungsschein. Das würde seinem Ruf nicht gerade gut bekommen und Garnocks Meinung über ihn bestätigen, die ohnehin nicht besonders war.

Körperlose Fortbewegung, dachte er, hat sicher auch Grenzen. Das gleiche träfe zu, wenn er seinem ersten Impuls folgte und die Tablette auf der Schwelle zum Weltenhaus schlucken würde.

Er wäre nicht der erste bewußtlose Hippie, in einen Drogentraum versunken, der ausgeflippt irgendwo auf der Telegraph Avenue läge. Er müßte eine weiche Türschwelle finden, wo niemand auf ihn treten würde, dort könnte er sich ausstrecken und sein Antaril nehmen, dann rein ins Weltenhaus . . .

Aber er merkte, daß er sich nicht in aller Gleichmut Cameron Fenton vorstellen konnte, kürzlich noch in der Parapsychologischen Fakultät, jetzt drogenverseucht auf der Straße liegend . . . in diesem Fall auch noch körperlos. Und wenn sie ihn in die Ausnüchterungszelle schleppten oder wieder ins Krankenhaus? Es wäre ein schwarzer Punkt in seinen Akten, den er niemals wieder auslöschen konnte.

Fenton blickte die blaue Antariltablette finster an, die ihn zu verspotten schien. Das war nicht annähernd so leicht, wie er es sich vorgestellt hatte.

Es gab nur einen sicheren Ort – abgesehen vom Parapsychologielabor, das ihm nun versperrt war – für seinen Körper, wenn er unter Antaril stand, und das war hier, in seiner eigenen Wohnung. Dieses Mal hätte er nicht den Doc und das übrige Personal, seinen Körper zu überwachen und ihn ins Krankenhaus zu bringen, wenn er zu lange fortblieb. Er müßte einfach rechtzeitig wiederkommen, um seinen Körper vor Schäden zu bewahren.

Gab es niemanden, dem er vertraute und der bei diesem Experiment bei ihm bleiben konnte?

Die einzige Person, die ihm einfiel, war sein Onkel Stan da oben in den Sierras, und dort konnte er nicht hin. Er kannte dort keine Stellen zwischen den Welten. Hier hatte er immerhin eine Ahnung von Kerridis Palast, dem Eukalyptushain, der in beiden Welten eine gute Stelle war. Er mußte es einfach allein machen.

Es konnte ja auch gut gehen. Er zog sich aus, legte einen warmen Bademantel an, streckte sich auf dem Sofa aus und blickte nachdenklich auf die kleine runde Pille. Er hatte keine Ahnung von der Dosierung, wußte auch nicht, wieviel ihm Garnock gegeben hatte, und er würde vermutlich keine ausführliche Antwort bekommen, wenn er ihn anrief und fragte. Sollte er eine oder zwei von den Tabletten nehmen? Oder alle vier?

Was würde bei einer Überdosis geschehen? Würde sie überhaupt etwas bewirken?

Es wäre leichter, mit den Wirkungen einer Unterdosierung fertigzuwerden als mit einer Überdosierung. Er würde mit einer Tablette beginnen. Wenn es nicht wie erwartet funktionierte, konnte er später experimentieren, aber zuerst ging er auf Nummer sicher.

Er stellte sich auch der Erkenntnis, daß er keine Ahnung hatte, wie die Droge oral wirkte oder ob es überhaupt Antaril war. Der rasierte Hippie konnte ihm alles gegeben haben, von LSD bis zu reinem Traubenzucker.

Nun, er konnte es einfach nur probieren. Wenn es Traubenzukker war, passierte schlimmstenfalls gar nichts. Wenn es LSD war – nun, dann passierte als Schlimmstes eine private Lightshow, wenn er nur nicht zu zuversichtlich wurde und versuchte, Auto zu fahren, und das würde kaum passieren.

Wenn es etwas wirklich Gefährliches war wie Datura – nun, dann konnte er nur hoffen, daß er die Symptome rechtzeitig erkannte, um das Zeug wieder loszuwerden. Methedrin würde ihn nicht umbringen, nicht eine Dosis, aber er war nicht sicher, wie sein Stoffwechsel darauf reagieren würde; es hing von der

Stärke ab, ob er die nächsten drei Tage wach blieb, Mauern hochstieg oder einfach sinnlos brabbelnd stundenlang herumlief.

Was tust du eigentlich? fragte er sich grimmig. *Du hast Angst.* Er machte sich nicht die Mühe, es zu leugnen, auch nicht sich selbst gegenüber. Letztes Mal war er haarscharf davongekommen. Die Erinnerung, seinen Körper angeschnallt und gequält im Krankenhaus am Tropf zu sehen, entsetzte ihn.

Er stand auf, nahm Papier und Bleistift aus seinem Schreibtisch und versuchte, alle seine wissenschaftliche Nüchternheit zu sammeln. Nach kurzem Nachdenken schrieb er: *Ich beginne ein Experiment mit einer pharmazeutischen Substanz* – selbst seine Gedanken scheuten vor dem Wort Droge zurück – *die ich für Antaril halte. Wenn man mich bewußtlos finden sollte und ich keine äußeren Anzeichen von Vergiftung zeige* – jeder annähernd vernünftige Arzt würde Symptome von Daturavergiftung erkennen – *reicht es, mir Nahrung und Mittel gegen Dehydrierung zuzuführen, durch intravenöse Kochsalzlösung und Glukosetropf, bis ich das Bewußtsein wiedererlange.*

Das müßte ihn gegen alle Notfälle schützen.

Er zögerte, den Stift noch in der Hand und nahm noch ein Blatt Papier. Dann schrieb er, ohne zuvor nachzudenken:

Liebste Sally, bitte glaub mir, ich tue nur, was ich tun muß. Mach dir keine Sorgen . . .

Ungläubig starrte er auf den Bogen, runzelte die Stirn und zerriß ihn in kleine Fetzen, die er in den Papierkorb warf. Dann stellte er den anderen Brief so auf, daß jeder Hereinkommende ihn sehen konnte. Er nahm die blaue Tablette und spülte sie mit einem Schluck Wasser hinab.

Dann fragte er sich grimmig: *Unterdosierung? Oder überhaupt nichts? Überdosierung?*

Eine seiner Fragen wurde rasch beantwortet; ihn überkam ein Schwindel, er stolperte und streckte die Hand nach dem Sofa aus, vor dem er zusammenbrach. Es war kein Traubenzucker oder ein harmloses Placebo, es war etwas Starkes. Selbst reinstes LSD wirkte nicht so schnell, auch keine der anderen psychoaktivierenden Drogen, die ihm bekannt waren. Als er sich rasch wieder erholte und aufrichtete, merkte er, daß sein Körper unter ihm halb auf dem Sofa, halb davor lag. Er hatte einen großen Fehler begangen: Er hätte sich bequem hinlegen sollen, ehe er die Pille schluckte. Aber wer hätte schon gedacht, daß es so schnell wirken würde, schneller als die intravenöse Dosis, die ihm Garnock verabreicht hatte? Er erinnerte sich, daß er in den ersten paar Augenblicken unter der Droge noch hatte sprechen können, und so versuchte er, zurück in seinen Körper zu gelangen, um ihn sicher auf der Couch zu betten, aber seine Glieder widersetzten sich und reagierten nicht. Nun, dann eben nicht. Jetzt wußte er auch, daß es Antaril war. Und wenn man nach den ersten Wirkungen ging, eine verdammt starke Dosis.

Die Wände ringsum schienen noch fest. Wenn er in der physischen Dimension von Berkeley bleiben konnte, würde er es vielleicht bis zu Garnocks Büro schaffen, oder mindestens bis zum Weltenhaus/Kunstladen. Was bedeutete, je eher er hier heraus kam, desto besser.

Er ging auf die Wand zu, streckte versuchsweise die Hand aus und ging hindurch. Die künstlichen Dinge seiner Umgebung schwanden bereits. Rasch durchwanderte er sie mit der größtmöglichen Geschwindigkeit – er fragte sich flüchtig, wie schnell das wohl war – er schien über die Telegraph Avenue zu rasen, irgendwie in seinen normalen Straßenkleidern. Und jetzt zu Garnocks Büro und zum Talisman . . .

Aber die Straßen dünnten bereits aus und verschwanden. Noch einen Blick lang sah er Autos, Läden und Häuserfronten, und er fragte sich, was wohl geschähe, wenn er in einen Laden trat. Nichts, denn man konnte ihn ja nicht sehen. Wenn dies klappt, dachte er, könnte Antaril sehr nützlich sein, um Ladendiebe zu fangen. Einfach durch die Wände gehen. Aber als Dieb selbst würde er nichts anfassen können; es würde sein wie damals, als er die Eisentür für Irielle öffnen wollte und durch das Metall griff.

Aber man konnte es einsetzen, um einen Ort für einen späteren Einbruch auszuspionieren. Und Voyeure konnten einen Kick bekommen, wenn sie überall eindrangen und zusahen, wie sich Frauen auszogen oder wovon Voyeure auch immer angemacht wurden. Fenton überlegte, daß er wahrscheinlich eine gewisse kriminelle Veranlagung hatte, um solche Gedanken zu haben, und wandte sich wieder der Hauptsache zu.

Wenn der Talisman, dachte er, in allen Welten real ist und jetzt in Garnocks Büro liegt, finde ich ihn irgendwo mitten in der Luft schwebend, ohne die Ausstellungsvitrine drumherum. Irgendwie wurde ihm unwohl bei dem Gedanken. Die Vrillschwerter sollten auch in allen Welten real sein, und dennoch hatte er nie eines gefunden, wie es in seiner Welt herumschwebte. Vielleicht waren sie nur in jeweils einer Welt real. Das mußte es sein. Und wenn er so in der Welt der Alfar war, konnte er nicht in Garnocks Büro gelangen.

Schon konnte er die Autos nicht mehr sehen; um ihn her ragten substanzlose Geister auf, Schatten von Straßen und Häusern und Läden. Unter seinen Füßen befand sich kein Stein, sondern weiche sandige Erde, über der er verschwommen Schattenformen von sonderbaren Büschen und Bäumen sehen konnte.

Nun, wenn er in der Alfarwelt war, müßte auch das Weltenhaus irgendwo hier sein . . . wenn er sich auch daran erinnerte, was Irielle gesagt hatte, daß sich das Weltenhaus vielleicht nicht finden lassen wolle. Er fragte sich, wie das Weltenhaus in dieser Dimension wohl aussah, wenn er es fände, und wie er es erkennen könnte. Würde es wie ein riesiges Computerzentrum aussehen? Vielleicht war es wie ein anderer Baum hergerichtet? Wie würde es in seiner wirklichen Gestalt überhaupt sein? Vielleicht wie ein Tempel? Vielleicht eine merkwürdige Kombination, wie die Lawrence Hall der Wissenschaften in den Bergen von Berkeley. Wenn der Palast der Alfarkönigin Kerridis so aussah wie der Schatten einer geisterhaften Kathedrale aus Bäumen, was brachte ihn zu dem Gedanken, daß das Weltenhaus leichter erkennbar war?

Ich bräuchte Irielle als Führerin, dachte er verzweifelt. *Ich finde niemals den Weg, es sei denn, mich führt jemand!*

Er war sicher, daß er schon nicht mehr in Berkeley war. Und er sah auch keine vertrauten Zeichen der Alfarwelt. Unter seinen Füßen war sandige Erde mit spärlichem Gras, und ringsum herrschte ein sonderbares stumpfes, zunehmendes Licht. Es konnte doch noch nicht die Morgendämmerung in Fentons Welt sein, denn als er herkam, war es zehn Uhr abends gewesen. Nun zog ein merkwürdiges safrangelbes Licht auf, dunstig aber blendend, nicht wie das neblig-fahle Sonnenlicht der Alfarwelt, überhaupt nicht.

Er sah sich um nach vertrauten Zeichen. Natürlich gab es so etwas kaum in der Alfarwelt, nur den Hain mit den fedrigen weißen Bäumen, das Gegenstück zum Eukalyptushain auf dem Campus, und den Höhleneingang, in den die Eisenwesen Kerridis geschleppt hatten. Und da er sich in seiner eigenen Welt etwa zehn Blocks weit entfernt vom Campus befand, konnte er nicht einmal die Entfernung schätzen in der unvertrauten Alfarlandschaft, die ihn von dem Hain trennte oder auch von dem Netzwerk vulkanischer Höhlen. Er brauchte noch nicht zu befürchten, daß er woanders gelandet war, nur weil er die Szenerie nicht kannte.

Immerhin hatte Irielle gesagt, wie langweilig es wäre, in einer sich nicht veränderbaren Landschaft zu leben. Vielleicht hatten sie sich einfach gelangweilt und die Landschaft ein bißchen verändert, und er hatte es einfach noch nicht mitbekommen. Hartnäckig ging er weiter in die Richtung, die er für den Norden hielt und wo der Eukalyptushain lag, auch wenn er wußte, daß er vielleicht zu den vulkanischen Höhlen der Eisenwesen stieß.

In diesen Höhlen schien es einen gespenstischen Übergang zwischen den Welten der Eisenwesen und der Alfar zu geben. Vielleicht hatte Pentarn damit zu tun. Kerridis schien das zu vermuten. Es war klar, daß Pentarn alles über die Überlappungen zwischen den Welten wußte und seinen Weg überall fand.

Wenn ich seine Analogie bin, sollte ich das doch auch wissen, oder? Fenton lachte über diesen Gedanken. Er hatte keinerlei Ähnlichkeit mit dem Lordführer in seiner Welt. Wenn Pentarn irgendwie nach Berkeley kam, dann würde er Gouverneur von Kalifornien – oder zumindest Fakultätsvorstand – ehe jemand sich die Mühe machen würde herauszufinden, war es in Wirklichkeit war.

Nur fand Fenton das alles nicht wirklich komisch. Der Gedanke verriet ihm etwas über seine eigenen Gefühle, deren er sich noch nie zuvor bewußt gewesen war, und das gefiel ihm nicht.

Verdammt, wo waren die Bäume? Das einzig Konstante bei seinen drei Besuchen bei den Alfar waren die Bäume gewesen, riesig aufragende Bäume. Und hier sah er nur struppiges Gebüsch und die sandige Erde. Natürlich, wenn man erwartete, daß die bewegliche Landschaft der Alfar immer seiner Welt ähnelte . . . aber er wußte bereits, daß er mit Vernunft allein nicht weiter kam. Der Strand in Malibu sah auch nicht aus wie die Sierras, und beides lag in Kalifornien. Aber dies hier sah eher aus wie der Joshua-Nationalpark mit diesen sonderbaren verkrüppelten Dornbüschen und dem trockenen Sand unter den Füßen, und während eine andere Konstante der Alfarwelt die Kälte gewesen war, wurde ihm nun bewußt, daß er den Schweiß fortwischte, der ihm in Strömen am Körper hinunterrann.

Wo immer er war, er sollte sich der Erkenntnis überlassen, daß dies nicht das Land der Alfar war.

Oh, großartig. Das hat mir gerade noch gefehlt, mich in einer unbekannten Welt zu finden.

Was hatte das bewirkt? Die unerwartet starke Dosis des Antarils? Hätte er seinen Willen fester auf die Welt konzentrieren sollen, in die er reisen wollte? Er wußte es nicht. Diese Welt verlief nach ihren eigenen Regeln. Aber nun war er hier. Er hatte nicht genügend von Pentarns Welt gesehen, um zu wissen, ob er sich dort befand. Das einzige, was er wußte war, daß er nicht da war, wo er sein wollte.

Müde schleppte er sich weiter in die vermutlich nördliche Richtung durch den dicken trockenen Sand. Über ihm wurde langsam das Licht stärker, und eine große sonderbare, brennend orange Scheibe begann sich am Horizont auszubreiten. Das, sagte sich Fenton überflüssigerweise, ist sicher nicht die Sonne, die ich erwartet habe, und es ist auch nicht die Sonne der Alfarwelt. Aber wenn er weiter nach Norden ging, würde er früher oder später an einem Punkt dieser neuen Welt ankommen, der mit dem Eukalyptushain zusammenfiel. Irielle hatte gesagt, es sei in beiden Welten eine gute Stelle. Vielleicht war es auch in dieser Welt eine gute Stelle – wenn er sich auch nur schwer vorstellen konnte, daß es in dieser Welt so etwas gab.

Es sieht aus, sagte er sich, wie das, was in der Bibel Gehenna heißt, ein versengter Ort in der schrecklichen Wüste. Unvermittelt stolperte er. Und dann fiel er in voller Länge hin, so daß seine Knochen zitterten. Verdammt! Er erinnerte sich an den eisigen Felsen bei den Alfar, der ihm fast die Haut von den Knochen gerissen hatte. Er keuchte vor Schmerz, streckte eine Hand aus und entdeckte, daß er über einen schmalen Felsrand gestolpert war, eine Art natürlicher Mauer, die sich über eineinhalb Fuß vor ihm erhob.

Nicht künstlich. Eine der Regeln dieser Welt war, oder schien zu sein, daß man keine künstlichen Objekte berühren konnte. Außer denen, die in allen Welten Substanz hatten wie Vrillschwerter und Talismane. Aber Fenton starrte erstaunt auf diese Mauer und fragte sich, wie etwas so exakt Konstruiertes nicht künstlich sein konnte. Die Mauer erstreckte sich durch die ansonsten konturlose Wüste, so weit er sehen konnte, absolut gerade, absolut regelmäßig, etwa achtzehn Zoll hoch und kantig. Fenton starrte sie stirnrunzelnd an und streckte die Hand nach der heißen Steinoberfläche aus.

Es gab doch eigentlich in der Natur keine geraden Linien.

Nun, das war natürlich Unsinn. Kristall splitterte in geraden Linien ab. Die Elektronen in Ladesteinen oder natürlichen Magneten zeigten alle mehr oder minder regelmäßige Linien, die auch mit dem Linial gezogen sein konnten. Und hier in dieser fremden Welt gab es etwas, was wie ein Artefakt von Menschenhand aussah, aber seine geprellten Schienbeine sagten ihm, daß es hier in der Natur vorkam. An künstlichen Mauern hätte er sich nicht stoßen können.

Es sei denn, die Regeln waren hier anders als in seiner Welt oder in der Welt der Alfar.

Aber warum hatte er sie nicht gesehen, ehe er darüber stolperte?

Er hätte schwören können, daß er zunächst keine einzige gerade Linie erkannt hatte. War die Mauer plötzlich aus dem Nichts aufgetaucht?

Fenton stand wieder auf, starrte auf die orange Scheibe am Himmel – er konnte es nicht über sich bringen, sie Sonne zu nennen – und das blendende ockerfarbene Licht, das seinen Augen wehtat. Er legte die Hände über die Augen, fand aber, daß es alles zu durchdringen schien. Das Brennen war schrecklich. *Hölle,* dachte er – *Ich bin in der Hölle – Irgendwie sieht es so aus und fühlt sich auch so an. Und wenn ich religiös wäre, würde ich mich fragen, ob ich hier für die Einnahme der Droge bestraft werde. Vielleicht habe ich es nicht anders verdient. Sally würde das so sehen.*

Der Schmerz in den Schienbeinen hatte genügend nachgelassen, daß er wieder gehen konnte, und er versuchte verwirrt, die Richtung wiederzufinden. Wo war Norden? Welchen Weg war er gekommen? Aber eigentlich war das egal. Ringsum das fürchterliche, blendende, ofenheiße Licht, und er sah kein einziges Objekt, nur diese unheilige flache Wüste, ein Hektar nach dem anderen, dorniges, niedriges Gras und diese häßliche Steinmauer, die sich von einem Nirgendwo in ein anderes erstreckte und in beiden Richtungen in der Ferne verschwand.

Sie war nicht einmal hoch genug, um einen anständigen Schatten zu werfen. Fenton sah auf den Boden und entdeckte, daß, wie vermutet, auch er keinen Schatten warf. Daher konnte er auch nicht aus der Sonne gehen. Aber wenn diese Mauer künstlich errichtet war – und sie schien keinesfalls natürlich zu sein –, dann würde sie ihn zu einem ganz bestimmten Ort bringen.

Suche dir die Richtung aus, Fenton, befahl er sich grimmig, *und gehe einfach los, geh irgendwohin.*

Er ging los.

Und ging weiter.

Die riesige Sonne stieg am Himmel empor, und ringsum lag dichtes Schweigen, abgesehen von einem leisen Rascheln, als murmele das dornige Gras in einer nichtexistenten Brise, oder man konnte es auch mit dem Zirpen eines kleinen Insekts vergleichen. Er folgte der Mauer, die scheinbar von einem Nichts zum nächsten Nichts führte. Beim Gehen schien es, als würde selbst das Gras spärlicher, und es blieben nur Sand und die niedrige fürchterliche Mauer.

Die Straßenleute, die viel Erfahrung mit LSD und ähnlichen Drogen hatten, sagten, früher oder später bekäme man mit Sicherheit einen schlechten Trip. Nun, dachte Fenton, dann ist das eben ein schlechter Trip. Ein Horror-Trip. Auf der anderen Seite sagten Leute, die legitim mit LSD experimentiert hatten, daß die meisten schlechten Trips aus ungelösten neurotischen Konflikten resultierten oder aus unreinem oder verseuchtem Acid. Das würde zumindest den Unterschied zwischen seinen legitimen Trips und diesem erklären. Das Antaril stammte von einem Straßendealer und war möglicherweise mit Gott weiß was versetzt.

Nun, es hatte keinen Zweck, darüber Tränen zu vergießen. Niemand hatte ihn gezwungen, herzukommen. Garnock und Sally hatten ihn sogar beide gewarnt.

Fenton verspürte eine plötzliche krampfhafte Furcht. War dies der Beweis, daß die Welt der Alfar nie existiert hatte, daß sie nur in seinem Kopf lag und nun, wo er es illegal probierte, bestrafte ihn sein Verstand mit einem schlechten Trip und mit der Verbannung aus der Phantasiewelt, die er sich errichtet hatte, um seine emotionalen Bedürfnisse zu befriedigen?

Das würde er nicht eher akzeptieren, bis er es mußte. Verdammt, er war Wissenschaftler, kein Hippie, der ausflippte. Wenn dieses Erleben die Möglichkeit war zu beweisen, ob diese Welt echt war oder nicht, dann würde er das akzeptieren. So weit er sehen konnte, war das schlimmste an diesem Trip, daß alles so langweilig war. Es hätte viel schlimmer werden können. Er hätte in den vulkanischen Höhlen der Eisenwesen landen können.

Er schleppte sich unter der orangenefarbenen Sonne her, und

auch wenn er wußte, daß sein Körper sicher auf dem Boden seiner Wohnung lag, litt er unter der Hitze und grollte bei sich; er stolperte weiter, hartnäckig der Mauer folgend, die sich immer weiter zog, hörte nichts anderes als das trockene Rascheln und Zirpen im Gras. Es schien nun, daß es an- und abschwoll wie fernes Gerede, gerade innerhalb der Hörweite. Plötzlich spürte er ein Kitzeln zwischen den Schulterblättern, ein Gefühl, das er sein ganzes Leben gekannt hatte und erst begriff, als er sich mit Parapsychologie befaßte. Er wußte, was es bedeutete.

Jemand beobachtete ihn.

Fenton wirbelte herum, erwartete fast, jemanden zuvor Unsichtbaren dort stehen zu sehen.

Aber nichts, nur das schattenlose Licht, die Wüste und das Gras streckten sich vor ihm aus, konturenlos, leer, nur die unendliche Mauer. Fenton sah einen flüchtigen Zipfel Bewegung am Rand des Sehfeldes, als sei etwas rasch außer Sicht gehuscht. Er kam sich albern vor, als er fragte: »Ist da jemand?«

Keine Antwort.

Natürlich erfolgte keine Antwort. Es gab niemanden in dieser gottverlassenen Wildnis, der antworten konnte, niemanden außer ihm selbst. Und auch das war ein strittiger Punkt, dachte er, da sein Körper doch in seiner Wohnung lag.

Er ging weiter.

Er ging, aber er gelangte nirgendwo hin und ging immer weiter ohne das geringste Anzeichen, daß er irgendwohin gelangte oder von irgendwoher kam. Die Große Mauer in China, dachte Fenton, war nichts, verglichen mit dieser hier. Immerhin hatte die in China noch einen vernünftigen Zweck gehabt. Die Chinesen hatten zuviel Verstand, um eine Mauer wie diese zu bauen, die nirgendwohin führte, nirgendwoher kam, und das umgebende Gebiet war auf beiden Seiten exakt gleich. Fenton spürte wieder das Kitzeln im Rücken. Er ignorierte es so lange er konnte, fühlte sich wie ein Narr, sich umzudrehen und nichts zu sehen als die nackte Wüste – aber schließlich wurde es zuviel, und er drehte sich um.

Nichts. Natürlich nichts.

Laut sagte er: »Niemand beobachtet mich.«

Aber wo war niemand? Das erinnerte ihn an die griechische Legende von Odysseus, wo der kluge Held dem Zyklopen seinen Namen als Niemand angab. Und als Odysseus ihm das Auge ausstieß, brüllte der Zyklop: »Niemand bringt mich um!« und seine Freunde und Verwandten riefen zurück: »Wenn dich niemand umbringt, warum machst du dann so einen fürchterlichen Lärm?« und gingen weiter ihrer Wege.

Nun, niemand beobachtete ihn, aber er wünschte sich doch, niemand mal zu Gesicht zu bekommen.

Gestern abend, da traf ich
den kleinen Mann, der war nicht da
er war auch heute nicht da
Aber ich wünschte, er wäre fort.

Fenton schleppte sich weiter, stundenlang, durch das, was eine ziemliche Überdosierung von Antaril gewesen sein mußte, gequält von der Hitze und einem Gefühl, daß ihn jemand beobachtete.

Aber ihn beobachtete niemand außer der Mauer, und während er an ein altes Sprichwort dachte, daß die Mauern zuweilen Ohren haben, hatte er aber noch nie gehört, daß eine Mauer Augen haben sollte. Er dachte daran, kräftig gegen die Mauer zu treten. Wenn es eine mit Augen war, dann würde sie in der Manier wie bei Alice im Wunderland fragen: »Warum hast du das getan?« Immerhin könnte er sich dann mit jemandem unterhalten.

Er holte auch wirklich mit dem Fuß aus, um diese Theorie auszuprobieren. Dann stellte er ihn wieder auf den Boden und merkte, daß er zitterte. Er wußte nicht, was ihm am meisten Angst machte, der Gedanke, daß die Mauer wirklich antworten könnte oder die Angst, sie täte es nicht.

Eigentlich möchte ich es lieber nicht wissen. Er fragte sich vage, warum er sich nicht setzte oder hinlegte, um diesen entsetzlichen langweiligen Trip abzuwarten, bis das Antaril schwand und er sich wieder in seinem Körper fand.

Tat er aber nicht. Er schleppte sich hartnäckig weiter, sagte sich, wenn er nur lange genug ging, würde er irgendwohin gelangen.

Weil er, wie die Hippies sagten, im wirklichen Nirgendwo war.

Beim Weitergehen hörte er entfernt durch das stumpfe, schneidende Geräusch der unsichtbaren Grillen im dornigen Gras einen fernen Laut. Er konnte ihn nicht ausmachen, nicht identifizieren. Langsam wurde es zu einem dumpfen Hämmern, dem Geräusch einer großen Maschine. Fenton stolperte und fiel wieder hin, und er hatte den deutlichen Eindruck, daß sich die Erde unter ihm aufgeworfen hatte. Das hatte ihm noch gefehlt, daß sich der Boden unter seinen Füßen langweilte und ein wenig streckte . . .

Er stand wieder auf. Jetzt hörte er deutlich etwas, und es war deutlich ein Maschinendröhnen, aber immer noch konnte er nichts sehen, außer der Wüste und dieser verdammten Mauer.

Es wurde schlimmer. Vor ihm warf sich die Erde auf und grollte wieder, und ein großer Höhleneingang öffnete sich.

Fenton wich zurück, blickte in die Dunkelheit, und unvermittelt raste eine große Horde Eisenwesen aus der Höhle und kreischend und brabbelnd auf Fenton zu.

Er blieb erstarrt, zitternd, fast gelähmt stehen. Er hätte sich denken können, daß die ekelhaften kleinen Kreaturen sich in einer Landschaft wie dieser zu Hause fühlen würden. Und jetzt rannten sie direkt auf ihn zu, und vermutlich würde er als nächstes von diesen schrecklichen Messern zerfetzt.

»Schnell«, sagte eine rauhe, barsche Stimme. »Hier herein!«

Unter seinen Füßen verschob sich die Erde, bewegte sich, wölbte sich und donnerte, und neben der Mauer öffnete sich ein breiter Spalt. Ohne nachzudenken, duckte sich Fenton in die sich bildende Höhle. Erst danach fand er andere Gedanken. Diese hier war wahrscheinlich bis zum Rand mit Eisenwesen voll. Doch als er herumwirbelte, um schneller hinaus- als hereinzugelangen, war das rötlichorange Licht verschwunden, und er befand sich in totaler Dunkelheit.

Die Höhle hatte sich geschlossen.

14

Fenton blieb in der entsetzlichen Hitze stehen, unfähig, sogar die Hand vor Augen zu sehen, und plötzlich brach Panik in ihm aus. Unter der Erde, umgeben von natürlichen Felsen – wenn er jetzt zu schwinden begann, war er dann hier gefangen?

Ist das meine persönliche Neurose: Alpträume, gefangen zu sein? Beim letzten Mal war es die Felsenfestung . . .

Laut sagte er: »Ist da jemand?«

»Hier ist einer«, antwortete die rauhe, grobe Stimme, die ihn in die Höhle gelockt hatte. »Keine Rettung vor haarigen Schwärmern Frage? Nicht gut, Schwärmer sehen und verstecken, Frage? Aber diese Umgebung ist – Schatten. Erklären, warum eindringen keine Genehmigung. Und Schatten aus Mittelwelt kommt ohne Einladung . . . höfliche Bitte stillstehen«, knarrte die rauhe Stimme, als Fenton von einem Bein aufs andere trat. »Man weiß, daß Eindringling ist Schatten, aber kleine Dinge nicht wissen. Haben Angst vor Eindringling.«

Fenton erstarrte, wußte nicht, welche Art von ›kleinen Dingen‹ Angst vor seinen Füßen haben konnte, was für kleine Dinger sich wohl in der Dunkelheit verbargen. War dies die Welt der Eisenwesen, aus der sie gekommen waren?

Nein, in dieser merkwürdigen Sprache hatte die unsichtbare Stimme angedeutet, daß die Schwärmer nicht um Erlaubnis gebeten hatten, als sie hergekommen waren. Vermutlich war das, was er als Stimme vernahm, eine Reihe von Gedanken, die nur unvollständig in Fentons eigene Sprache übersetzt werden konnten, nur eine mühsam übertragene Reihe von Gedanken. Aber die fremde Präsenz, was immer es auch war, schien ihm nicht schaden zu wollen – oder hätte sie ihn sonst vor den Eisenwesen hereingebeten?

Laut fragte er: »Wer bist du?«

»Man ist hier«, antwortete die knarrende Stimme im Dunkeln.

»Nicht kennen Antworten, Eindringlinge aus Mittelwelt immer nennen Präsenz in Begriff von Identität.«

Fenton rätselte darüber nach, erinnerte sich an Alice im Wunderland, wo Dinge keine Namen hatten, und jetzt merkte er, was ihm dabei unangenehm aufgefallen war, daß die erwähnten Dinge Begriffe von Namen hatten und sich ihres Mangels bewußt waren. Jetzt schien er auf eine Präsenz zu treffen, die nicht nur keinen Namen hatte, sondern sich auch nichts unter einem Namen vorstellen konnte, so daß die Frage »Wer bist du?« nur ein vages Unbehagen angesichts der fremden Identität hervorrief.

Wie in dieser Welt – jeder Welt – konnte er mit einer Präsenz kommunizieren, die keinen Begriff von individuellen Namen hatte? Nun, er hatte einmal von einer Sprache ohne Substantive gehört, zumindest war diese hier nicht so fremd. Die Schwärmer – das war recht offensichtlich – hießen bei ihnen die Eisenwesen. Ihn selbst hatte man als den ›Eindringling‹ bezeichnet. Vorsichtig begann er, sich in die Art und Weise einzudenken, wie das unsichtbare Wesen gesprochen hatte. »Dieser Eindringling bedauert Eindringen und wollte nicht hierher, sondern anderswo. Ich weiß nicht . . .« Hölle, sie hatten auch keinen Begriff von persönlicher Identität. »Dieser Eindringling bedauert, die kleinen Dinger zu stören, war sich ihrer Gegenwart nicht bewußt. Ich wußte nicht . . .« Wieder korrigierte er sich: Sprachgewohnheiten hatten sicher einen großen Einfluß auf Sprechen und Denken. »Dieser Eindringling war sich keiner anderen Präsenz bewußt außer der Mauer und dem . . . was in der Dunkelheit spricht.«

Zu seinen Füßen hörte er ein sonderbares Scharren und Zittern; eigentlich hörte es sich wie winzige Krallen auf Stein an. Aber Fenton blieb still stehen. Er war sich bewußt, falls er die kleinen Kriechwesen, die zu diesem Augenblick zumindest guten Willen zu zeigen schienen, verletzen würde, daß sie unvermittelt diese sich plötzlich öffnende Zuflucht um ihn schließen und ihn vermutlich ersticken konnten. Er stand still und hörte das Quietschen und Scharren wie eine undeutliche Konversation.

Die knarrende Stimme sagte: »Man ist sich der Unterscheidungen des Eindringlings nicht bewußt. Man ist Mauer, und man ist auch kleine Wesen, aber kennen nicht Unterschied von Eindringling, wissen, daß Eindringling nicht selbst ist. Frage: Eindringling gehört nicht zu haarigen Dingern?«

»Nein«, sagte Fenton nachdrücklich. »Ist Eindringling nicht.«

»Frage: Dann ist Eindringling anders und bitte Andersheit erklären?«

Nun, dachte Fenton, das klang vernünftig – aber auch unmöglich. Er vergaß seinen Versuch, in verständlichen Begriffen zu der Stimme im Dunkeln zu sprechen, und sagte: »Nicht möglich. Ich weiß nicht, wo ich bin oder wie ich hierhergekommen bin statt an den Ort, zu dem ich wollte. Und ich kann dich nicht sehen, daher weiß ich nicht, wer du bist.«

Darauf folgte längeres Schweigen, als versuche die Präsenz im Dunkeln mühsam, Fentons fremde Begriffe zu erraten. Nun, dachte Fenton, besser er versucht, es herauszufinden und weiß dann, was ich wirklich denke, als daß ich versuche, in seinen Gedanken zu sprechen und vielleicht einen falschen Eindruck zu geben.

Schließlich ertönte die rauhe Stimme wieder. Sie klang klagend und ein wenig frustriert.

»Frage: Dieser Eindringling kommt aus Umgebung, wo Farbe ist und Sonne?«

Fenton glaubte, daß man ihn fragte, ob er besser im Licht sehen könnte.

»Aber ja«, antwortete er. Nach einer Minute öffnete sich irgendwo ein Spalt, und das stumpforange, schattenlose Licht drang herein. Langsam wurde sich Fenton bei zunehmender Helligkeit bewußt, daß Höhlenwände um ihn aufragten und unter ihm eine Reihe kleiner, raschelnder vielbeiniger Wesen wie kleine orange Einsiedlerkrebse oder Panzerspinnen lagen.

»Frage: Grund für Eindringling hier zu sein, wenn nicht beabsichtigt?«

Fenton runzelte die Stirn, und sein Verstand wich zurück vor dem Versuch, die fremden Diemsionen und vielen Welten dieser unsichtbaren Präsenz zu erklären. Er dachte inzwischen, die Felswände selbst wären es, die redeten. Er konnte nur antworten: »Nicht wissen.«

Vermutlich ergab das einen Sinn. Er hatte sich mit den Alfar verständigen können, weil sie, obwohl nicht menschlich, aber dennoch menschenähnliche Sprechorgane hatten. Pentarn allerdings war, so weit er es beurteilen konnte, ein Mensch. Aber warum sollte Fenton annehmen, daß alle Welten von Wesen bevölkert wurden, die menschenähnlich waren? Hier war er in einer Welt, wo sich Intelligenz bis auf den Boden unter seinen Füßen erstreckte. War es das, was man Erdelement nannte? Nun, auch da konnte es Schlimmeres geben; wenn er nun auf einen Vulkan stieße, und der könnte auch reden? Immerhin war diese »Präsenz« gutmütig und recht langsam in Denken und Sprechen – wenn sie auch schnell genug gewesen war, die Höhle zu öffnen, um ihn vor den Eisenwesen zu verbergen.

Er sagte: »Frage:«, und merkte, daß er auf seine Weise die Kommunikationsform des anderen Wesens imitierte, »der, mit dem ich rede – gehört nicht zu den haarigen Wesen?«

»Aber überhaupt nicht«, sagte die Stimme, die er nun für ein Erdelement hielt. »Man fühlt Wut und Abscheu, was Eindringling vermutlich nicht als Beleidigung nimmt. Sicher haben haarige Dinge keinen Teil Identität mit Eindringling. Frage: Eindringling auch angeekelt von haarigen Dingern?«

»Definitiv ja«, erwiderte Fenton und merkte vage, daß er sich mit einer fremden Präsenz unterhielt und sogar die erste Übereinstimmung festzustellen war.

»Willkommen Zustimmung mit Eindringling. Staunen und Fragen, ob Eindringling anderswohin will und nicht unmittelbare Umgebung?«

»Was ich wollte«, antwortete Fenton, »war, in die Welt der Alfar zu gelangen.« Und danach fragte er sich, ob er gerade wieder die Kommunikation verschlechtert hatte. *Ich würde gern sehen, mit wem ich rede,* dachte er, und nach einem Augenblick merkte er, daß er die Worte laut gesprochen hatte.

»Nett sein zu Eindringling, der verwirrt, macht Austausch von Gedanken leichter«, rumpelte die Stimme, und nach einem Augenblick begann sich in der Dämmerung ein Teil der Felsenwand zu wölben und nach außen zu drücken; es kräuselte sich auf, und dann ähnelte es ein wenig der Mauer, der Fenton gefolgt war. Aber nun fragte er sich, wer wem gefolgt war, hatte der Boden unter seinen Füßen, der offensichtlich Teil des Elements war, sich ausgedehnt, um Cam zu folgen? Erfuhr er Zeit so anders, daß der lange Marsch entlang der Mauer gleichzeitig stattgefunden hatte? Cam griff sich an den Kopf, verspürte Schmerzen. Er fragte sich, ob er sich irgendwie eine Aspirin gedanklich in die Tasche zaubern konnte. Langsam bewegte sich die Felswand, streckte sich, formte sich zu einer niedrigen, stumpfen Gestalt mit zwei kurzen knubbligen Beinen und einer

Art Gesicht, Augen, die schwach leuchteten – lichtsensitive Reflektoren vielleicht? – und ein paar dicken Lippen. Das Element hatte die Nase vergessen. Natürlich; es brauchte nicht zu atmen oder zu riechen.

»Stelle Eindringling vertraute Form vor« bemerkte der kleine Steinmund mit offensichtlicher Befriedigung, und Fenton zwinkerte mit den Augen und merkte, daß er vermutlich diesem Steinwesen so erschien: Eigenständig, auf zwei Beinen sich bewegend, mit zwei Armen, einem Mund und Augen, alles in dem Kopf. Für ihn sah das Felselement aus wie nichts anderes auf der Erde. Aber sie waren schließlich nicht auf der Erde. Oder doch? Irgendwie war das eine humanoide Illusion, und vermutlich konnte man es . . . Zwerg nennen? Ja, vor ihm stand ein Gnom, in einer Gestalt, die man offensichtlich für angemessen hielt, um sich so den Menschen zu präsentieren.

»Gnom«, sagte er laut, und das Ding vor ihm trat auf ein knubbliges Bein; der Boden selbst schien zu zittern, als bewege er sich selbst.

»Man genannt so. Nicht nun Zeit«, antwortete der Gnom. »Lange erinnert. Frage: Eindringling ist von Ort, wo selbst nicht und Stein nicht sprechen?«

»Genau«, antwortete Fenton. »Wo ich herkomme, reden die Steine nicht.«

»Mitleid«, antwortete der Gnom. »Mitleid für andere für solches Unglück.« Es tat einen weiteren holperigen Schritt, und die Arme der krabbelnden Dinger unter ihm bewegten sich wie Wasser, er hob sich, und es gelang ihnen, dem Schritt auszuweichen; der Gnom war auch Teil von ihnen, merkte Fenton. »Vorschlag: Haarige Dinger haben nun Ekelhaftigkeit anderswo getragen, Eindringling zieht vor, sich Sonne zu stellen?«

»Fein«, sagte Fenton, und der Gnom tat einen gewaltigen Schritt auf den Lichtschlitz zu, der sich dabei erweiterte. Und dann waren sie draußen im orangenen Sonnenschein. Fenton merkte, daß das struppige Gras nicht unter dem Gewicht des Gnoms abknickte, sondern um seine Füße zu fließen schien, wie es die kleine Armee aus Spinnenwesen in der Höhle getan hatte. Natürlich, der Gnom ist auch Teil von ihnen und fühlt sich absolut eins.

Die Mauer, merkte Fenton nebenbei, war fort. Auch sie war offensichtlich Teil des Gnoms gewesen.

Beim Gehen streckte der Zwerg einen seiner knubbligen Auswüchse vor, wo Fenton ansonsten eine Hand erwartet hätte, und der Zwerg schien von Fenton zu erwarten, daß er diese Art Hand ergriff.

Dabei wuchsen aus der Hand so etwas wie Finger und ein Daumen, und Fenton, überrascht über sich, nahm die dunkle klumpige Hand in die seine. Sie fühlte sich nicht kalt an wie Stein, sondern sonnengewärmt und fest, eher wie die harte Schale oder das Horn eines Tieres. Der Gnom ging neben Fenton her, paßte allmählich seinen Schritt an, bis beide exakt im Gleichschritt gingen; das beunruhigte Fenton zunächst, aber dann merkte er, daß der Gnom daran gewöhnt war, sich an alles in der Welt anzupassen, weil er praktisch Teil von allem war und sich unwohl fühlte – sofern sich Stein unbehaglich fühlen konnte –, wenn etwas anders war. Fenton war für die Freundlichkeit des Gnoms dankbar. Das Steinwesen hätte ihn ja auch unendlich im Dunkeln lassen können.

Von den harten warmen dicken Fingern spürte Fenton, daß eine Wärme ausging, eine Wärme der Sonne, das Fließen des kurzen Grases unter seinen Füßen, das ferne Zirpen und die Geräusche, die sich fast wie Sprechen anhörten. Erst jetzt begriff er, daß man von besänftigender Wärme redete – Fenton merkte, wie ihm die Hitze plötzlich nicht mehr zu schaffen machte; alles ringsumher schien – da nun die Eisenwesen ihre störende Präsenz woanders hingetragen hatten – langsame, träge Zufriedenheit auszustrahlen.

Der Gnom murmelte: »Frage: Warum den besten Ort verlassen, warum anders sein wollen, als in Wärme und Sonne und Glück hier?«

Das, dachte Fenton, war eine verdammt gute Frage. Warum sollte er überhaupt irgendwo anders hin wollen? Die Versuchung war fast zu stark, sich in die Wärme fallen zu lassen wie ein Stein, hinein in die Sonne, Hitze und Ruhe aufzusaugen, mit den sanften Lauten des Grillenzirpens und aller kleinen Lebewesen, warum gehen, warum Unzufriedenheit in der Sonne . . .? Er spürte, wie er allmählich in die Knie sank, als schmelze er in den umgebenden Boden.

Schockiert empfand Fenton, was geschah: Er begann zu denken wie der Stein, um den Gnom zufriedenzustellen, indem er sich in seine bequeme Haltung fallen ließ. Hier zufrieden liegen wie ein Stein; zufrieden, wie die Zeit verging, nicht mehr weiter gehen zu müssen . . .

Er schüttelte in plötzlicher Entschiedenheit den Kopf, mühte sich auf die Füße, zerrte die Hand aus der des Gnoms. Das kleine Steinwesen sah ihn an mit einem Ausdruck, der Fenton wie verletzt schien auf den amorphen und formlosen Zügen.

»Frage: Warum zeigt Eindringling Anderssein? Frage: Warum unglücklich hier?«

Anderssein. Das mußte er sich merken. Und dennoch fühlte Fenton dem Gnom gegenüber nur Freundlichkeit. Er mühte sich um Worte, die dieser verstehen konnte.

»Glücklich hier. Sicher, genießen Sonne und Wärme und Gesellschaft von Steinwesen. Aber . . . aber nicht meine Welt. Angst, haarige Dinger verletzten Freunde, Leute in anderer Welt, Leute, die ich liebe. Muß gehen und gegen haarige Dinger kämpfen, anderen Menschen sagen, sie kommen.«

Der Steinkörper des Gnoms schien sich zu kräuseln und zu wellen wie Wasser. Die belegte Stimme knarrte: »Verstehen. Andere Welt leben. Muß andere Welt gehen. Dieser zeigen. Folgen.«

Die menschliche Form kräuselte sich wieder zu Stein, einem Haufen, Brocken . . . nein, jetzt war es dick und lag und kroch wie eine dicke Eidechse. Doch die Stimme war immer noch die besorgte, knarrige, freundliche Stimme des Zwerges. Fenton begriff; die Gleichheit des Steins, die Metamorphose, wie Fenton zu sein, aber nicht wirklich Fenton, war zu verlockend gewesen. Auf jeden Fall mußte er das Gefühl von Anderssein bewahren, sonst würde er hier gefangen. Er folgte der Eidechse, die nun wie ein Steindrachen schien und sich durch die Sandwüste schlängelte.

Irgend etwas, das er vor vielen Jahren gelesen hatte, durchblitzte seine Gedanken: Elementare Kontakte sind für Menschen gefährlich . . .

Es war wieder heiß, und er fühlte sich klebrig und unbehaglich, aber er war froh darüber. Es bedeutete, daß er weniger in Gefahr stand, es weniger wahrscheinlich war, in die gemütliche Welt des elementaren Steins zu versinken. Er schleppte sich hinter den Schlangenbewegungen des Gnoms her.

Dann sah er einen fernen Schimmer, farblos, wellig, instabil wie Wasser über einer brennenden Wüste, wie die Bilder, die er in der Mohave gesehen hatte. Wasser oder eine Fata Morgana? Wieder und wieder löste es sich auf, wenn sie näherkamen und der Gnom mit Drachenflügeln darauf zuhüpfte, doch dann schien es sich irgendwie zu verfestigen, zur fahlen Wand aus Nichts über dem brennenden Sand zu werden. Die Eidechsengestalt des Gnoms richtete sich auf, streckte Arme und Beine aus und das knubblige Gesicht vor.

»Frage: Nicht an Ort der haarigen Dinger gehen?«

»Ausdrücklich nicht«, antwortete Fenton. Er wußte nicht, wie die Welt der Eisenwesen war, aber er war absolut sicher, daß er es nicht herausfinden wollte.

»Was wollen, Sonnenwelten, Welt der Wasserwesen, was wollen?«

»Die Alfar«, sagte Fenton ohne große Hoffnung, und das knubblige Steingesicht des Gnoms kräuselte sich zu einem erstaunten Ausdruck, dann Verständnis.

»Welt, wo tanzen in Licht, Baumwelten scheinen?« fragte er und streckte wieder die knorrige Hand aus. »Haarige Dinger kommen, nehmen Juwelenlicht aus Mauern aus der Sonne, hoffen, wenn Tore offen für sie in anderer Welt, nur verrottete Wurzeln finden. Trauern nun über Trennung, aber Tore öffnen und müssen gehen. Frage: Will Eindringling wiederkommen, um Stein in Sonne sein, wenn dieser teilt?«

Fenton sagte: »Ich hoffe es.« Er spürte kaum die Berührung der harten warmen Finger des Steins, während sich die Welt unter ihm bewegte und schwankte, mit einer unmerklichen Veränderung des Lichts vor seinen Augen. Einen Moment lang wurde ihm schwindlig, und er dachte, er sähe eine schimmernde Wand, Häuser, Dunkelheit, dann das bewegliche Gleiten der Welt unter seinen Füßen, und er stand in schwachem, dunstigen Sonnenschein mitten in einem Kreis weißfedriger Bäume in der Welt der Alfar.

Der Hain war verlassen. Er kannte die Landschaft nicht gut genug, um zu erkennen, ob es der gleiche Baumkreis wie zuvor war, der mit dem Eukalyptushain in seiner Welt übereinstimmte. Aber gewiß sah er genau so aus. Den Kreis aus Dornbüschen, der beim letzten Mal dort gewesen war, um das Tor gegen die Eisenwesen zu schließen, gab es dieses Mal nicht. Zum ersten Mal sah er die Welt der Alfar in der Sonne; er hatte sie im Schnee, in Dunkelheit und Mondschein gesehen, aber nun war sie durch dunstige Helle beschienen. Dennoch konnte er nirgendwo eine Sonne sehen. Der Himmel war überall gleichmäßig scheinend, ohne irgendeine Spur von Blau, und wenn das Licht dem Sonnenschein auch nicht unähnlich war, dann war es doch nicht von der Sonne.

Er war hier zuvor schon gewesen; Irielle hatte ihn einmal hierher gebracht und gesagt, es sei eine gute Stelle. Aber hier hatte er auch sich abgemüht, durch die Dornen zu kommen, die man gezaubert hatte, um die Eisenwesen abzuhalten.

Immerhin gab es hier nun keine Eisenwesen. Fenton atmete auf vor Erleichterung. Ihm wurde klar, daß er unbewußt überall diese Wesen zu treffen fürchtete. Offensichtlich waren sie, als er ihnen in der Gnomwelt begegnete, unterwegs zu einem anderen Ort gewesen. Schade, daß der Gnom sie nicht einfach in einem Stein eingeschlossen hatte, dann wäre man sie für immer losgeworden.

Der Hain lag verlassen in dem stillen, dunstigen Licht. Vielleicht konnte er von hier seinen Weg zum Palast finden . . . wenn sich die Landschaft nicht allzu sehr verändert hatte, seit er zuletzt in der Welt der Alfar war. Und falls der Palast gefunden werden wollte . . . Der Palast . . . oder war es Kerridis, die entschied, ob man den Palast finden konnte oder nicht? Wenn es von Findhal abhing, dann war er verdammt sicher, ihn niemals wiederzufinden.

Am anderen Ende des Hains hörte er sanfte Stimmen. Nicht das hohe, singende Tirilieren der Alfar, sondern Stimmen, die zwar leise und melodisch klangen, aber unzweideutig menschlich waren. Leise ging Fenton auf sie zu, humpelnd, fühlte in seinen Beinen die gleichen schmerzhaften Krämpfe wie beim letzten Mal, die ein Zeichen von Gefahr gewesen waren. Er fragte sich, wieviel Zeit er insgesamt schon verschwendet hatte in der Welt des Gnoms . . . wenn es das auch vermutlich wert gewesen war; er hatte zumindest etwas über die Unzuverlässigkeit von Antaril in Pillenform gelernt. Vielleicht war die Zeit überhaupt nicht vergeudet. Fenton bückte sich, rieb seine Wade, bis er mit dem Bein wieder auftreten konnte, und ging auf die Stimmen zu.

Dann zuckte er zusammen und wich zurück, denn in den Tiefen des Haines hatte er ein Liebespaar überrascht; ein Mann und eine Frau standen halb verborgen hinter einem Baumstamm, in einer so intensiven Umarmung, so selbstvergessen, daß keiner von beiden Fenton gehört oder gesehen hatte.

Er begann automatisch, mit der Höflichkeit, die Teil seiner Welt war, sich leise zurückzuziehen, aber so leise er sich auch bewegt hatte, hatten sie ihn doch gehört, und der junge Mann hob in einer raschen Bewegung den Kopf und zeigte ein dunkles, schwach vertrautes Gesicht. Die Frau drehte sich um, und Fenton schnappte verärgert nach Luft: Die Frau war Irielle!

Einen Moment spürte Fenton Wut in sich hochsteigen, aus dem Gefühl des Betrogenseins heraus, spürte, daß er in der Wut ertrinken würde. Irielle gehörte ihm, sie war der Hauptgrund für seine Besuche in dieser Welt . . . doch dann allmählich filterte sich wieder Vernunft in sein Hirn. Er hatte absolut keinen Grund zu der Annahme, daß Irielles Gefühle für ihn mehr waren als Freundlichkeit und menschliches Mitgefühl.

Und sie ist ohnehin meine Großtante oder so etwas . . .

Der junge Mann trat einen Schritt von Irielle zurück und zog sie in einer arroganten, beschützenden Bewegung hinter sich.

»Warum spionierst du uns hier nach?« rief er. »Hast du wirklich geglaubt, ich würde dich in dieser Verkleidung nicht erkennen, oder in jeder anderen? Du schreckst auch vor nichts zurück. Ich will nichts von dir. Warum läßt du mich nicht mein eigenes Leben leben?«

Es war die Verärgerung eines jungen Mannes zu jeder Zeit und in allen Welten, und während Fenton den Irrtum des jungen Mannes erkannte, und wer er sein mußte, zog der Junge einen Dolch aus dem Gürtel und rannte auf ihn zu.

»Fort mit dir! Das ist ein Vrill, und er kann deinem Leben in dieser Welt und in allen anderen ein Ende setzen . . .«

Irielle fing ihn um die Hüfte. »Nein, Joel!« rief sie. »Du machst einen Fehler. Das ist nicht Pentarn . . .«

Der Junge blieb stehen, den Dolch bereits zum Schlag erhoben, und das gab Fenton Zeit, mit einer schnellen, linkischen Bewegung auszuweichen. Joel starrte den älteren Mann an und sagte schließlich: »Chaos und Eisen, wer bist du?«

»Mein Name ist Fenton. Ich habe deinen Vater kennengelernt«, sagte Fenton. »Er sagte, ich sei sein . . .« Er stolperte über das von Pentarn benutzte Wort. ». . . seine Analogie. Wenn dir das einen Trost bedeutet . . .« fügte er hinzu. »Mir gefällt er ebenso wenig wie dir.«

Joel Tarnsson nickte kurz. Dann sagte er: »Natürlich. Keiner kann ihn leiden.« Fenton erkannte eine gewisse Ähnlichkeit. Das Gesicht des Sohnes war das Gesicht, das er in seinem eigenen Spiegel vor fünfzehn Jahren gesehen hatte. Unbeholfen steckte Tarnsson den Dolch zurück in den Gürtel.

»Ich schulde dir eine Abbitte. Irielle hat mir von dir erzählt, aber als du uns so überrascht hast, konnte ich nicht klar denken.

Irielle kam auf ihn zu. Blaß wie sie sonst immer war, konnte er sehen, wie sie errötete.

»Aber du bist immer noch ein Zwischenmensch«, sagte sie überrascht. »Ich dachte . . . du hättest den Talisman . . .«

Fenton schüttelte den Kopf, und sie fragte ängstlich: »Du konntest ihn nicht in die Welt mit hinübernehmen?«

»Oh, doch, das ging gut«, erwiderte Fenton. »Aber man hat ihn mir abgenommen. Der Mann, der mich anfangs in diese Welt geschickt hatte, nahm ihn an sich.«

Irielle war verärgert. »Wie konnte er es wagen? Hat der Bursche gedacht, er könnte ihn für sich selbst benutzen?«

Fenton dachte: *Ich wünschte mir ja nur, daß Garnock ihn ausprobiert. Ich könnte ihn vielleicht überzeugen!* Wie konnte er Irielle erklären, daß Garnock den Talisman nur in eine Ausstellungsvitrine legen wollte? Das ergab keinen Sinn. Er sagte: »Ich weiß nicht, was er damit machen will.«

Irielle sagte zuversichtlich: »Wichtig ist, daß es dir gelungen ist, irgendwie hierherzukommen.« Sie sah ihn an und schüttelte verärgert den Kopf. »Du siehst aus, als seist du durch die Dornenwüste gekommen. War es sehr schwierig?«

Fenton wußte nicht, wo oder was die Dornenwüste war, aber er war davon überzeugt, daß sie nicht viel schlimmer als die kahle Welt der Steinelemente war. Aber als er sich erinnerte, wie er eine Zeitlang mit der Sonne und Wärme zufrieden verschmolzen gewesen war, dachte er, daß es schlimmere Welten geben konnte. Er hoffte inbrünstig, daß er sie niemals besuchen müßte. »Ich habe mich eine Weile in einer Welt verloren, wo es nur einen Stein und eine Mauer gab. Es ist nicht wichtig.«

»Warum bist du hergekommen?« fragte Joel, wiederum mißtrauisch, und Fenton merkte, er wußte es nicht, er war sich nicht sicher. Er hatte sich beweisen wollen, daß es einen solchen Ort wie diesen gab, aber das konnte er Joel nicht erzählen.

»Mein Pflegevater wird wütend sein«, sagte Irielle. »Er sagte, er hoffe, wir hätten dich zum letzten Mal gesehen. Ich kann mir nicht denken, warum er dir nicht traut.« Ihr Gesicht zeigte hübsche Falten. Dann sagte sie: »Irgendwie müssen wir es so regeln, daß du richtig durch das Weltenhaus kommst, und ich weiß keinen Weg, wie wir das schaffen, außer durch Kerridis. Komm, wir müssen zu Kerridis gehen.«

Das paßte Fenton gut, aber Joel hatte Zweifel.

»Die Lady hat Befehl gegeben, sie nicht zu stören. Sie bereitet sich auf den Rat vor. Ich glaube, du solltest sie nicht stören, Irielle. Warum bringst du ihn nicht zu Findhal und versuchst, deinen Pflegevater zu Verstand zu bringen?«

»Er wird wütend sein«, antwortete Irielle praktisch, »und außerdem bereitet auch er sich auf den Rat vor. Wenn ich riskieren müßte, einen von beiden in Wut zu sehen, würde ich eher die Lady wütend machen, denn sie selbst hat gesagt, daß sie Fenton etwas für seine Dienste schuldet. Mein Vater tut das auch, wenn er es nur zugeben würde, aber er ist viel hartnäckiger als die Lady, und nicht halb so bereit zur Vernunft.«

»Er ist eher bereit, vernünftig zu sein als mein Vater«, sagte Joel, aber dann verstummte er, und Irielle streckte die Hand aus mit den schmalen, schlanken Fingern.

»Komm also, wir bringen dich zu Kerridis.«

Fenton beobachtete genau und versuchte, sich einige Zeichen in der Landschaft zu merken, wo er nun das Land im Sonnenlicht sah. Aber der zarte Dunst verhinderte, mehr zu sehen als vernebelte Umrisse, und der Dunst zog mit ihnen, ohne sich aufzulösen. In der Luft lagen Geräusche, die sich wie gedämpfte Unterwasserlaute anhörten, und als sie durch den großen Palast mit den säulenartigen Bäumen gingen, klang auch das ferne Singen der Alfar schwach, und niemand war zu sehen. Die grüne, neblige Fläche lag verlassen.

Irielle sah Fenton mitleidig an, als er sich wieder nach vorn beugte und die Waden rieb. »Du fängst schon wieder an zu schwinden«, sagte sie. »Soll ich dich zurückschicken, damit du richtig durch das Weltenhaus zurückkehren kannst?« Aber in schmerzhafter Entschlossenheit schüttelte Fenton den Kopf. Nach diesem Reinfall würde es eine lange Zeit dauern, bis er wieder das Risiko auf sich nehmen würde, das verdammte illegale Antaril zu nehmen. Er würde so lange bleiben, wie er konnte.

»Du kannst Kerridis nicht finden«, sagte Joel gereizt. »Ich habe dir doch gesagt, Irielle, sie ruht sich aus, sie bereitet sich auf den großen Rat vor und hat sich zweifelsohne unter einen Bann zurückgezogen, um nicht gefunden zu werden.«

»Ich weiß«, sagte Irielle stirnrunzelnd. »Aber ich weiß auch, daß ich es ihr begreiflich machen kann. Ich glaube, ich muß es riskieren . . .« Sie drehte sich um und blickte mit zusammengekniffenen Augen ins Nichts. Dann ließ sie Joels Hand los und sagte: »Geh zurück, Joel. Ich muß . . .«

Sie schrie auf, in einer hohen, melodischen Tonfolge in Alfarsprache, berührte den Ring an ihrem Finger und drehte sich dreimal auf der Stelle um. Wieder rief sie laut, und von den Worten verstand Fenton nur »Kerridis«.

Durch die Luft schwebte ein schwaches Schimmern, und plötzlich bewegte es sich leise unter ihren Füßen. Es schien, als sähen sie durch das schimmernde Licht in eine Art Zimmer aus grünem Moos, angefüllt mit grünlichem Licht wie unter Wasser. In der wabernden Helligkeit schien Kerridis Gesicht zu schweben, und zum ersten Mal war Fenton schockiert und ängstlich, als er den hellen Ernst dieses Gesichtes sah.

»Irielle, Kind«, sagte sie, und sie hört sich verstimmt an. »Ich erteilte Befehle! Wenn ich bei diesem Vollmond vor dem Rat stehe . . .«

»Es tut mir leid, Lady«, murmelte Irielle, »aber ich weiß sonst nicht, was tun. Es ist der Zwischenmensch, der, der in die Höhlen kam und uns später warnte, daß die Eisenwesen in den Blumenkreis eingebrochen waren; er ist hier, er schwindet und hat Schmerzen.«

»Dunkelheit und Ruin!« sagte Kerridis und seufzte hörbar, dann sagte sie: »Nun, da kann man nichts machen, Kind, daher bin ich nicht wütend, aber ich kann jetzt nicht mit Tarnsson sprechen. Das ist dein Problem und nicht meins. Was den Zwischenmenschen angeht . . .« Sie hob den Kopf und sah Fenton direkt an, als stünde sie ihm von Angesicht zu Angesicht gegenüber, und zum ersten Mal begriff Fenton die Legenden von Ehrfurcht und Schrecken, die das Feenvolk umgaben. Zuvor hatte er sie, auch wenn er von ihr als der Feenkönigin gesprochen hatte, immer als Frau angesehen, menschlich und daher niemand, vor dem man sich zu fürchten brauchte. Jetzt, wie auch, als er vor Findhal mit der großen Axt gestanden hatte, spürte er eine Art roher Macht, auf die ihn seine eigene Welt nicht vorbereitet hatte.

Dann sagte sie: »Zwischenmensch, ich bin nicht erzürnt über dich. Du kommst zu einer ungelegenen Zeit, aber ich weiß, du hast es dir nicht ausgesucht. Und die Kräfte über uns schicken uns die Dinge nach ihrem Willen und nicht dem unsrigen. Ich akzeptiere es als bedeutsam, daß du zu dieser Zeit gekommen bist, wenn ich beschäftigt bin und nicht weiß, wohin ich mich wenden soll, da selbst meine liebsten Räte mir eher als Feinde begegnen denn als Freunde. Irielle!«

»Lady . . .« flüsterte Irielle furchtsam.

Bislang hatte Kerridis zu Irielle immer wie eine nachsichtige Mutter ihrem Lieblingskind gesprochen; doch jetzt klang Macht in ihrer Stimme, und Irielle hatte Angst.

»Sorge dafür, daß ich nicht wieder gestört werde bis zum Rat, es sei denn, Chaos und Tod brechen über uns herein! Sorge bitte dafür!«

Die Worte klangen wie Peitschenhiebe, und Irielle flüsterte: »Ich werde gehorchen!«

»Zwischenmensch, komm«, sagte Kerridis und streckte die Hand aus. Fenton sah das Schimmern des funkelnden Diadems, und wie ihr Gesicht von der Hohen Krone beschattet wurde. Der Glanz wurde heller, der Boden unter seinen Füßen schwankte, und plötzlich war der neblige Sonnenschein verschwunden. Und er stand eingehüllt von grünem Licht, gefiltert durch moosige Schleier und einen Vorhang, der aussah wie herabfallendes Wasser, so daß Fenton kühle Gischt auf seiner ausgedörrten Stirn spürte.

Kerridis saß auf einer Bank aus samtigem Moos. Der Wasservorhang schien das Licht auf ihr Gesicht zu reflektieren, so daß es in hellen Schein gehüllt schien. Ihre Augen flammten wie Blitze. Fenton wich ein wenig zurück; sie sah es mit einem traurigen Lächeln.

»Ich sammele Kraft für den Rat, wo ich sie brauche, um meinen Freunden und Feinden entgegenzutreten«, sagte Kerridis. »Aber ich brauche sie nicht für dich, und ich hätte mich auch nicht Irielle gegenüber so zeigen sollen. Sie meint es so gut.« Langsam hob sie die Hand, die vor Edelsteinen zu blitzen schien, und nahm die große schmuckbeladene Krone vom Haupt. Das Licht schien zu schwinden und aus dem Gesicht zu verdämmern, als sie die

Krone beiseite legte, bis sie nur noch die schlanke Frau mit dem traurigen Gesicht in einem hellgrünen Gewand war, das in lockeren Falten um den Körper hing. Ihr Haar strömte nicht mehr unter dem Licht, sondern war blaß und fiel weich um das Gesicht. Sie seufzte und sagte: »Du bist erschöpft. Hier. Das ist Vrill. Das wird dir Erleichterung verschaffen.«

Seine Finger umschlossen einen winzigen Zylinder, und die krampfartigen Schmerzen ließen ein wenig nach. Sie winkte ihn zu sich, und er sank nieder wie auf ein weiches Bett aus Moos.

»Findhal hält dich für eine Gefahr«, sagte sie, »denn die Eisenwesen scheinen dir zu folgen. Aber es gab auch schon Eisenwesen, ehe du in diese Welt kamst, und wenn jemand sie hergebracht hat, dann war es Pentarn. Ich glaube nicht, daß du mit Pentarn im Bündnis stehst, um uns zu schaden.«

»Nein«, sagte Fenton, »ich habe Angst, weil die Eisenwesen auch in meine Welt gekommen sind, und mir glaubt keiner.«

Ihr Lächeln war schwach. »Ich glaube, wir alle würden lieber nicht an die Eisenwesen glauben, wenn es nur irgend etwas nützte, einfach an ihr Verschwinden zu glauben. Es gibt vielleicht Welten, in denen sie willkommen sind, und ich wünschte, sie würden dort bleiben. Findhal hat insoweit recht, daß wir alle Kräfte zu unserer Verteidigung aufbieten müssen und uns der Hilfe aller Welten versichern, die wir kennen. Ich glaube, Pentarn hat die Eisenwesen ermutigt, uns zum Hauptziel ihrer Angriffe zu machen, und sie stehen dieser Idee begeistert gegenüber, denn sie mögen unsere Tiere und sehen uns als leichte Beute.« Schauder überflog die lebendigen Züge. »Sie haben Angst vor unseren Vrillschwertern, wie wir die Eisenwesen selbst fürchten. Aber sie sind stärker und zahlreicher. Ich weiß nicht, wie wir gegen sie bestehen können, denn wir haben schon so viele verloren.«

Fenton fragte: »Wie hat Pentarn das tun können?«

»Ich bin nicht sicher«, entgegnete sie. »Aber ich glaube, er hat den Eisenwesen seine Welt geöffnet, so daß sie ohne das Weltenhaus hier eindringen können. Er öffnet ihnen das Weltenhaus. Ich weiß, was ihn überreden könnte, das Tor wieder zu schließen, aber das bin ich nicht gewillt zu tun.«

»Was würde ihn denn überzeugen?« fragte Fenton, aber er kannte die Antwort schon, ehe Kerridis sie aussprach.

»Er will seinen Sohn. Er will Joel Tarnsson wieder haben. Aber ich habe geschworen, daß Joel hier Zuflucht hat, und dieses Wort werde ich nicht brechen. Es geht um im Weltenhaus, daß man den Alfar nicht trauen kann, und zuweilen fürchte ich, daß es stimmt. Wir sind niemals zweimal die gleichen, aber der Grund ist, daß sich unsere Welt ändert, und wir müssen uns auf den Gezeiten der Zeit bewegen. Wir können uns und andere beschützen mit Zauberbann, aber unaufhaltsam bewegen wir uns, und wir verändern uns, und die Dinge in unserer Welt sind niemals zweimal hintereinander die gleichen. Aber ich werde nicht bewußt jemandem mit einem Vertrag betrügen, einen Eid brechen, es sei denn, die Gezeiten zwingen mich dazu, und ich habe geschworen, daß Joel hier so lange eine Zuflucht hat, solange ich die Macht habe, sie zu gewähren. Findhal möchte, daß ich Joel sage, es stünde nicht mehr in meiner Macht, ihm in den Wäldern der Alfar Zuflucht zu gewähren. Ich werde dies nicht tun, bis ich es muß, und daher ist Findhal wütend auf mich und behauptet, ich machte gemeinsame Sache mit unseren Feinden, die uns vernichten wollen. Auch wenn Joel Tarnsson hier ein Pflegling ist und das Schwert gegen seine eigenen Leute ergriffen hat, auch wenn sich Irielle mit Joel verschworen hat, hat Findhal geschworen, Joel soll zu Pentarn zurückkehren, damit unser Volk sicher ist.«

Sie saß zusammengesunken auf der bemoosten Bank und seufzte. »Ich weiß nicht, was ich tun soll. Ich kann mich an das Weltenhaus wenden, aber ich fürchte, auch dort kann man uns nicht helfen. Ich habe jetzt keinen Freund mehr im Weltenhaus. Ich weiß nicht, an wen ich mich wenden soll. Sieh mich an . . .« Sie lächelte sonderbar. »Ich muß mich einem Zwischenmenschen anvertrauen.«

Fenton sagte: »Ich würde Euch helfen, wenn ich könnte.«

Sie streckte ihm die schmale beringte Hand entgegen. Sie schien schwach zu leuchten, auch wenn sie jetzt die Krone nicht mehr trug, die vor Macht glänzte.

Er hielt immer noch das Vrill, und aus irgendeinem Grund war ihre Berührung für ihn spürbar, die Hand so weich wie das Blütenblatt einer unbekannten Blume. Sie stand auf und bedeutete ihm, ebenfalls aufzustehen. Dann sagte sie: »Ich bin es müde, hier allein in meiner Zuflucht zu sitzen, auf schlechte Nachrichten zu warten und genügend Macht zu sammeln, um meinen Willen den Räten aufzuzwingen, die beschlossen haben, meine Feinde zu sein. Komm, Fenton, geh mit mir ein wenig unter den

Bäumen her. Man wird mich früh genug zum Kampfe rufen. Sag mir, wie es in deiner Welt zugeht. Wie bist du hierhergekommen als Zwischenmensch?«

»Ich weiß kaum, wie ich es Euch sagen soll«, sagte Fenton und verstummte, als sie aus der grünlichten Laube traten. Die Bäume auf der Lichtung draußen ragten hoch auf, hatten eine helle elfenbeinfarbene Borke und große, herabhängende Zweige voller Blätter und blassem silbrigen Moos. Sie waren anders als alle Bäume, die Fenton jemals gesehen hatte, und er wünschte sich flüchtig, genügend über die Natur zu wissen, um zu erkennen, ob sie vielleicht in einem unvertrauten Teil seines eigenen Planeten wuchsen oder unbekannte extraterrestrische Bäume waren. Er hatte beträchtliches Mitgefühl mit Menschen, die eine ungewöhnliche Erfahrung erlebten, die sie nicht mit anderen teilen konnten. Mythologie und Legenden erzählten von Menschen, die sich in den Reichen der Feen verirrten und sich nach der Rückkehr nicht mehr verständlich machen konnten, und die anderen glaubten ihnen nicht. Er war ausgebildet, das zu glauben, was anderen Leuten nicht zu glauben beigebracht worden war. Fenton stand zum ersten Mal der völlig subjektiven Natur von Realität gegenüber. Der traditionelle Rat, sich herauszuhalten, aber wachsam zu sein, war in dieser Situation absolut keine Hilfe.

»An was denkst du, Fenn-Ton?« Das leichte Zögern in ihrer Stimme, wie sie auch niemals seinen Namen richtig hatte aussprechen können, bezauberte ihn, erinnerte ihn jedoch zugleich an Pentarn – und Pentarns Sohn und sein Abenteuer hier.

»Ich denke daran«, antwortete er, »daß niemand in meiner Welt dies glauben würde.«

Sie lächelte. Warum war ihr Lächeln so zauberhaft? War es einfach die Andersheit, die Verlockung des Bizarren, eine allzu schwache Erinnerung daran, daß sie kein richtiger Mensch war? »Ich finde das schwer begreiflich«, sagte sie. »Ich habe nicht viel Zeit in den Sonnenwelten zugebracht; das Licht ist Angehörigen unseres Volkes selbst nach nur kurzer Zeit gefährlich.« Meinte sie die ultravioletten oder aktinischen Strahlen im gewöhnlichen Sonnenlicht, die Haut und Augen schadeten wie bei Albinos oder ein paar unglücklichen Mutanten in seiner Welt? Oder war es etwas Mystisches oder Subtileres? Er wollte es wissen, und zugleich war er sich sicher, Kerridis würde es auf keine ihm verständliche Weise erklären können.

»Und dennoch«, überlegte sie und starrte zu ihm hoch, denn sie war groß, doch Fenton war immer noch größer. »In den Jahren und Jahrhunderten sind eure Menschen und unsere viele, viele Male zusammengekommen. Ihr seid Legenden für uns, ja, aber seit kurzem wissen wir, wer und was ihr seid, und wir wissen nun auch ein wenig, wie wir euer Volk vor Schaden bewahren können, unsere Wechselbälger sterben nicht mehr. Vielleicht hat dir Irielle erzählt, wie Findhal darauf bestand, daß sie einige Zeit in der Sonne verbrachte in ihrer eigenen Welt, besonders, als sie noch wuchs, damit der Sonnenmangel ihr nicht gesundheitlich schadete. Sicher gibt es auch in deiner Welt Legenden und Mythen über unser Volk, über die Tage, wenn die Tore offen stehen und als sie zwischen unseren Welten enger zusammenstanden und zugänglicher waren?«

»Ja«, sagte Fenton und dachte nach. »Aber in diesen Tagen glauben die Menschen, daß eine Legende nur ein anderes Wort für eine Lüge ist, eine unglaubliche Geschichte, eine unterhaltende Story.«

Sie lächelte. Da wußte er, daß er versucht hatte, sie zum Lächeln zu bringen, weil er einmal ihr Lächeln gesehen und sich vorgenommen hatte, nicht eher zu ruhen, bis er es wieder gesehen hatte. »Aber das ist dumm«, sagte sie. »Wie kann jemand unterhalten werden oder irgend etwas Positives von einer unwahren Geschichte haben? Wie kann jemand von etwas reden, was nicht geschehen ist? Pentarn war ein wenig so. Aber wir fanden heraus, daß er Dinge sagen konnte, die nicht stimmten und die nicht geschehen waren, die er nicht gesehen hatte; es war eine sonderbare Krankheit, die wir nicht begriffen. Ist das so in deiner Welt, daß die Menschen etwas sagen, was weder bekannt ist noch gesehen wurde?«

»Aber sicher«, erwiderte Fenton grimmig, und Kerridis schüttelte den Kopf.

»Was für sonderbare Gedanken sie dann haben müssen! Es gab einmal eine Zeit, als unsere Sprache kein Wort für Dinge hatte, die nicht geschehen waren; und nun sind wir zu dem Glauben gekommen, daß Menschen solche Dinge sagen und tun können. Oh, sicher, ich kann im Scherz sagen, dieses oder jenes wird geschehen, wenn der Schnee von der Erde an den Himmel steigt, oder wenn die Blätter an den Bäumen lila werden, oder die Frösche in der Alfarsprache reden, aber so etwas würde ich doch nicht ernsthaft sagen. Unsere Sprache hat dafür auch keine Worte.«

Das erklärte eine weitere alte Legende, dachte Fenton, daß die Feen voller Tricks seien. Wenn sie nicht lügen konnten, mußten sie sich kluge Sachen ausdenken, um sich zu schützen. Aber es erklärte auch den alten Glauben, daß, wenn man zum Beispiel einen Waldgnom fing, man ihn zwingen könnte, einem seine Geheimnisse zu erzählen. Jetzt wußte Fenton, daß das Feenvölkchen zwar Fragen ausweichen, aber keine bewußte Lüge sagen konnte. Sie zögerten, etwas zu versprechen, weil sie unfähig waren, ein Versprechen zu brechen.

Und dies würde vielleicht auch erklären, warum sie so vorsichtig geworden waren im Hinblick auf Kontakte mit Menschen, die lügen konnten und die Wahrheit verdrehen und Dinge erfinden, die andere nicht sehen konnten . . .

Er sagte: »Ich werde versuchen, dich niemals anzulügen, Kerridis.« Er entdeckte, daß seine Stimme nicht so fest klang, wie er es gern gewollt hätte.

»Ich weiß das«, erwiderte sie. »Ich weiß, daß du nicht Pentarn bist. Ich habe ein wenig Angst vor dir, denn du siehst ihm in der Tat recht ähnlich, aber ich weiß, daß du nicht er bist, noch ihm ähnlich, wenn ich dich genau betrachte.« Sie streckte ihm wieder die Hand entgegen, und er ergriff sie, aber der Zauber des Augenblicks war durch den Gedanken an Pentarn gestört. Er erinnerte sich an den Frieden der Berge bei seinem Onkel, und wie das Eisenwesen plötzlich aus den Bäumen geschossen war und die Axt fortgeschleppt hatte.

»Ihr habt einmal gesagt, daß die Tore zwischen den Welten einst offener waren, Kerridis . . .«

»Das ist wahr«, sagte sie. »Ich glaube, beim Wechsel der Jahreszeiten treiben unsere Welten immer weiter auseinander, und es wird immer schwieriger, die Lücke zu überbrücken. Es gibt weniger Zwischenmenschen, die uns einfach im Traum besuchen, nur die, die offiziell durch die Tore kommen, haben die richtigen Schlüssel und Talismane. Oder die Leute wie Pentarn, der gelernt hat, den Abgrund zu überqueren und dieses Wissen zu seinem Vorteil auszunutzen. Es gab einmal eine Zeit, als ich noch jung war, als viele, viele Menschen während ihrer Träume durch unser Reich wanderten, ihre Körper zurückließen und hier ebenso existierten wie du jetzt, als Schatten in einer Existenz gewissermaßen, für sie und auch für uns, aber fähig, durch Wände zu gehen und zu treiben wie Schatten durch feste Körper hindurch. Und es hat immer diejenigen gegeben, die die Tore durchquerten, wenn Sonne, Mond und Sterne richtig standen und die in unseren Welten wanderten wie in einem Traum, in dem Wissen, daß sie wach waren, aber nicht glaubten, was sie sahen. Einige waren verrückt, andere Dichter, die wußten, wo die Tore waren und wie man sie öffnen konnte – die sind immer durchgekommen. Aber das passiert nicht mehr so oft. Pentarn war der erste seit vielen, vielen Generationen von deinem Volk. Abgesehen von den Wechselbälgern.«

»Pentarn stammt nicht aus meiner Welt«, sagte Fenton, »aber sein Volk scheint dem meinen ähnlich zu sein. Irielle ist aus meiner Welt. Sie hat mir erzählt, wie Findhal sie geholt hat, weil seine Frau keine Kinder hatte. Habt ihr Pentarns Sohn auf ähnliche Weise geholt?«

»Nein«, antwortete Kerridis. »Er kam zu uns, wenn wir ihn auch in jeder Hinsicht behandelt haben wie einen Wechselbalg. Er war kränklich und schwach, glaube ich, und sein Vater hielt in seiner Welt nicht viel von ihm, was immer sie dort tun. Aber Pentarn war seinem Sohn gegenüber unnachgiebig – eine Unnachgiebigkeit, die uns alle viel kosten kann!« Sie sprach mit Nachdruck, fügte dann aber mit einem leisen Lächeln hinzu: »Ich sollte das nicht sagen, denn ich vertraue dem Jungen. Ich glaube, es geschah so. Pentarn brachte ihm bei, die Tore zu öffnen, um ihn während einer langen Krankheit zu unterhalten, und als er hierherkam, nahmen wir ihn auf als Spielkameraden für Irielle – denn ihre Pflegemutter war meine liebste Freundin. Manchmal kam Joel als Zwischenmensch, während sein Körper krank und schwach zurückblieb, aber hier ging es ihm immer gut, und schließlich bat er uns, ihn auf immer hier zu lassen. Wir hatten nichts dagegen, denn wir liebten ihn, aber Pentarn geriet außer sich vor Wut und wollte Joels Körper zurück in seine Welt zwingen, wo er kränklich und immer unglücklich war. Wir versuchten, Pentarn zur Vernunft zu bringen, aber er sah nur, daß wir seinen Sohn hatten und sein Sohn nicht zurückkehren wollte. Da hat er sich geschworen, uns zu zwingen, Joel zurückzubringen, als sei Joel ein Ding, ein Kelch, ein Schwert, was man von einer Hand in die andere reicht, ohne daß es eine Wahl hat. Ich glaube, daher hat er mich entführt und von Eisenwesen mißhandeln lassen, in der Hoffnung, wir würden Joel im Austausch zurückgeben. Als habe das eine mit dem anderen zu tun.«

Und Pentarn, dachte Fenton grimmig, war gewillt, jede andere Welt zu zerstören mit seinem Ehrgeiz und seiner Rache. Brüsk sagte er: »Daher bin ich heute hier. Ich weiß nicht, wie die Tore, von denen du sprichst, funktionieren. Ich habe es so verstanden, daß die Bedingungen genau richtig sein müssen, andernfalls sich die Tore nicht öffnen, außer an bestimmten Stellen und zu bestimmten Zeiten. Aber ich sah zweimal Eisenwesen, wo sie nichts zu suchen hatten. Glaubt Ihr, daß Pentarn etwas damit zu tun hat?«

Kerridis erwiderte: »Dessen bin ich sicher. Er hat irgendwie entdeckt, wie man die Tore öffnet, wenn er es will, und davor habe ich Angst, daß wir das Gewebe aus Zeit und Raum beschädigen, das zwischen den Welten liegt. Du warst dort in den Höhlen, als er das Tor um sich öffnete und verschwand. Wo hast du die Eisenwesen gesehen? War das irgendwo in der Nähe von einem Weltenhaus?«

»Ich weiß es nicht«, gab Fenton zurück. »Ich habe niemals ein Weltenhaus gesehen, auch als ich wußte, was es überhaupt war. Ich habe es nur einmal verschwinden sehen, als ich versuchte hineinzugelangen . . .«

». . . zur falschen Zeit«, vervollständigte Kerridis den Satz, als sei das nichts Ungewöhnliches. »Manchmal will es einfach nicht gefunden werden, und wenn man nicht den richtigen Talisman bei sich hat, kann man es möglicherweise gar nicht finden. Aber vielleicht sollte ich selbst dieser Sache nachgehen. Die anderen bereiten sich ebenfalls auf den Rat vor, und ich zögere, das zu tun, was sie wollen – die Tore zu schließen und alle unsere Wechselbälger zurückzuschicken, damit wir keine weitere Verbindung mit deiner Welt haben, alle Talismane zu zerstören und vernichten und uns vollständig von euch abzuschließen. Ich habe keine Ahnung, ob wir uns das leisten können. Wir sind von euren Welten abhängig. Es gibt Verbindungen, die bis an die Frühgeschichte zurückreichen. Wie können wir uns gegen die Weisheit endloser Generationen von Alfar wenden, die sagt, daß ihr unsere Kinder seid, wenn auch unsere Weisen und Welten sich verändert und verschoben haben? Aber ich bin nicht sicher, ob ich mich gegen den gesamten Rat durchsetzen kann.«

Sie sah ihn in unvermittelter Sorge an. »Du beginnst zu schwinden«, stellte sie fest. »Halt dich am Vrill fest, dann wird es ein wenig leichter.«

Fenton gab den Versuch auf, die schmerzenden Beine durch Reiben zu beruhigen. War er so lange geblieben, daß er sich Schaden zufügte? War sein Körper bereits wieder ins Krankenhaus geschleppt worden? Aber jetzt konnte er nicht zurückkehren, nicht, wo er kurz davor stand, das Geheimnis des Weltenhauses von den Lippen Kerridis selbst zu vernehmen. Er umklammerte den kleinen Vrillstein mit schmerzhafter Entschlossenheit.

»Fenton, ich habe Angst um dich. Vielleicht sollte ich dich sofort zurückschicken . . .«

»Nein«, sagte er. »Es ist schon gut.«

Sie lächelte, und dieses Lächeln war sehr süß und mitleidig. Ihre schmalen substanzlosen Finger umschlossen seine, und wenn der Griff auch fast nicht spürbar war, empfand er Wärme und Trost. »Ich wünschte, ich könnte dir helfen«, sagte sie, »aber vielleicht kann ich unseren beiden Welten am besten helfen, wenn wir eine höfliche Lüge akzeptieren. Denn ich glaube, daß du wie Pentarn die Unwahrheit gesprochen hast, aber nicht aus Boshaftigkeit, sondern aus Mut. Fenton, komm, ich bringe dich zum Weltenhaus.«

Er sah sich zu der Frage gedrängt: »Ist es sehr weit?« Er hatte keine Ahnung, wo er sich im Verhältnis zu seiner eigenen Welt befand. Aber Kerridis sah verwirrt aus.

»Es ist, wo es ist, aber es ist nicht weit zu gehen, wenn du das meinst. Ich glaube . . .« Sie blickte sich um, abschätzend, auf die sonderbare Weise der Alfar. »Ich glaube, diesen Weg hier kann ich begehbar machen. Komm . . .« Er spürte den fast nicht merkbaren Griff. »Du mußt sehr dicht bei mir bleiben, wenn ich dich diesen Weg mitnehme.«

Er wollte gerade sagen: Das wäre mir ein Vergnügen. Aber konnte er das zu der Lady der Alfar sagen, der Elfenkönigin? Er blieb stumm und nahm ihre Hand.

Sie gingen eine Weile, und es schien Fenton, daß der kaum sichtbare Weg zwischen den Bäumen besser erkennbar wurde, als würde er von mehr und kräftigeren Füßen betreten. Dann, als sie um eine Ecke bogen, sah er vor sich das sonderbarste, was er bislang in der Welt der Alfar kennengelernt hatte; sonderbarer sogar als die Felsenfestung.

Vor ihm öffneten sich die Bäume zu einem Hain von gewaltigen Proportionen, mit einem Boden aus grünstem Gras, hier und dort mit einer goldenen Blüte besternt. In der Mitte erhoben sich ein Tor und zwei goldene Säulen, fein verziert und mit einem zarten Filigran versehen. Es erhob sich hoch außer Sichtweite; er konnte die Spitzen nicht erkennen, denn sie verloren sich in feinem Nebel.

»Das ist das Weltentor, und dahinter liegt das Weltenhaus«, sagte Kerridis, aber diese Erklärung wäre nicht nötig gewesen – etwas anderes hätte es gar nicht sein können.

Zwischen den Säulen – Leere. Nichts. Als Kerridis ihn zwischen die Säulen zog, spürte er einen Moment lang das Gefühl, in die Tiefe zu fallen – der alte Alptraum. Er fiel ohne Schwerkraft, ausgestreckt, locker, ohne den Atem auch nur zu einem Schrei – und entdeckte, daß er neben Kerridis stand, die Füße fest auf dem Gras, blickte eine riesige Halle entlang, die sich über ihnen so hoch erhob, daß sie zu gigantisch schien, um ihre Ausmaße auch nur zu ahnen.

Am anderen Ende der Halle bewegten sich Schatten, zu weit entfernt, um sie erkennen zu können. Aber wie es so oft in der Welt der Alfar geschah, bewegten sie sich fast mit Gedankengeschwindigkeit auf eine Stelle zu, wo im Schatten der riesigen Säulen eine graugewandete Gestalt saß.

Es war der erste bärtige Alfar, den Fenton zu Gesicht bekam. Und wenn die Alfar Bärte trugen, dachte Fenton, dann auch richtige, denn schneeweißes Haar flutete über die Schultern und wucherte in seinem Gesicht unter einem Paar tiefliegender grünlicher Augen und einer runzligen, nachdenklichen Stirn.

Langsam hob er den Kopf und sah sie an, und die Stirn, bereits gerunzelt und gefurcht wie ein welker Apfel, faltete sich noch mehr.

»Ah, die Lady«, sagte er in einer nüchternen Art, die Fenton ärgerte. »Wir haben dich seit manch einem Tag nicht mehr im Weltenhaus gesehen, Lady. Wohin des Wegs, Kerridis?«

»Ich reise selten aus meiner Welt«, sagte Kerridis, und ihre geraden Brauen zogen sich zu einem leisen Stirnrunzeln herab, das Fenton an Sally erinnerte, und so fragte er sich, ob Sally nur deshalb für ihn attraktiv war, weil sie ihn irgendwie und undefinierbar an Kerridis erinnerte.

Kerridis sagte: »Wie steht es mit dem Tor, Myrill? Ihr, die ihr die Tore bewacht, seid verschworen, das Gleichgewicht einzuhalten, aber hier steht ein Mann aus den Sonnenwelten, der behauptet, Eisenwesen drängten in seiner Welt vor, wo nicht ihr Platz ist und wo sie auch nicht sein sollten. Wenn diejenigen, die die Tore bewachen, den Mißbrauch nicht unterbinden können . . .«

»Sie gehen nicht durch dieses Tor, Lady, und das ist alles, was ich dazu zu sagen habe«, sagte der alte Myrill mit aufsässiger Stimme. »Ich habe absolut nichts mit den anderen Toren zu tun oder mit den Leuten, die sich einmischen und Tore schaffen, wo keine zu sein haben. Das hat mit mir überhaupt nichts zu tun.«

Wieder runzelte Kerridis die Stirn und sagte: »Aber was sollen wir denn tun mit jenen, die falsche Wesen durchlassen?«

»Hat nichts mit mir zu tun, Lady«, wiederholte der Alte widerborstig, und Fenton dachte, daß dies ein Problem in allen Welten sei, wie man die richtigen Tore geschlossen hält und die falschen Leute am Durchkommen hindert.

»Ich sollte dir erzählen«, sagte Kerridis und stampfte vor Enttäuschung mit dem Fuß auf, »daß Findhal und Erril die Tore auf immer schließen wollen, das Weltenhaus aus dieser Richtung sperren, damit niemand ein- und ausgehen kann.«

»Das können sie nicht tun, Lady«, sagte der Alte. »Das Weltenhaus existiert aus einem guten Grund, glaubt mir. Wenn es geschlossen wird, dann habt ihr nur noch die, die zur falschen Zeit und am falschen Ort durchkommen. Wie dieser Pentarn. Als Findhal das Weltentor hier gegen Pentarn schloß, hat er trotzdem seinen eigenen Weg gefunden, und jene Dinge, die er mitgebracht hat, hat er niemals durch ein richtiges Tor oder das Weltenhaus schleusen können.«

Fenton blickte an dem Alten vorbei die lange Halle entlang. Es gab Schatten und Schattengestalten und Türen, aber keine gewöhnlichen Türen mit Simsen und Rahmen und Pfosten und Balken, sondern Bogengänge und sonderbare Lücken, die ins Nichts führten. Hinter jeder Tür lag schattenhafte Leere, aber wenn man hindurchsah, erkannte man etwas ähnliches wie ein Computerzentrum. Durch eine weitere Tür erkannte er Umrisse, die ihn an den kleinen Kunstladen erinnerten. War dies denn das zentrale Weltenhaus, von dem aus alle anderen sich öffneten? Oder sah das nur von hier so aus und würde in jeder anderen Welt anders scheinen?

Irgendwie war es Pentarn gelungen – und Fenton glaubte es,

nach dem, was er an Technologie in der Welt Pentarns gesehen hatte – für sich bewegliche Tore zu schaffen. Und nach dem, was ihm Irielle erzählt hatte, gab es Zeitpunkte, an denen die Tore auf natürliche Weise zwischen bestimmten Welten offen waren. Gab es daher so viele Legenden, in denen Vollmond, Mond- und Sonnenfinsternis eine große Rolle spielten? Wurden die Tore zwischen bestimmten Ebenen der Realität dann irgendwie durchlässiger, und konnten die Menschen von einer Welt in die andere treten? Die Träume, aus denen man mit dem plötzlichen, häßlichen Schock eines Falls aufwachte . . . war das der Durchgang durch ein Weltenhaus im Traum? Fanden Träume ebenfalls auf der konkreten Ebene einer anderen Realität statt?

Was ist überhaupt Realität?

»Würdest du kommen und im Rat sprechen, Myrill und deine Meinung über das Schließen der Tore kundtun?« fragte Kerridis.

»Oh, Lady, das ist nichts für mich . . . mit all den Großen der Alfar . . .« protestierte der Alte.

»Sie werden mir nicht glauben«, sagte Kerridis. Fenton hätte nie gedacht, daß ihre schöne Stimme so verbittert klingen könnte. »Sie schulden mir Ehrfurcht und Bündnistreue. Aber ich habe keine eigentliche Macht mehr über sie.«

»Ihr seid unsere Lady«, sagte Myrill hartnäckig. »Wir gehorchen Euch, weil wir es wollen oder weil Ihr uns richtige Befehle gebt. Wir gehorchen Euch, weil man der Lady gehorcht.«

Sie lächelte ein wenig traurig. »Ich wünschte, sie alle fühlten wie du, alter Freund. Vielleicht kommst du und erinnerst sie daran. Wenn ich dir befehle zu kommen, würdest du dann kommen?«

»Ihr wißt, ich muß tun, was Ihr befehlt«, sagte der Alte knurrend.

Kerridis lachte nun und sagte: »Kannst du jemand anderem die Tore derweil anvertrauen?«

»Laß mich sehen, wer frei ist«, gab Myrill zurück. Er ging langsam durch die Halle mit den Portalen, während sich Kerridis tief besorgt Fenton zuwandte.

»Was kann ich für dich tun? Soll ich dich durch ein Tor zurückschicken? Nein, denn du bist ja nicht in deinem Körper und kannst von überall zurückkehren. Nein, das Vrill behältst du«, sagte sie. »Das wird eine Verbindung zwischen uns bleiben, wenn du zurückgehen solltest.«

Fenton öffnete unter Mühen die Hand und sah sich das Stück feuersteinartigen Gesteins an, in dem kleine Lichter glänzten, das Vrill, aus denen sie die Schwertklingen schmiedeten. Es war ungefähr zylindrisch und mit Kerridis Siegel versehen, und er fragte sich, ob es auch das in allen Welten gab. Seine Finger umschlossen es erneut, krampfhaft. Er blickte auf seine Finger und sah in unvermittelter Furcht, daß er den fahlen Stein durch die Glieder sehen konnte. Es war ein furchterregendes Gefühl.

Der alte Myrill kam langsam zurück, entlang der Reihe von Toren. Hinter ihm folgte eine junge Frau, das Mädchen, das Fenton in dem kleinen Kunstladen gesehen hatte, welcher so unerklärbar verschwunden war. Es war also doch ein Weltenhaus. *Ich wußte es doch,* dachte Fenton mit einem sonderbaren Triumphgefühl.

»Du willst, daß ich auf dein Tor aufpasse, Myrill?«

Myrill entgegnete: »Wie es die Lady wünscht.« Unglücklich knurrte er vor sich hin.

Kerridis sagte leise: »Würdest du mir den Gefallen tun und dieses Tor bewachen, während Myrill mit uns zum Rat kommt?«

Das Mädchen aus dem Kunstladen machte einen tiefen Knicks, was Fenton überraschte – der Knicks schien unpassend zu dem modernen Kleid, das sie nun trug – bis ihm einfiel, daß der kleine Kunstladen von Anachronisten frequentiert wurde, und sie kannte sich sicher daher in höfischen Manieren und Gebräuchen aus.

Kerridis fragte: »Und was ist mit deinem eigenen Tor?«

»Es ist augenblicklich geschlossen und anderweitig bewacht«, sagte die junge Frau mit einem Lächeln. Sie sah Fenton kurz an, und er sah, wie sie leise fragend die Brauen hochzog. Fenton fragte sich, ob sie ihn erkannte, doch er war im Moment so sehr mit sich selbst beschäftigt, daß ihm das egal war. Sie sagte: »So wird es sein, Myrill, ich werde dein Tor bewachen.« Dann ging sie zur anderen Seite.

Kerridis sagte: »Im Saal des Rates also, Myrill.« Mit diesen Worten entließ sie ihn. Kerridis führte Fenton wieder hinaus in den dunstigen Sonnenschein.

»Du schwindest«, sagte sie tief besorgt. »Irgendwie muß ich eine Möglichkeit finden, damit du mit deinem Körper zu uns kommen kannst. Es gibt keinen Grund, warum du nicht kommen und gehen solltest, wie es dir gefällt; wenn Pentarn ungebeten kommen kann, ist es albern, es dir zu verbieten, der uns nichts Böses will!«

»Ich weiß nicht, wann ich wieder kommen kann«, sagte Fenton. Und dann mit all seiner Bitterkeit: »Oder ob ich überhaupt wiederkommen kann.« Es würde lange dauern, bis er wieder wagen würde, das Straßen-Antaril zu nehmen, wenn überhaupt jemals. Und er fand allmählich, daß das Kommen unter diesen Bedingungen als Zwischenmensch fast schlimmer war, als überhaupt nicht zu kommen. Jeder Quadratzentimeter seines Körpers schmerzte unter schrecklichen Krämpfen. Wie das kam, wenn sein Körper doch überhaupt nicht dort war, begriff er nicht; die Regeln dieser Welt verwirrten ihn immer noch sehr.

Kerridis blieb stehen, sah zu ihm hoch. Das verschwommene grünliche Laublicht fiel auf ihre schönen Züge und machte sie noch fremdartiger, weiter entfernt von allem Menschlichen, aber aus einem perversen Grund noch anziehender. Sie flüsterte: »Ich würde sehr traurig sein, wenn ich dich nicht mehr sehe, Fen-ton, aber meine Räte wären geschockt, wenn sie mich so reden hörten.«

Plötzlich senkte sie den Blick und konnte ihn nicht mehr ansehen, doch sie berührte wieder seine Hand. Er konnte die Berührung nicht fühlen, und das ängstigte ihn. Er fragte sich, ob er jemals in die Welt der Alfar zurückkehren könnte, sie jemals wiedersehen würde.

Er hörte, wie seine Stimme brach, als er sagte: »Wenn du die Tore und Weltenhäuser schließt in die Welt der Alfar . . .«

»Nein«, unterbrach sie ihn. »Das können wir nicht tun. Was immer Findhal sagt, das können wir nicht riskieren. Es hat vielleicht einmal eine Zeit gegeben, als die Alfar überleben konnten, ohne in andere Welten zu gehen. Aber nun glaube ich, daß wir nicht allein auf uns gestellt leben können, denn es gibt so viele Dinge, die wir aus anderen Welten brauchen. Unsere Welt ist alt und ausgeplündert. Unsere Wechselbälger würden sterben, wenn sie nicht in die Sonnenwelten gehen könnten, und dennoch haben die meisten von ihnen keinen Platz mehr in den Sonnenwelten und könnten dort nicht leben. Es sei denn, daß wir akzeptieren, daß der Zeitpunkt gekommen ist für uns Alfar, zu erkennen, daß unser Schicksal der Tod ist oder die Auslöschung durch die Eisenwesen. Wenn wir das aber nicht akzeptieren, können wir es nicht riskieren, die Tore zu schließen. Wir können nicht die Eingänge in unsere Welt schließen, ohne nicht gleichzeitig auch die Ausgänge zu versperren. Wenn wir den anderen Welten nicht geben, was wir zu geben haben, können wir auch nichts von ihnen nehmen. Wir können in den anderen Welten nicht als Räuber und Eroberer leben, es muß offenen Austausch geben, sonst wären wir schlimmer als die Eisenwesen.«

»Ja«, sagte Fenton, »das erscheint mir logisch.«

»Und ich bin nicht sicher, ob wir unsere Tore schließen könnten, auch wenn wir wollten. Wir müßten kämpfen, sie zu verteidigen, und auch dann gibt es immer noch jene wie Pentarn, die Mittel und Wege gefunden haben, die Tore zu öffnen, wann immer sie wollen. Er kann Tore öffnen, wo es noch nie eines gegeben hat. Ich bin sicher, er würde die Eisenwesen auf uns hetzen, und dann gäbe es ein blutiges Gemetzel und Tod. Wir haben viele kühne Krieger, aber ich glaube, ein Krieg mit Pentarns Welt wäre schlimmer als der Kampf gegen die Eisenwesen.«

»Sicher.« Fenton schauderte, ob aus Schmerz oder wegen den Gedanken an einen Krieg der Alfar gegen Pentarns Welt, wußte er nicht genau. Die Eisenwesen waren abstoßend, aber wie die Alfar kämpften sie Mann gegen Mann; wenn irgendein Krieg überhaupt fair sein konnte, war das ein fairer und gleicher Kampf. Aber Pentarns Welt war mit modernen Kriegsgeräten ausgerüstet, und der Gedanke, diese Waffen gegen die Alfar gerichtet zu sehen, machte Fenton krank. Es würde ein sinnloses Gemetzel, ein Massaker. Und, dachte er, die Eisenwesen würden ihre helle Freude daran haben.

Kerridis sagte, und er sah, daß sie dabei zitterte: »Ich wünschte, du könntest mit mir zum Rat kommen, Fenn-ton. Sie sollten darüber Bescheid wissen, wenn die Eisenwesen auch in deine Welt einbrechen.«

»Ich könnte versuchen zu bleiben, wenn Ihr denkt, sie würden mir zuhören«, sagte Fenton.

»Wenn du nur nicht Pentarn so ähnlich sehen würdest«, sagte sie niedergeschlagen. »Ich bin nicht sicher, ob sie auf dich hören. Aber . . .« Wieder umschlossen ihre Finger seine Hand. Ihre Hände, die ihn berührten, die wiederum das Vrill berührten, waren das einzig Reale in diesem schwindenden Universum, das einzig Reale, das jemals existiert hatte; sein Körper schmerzte, war hohl, substanzlos, und er merkte, wie er sich gestört fragte, ob er sich irgendwie seinen Weg durch die Gnomwelt zurücksuchen müßte. Er wollte hier bleiben, neben Kerridis. Er wußte, daß er irgendwie eine wichtige Aufgabe in der Welt der Alfar hatte. Wenn er sich jetzt zurückwerfen ließ, würde er dann jemals wiederkommen können?

Doch während seine Gedanken noch eine Möglichkeit überlegten, wie er sich an die Alfarwelt klammern konnte, war sein Körper nur ein einziger Schmerz, ein einziges Sehnen danach, zurückzugelangen, wo er wirklich war, die Trennung vom substantiellen Selbst aufzuheben. Er sah, wie Kerridis Hand, die leicht auf seiner Schulter ruhte, durch seinen Körper hindurch zu gehen schien; er war nicht mehr in der Welt der Alfar, wo natürliche Objekte für ihn Realität besaßen. Ihre Stimme zitterte und schien über große Ferne zu ihm zu dringen.

»Ich wünschte, du könntest bleiben. Wenn du hier bist, fühle ich mich nicht so allein«, flüsterte sie. »Seit du zum ersten Mal zu mir gekommen bist in den Höhlen, Fenn-ton, habe ich mich nur sicher gefühlt, wenn du in der Nähe warst. Fenn-ton Fenn-ton, bleib bei mir, geh nicht fort!«

»Ich wünschte, ich könnte bleiben«, sagte er rauh. Ihre Arme hatten sich ihm entgegengestreckt, und er zog sie an sich, vorsichtig, mit dem Entsetzen, daß er durch ihren Körper hindurchgreifen könnte und er Leere umarmte. Zum ersten Mal war sie ihm nicht fern, nicht die hohe Feenkönigin, sondern eine Frau trotz ihrer Majestät und der schimmernden Krone der Macht. Eine zarte, verletzliche Frau, zitternd vor Schmerz und Furcht. Sie war immer so gewesen, auch als er sie zuerst gesehen hatte, als sie von den Eisenwesen gefangen worden war, aber da hatte er es nicht gemerkt. Er beugte sich zu ihr, und ihre Lippen berührten die seinen, aber es war wie die Umarmung eines Schattens, nur der zarte Hauch einer Berührung, der ferne Kitzel eines traumartigen Gefühls, das schwand.

Verzweifelt schrie er auf: »Ich will bleiben! Kerridis, Kerridis! Ich schwinde, ich will nicht gehen!«

Doch da war sie schon aus seinen Armen verschwunden, und Bäume und grünes Licht des Alfarhains waren fort, und er stand in einem kleinen Zimmer; um einen Tisch saßen vier oder fünf junge Männer, die sonderbare Würfel warfen. Auf dem Tisch vor ihnen lag die Zeichnung eines Labyrinths, ein sonderbares Spielbrett mit kleinen Figuren, die irgendwie glühten. Vrill – die Figuren waren aus Vrill, und irgendwie schien die Zeichnung des

Labyrinths nicht flach, sondern schimmernd, beweglich, als habe sie ein Eigenleben, eine eigene Dimension von Realität.

Fenton war außerhalb seines Körpers, substanzlos, schmerzhaft an der silbergrauen Nabelschnur seines Geistes gezogen, und während all dessen hatte er die sonderbare Illusion, daß er eine der Figuren auf dem Brett war und sich den Regeln des Kerker-und-Drachen-Spiels unterordnen mußte.

Einer der jungen Spieler blickte auf. »Da ist ein Zwischenmensch. Ich kann ihn fast sehen. He«, sagte er und blickte Fenton direkt an. »Hast du dich verirrt? Das solltest du nicht, wenn du Vrill bei dir hast.«

»Er ist Gast der Geschäftsleitung«, sagte die junge Frau, die er in der Halle mit den Türen gesehen hatte, die junge Frau aus dem Kunstladen. Irgendwie war sie da und auch wieder nicht; er konnte durch sie hindurchsehen. »Kerridis von den Alfar hat ihn hier durchgelassen.«

Der junge Mann lachte rüde. »Ein Freund der Lady? Dann bekommt er sicher VIP-Behandlung, nicht wahr, Jennifer?«

»Kein Zwischenmensch ist ein VIP«, entgegnete Jennifer und blickte Fenton über ihre runden Brillengläser hinweg an. Mit scheltender Stimme sagte sie zu ihm: »Du gehst besser zu deinem Körper zurück. Schnell!« Sie hörte sich genau so an, als sei er ein kleiner Junge, zu klein, um in einer fremden Umgebung nach Einbruch der Dunkelheit draußen zu spielen. »Wenn du auf diese Weise wanderst, sollst du dich besser an die Regeln gewöhnen.«

Fenton wollte protestieren, daß er nichts lieber tun würde, aber der junge Mann mit den Würfeln lachte: »Oh, der ist vom Parapsych-Projekt im College. Da reden sie eine Menge und spielen mit ihren Karten und Computern und ihrer Wahrscheinlichkeitsrechnung, aber sie haben nicht die Bohne Ahnung und würden es nicht einmal glauben, wenn du es ihnen sagst. Laß sie weiter herumspielen, die tun keinem weh. Lauf, Professor.«

Verletzt öffnete Fenton den Mund zu einer Entgegnung, aber im Bruchteil einer Sekunde wurde er hartnäckig aus dem Raum hinter dem Weltenhaus gezogen, an der Schnur gezerrt. Schmerzhaft umklammerte er das Vrill – das würde er nicht verlieren! Das würde er auch Garnock nicht zeigen!

Unvermittelt und mit schmerzhaftem Zerren, einem heftigen Schock wie durch einen Fall, war er wieder in seiner Wohnung, schwebte über seinem Körper, der unbequem auf dem Boden lag;

dann kniete er dort, halb gegen die Couch gestützt, die Finger verkrampft und taub. Als er sich vorsichtig streckte, um seine Finger zu entlasten, auf denen fast sein ganzes Gewicht lag, und er behutsam den Rücken krümmte, weil die Schmerzen fast unerträglich wurden, fiel der kleine Vrillstein aus seinen versteiften Fingern und rollte geräuschvoll über den Boden. Er griff danach, fummelte herum, wollte sehen, wie er in dieser Welt aussah – Lapislazuli, Jade, Gold oder ein wertvoller Kristall?

Ungläubig umklammerte er ein kleines Prisma aus durchsichtigem Plastik.

Plastik!

Plastik? Er konnte es nicht glauben!

15

Seine Knie schmerzten und erinnerten ihn auf heftige Weise daran, daß er lange Zeit in dieser unbequemen, hockenden Position auf dem harten Boden verbracht hatte. Es gelang ihm, auf die Beine zu kommen, spürte dabei die Schmerzen wie Messerstiche im ganzen Körper, seine Füße waren eingeschlafen, und er hatte einen unmenschlichen Durst. Zuerst mußte er einen Schluck Wasser trinken. Wie ein Automat bewegte er sich zur Küche, drehte den Kranen auf und bückte sich, fing das Wasser in beiden Handflächen auf und schlürfte. Als er an etwas anderes als seinen Durst denken konnte, richtete er sich auf und sah sich erschreckt um.

Seine Wohnung war verwüstet.

Überall waren Dosen und Schachteln mit Lebensmitteln verstreut, und im Spülstein war eine Packung Spaghetti aufgeweicht. Unter seinen Füßen zermahlte eine Fünfpfundpackung Zucker. Überall krabbelten bereits Ameisen.

Das Küchenfenster war ein graues Rechteck, schwach rötlich von der heraufziehenden Dämmerung. Die Uhr zeigte fünf Uhr dreißig. Aber welches Datum? Der nächste Tag, oder war er sogar mehrere Tage lang bewußtlos gewesen?

Und wer hatte seine Wohnung so verwüstet? Küchenschubladen und Schränke waren aufgerissen, auf dem Boden ausgekippt. Schockiert kehrte er ins Wohnzimmer zurück, sah, wie auch dort die Schubladen durchwühlt waren, Papiere durcheinander geworfen, Bücherregale geleert, überall Kissen und Polster. Der Tisch, auf dem die anderen Antarilpillen gelegen hatten, war leer und alles in einem Haufen auf den Teppich gekippt. Fenton ging zurück in die Küche, holte sich einen Plastikbecher aus dem Durcheinander, ließ ihn voll Wasser laufen und trank. Er fragte sich, ob er den Rest seines Lebens durstig bleiben würde. Dann starrte er auf das Chaos seiner Habe.

Er war wirklich ausgeknockt gewesen, so gut wie tot. Sie, wer immer es auch war – und Berkeley war voll von Dieben – hätten alles mitnehmen können. Aber die elektrische Schreibmaschine auf seinem Schreibtisch hatten sie nicht angerührt, auch nicht das Blatt Papier darin mit einem Bericht, den er begonnen hatte. Der Brief, den er geschrieben hatte mit den Maßnahmen, die für den Fall zu treffen waren, daß man ihn bewußtlos aufgefunden hätte, lag noch auf dem Sofa, neben dem er nach Einnahme des Antarils zusammengebrochen war. Seine Stereoanlage war intakt, einschließlich der von seinem Vater geerbten Plattensammlung mit Maria Callas-Aufnahmen und ein paar alter und wertvoller Beatles-Aufnahmen. Kein Raub also, jedenfalls kein Raub von leicht fortzuschleppenden Wertsachen.

Fenton hörte ein Geräusch im Schlafzimmer und zuckte zusammen. Ihm war noch nicht in den Sinn gekommen, daß die Diebe vielleicht noch da waren. Kurz überlegte er, ob er sich verstecken sollte, trat auf ein am Boden liegendes Kissen und stolperte. Aus dem Schlafzimmer kam Amy Brittman. Sie hatte ein Schießeisen in der Hand.

»Du bist also wieder da«, sagte sie. Ihr Mund verzerrte sich vor Verachtung. »Was hast du denn dieses Mal erfahren, Professor? Und glaubst du, daß du mehr Glück hast, es zu beweisen als ich?«

Mund und Kehle waren noch zu trocken, um zu sprechen. Fenton befeuchtete sich die Lippen.

»Die Knarre steckst du besser fort, Amy«, sagte er. »Sie könnte losgehen. Jemand könnte verletzt werden.« Er merkte, daß er das Plastikstück, das in der anderen Welt Vrill gewesen war, immer noch in der Hand hielt. Er ließ es in seine Tasche gleiten. Irgendwie war er sicher, daß Amy Brittman es ihm fortnehmen würde, wenn sie es sah. Da seine Stereoanlage und die Schreibmaschine unberührt waren, stand fest, daß sie nicht auf Raub aus war. Aber was suchte sie? So weit er wußte, gab es nur eine einzige Verbindung zwischen ihm und Amy Brittman; beide hatten sie an dem Antaril-Projekt teilgenommen, und beide waren auf irgendeine Weise in den Konflikt zwischen Pentarn und den Alfar geraten.

Er fragte: »Hat Pentarn dich geschickt?«

Ihr Gesicht verzerrte sich. »Ich sollte dich erschießen! Das würde vielen Leuten eine Menge Ärger ersparen, besonders dem Lordführer!« Ihre Knöchel am Abzug waren weiß, und Fenton erstarrte. Er hatte während der Ausbildung seine Zeit in der Therapie abgeleistet: er erkannte einen Hysteriker auf den ersten

Blick, und es wurde ihm klar, daß Pentarn sich die Neurose des Mädchens zunutze machte. Er blieb einen Moment ruhig und sagte dann freundlich: »Warum erzählst du es mir nicht, Amy? Was hast du denn gesucht?«

»Das werde ich dir nicht sagen«, platzte sie heraus.

»Gut.« Fentons Stimme blieb besänftigend. »Brauchst du nicht.«

»Ich brauche überhaupt nichts!« schrie sie. »Nichts stimmt mehr, seit du in unsere Welt kamst!«

»Du hast eine Menge mitgemacht, nicht wahr?« fragte Fenton, die Stimme immer noch leise und sanft, aber er hatte sich verstohlen aus ihrem Schußfeld begeben. »Manchmal klappt einfach nichts, stimmt's? Setz dich doch einfach und erzähl mir alles. Was war es denn dieses Mal?«

Sie begann sich zu entspannen und ließ sich auf einen Stuhl sinken, und in diesem Augenblick brachte sie Fenton mit einer raschen Bewegung wie beim Football zu Fall. Der Revolver ging los, schickte eine harmlose Kugel in die Wand. Verrückterweise dachte Fenton: Was werde ich dem Vermieter bloß sagen? Ohne auf sie Rücksicht zu nehmen, umklammerte er Amys Handgelenk, rang ihr die Waffe ab und stieß sie in einen Sessel.

»Setz dich und bleib dort. Und jetzt erzähl mir alles. Dann geht es dir vielleicht besser!«

Amy verfluchte ihn mit Worten, die Fenton nicht einmal in seiner Collegezeit gekannt hatte; dann brach sie in dem Sessel zusammen und begann, hysterisch zu kreischen.

Fenton saß da und betrachtete derweil die Waffe. Er kannte sich mit Waffen nicht gut aus, aber diese hier war anders als alle, die er bei der Armee kennengelernt hatte, und an Handfeuerwaffen war er nie sonderlich interessiert gewesen. Es war ein zu teures Hobby für einen Mann, der nicht zur Jagd ging. Aber diese Waffe war sonderbar. Der Griff war aus einem Material, das weder Holz noch Plastik schien, sondern eher wie Keramik, glasiert und fein getrieben. Der Lauf schien im Verhältnis länger als bei den üblichen Revolvern. Sie sah eigentlich eher aus wie ein Spielzeug-Blaster aus einer Science Fiction-Space-Opera, aber die Kugel, die durch seine Wand gegangen war, schien ein sehr reales Projektil gewesen zu sein.

»Eines von Pentarns kleinen Spielzeugen?« fragte er. »Komm schon, Amy, erzähl mir, was du gesucht hast und warum?«

Sie schluchzte und schniefte weiter. Fenton machte keine

Bewegung auf sie zu. Er war sich absolut sicher, wenn er das tat, würde sie noch hysterischer werden, und was ihm jetzt noch fehlte, war ein Vorwurf wegen Vergewaltigung. Er glaubte eigentlich nicht, daß sie raffiniert genug dazu wäre – keine Frau, die passiv in die Rolle schlüpfte, die Pentarn ihr zuwies, diejenige der Frau des Lordführers, – konnte alle ihre Sinne beisammen haben – aber für den Fall, daß sie an so etwas dachte, wollte Cam Fenton ihr nicht den geringsten Vorwand liefern.

»Vielleicht sollte ich die Polizei rufen«, überlegte er laut. »Ihnen meine Wohnung zeigen, das Durcheinander und dieses kleine Spielzeug. Ich bin sicher, das würde sie interessieren. Pentarn könnte versuchen, dich aus dem Frauengefängnis herauszuholen.« Er ging zum Telefon, nahm den Hörer ab und wählte.

»Berkeley Polizei«, sagte eine gleichgültige Stimme am anderen Ende.

»Ich habe eine Diebin in meiner Wohnung überrascht«, sagte Fenton. »Ich halte sie mit ihrer Waffe in Schach. Können Sie jemanden rüberschicken?«

»Oh Gott!« schrie Amy. »Nein! Nein! Sie dürfen die Pistole nicht bekommen! Bitte! Bitte, Professor Fenton!«

Fenton ignorierte die Schreie und gab der Polizei seinen Namen und Adresse an. Der Polizist am anderen Ende versprach, einen Wagen vorbeizuschicken. Fenton legte auf, und Amy schleuderte sich so heftig auf ihn, daß er sie halten mußte, andernfalls wäre sie gestürzt.

»Bitte, oh Gott, bitte, geben Sie mir die Pistole, lassen Sie mich gehen. Ich verspreche – ich verspreche alles, alles was Sie wollen . . .«

»Sei kein Narr, Amy«, sagte er und hielt sie angewidert auf Armeslänge von sich. Es mußte mehr Unterschiede zwischen ihm und Pentarn geben, als beiden bewußt war . . . wenn es das war, was Pentarn an Frauen gefiel. »Die Polizisten werden dir nicht weh tun, wenn du nichts hast mitgehen lassen. Warum sagst du mir nicht einfach erst einmal, warum Pentarn dich hierhergeschickt hat und was er will?«

»Ich kann nicht, ich kann nicht! Er würde mich umbringen! Wenn die Polizei die Pistole bekommt . . .« Sie steigerte sich in schieres Entsetzen. Dann packte sie ihn und versuchte, die Waffe zu bekommen, aber Fenton war auf der Hut und konnte sie sich mit einer Hand gut vom Leib halten.

»Setz dich, habe ich gesagt, und benimm dich!«

Sie begann wieder, wilde Flüche auszustoßen. Dann sprang sie auf, stolperte über einen Kleiderhaufen und fiel gegen die Tür, riß sie auf und schoß die Treppe hinab. Fenton ging zur Tür und sah ihr nach, wollte hinter ihr her, blieb aber nach einem Schritt stehen. Leute aus den anderen Wohnungen steckten die Köpfe durch die Tür, um zu sehen, was das für ein Lärm war, und Fenton merkte, daß es keinen Sinn hatte, Amy einholen zu wollen. Er ging zurück und starrte auf das Chaos, und er beschloß, es besser liegen zu lassen, bis die Polizei kam. Er ging in die Küche, fand die Kaffeekanne in einem Haufen Zeug vor dem Schrank und brühte einen Kaffee auf. Hunger hatte er auch.

Als die Polizei ankam, aß er gerade den dritten Toast und trank eine dritte Tasse Kaffee. Er hatte in dem Durcheinander nur ein einziges unzerbrochenes Ei gefunden. Er ließ die Polizisten ein und erzählte ihnen seine Geschichte, wie er es bei sich beschlossen hatte, daß er die ganze Nacht aus gewesen sei – es stimmte ja auch, daß er aus gewesen war, sogar aus dieser Welt – und beim Zurückkommen habe er seine Wohnung in diesem Zustand gefunden und eine Diebin überrascht, die auf ihn geschossen hätte, dann die Treppe hinab entkam, weil er nicht hatte auf sie schießen wollen.

»Die Pistole überlassen Sie besser uns«, sagte einer der Polizisten und betrachtete sie interessiert. »Ich glaube nicht, daß ich so eine je gesehen habe.«

»Ich aber«, sagte der andere gelangweilt. »Wir bekommen jetzt eine Menge ausländischer Waffen. Würd' mich nicht wundern, wenn das was Koreanisches wäre. Vielleicht auch japanisch.«

Fenton verbarg ein Grinsen. Amy hatte sich aufgeregt bei dem Gedanken, daß Pentarns Waffe in die Hände der Polizei fallen sollte, aber sie überschätzte offensichtlich das Interesse oder die Neugier eines gewöhnlichen Polizisten. Kein Polizist würde jemals zugeben, daß irgend etwas so ungewöhnlich war, daß er es noch nie gesehen hatte. Allein der Gedanke, eine Waffe sei nicht auf der Erde hergestellt worden, würde ihm gar nicht in den Sinn kommen. Fenton war einmal dabei gewesen, als eine Gruppe gewöhnlicher Wissenschaftler einen fundierten Poltergeistbericht in einem alten Haus in San Francisco überprüften. Sie hatten bereits, bevor sie das Haus betreten hatten, beschlossen, daß das Phänomen durch den vierzehn Jahre alten Sohn des

Paares verursacht wurde. Und dabei waren sie auch geblieben, denn die Wissenschaftler waren davon überzeugt, wenn sie es nur ein bißchen geschickter angegangen wären, hätten sie den jungen Stuart Maynes in der Tat dabei erwischt, wie er die Teller warf und Scheiben zerbrach. Die Tatsache, daß ihre Kameras, auf verborgenen Gestellen angebracht, erwiesen, daß der Junge währenddessen auf der anderen Seite des Zimmers schlief, als das Fenster zerbarst, überzeugte sie nur davon, daß er zu clever und zu schnell für sie war . . . und nicht, daß die Geschichte einen parapsychologischen Ursprung hatten. Danach war Cam Fenton zu der Überzeugung gelangt, daß ein durchschnittlicher Untersucher eher die Beweise für seinen eigenen Verstand zurückweisen würde, als zuzugeben, daß er irgend etwas nicht begriff. Wenn die Polizisten Pentarn und ein Dutzend von den Eisenwesen gesehen hätten, wie sie die Waffe in die Wohnung gebracht hätten, würden sie immer noch überzeugt sein, daß darin nicht Ungewöhnliches lag.

Einer der Polizisten fragte: »Haben Sie sich die Diebin gut angesehen? Können Sie uns ihr Alter, Hautfarbe, Größe undsoweiter angeben? Würden Sie sie wiedererkennen, vielleicht auch bei einer Gegenüberstellung?«

»Weiß, weiblich, etwa dreißig Pfund Übergewicht, braunes Haar«, antwortete Fenton. »Was die Augen angeht, bin ich mir nicht ganz sicher, aber ich weiß noch mehr. Ich kenne sie. Sie studiert an der Parapsychologischen Fakultät.«

»Sie dozieren an der Universität? Und dieses Mädchen ist eine Ihrer Studentinnen?«

»Nein«, sagte Fenton geduldig. »Ich lehre nicht. Ich arbeite mit Doktor Garnock zusammen – oder habe es bis vor kurzem, bei einem Sonderforschungsprojekt, und Amy Brittman hat ebenfalls bei diesem Projekt mitgearbeitet.«

Sie brauchten eine Weile, um das zu begreifen, und dann fragten sie ihn, wie man Parapsychologie schreibt. Schließlich meinte einer: »Oh, ich habe da was im Fernsehen gesehen. Ihr seid doch die Geisterforscher. Sagen Sie, Professor, ist das echt? Das sind doch alles Betrüger, oder? Und ihr Jungs da, ihr entlarvt falsche Wahrsager und so Leute, oder?«

Fenton hatte keine Lust einem uniformierten Polizisten zu dieser Stunde die parapsychologische Forschung zu erklären. Es gab ohne Zweifel ein paar gebildete Männer bei der Polizei, die fast so viel darüber wußten wie er auch, aber die würden ihn nicht bitten, das Wort zu buchstabieren.

Er stimmte also zu, daß es in der Tat schwarze Schafe gab, die der Fluch eines jeden Parapsychologen waren, und gab ihnen Amy Brittmans Adresse, die er über den Studentendienst herausgefunden hatte. Er hatte ein ungutes Gefühl, sie der Polizei auszuliefern – immerhin hatte sie nichts gestohlen, was er als vermißt melden wollte, und was das Antaril anging, so sollte sie das Zeugs ruhig behalten, und er wünschte ihr und Pentarn Spaß damit. Aber sie hatte seine Wohnung verwüstet, und dafür verdiente sie zumindest eine unangenehme Viertelstunde, auch für die Erklärung, wie sie an die Pistole gekommen war. Er hätte seinen Doktortitel gewettet, daß sie nichts hatte, was im entferntesten einem Waffenschein ähnelte. Wenn man ihr nicht die Waffe zurückgab und Pentarn ohne sie auskommen mußte, dann würde Fenton über Pentarns Wut auch keine Stunde Schlaf versäumen.

»Und sie hat nichts gestohlen, so wie sie es jetzt abschätzen können?«

Fenton sagte: »Lassen Sie mich im Schlafzimmer nachsehen.« Aber sein tragbarer Fernseher und die goldene Armbanduhr von seinem Vater waren dort, wie auch seine Armee-Entlassungs- und andere persönliche Papiere, wenn auch die Akten auf den Boden geworfen waren, ebenso sein Scheckbuch, seine Brieftasche und die Kreditkarten.

»Ich glaube nicht, daß sie irgend etwas mitgehen ließ. Ich habe sie vielleicht überrascht, ehe sie fand, was sie suchte«, sagte er. Wenn er doch nur wüßte, was das war. Die Polizisten beschlossen, sie zu verhören, und er unterzeichnete eine formelle Anklage, lauschte ihren endlosen Kommentaren über die Studenten, und als sie fort waren, machte er sich mißmutig daran, das Chaos zu beseitigen, das Amy in seiner Wohnung angerichtet hatte. Es war schwer zu glauben, daß er vor nur ein paar Stunden mit Kerridis durch den sonnenbeschienenen Elfenhain gewandert war.

Er brachte den dritten Sack Müll hinunter und überlegte, daß er auch einkaufen müßte, als das Telefon klingelte. Stumm verfluchte er, wer auch immer ihn jetzt anrief, nahm den Hörer ab und bellte: »Fenton.«

»Was ist los, Cam?« fragte Sallys Stimme besorgt. »Habe ich dich geweckt? Hast du es vergessen? Wollten wir nicht heute in die Sierras fahren, deinen Onkel besuchen?«

Fenton blinzelte die Wand an. Nach einer Minute sagte er: »Tut mir leid, Schatz. Ich dachte, es sei morgen. Ich muß das Datum verwechselt haben.« Immerhin wußte er jetzt, wie lange er dieses Mal in der fremden Welt geblieben war.

»Du schaffst es nicht?«

»Aber sicher«, entgegnete Fenton. »Aber du mußt fahren.« Ihm tat immer noch jeder Muskel weh. »Ich hatte . . . eine schlechte Nacht.« Und das, dachte er, war die größte Untertreibung aller Zeiten.

»Ich hole dich in einer Stunde ab«, sagte Sally. »Ich muß noch Sprit für das Auto holen und bringe auch was zum Lunch mit.«

»Gut. Und ich rufe Onkel Stan an und sage ihm, wann wir ungefähr ankommen. Gut?«

Als Sally kam, sah sie sich kurz in der Wohnung um und fragte: »War hier ein Tornado?«

Er lachte. »Du hättest es vor zwei Stunden sehen müssen.«

»Einbrecher, Cam?«

»Einbrecher. Weiblich. Mit Namen Amy Brittman. Ich vermute, sie ist jetzt in Polizeigewahrsam, und ich hoffe sicher, daß sie ihr Angst einjagen. Ich wünsche ihr nichts Böses«, fügte er hinzu und betastete den immer noch brennenden Kratzer, den sie ihm beim Kampf um die Waffe zugefügt hatte. »Aber ich meine, sie verdient einen Klaps, und dann heim zu Mama.«

»Amy?« Sally starrte ihn entgeistert an. »Ich habe immer gewußt, daß das Mädchen instabil ist, aber sie muß total wahnsinnig sein! Hat sie auch die Kugel da in die Wand gejagt?«

»Wenn es eine Kugel war«, entgegnete Cam. »Sie hatte eine Art Pistole. Die Polizei hat sie mitgenommen.« Beim Reden fragte er sich, ob man Amy in ihrer Wohnung finden würde, oder ob sie durch eines von Pentarns Toren geschossen war und niemals mehr in dieser Welt gesehen würde.

»Reden wir nicht über sie«, sagte er und brachte das Lunchpaket in Sallys Auto. »Denken wir heute nur an uns.«

Sie hob den Kopf zu ihm hoch und sagte leise: »Das paßt mir gut.«

Und diese Geste ließ ihn wieder an ihre Ähnlichkeit mit Kerridis denken. In der anderen Welt, der Welt der Alfar, war Kerridis also eine Analogie zu Sally? So mußte es sein. Ihn rührte die Sonderbarkeit an, dachte, daß er nur vor wenigen Stunden, nach der Zeit dieser Welt, Kerridis geküßt hatte, unter den Bäumen in der Nähe des Weltenhauses, und er fragte sich verärgert, wie sie mit ihrem großen Rat zurechtkam, mit den befreundeten Räten und jenen, die sie für ihre Feinde hielt. Er hatte sie ihnen überlassen; es war nicht seine Schuld gewesen, aber er hatte sie ihren Sorgen überlassen müssen, und er fühlte sich schuldig.

»Cam, du siehst wirklich müde aus«, sagte sie. »Vielleicht versuchst du, ein bißchen zu schlafen, wenn ich fahre.« Sie schnitt seine Einwände ab. »Sei nicht albern, Cam. Als mein Knie so schlimm war, hast du dir alle möglichen Mühen gemacht. Und jetzt bin ich an der Reihe, mich um dich zu kümmern. Leg den Kopf zurück und mach ein Nickerchen.«

Fenton widersprach nicht. Das reichliche Frühstück hatte ein bißchen Leben in ihn gebracht, aber er fühlte sich immer noch erschöpft. Er stieg ins Auto, legte den Kopf zurück und war fast unmittelbar darauf eingeschlafen.

Er schlief stundenlang, und als er erwachte, fuhr das Auto langsam in die Sierras hinauf. Einen Moment lang regte er sich nicht und blickte nur hinüber auf Sallys sonnenbeschienenes Profil. Ja, die körperliche Ähnlichkeit mit Kerridis war da, aber ohne die Verletzlichkeit, die ihm bei der Königin der Alfar zuerst aufgefallen war. Vermutlich sagte das psychologisch einiges über ihn aus, daß er sich zu scheuen, hilflosen, zarten Frauen hingezogen fühlte. Sally war zäh und selbständig, aber auch sie hatte er ohne Abwehrpanzer erlebt. Und nun war Sally bereit zuzugeben, daß er ebenfalls ein Recht auf Schwäche hatte und bekümmert und versorgt werden wollte.

Aber das brachte seine Gedanken zu Kerridis zurück und ihrem Anliegen. Wie konnte er ihr helfen? Was brachte ihn zu dem Gedanken, er könnte überhaupt irgend etwas zu ihrer Hilfe unternehmen? In einer Welle aus Wut und Selbstmitleid dachte er, daß er nur ein verdammter Idiot von einem Zwischenmenschen war, der in die Welt der Alfar hineinplatzte als ein Schatten, unfähig, sich nützlich zu machen. Genoß er diese Art von Machtlosigkeit? Hatte er doch einen Zug von Masochismus? Wenn Sally doch recht hatte, und die Welt der Alfar und seine Experimente mit Antaril waren alle Teil einer einzigen beständigen Phantasie, die seinen eigenen neurotischen Bedürfnissen entsprang, dann konnte er Garnock den Schluß nicht vorwerfen, daß er zu instabil sei, um an dem Experiment weiter teilzunehmen.

Aber diese Gedankenkette war eine Einbahnstraße und brachte ihn zurück zu Amy Brittman in den Händen der Polizei. Das war doch wirklich gewesen, und die Kugel in seiner Wand war ebenfalls real, wie auch die fremdartige Waffe, die jetzt bei der Polizei von Berkeley war. Und das brachte ihn wieder zurück zu dem, was er die ganze Zeit über schon gewußt hatte, daß Kerridis und die Alfar echt waren, wie auch Pentarn und die Eisenwesen und auch die Welt, in der er sich damit zufrieden gegeben hatte, als Stein in der Sonne zu vegetieren.

Und jetzt mußte er das alles irgendwie Sally erklären. Er seufzte, und sie wandte ihm das Gesicht zu, lächelte kurz.

»Wach? Ich wollte dich gerade wecken. Ich weiß von hier aus nicht weiter, und jetzt mußt du mir sagen, welche Abzweigung es ist.«

»Warum läßt du mich nicht eine Weile fahren? Dein schlimmes Knie ist sicher schon ganz verkrampft«, sagte er, froh über die Gelegenheit, die unvermeidliche Konfrontation zu verschieben. Er war sicher, daß sie wieder streiten würden. Sie tauschten die Plätze, und er steckte einen Moment lang die Hand in die Tasche, wo das kleine Plastikprisma lag, das Prisma, das in Kerridis Welt ein Stück wertvollen Vrills war. Plastik – wie konnte es in dieser Welt nur zu so etwas werden? Gewöhnliches, allgegenwärtiges, billiges Plastik! Wo lag die Verbindung? Gab es überhaupt eine, würde alles der Alfarwelt bei uns Plastik sein? Oder war es ein Zufall, daß Vrill die Struktur von etwas Alltäglichem annahm, wie auch der exquisit getriebene Talisman zu einem gewöhnlichen Stein geworden war?

Eines aber war absolut sicher. Er würde den Talisman von Garnock zurückbekommen, und wenn er in Garnocks Büro einbrechen müßte wie Amy Brittman in seine Wohnung!

»Ich beneide deinen Onkel«, sagte Sally und lächelte ihn an, das Haar zerzaust vom Wind durch die offenen Wagenfenster. »In dieser wunderschönen Landschaft zu leben. Sind wir bald da, Cam?«

»Nur noch die Straße hinauf. Es ist das Haus mit dem grauen Schieferdach. Du kannst es gerade eben sehen! Die Straße ist ziemlich steil hier. Sieh mal, da ist Onkel Stan im Hof und füttert die Ziegen!«

Er bog in die Einfahrt und parkte, und sie stiegen aus dem Auto und gingen zum Ziegenstall.

Stan Cameron grinste und strahlte und nahm Sallys Hand. »Ist das das Mädchen, von dem du mir erzählt hast, Cam? Freue mich, dich kennenzulernen«, sagte er. »Kommt und helft mir, die Ziegen zu füttern und in den Stall zu sperren.« Sie folgten ihm in den Stall, und Fenton sah, wie Sally lächelnd die Ziegen betrachtete, ihnen die harten Hornstümpfe kraulte, sie sanft von ihrem Rock schob, er sah wieder die glückliche, unbekümmerte Sally, zufrieden mit sich selbst, die er immer nur für kurze Augenblicke gesehen hatte. Das, erkannte er, war die wahre Sally, die er durch ihre scharfe, harte Abwehr hindurch gesehen hatte. Auch wie sie gutmütig ein Junges fortscheuchte, als es an ihren Kleidern zu knabbern begann, erfreute ihn. Sie stellte Onkel Stan intelligente Fragen über die Tiere und seine Arbeit, wenn er Studenten auf Wanderungen führte, und aß das gute Essen, das er gekocht hatte, zusammen mit dem selbstgebackenen Brot, mit Appetit und Freude.

»Kaffee?« fragte er am Ende des Mahls und neigte die Kanne über ihrer Tasse.

Sie lachte und schüttelte den Kopf. »Gott, nein. Ich würde kein Auge zutun.«

»Ich würde mit einer Psychologin nicht streiten«, sagte Stan Cameron. »Das ist deine Sache, aber ich habe immer gedacht, daß sich die Leute das einbilden. Mein Vater hat an jedem Tag seines Lebens als letztes, ehe er zu Bett ging, eine Tasse starken Kaffee mit Zucker und Milch getrunken. Sagte, er würde dann besser schlafen. Und wenn man bedenkt, daß er niemals Schlafschwierigkeiten hatte, außer in den drei Wochen, in denen er wegen seines Rückens im Krankenhaus war und sie ihm keinen Kaffee gaben, bin ich geneigt, ihm zu glauben. Die menschliche Einbildung ist eine komische Sache.«

Sally lachte und nickte. »Ich vergesse, welcher Wissenschaftler es war, der sagte, das Universum sei nicht nur sonderbarer als wir uns vorstellten, sondern auch sonderbarer als wir uns vorstellen *können*!« sagte sie.

»Genau«, stimmte Onkel Stan zu. »In deiner Branche – Cam sagte mir, daß du auch bei den Parapsychologen arbeitest – solltest du das besser wissen, als jeder andere. Du mußt die Skeptiker entsetzlich leid werden, die nichts glauben, auch, wenn es direkt unter ihrer Nase ist. Und ebenso leid, könnte ich mir vorstellen, hast du die Leute, die allen möglichen Blödsinn glauben, für den es nicht den Fetzen eines Beweises gibt. Ihr wandert wirklich auf einem schmalen Grat, stimmt's? Skeptiker auf der einen Seite und Unglaubwürdigkeit auf der anderen, und beide Seiten völlig blind gegenüber Logik und rationalen Beweisen.«

»Oh, du hast so recht«, sagte Sally. »Daher versuchen wir, sicherzugehen, daß die Leute, die in unserer Abteilung anfangen, auch relativ stabil sind. Wenn wir einen ignoranten und logiksicheren Skeptiker nehmen und seine Skepsis durchbrechen, haben wir einen ebenso ignoranten und logiksicheren Fanatiker, der alles glaubt.«

»Ich kann mir vorstellen, wie das passiert«, gab Onkel Stan zu. »Sehen wir es doch richtig, die meisten Menschen wollen sich doch einfach sicher fühlen, jemandem vertrauen und dem trauen, was der ihnen erzählt, nicht eigene Gedanken fassen oder die rostigen Gehirne zum Denken zu bringen. Man braucht doch nur das Fernsehen anzustellen, um zu sehen, was die meisten die ganze Zeit über sehen – alles, wobei man nicht zu denken braucht: Komödien, Shows, politische Reden, hübsche Tiere. Und wenn die Leute dann aufhören müssen, dem zu vertrauen, was sie immer schon geglaubt haben, dann haben sie Angst und richten sich schnell einen anderen Glauben an irgend etwas anderes auf. Ich glaube, offene Skepsis und vernünftige Prüfung von Fakten sind vermutlich das seltenste in der Welt, und daher hatten die Bildungsprogramme, die sie vor einigen Jahren brachten, keinen Erfolg. Eine Weile herrschte der Gedanke, wenn man jedem Ignoranten und Minderbemittelten eine Universitätsausbildung gab, zumindest eine Chance dazu, dann würde daraus ein gebildeter, vernünftiger Denker, wie immer sein Hintergrund und die Erfahrungen aus der Kindheit waren. Stattdessen kamen aus fünftausend ignoranten Bengeln vielleicht hundert das erste Mal zum Denken, und die stürzten sich darauf wie eine Ziege auf Luzerne, und viertausendneunhundert Bengel zogen nur eine neue Ladung Vorurteile und einen neuen Jargon daraus. Ich hatte ziemliche Schwierigkeiten, als ich als junger Mann am College unterrichtete und den Leuten sagte, man könne aus einem Schweineohr kein Seidentäschchen machen. Sie nannten mich einen Rassisten und noch schlimmeres, weil ich behauptete, man könne lediglich ein paar versteckte Seidentäschen als Schweinsohren verkleidet finden, die man davor bewahren könnte, von den Bullen ringsum zu Boden gestampft zu werden.«

Sally verzog die Mundwinkel zu einem Grinsen.

»Das stimmt so genau«, sagte sie.

»Ich bin auf einer Farm außerhalb Fresnos aufgewachsen und habe versucht, ein Schweinsohr zu sein inmitten einer Klasse Highschool-Mädchen, die sich nicht vorstellen konnten, daß ein Mädchen ein anderes Ziel haben konnte, als den Typen von der nächsten Farm zu heiraten, der, wenn er dreißig war, hunderttausend im Jahr macht, ein paar Preise auf der Landwirtschaftsausstellung gewinnt – ja, das gibt es dort noch – Steppdecken zu besticken und Marmelade zu machen, ein paar gute Christen heranzuziehen und niemals gegen den Strom zu schwimmen. Sie hielten sich für die Seidentäschchen, und ich war das verdammte Schweinsohr, das etwas Verrücktes wollte, nämlich mein eigenes Leben führen. Ich habe also, bis mein Kind starb, so getan, und dann haben mein Mann und ich uns getrennt. Jetzt habe ich es aufgegeben, den anderen etwas vorzuspielen. Aber von den anderen gibt es mehr als von meiner Sorte, wer hat also recht?«

Onkel Stan nickte. »Vielleicht niemand«, sagte er. »Vielleicht müssen die Menschen einfach verschiedene Wege gehen, und das Verbrechen liegt darin, aus den Schweinsohren Seidentäschchen machen zu wollen – oder auch aus einem Seidentäschchen ein Schweinsohr. Das Leben hier oben mit meinen Ziegen ist auch nicht gerade das, was sich meine Familie für mich vorgestellt hat. Sie dachten, ich sollte Arzt oder Rechtsanwalt oder irgend etwas Intelligentes werden. Aber ich mag Ziegen lieber als die meisten Menschen.« Er lächelte, um diesen Worten die Schärfe zu nehmen.

Sally erwiderte prompt: »Baaa . . . aaaa!«

Als das Lachen verebbte, stellte Stan Cameron einen Teller mit Plätzchen auf den Tisch und fragte: »Wo wir gerade von Ignoranten und Gläubigen reden, Cam, hattest du noch Schwierigkeiten mit der Sache, von der du mir neulich erzählt hast?«

Fenton spürte, wie seine kurze Frist verstrich. Jetzt würde er es Onkel Stan erzählen und sich Sallys Verachtung oder Feindseligkeit stellen müssen. Nun, er würde Stan Cameron nicht mit Ausflüchten abspeisen.

»Die Dinge sind immer noch so«, sagte er. »Nur letzte Nacht ist etwas geschehen, was mir zu schaffen macht. Du sagtest, daß wir unsere gescheiterten Fälle in der Fakultät haben müssen – instabile Leute. Es scheint, daß einer von ihnen ein Mädchen namens Amy Brittman ist.« Er erzählte Stan alles darüber, begann bei seiner ersten Begegnung mit Amy – er hatte da nicht gewußt, wer sie war – in Pentarns Welt als die Frau des Lordführers und endete damit, wie er sie in seiner Wohnung entdeckt hatte und versuchte, sie der Polizei zu übergeben.

Der Kaffee wurde in den Tassen kalt, und die Plätzchen blieben ungegessen, während Stan Cameron zuhörte. Sally starrte von einem zum anderen, enthielt sich aber jeder Bemerkung.

»Hört sich an, als sei das Universum viel sonderbarer, als wir uns vorstellen können, nicht wahr, Sally?« sagte Stan und lächelte sie über den Tisch hinweg an. »Wie fühlt man sich auf dem schmalen Grat zwischen dem, was die Menschen wissen und dem, was sie gerade erst zu entdecken beginnen?«

»Unsicher, antwortete sie. Dann zögerte sie und betrachtete den alten Mann. »Stan Cameron, glaubst du das . . . ich meine wirklich?«

Onkel Stan nickte. »Ich habe keinen Grund, es nicht zu glauben. Cam hat mich noch nie angelogen.«

»Und du hast die Fußspuren des . . . Eisenwesens gesehen?«

»Ich habe sie gesehen. Ich habe auch Fotos von ihnen, wenn man auch die Spuren nicht gut sieht. Es waren keine Bärenspuren, und kein kleineres Tier als ein Bär könnte mit einer Axt davonlaufen. Worum geht es?«

Sally ignorierte die Frage und blickte stirnrunzelnd auf ihre Hände. »Aber alles ist so . . . gegen die Gesetze, die wir für das Universum kennen.«

»Das wäre nicht das erste Mal, daß unsere Gesetze nicht passen«, sagte Stan Cameron. »Es gab mal ein Gesetz, daß sich die Sonne um die Erde bewegt. Und Newtons Gesetze galten als universal, bis der Typ mit Namen Einstein daherkam. Wenn wir merken, daß die Gesetze, die wir haben, nicht mehr passen, werden wir uns wohl neue einfallen lassen müssen.«

»Was die wissenschaftliche Haltung ist – die Haltung, die ich inzwischen gelernt haben sollte«, sagte Sally reumütig. Sie lehnte sich auf den Ellbogen über den Tisch; dann streckte sie die Hand nach Fenton aus und umschloß seine Finger. »Cam, es tut mir leid, ich bin dessen schuldig, was ich gerade anderen vorgeworfen habe – ohne Beweise zu urteilen. Ich hätte annehmen müssen, daß du die Wahrheit sagst, bis ich mich vom Gegenteil überzeugt hätte. Oder zumindest hätte ich mich des Urteils enthalten sollen . . .«

»Was hat deine Meinung geändert, Sally?« fragte Fenton.

Sie sagte mit einem Lächeln über den Tisch zu Stan Cameron: »Die Beziehung zwischen dir und deinem Onkel und wie du mit ihm sprichst. Du köntest vielleicht aus irgendeinem Grund mich anlügen oder hinters Licht führen. Aber ich kann mir nicht vorstellen, daß du deinem Onkel irgend etwas sagst, was nicht die reine Wahrheit ist, und ich kann mir ebenso wenig vorstellen, daß er nicht spüren würde, falls du ihn täuschen wolltest.«

»Ich glaube«, sagte Stan Cameron, »daß ich gerade eine Art Kompliment bekommen habe.«

»Wie auch immer, ich bin dir dankbar, Sally«, sagte Fenton. »Aber die Frage ist doch, was wir nun anfangen werden.«

»Ich wünschte, ich wüßte es«, sagte sie. »Da werden sich einige umgewöhnen müssen. Ich muß meine Gedanken neu ordnen. Alles kann ich immer noch nicht glauben, Cam. Aber ich mißtraue dir nun nicht mehr und versuche zu akzeptieren, was du erzählst – und nehme an, daß das, was du erzählst, wirlich geschehen ist.«

Sie sah ihn wieder an, und wieder dachte er auf diese unerklärliche Weise an Kerridis. Das war das einzige, was er nicht erwähnt hatte – seine Gefühle für Kerridis. Er hatte keinen Grund, mit Onkel Stan darüber zu reden, und er war noch nicht bereit, es Sally zu beichten.

Und nun befanden sich alle seine Gefühle im Aufruhr, denn wieder war er sich der Hoffnungslosigkeit einer wirklichen Beziehung mit Kerridis bewußt. Sie war immerhin die Lady der Alfar, seine Feenkönigin, fern und unberührbar. Sally war da und wirklich und lieb, und er hatte gerade den Beweis bekommen, daß sie ihn genügend schätzte, um mit offenen Augen die Dinge zu betrachten, die sie grundsätzlich verstört hatten.

Sally hatte sich eine weitere Tasse Kaffee eingegossen. Dann sagte sie: »Ich glaube, du mußt mir alles noch einmal erzählen, Cam. Die ganze Geschichte. Ich habe das Gefühl, als ich sie zuerst hörte, habe ich sie nicht richtig aufgenommen. Ich hatte die fixe Idee, es sei eine Halluzination.«

»Ich möchte auch die ganze Sache noch einmal von Anfang an

hören«, sagte Stan Cameron, und Fenton lehnte sich zurück und erzählte die ganze Geschichte noch einmal von Anfang an, als er zum ersten Mal in die Welt der Alfar gelangt war.

Als er zum ersten Mal Pentarn erwähnte, in den vulkanischen Höhlen unter der Alfarwelt, regte sich Sally, als wolle sie etwas sagen, aber als er abbrach und sie erwartungsvoll ansah, schüttelte sie den Kopf.

»Nein, mach weiter, Cam. Ich werde das später erzählen.«

Fenton fuhr fort mit seiner Geschichte und endete mit dem Polizisten, der Amy Brittmans Namen und Adresse aufgeschrieben hatte und der Waffe, die vermutlich aus dem Arsenal in Pentarns Welt stammte. Dieses Mal ließ er nichts aus – außer der Umarmung von Kerridis, seiner Traumfrau. Das erzählte er nicht, denn das würde er vermutlich niemals jemandem erzählen.

»Ich frage mich«, sagte Stan Cameron, »was die Polizei mit der Waffe anfängt.«

»Gott weiß«, meinte Sally, »um die Waffe mache ich mir keine Gedanken. Mich betrifft mehr, was Pentarn mit Amy anfängt, wenn er herausfindet, daß sie versagt hat. Das Mädchen ist eine Närrin, aber sie gehört zu meinen Studenten, und ich fühle mich irgendwie verantwortlich für sie. Ich habe sie Garnock für das Antaril-Experiment empfohlen. Und ich habe das Gefühl, ich bin ihr nicht gerecht geworden, weil sie sich, als sie zu mir kam, Sorgen darum machte, was Pentarn wohl im Schilde führte. Ich habe sie ebenso behandelt, wie ich dich behandelt habe, Cam. Ich habe sie aus dem Experiment ausgeschlossen, weil ich behauptete, sie sei psychisch abhängig von der Droge. Sie ist von Pentarn besessen, emotional, sexuell, auf alle mögliche Weise, und als ich Pentarn noch für eine Illusion hielt, schien mir das eine ungesunde Sache. Das Dämon-Liebhaber-Syndrom.«

Stan Cameron kniff die Lippen aufeinander. »Ich weiß nicht«, sagte er, »aber wenn diese Amy Brittman meine Schwester oder Tochter wäre, hätte ich es lieber, sie wäre von einem imaginären Pentarn besessen als von einem wirklichen. Ein imaginärer Dämon-Liebhaber könnte dem Mädchen wenigstens keinen Schaden zufügen.«

Sally nickte. »Da ist etwas dran. Aber sie hat auch solche Angst vor ihm.«

»Er nennt sie nicht umsonst die Frau des Lordführers«, wies Fenton auf. »Ich glaube nicht, daß er ihr wehtut. Die Besessenheit, wenn es das ist, scheint gegenseitig zu sein.«

»Da bin ich nicht sicher«, meinte Sally zweifelnd.

»Ich würde mir darüber keine Sorgen machen«, sagte Onkel Stan. »Pentarn kann ihr nichts anhaben, wenn sie wegen Einbruchs einsitzt. Er könnte vielleicht in ihre Zelle eindringen als ein – wie hieß das noch? Zwischenmensch? – aber so könnte er sie nicht grün und blau schlagen, geschweige denn, ihr anders wehtun. Und wenn er in seinem Körper kommt, dann käme er nicht in ihre Zelle – denn ich wette, die Berkeley-Bullen schließen alles, was sie fangen, sicher ein. Nennen es Vorbeugehaft.«

»Das ist wenigstens etwas«, sagte Sally erleichtert, aber Fenton war sich nicht so sicher. Ihm wurde bewußt, daß er nun eine weitere Sorge hatte: er fürchtete nicht nur um Kerridis und Irielle, sondern war auch noch verantwortlich für das Schicksal von Amy Brittman.

Stan Cameron blickte zur Uhr.

»Mitternacht«, sagte er, »und morgen habe ich einen anstrengenden Tag vor mir. Ich habe eine Gruppe Wanderer. Wir gehen besser ins Bett.« Er blickte sie direkt an. »Ein oder zwei Betten? Ich weiß nicht, was für eine Beziehung ihr beiden habt. Du kannst das Gästezimmer haben, Sally, und Cam kann sich hier auf den Fußboden legen, wenn ihr das wollt. Aber wenn ihr es bequem haben wollt, das Bett ist groß genug für zwei, und ich habe kein Interesse daran, das Privatleben anderer zu regeln.«

Sally zögerte nicht. Sie lächelte über den Tisch und dann zu Cam.

»Ein Bett«, sagte sie. »Ich bin albern gewesen, Cam, und ich will keine Zeit mehr verlieren.«

Am Morgen brach Stan Cameron früh auf mit seinen Wanderern. Fenton und Sally fütterten die Ziegen und brachten sie in ihr Gehege, genossen die einfachen Arbeiten, weit fort von dem Getriebe der Stadt. Fenton brachte sie zu der Stelle, wo er das Eisenwesen mit der Axt seines Onkels gesehen hatte. Die Spuren waren natürlich schon lange verwischt, aber Sally betrachtete stirnrunzelnd den Boden und sagte: »Ich vermute, die Axt wurde niemals gefunden?«

»Ich glaube, er hätte es mir sofort erzählt, und ich habe im Schuppen keine gesehen«, antwortete Fenton.

Auf dem Rückweg zum Haus war Sally tief in Gedanken versunken. »Kannst du dich genau erinnern, was Kerridis sagte –

oder war es Findhal? – über die Zeit, als die Eisenwesen nur kommen konnten, wenn die Vollmonde gleich standen? Ich fragte mich, ob das ein Grund für den alten Glauben an Astrologie ist – der Gedanke, daß man die Zyklen aufzeichnen müsse, weil es Zeiten gab, wo die Tore zwischen den Welten offen waren und die falschen Wesen durchkamen?«

Fenton wiederholte es, so gut er sich erinnern konnte.

»Die Tore sind also jetzt öfter offen, und Kerridis glaubt, es liegt an Pentarns Treiben?« Sally war nachdenklich. »Ich frage mich, ob es in seinem Arsenal eine Waffe gibt, die die Weltentore aufzwingt. Das würde erklären . . .« Sie verstummte, trug ihre Tasche zum Auto. »Glaubst du, du könntest jetzt in ein Weltenhaus gehen?«

Fenton grinste freudlos. »Wenn ich eines finde.«

Er hatte ihr gegenüber wiederholt, was die Leute im Weltenhaus, die Kerker-und-Drachen spielten, über die Parapsychologische Fakultät gesagt hatten. Mit einem leichten Achselzucken erwiderte sie, daß es immer Differenzen zwischen den theoretischen Forschern und den Leuten bei der Feldarbeit gegeben hatte. »Frag einen Therapeuten in einem Heim für zurückgebliebene Kinder, was er von der Forschung in der Erziehungspsychologie hält! Oder einen Lehrer in einer Ghettoschule.«

»Der Unterschied ist«, sagte Fenton, »daß es bis vor kurzem keine Feldarbeit in der angewandten Parapsychologie gegeben hat. Außer den merkwürdigen Leuten, die versuchen, Geisterhäuser zu beruhigen, indem sie sich mit den Geistern in Verbindung setzen, die sie dort vermuten. Sie sollten den Geistern und Gespenstern zu verstehen geben, daß sie tot sind und die Lebenden in Ruhe lassen müssen.« Er lachte und verstaute seinen Rucksack im Kofferraum. »Hör mir zu. Ich höre mich an wie Garnock, wenn er über das Weltenhaus redet.«

Sally klemmte sich hinter das Steuerrad. Sie sagte: »Du mußt der Sache ins Auge sehen, Cam. Das Akzeptieren dieser Dinge braucht Zeit. Mir ist gerade unter die Nase gerieben worden, daß ich, wissenschaftliche Objektivität hin oder her, glaube, wozu ich erzogen wurde. Die Tatsache, daß ich dir zu glauben beginne, wird das Eis bei Garnock nicht brechen. Er wird einfach denken . . .« Sie wandte sich zu ihm und lächelte ihn an, jenes atemberaubende Lächeln, das sie so schön machte, ». . . daß ich wie Amy Brittman bin – ein Opfer einer sexuellen Hörigkeit, die mein reifes wissenschaftliches Urteil beeinträchtigt.«

Er nahm ihre Hand, umschloß ihre Finger, als sie den Schlüssel ins Zündschloß stecken wollte. Dann sagte er: »Ist mir egal, Liebling, zur Hölle mit Garnock!«

Aber es war nicht so leicht, und sie beide wußten es. Während der langen Fahrt nach Hause überlegten sie, wie sie Garnock überzeugen könnten. Sie beide wußten, daß der erste Schritt darin bestand, das Weltenhaus wiederzufinden, und obwohl sich Sally in den dichten Verkehr auf der oberen Telegraph Avenue stürzte, war da nichts anderes als die Reinigung. Sally sah enttäuscht aus. Fenton wußte, daß sie gehofft hatte, einen Blick auf das Wellenhaus werfen zu können. Es mußte weitere Beweise geben.

Sie wollte, daß er mit ihr nach Hause kam, aber Fenton bestand darauf, daß er noch zu tun hatte, er mußte weiter aufräumen. »Ich komme später«, sagte er.

Sie gab mit einer Spur Farbe in den Wangen zurück: »Vielleicht hattest du recht, Cam. Vielleicht sollten wir überlegen, ob einer von uns zum anderen zieht. Nur überlegen. Ich weiß nicht, ob ich schon bereit dazu bin.«

Er fragte sie, wann er zu ihr kommen solle.

»Ich muß noch die Kurse für morgen vorbereiten. Ich werde dich anrufen, wenn ich fertig bin, ja?« Sie beugte sich zu ihm und küßte ihn, ehe sie ihn vor seinem Haus absetzte.

Fenton ging die Treppe hinauf und dachte mißmutig darüber nach, wie er seine Wohnung wieder auf Vordermann bringen konnte. Er würde einen neuen Besen kaufen müssen und vielleicht eine Flasche Reinigungsmittel. Und ein paar Schwämme, sicher ein paar Schwämme. Und Gummihandschuhe; irgendwo hatte auch zerbrochenes Glas auf dem Boden gelegen.

Aber die Tür zu seiner Wohnung stand weit offen. Adrenalin schoß durch seine Adern. *Was ist es denn nun? Pentarn? Amy Brittman auf einem neuen Besuch? Eisenwesen?* Er verspannte sich, vorsichtig, bereit, sich zu verteidigen, dankbar für die paar Karatestunden, die er genommen hatte – wenn er auch nicht sicher war, was sie gegen die haarigen kleinen Monster ausrichten würden.

Er trat ein, sah sich rasch und vorsichtig im Wohnzimmer um.

»Gut«, sagte eine kontrollierte Stimme. »Genau da, Fenton. Hände gegen die Wand. Keine Bewegung.«

Er war ein Polizist in Uniform. Und er hielt eine gezückte Pistole, die direkt auf Fentons Herz gerichtet war.

16

Es waren zwei Polizisten. Und eine dritte Person in identischer Kleidung, aber technisch gesehen eine Polizistin, kurz und stämmig, die aussah, als sei sie noch zäher als ihre männlichen Gegenstücke. Fenton war gelähmt, aber reagierte automatisch, ging mit erhobenen Händen zur Wand und beugte sich dort nach vorn, gab sich locker, als ihn der Polizist nach Waffen abtastete und seine Taschen umdrehte.

»Nicht bewaffnet«, sagte der Polizist. »Keine Waffen, außer . . . was ist dies hier?«

Er streckte es Fenton auf der Handfläche entgegen, und Fenton sagte: »Ist eine Veterinärnadel. Ich habe bei einer Ziege meines Onkels heute morgen eine Wunde vernäht.« Benommen durch die plötzliche Veränderung dachte er an Sally, wie sie eine Mutterziege molk und das spielerische Junge aus dem Weg stubste. »Was soll das ganze, Wachtmeister?«

»Setz dich, Fenton«, sagte die Polizistin und gab sich nicht den Anschein, als wolle sie seine Frage beantworten. »Sie sind Cameron Fenton?«

»Ja, aber . . .«

»Ist das Ihre Wohnung? Sind sie rechtmäßiger Mieter dieser Wohnung?« Sie las die Adresse.

Fenton gab es verwirrt zu. Er begann zu vermuten, daß irgend etwas ganz, ganz falsch lief. Dazu brauchte es kaum Verstand, dachte er niedergeschlagen. Die Polizei in Berkeley war überarbeitet, und es war unwahrscheinlich, daß sie einen zweiten Besuch abstatteten, um einen Routinediebstahl zu überprüfen, bei dem nichts Wichtiges gestohlen wurde. Es sei denn, sie wollten, daß er weitere Klagen gegen Amy Brittman vorbrachte, und dann hätten sie ihn einfach auf die Wache bestellt.

Die Polizistin sagte: »Cameron Fenton, Sie sind verhaftet unter dem Verdacht des vorsätzlichen Mordes. Es ist meine Pflicht nach den Gesetzen des Staates Kalifornien, Ihnen zu sagen, daß sie nicht verpflichtet sind, unsere Fragen zu beantworten, aber wenn Sie antworten, dann werden Ihre Antworten aufgezeichnet und können in zukünftigen Prozessen gegen Sie verwendet werden. Sie haben das Recht, einen Rechtsanwalt hinzuzuziehen, und wenn Sie sich keinen Rechtsanwalt leisten können, wird Ihnen einer gestellt. Verstehen Sie das alles? Sie brauchen keine Fragen zu beantworten und können einen Rechtsanwalt haben, jetzt oder jederzeit, wenn Sie einen wollen. Alles klar?«

»Klar«, sagte er, »aber würden Sie mir bitte sagen, was los ist? Ich habe nichts dagegen, Ihre Fragen zu beantworten. Ich habe nichts getan.«

»Nein?« fragte der Polizist. »Und jetzt ändern Sie vermutlich Ihre Geschichte und erzählen uns, Sie hätten niemals von dem Mädchen gehört, daß sie nicht herkam und Ihre Wohnung auseinandernahm? Daß Sie nicht runterkamen und sie gegen Kaution aus dem Gefängnis freikauften und sie in ihrer Wohnung tot und verstümmelt zurückließen?«

»Oh Gott«, sagte er. »Amy Brittman?«

»Er weiß den Namen. Schreiben Sie das auf, Sergeant«, sagte der Polizist zu der Polizistin. Sie schrieb es auf.

»Klar, sie hat meine Wohnung verwüstet«, sagte Fenton, »und ich habe die Cops gerufen und sie euch übergeben. Ich habe sie aber nicht freigekauft. Und ich bin niemals in der Nähe ihrer Wohnung gewesen.« Dann korrigierte er sich. »Nein, ich bin doch einmal dort gewesen, bin aber nicht reingegangen. Sie öffnete die Tür, sah, daß ich es war und hat sie mir vor der Nase zugeschlagen.«

»Und Sie behaupten, daß Sie sie seither nicht gesehen haben?«

»Ich behaupte es nicht nur, es ist die Tatsache. Ich habe sie nicht mehr gesehen, seit sie die Treppen hier hinab lief.« Er deutete mit dem Finger hinab. »Ich habe der Polizei ihre Pistole gegeben und habe Amy nie mehr gesehen oder von ihr gehört. Ist sie tot?«

»Sie ist tot«, antwortete der Polizist. »Und wir haben ein Dutzend Zeugen, die sagen, daß ein Mann, dessen Beschreibung bis in jede Einzelheit auf Sie paßt, aber in einer idiotischen anachronistischen Verkleidung mit falschem Bart, eine Kaution für sie hinterlegte und Ihren Namen angab. Wollen Sie Ihre Aussage ändern, Fenton?«

Fenton schüttelte den Kopf. Aber es war ein Schlag in die Magengrube. *Pentarn!* »Nein«, sagte er. »Ich habe Ihnen die Wahrheit gesagt. Ich habe die Stadt drei Stunden nach meinem Anruf bei der Polizei verlassen, bin oben in den Sierras gewesen bei meinem Onkel auf seiner Ziegenfarm. Ich war mit einer Kollegin von der Universität zusammen – Miss Lobeck von der Parapsychologischen Fakultät. Sie können sie anrufen und das überprüfen.«

Der Polizist sagte: »Machen Sie sich nur keine Sorgen, das tun wir. Wir brauchen Sie, um die Leiche zu identifizieren. Die Brittman hat keine Verwandten am Ort, daher haben wir bei der Uni nachgefragt und festgestellt, daß Miss Lobeck ihre Tutorin war. Wenn Ihre Geschichte stimmt, brauchen Sie sich keine Sorgen zu machen.«

»Vielleicht hängen sie beide drin«, meinte die Polizistin.

»Wie hätte ich sie denn umbringen können?« fragte Fenton sachlich. »Ich habe die Waffe doch der Polizei übergeben.«

»Wie kommen Sie denn darauf, daß sie erschossen wurde?« fragte der Polizist. »Wir stellen hier die Fragen.«

»Kann ich jemanden anrufen?«

»Sie können unten in der Wache anrufen, wenn wir Sie eingebuchtet haben. Außer Sie nennen uns den Namen Ihres Rechtsanwaltes, und dann müssen wir ihn für Sie anrufen.«

»Ich kenne keinen Rechtsanwalt«, sagte Fenton. »Hölle, ich habe noch nie einen gebraucht.«

»Sieht so aus, als brauchten Sie jetzt einen, Junge«, sagte der Polizist ohne Bösartigkeit, aber tödlich ernst.

»Wenn Sie mich eingelocht haben, werde ich Doktor Garnock anrufen, und der kann mir sagen, ob es einen Anwalt für die Fakultät gibt«, sagte Fenton, aber danach, auf der Fahrt in dem Polizeiauto, fragte er sich müde, ob Garnock die Fakultät lieber nicht in einen Mord verwickelt sah.

Sie brachten ihn hinab in die Stadt und sperrten ihn ein. Dann ließen sie ihn Garnock anrufen, der schockiert war und darauf bestand, sofort mit einem Anwalt zu kommen und mit einem Repräsentanten der Fakultät, um die Kaution zu stellen, falls nötig. Fenton fragte sich, ob Garnock sich vielleicht dachte, er, Fenton, sei durch das Antaril-Experiment so aus dem Gleis geraten, daß er wirklich eines Mordes fähig war. Nach der Einweisung fragte man ihn, ob er etwas gegen medizinische Tests habe; danach nahmen sie Proben von seinem Körperhaar, Haupthaar, Schmutz von den Fingernägeln, untersuchten seinen Körper sorgfältig nach Kratzern und Verletzungen und baten ihn um eine Probe seines Spermas und fragten ihn, wann er zuletzt Verkehr gehabt habe. Er sagte ihnen alles, weil er wußte, daß Sally in einer so ernsten Situation sicher nichts dagegen hatte, ihn zu unterstützen. Aber war Amy Brittman auch vergewaltigt worden? Wenn es Pentarn war, dachte er in ironischer Entrücktheit, dann würde Vergewaltigung wohl kaum notwendig sein.

Dann saß er in seiner Zelle und dachte nach, fürchtete sich vor dem Kommenden. In einem Mordfall gab es keine Freilassung gegen Kaution. Er verließ die Zelle einmal an diesem Tag, weil man ihn ins Leichenschauhaus brachte, wo man eine Schublade herauszog und er Amy Brittman identifizierte als die Diebin, die er der Polizei gemeldet hatte.

Sie trug immer noch die paar Fetzen Kleider, verfleckt und zerrissen und eng um den Hals geschlungen. Ihr Gesicht war zu einer Grimasse verzerrt, zu starrem Entsetzen. Der Körper war geschunden und fleckig. Aber das Schrecklichste waren die Spuren von Tatzen oder Zähnen oder einer brutalen Hackwaffe, die eine ihrer Hände fast abgetrennt hatte und im Halsbereich tiefe Wunden verursacht hatte. Eine Brust war abgetrennt, und etwas hatte – es gab keine andere Art von zutreffender Beschreibung – an einer Stelle oberhalb des Schenkels gekaut.

»Gütiger Gott«, sagte Fenton und verbarg das Gesicht in den Händen. »Gütiger Gott! Das sieht nicht aus, als hätte es ein Mensch getan. Ich hätte das Mädchen vielleicht töten können, wenn auch Gott weiß, ich hatte keinerlei Grund dazu. Aber sie wurde vergewaltigt und erwürgt und zerhackt! Geschunden! Wofür halten Sie mich? Jack the Ripper?«

Niemand antwortete. Er hatte auch keine Antwort erwartet. Sie brachten ihn einfach wieder zurück in seine Zelle, wo man ihm etwas zu essen gab, was wie ein Gulasch aus dehydriertem Protein aussah, und noch etwas, was nur entfernte Ähnlichkeit mit Kaffee hatte, und ließen ihn in einer Zelle mit einer schwachen Glühbirne zurück, die die ganze Nacht brannte.

Lange Zeit lag er wach; der gequälte Körper Amy Brittmans erschien vor seinen Augen, entsetzlich verzerrt und mißhandelt.

Er hätte sie für die Polizei festhalten sollen. Er hätte ihr die Waffe geben und sie gehen lassen sollen, damit sich Pentarn nicht auf diese Weise für ihr Versagen rächen konnte – wenn es Pentarn gewesen war. Pentarn konnte ebenso wenig wie Fenton solche entsetzlichen klaffenden Wunden verursacht haben, wie die Leiche des Mädchens sie aufwies. Gott schütze uns, dachte er, das Mädchen war halb aufgefressen. Und dann, in einem albtraumartigen Halbschlaf, sah er ein Bild der Eisenwesen, wie sie die Pferde der Alfar bei lebendigem Leib aufschlitzten und sich das tropfende Fleisch mit beiden Händen in den Mund stopften.

Eisenwesen! Waren die Eisenwesen irgendwie durchgebrochen und hatten die arme Amy ermordet? Er dachte an ihre Fangzähne, die brutalen, macheteähnlichen Waffen und die langen Klauen. Würden sie überhaupt etwas von ihr übrig gelassen haben?

Das bedeutete, daß die Eisenwesen auch in diese Welt kommen konnten – aber das hatte er doch schon gewußt, seit er eines mit der Axt seines Onkels hatte davonrennen sehen. Warum hatte er niemanden gewarnt? Nun, versucht hatte er es. Aber irgendwie, irgendwie hätte es ihm gelingen müssen, jemanden davon zu überzeugen.

War es ein Zufall, daß das erste Opfer der Eisenwesen in dieser Welt – so weit ihm bekannt war, natürlich; es gab ungelöste Fälle von Psychomord, die man vielleicht auf das gleiche Konto buchen konnte – eine mit Pentarn in engem Zusammenhang stehende Frau war, der irgendwie die Eisenwesen beherrschte?

Ich wußte, daß er ein schlechter Mensch ist. Sein eigener Sohn hielt ihn für einen so schlechten Menschen, daß er seine Position als Pentarns Erbe aufgab. Aber würde selbst Pentarn die Eisenwesen auf eine Frau losjagen, die er geliebt hatte oder dies zumindest vorgab?

Pentarn hatte die Eisenwesen auf Kerridis und Irielle losgelassen. Reichte das nicht als Antwort?

Unruhig drehte er sich um, damit das Licht ihm nicht in die Augen schien. Er zog sich die dünne Gefängnisdecke über den Kopf. Er merkte, daß er sich schuldig fühlte. Irgendwie hätte er jemanden vor der Bedrohung durch die Eisenwesen warnen müssen.

Yeah. *Ich kann es genau vor mir sehen. Ich gehe zur Berkeley Polizei und warne sie vor kleinen behaarten Monstern aus einer anderen Dimen-*

sion, die Leute auffressen. Er hatte Amy Brittman nicht gemocht, hatte keinen Grund gehabt, sie zu mögen, aber sie hätte nicht auf so entsetzliche Weise sterben müssen. Er fragte sich, ob ihre wirklichen Mörder ebenso von Furcht heimgesucht waren wie er. Das war recht unwahrscheinlich.

Schließlich fiel er in unruhigen Schlaf, von Träumen geplagt, in denen ihn Irielle traurig hinter einer Barrikade anstarrte und Joel Transson ein Vrillschwert nahm und in vatermörderischer Absicht angriff, während Pentarn inmitten eines Kreises aus Eisenwesen vergeblich versuchte, ihre brabbelnden Schreie zum Verstummen zu bringen.

Und Kerridis führte Fenton zur Tür des Weltenhauses, Kerridis.

Wie erging es ihr beim Rat? In dem Getriebe dieser Welt schien es, als habe er sie verlassen.

Aber was konnte er denn für sie tun?

Wieder und wieder wiederholten sich diese Träume, auf die eine oder andere Weise, so daß er am Morgen, als eine weitere Tasse dessen ankam, was die Gefängniswärter lachend Kaffee nannten, sowie etwas, was entfernte Ähnlichkeit mit einem Müsli hatte, er nichts herunterbringen konnte, sondern krank und zittrig auf der Pritsche saß und wartete, was geschehen würde.

Es geschah am Vormittag.

Sie gaben ihm seinen Gürtel, die Schuhe, Krawatte und die Brieftasche, ließen ihn eine Quittung unterschreiben für sein Geld und Onkel Stans Veterinärspritze und brachten ihn in einen Vorraum, wo Garnock, Sally und Stan Cameron auf ihn warteten.

»Okay, Fenton«, sagte der Sergeant. »Ihre Geschichte stimmt. Sie können gehen. Sie können wahrscheinlich das Mädchen nicht umgebracht haben.« Er sah unglücklich aus, und Fenton war nicht überrascht darüber. Seine Haltung sagte ebenso deutlich, als wenn er gesprochen hätte, daß man nun denjenigen würde finden müssen, der sie wirklich getötet hatte. Er stand nun vor der unangenehmen Aufgabe, den Psychopathen zu finden, der eine junge Frau so vergewaltigen, erwürgen und verstümmeln würde. Wieder fühlte sich Fenton schuldig, daß er den Sergeanten nicht warnen konnte, daß, falls Eisenwesen in der Gegend waren, wahrscheinlich weitere ähnliche Morde passieren würden, aber er hatte bereits genug Probleme. Er war gerade um

Haaresbreite einer Mordanklage entronnen und würde nicht vom Regen in die Traufe springen.

Den Beamten am Schreibtisch beneidete er auch nicht. Die Polizei würde den Psychopathen gar nicht finden. Er war sicher, sie konnten nachforschen, bis sie erfroren, nach dem großen Anachronisten mit Bart und Stiefeln, der Amy aus dem Gefängnis freigekauft hatte, und sie würden ihn niemals finden.

Und wenn sie ihn jemals fanden, dann würde Pentarn jederzeit in das handliche tragbare Loch springen, das er bei sich trug, und es hinter sich zuziehen und verschwinden.

Es hörte sich schon für Fenton verrückt an, der wußte, daß es stimmte. Er konnte sich gut vorstellen, wie es sich für einen gewöhnlichen Schreibtischbeamten anhören würde. Und daher sagte er kein Wort.

»Scheint, daß wir eine sehr klare Aufgabe haben«, sagte Stan Cameron.

Sie waren zurückgegangen in Garnocks Büro, wo Fenton die ganze Geschichte noch einmal erzählte. Er war sich nicht sicher, ob Garnock ihm völlig Glauben schenkte, aber Garnock war sehr erschüttert durch das, was mit Amy geschehen war. Er hatte ebenso wie Sally auf den verstümmelten Leichnam blicken müssen, um ihn zu identifizieren, und er hatte die reißerischen Berichte in den Zeitungen gelesen. Jetzt war er bereit, dem zuzuhören, was Fenton über die Eisenwesen zu sagen hatte.

»Eine klare Aufgabe«, wiederholte Onkel Stan, »die Leute vor den Eisenwesen zu warnen.«

»Sie werden es nicht glauben«, sagte Garnock. »Glauben Sie mir, Mister Cameron. Ich bin Dekan der Parapsychologischen Fakultät, und es ist meine Aufgabe zu glauben, was die Leute für unmöglich halten, denn der entsetzliche Tod einer meiner Studenten war nötig, damit ich es erst halbwegs glaube. Wenn ich es schon nicht glaube«, sagte Garnock, »wie zum Teufel erwarten Sie, daß es jemand anders glaubt?«

»Ob Sie es glauben oder nicht«, gab Stan Cameron zurück, »es ist meine Pflicht, sie zu warnen.«

Sally sah ihn mit blitzenden Augen an. »Was soll da denn Gutes bei herauskommen, wenn man dich in eine Irrenanstalt einsperrt?«

»Ist egal«, gab er zurück. »Ich muß es versuchen. Ob sie es glauben oder nicht, ist ihre Sache.«

Nichts konnte ihn von seinem Vorhaben abbringen, und schließlich ging er allein zur Polizei. »Wenn sie mich als Psychopathen festhalten«, rief er Cam noch zu, »schick jemanden hoch, der sich um meine Ziegen kümmert, okay?«

Garnock schüttelte den Kopf, als der Alte aus seinem Büro ging. »Ich bewundere seinen Mut«, sagte er, »aber ich glaube nicht, daß er irgend etwas damit erreicht. Es ergibt keinen Sinn, Cam. Ich habe genügend Schwierigkeiten mit den Kämpfen dieser Welt, wie wollen wir da mit einem Dutzend Welten um uns herum fertig werden?«

»Ich glaube, dazu ist das Weltenhaus da«, sagte Fenton. »Zu sichern, daß die internen Affären der einen Welt nicht in die andere dringen. Aber irgend etwas scheint schiefgelaufen zu sein. Die Leute im Weltenhaus machen ihre Sache nicht mehr richtig.« Er dachte an den alten Myrill, der immer wieder betonte, daß bei ihm nichts durchgebrochen sei und die anderen Tore nicht zu seiner Aufgabe gehörten. Wenn das die Art von Leuten war, die Kerridis – oder ihre Mittler – beim Weltenhaus einsetzten, konnten sie sich die Schuld selbst zuschreiben für das, was geschah.

Aber wie mußte die Person sein, der man ein Weltenhaus anvertraute? Die einzige, die er jemals auf dieser Seite des Weltenhauses gesehen hatte, war Jennifer, die junge Frau aus dem Kunstladen, und die jungen Leute am Spielbrett beim Kerker- und Drachenspiel. Wie mußten sich die Leute im Weltenhaus für diese Aufgabe qualifizieren, für diese hohe Verantwortung?

»Es gab einmal Legenden«, sagte Sally nachdenklich, »von Geheimgesellschaften, die Schlüssel für andere Welten besaßen. Vielleicht hat das Weltenhaus diese immer überwacht . . .« Der Anblick von Amy Brittmans Leiche hatte ihre letzten Zweifel ausgeräumt.

»Aber die meisten der sogenannten Geheimgesellschaften sind heute nur dazu da, um Steuern zu hinterziehen«, sagte Fenton. »Vielleicht haben sie ihre ursprüngliche Aufgabe vergessen. Haben das Geheimnis verloren, wie man das Weltenhaus ordentlich führt.«

»Das könnte vielleicht in einer Welt geschehen«, wandte Garnock ein, »aber kaum in allen zugleich. Und es scheint auf allen

Ebenen etwas recht schiefzulaufen, nach dem, was Sie mir erzählt haben.«

»Das Problem scheint«, sagte Fenton, »daß die meisten Eindringlinge, die die Alfar heimsuchen – und auch diese Welt – nicht durch das Weltenhaus kommen, nicht einmal zu den richtigen Zeiten, wenn die Tore ohnehin offenstehen. Es scheint alles von Pentarns Welt auszugehen. Vielleicht hat es so lange keine Probleme gegeben, daß die Leute, die die Tore bewachen, nachlässig geworden sind, und wenn so jemand wie Pentarn anfängt, Unruhe zu stiften, gibt es keine Verteidigung mehr. Es ist Pentarn, der Dinge wie die Eisenwesen in die Alfarwelt hineingelassen hat.«

»Glaubst du, sie stammen aus seiner eigenen Welt?« fragte Sally.

»Ich glaube nicht. Wie der Gnom geredet hat, würde ich sagen, definitiv nicht. Ich glaube, Pentarn hat eine Möglichkeit gefunden, ein Tor in die Welt des Gnoms zu öffnen und die Eisenwesen direkt hindurchzulassen, auch wenn die Tore in die Alfarwelt geschlossen sind.«

»Warum hat der Gnom das zugelassen?« fragte Sally.

»Ich glaube, er wußte es nicht richtig, bis ich kam«, sagte Fenton. »Ich sagte doch, daß er nur zwei Dinge richtig wahrzunehmen schien, sich selbst und andere, und wenn er es nicht in sich selbst übertragen konnte, was immer es auch war, wollte er es so schnell wie möglich wieder loswerden – daher hat er ohne böse Absicht gegen die Alfar ein Tor in ihre Welt geöffnet, nur um die Eisenwesen loszuwerden.«

Sally überlegte: »Du könntest versuchen, mit deinem Antaril in die Welt der Gnome zurückzukehren . . .«

Garnock und Fenton protestierten fast einstimmig.

»Außerdem«, fügte Fenton hinzu, »hat Amy es gestohlen. Sie hätte es vermutlich Pentarn übergeben, falls sie lange genug gelebt hätte; ich habe es jedenfalls nicht mehr. Ich könnte vielleicht den Dealer wiederfinden, aber sie kommen und gehen, und ich könnte niemals sicher sein, daß es der gleiche Stoff ist. Es könnte mich sonstwohin schicken, aber nicht in die Welt des Gnom.«

»Aber wenn der Gnom wußte, was er tat«, fragte Sally, »würde er dann nicht helfen wollen?«

»Wie kann ich das wissen? Hast du jemals versucht, dich mit

einem Gnom zu unterhalten?« fragte Fenton und erinnerte sich an die Frustration jener Erfahrung. »Mir scheint, als einziges bleibt, daß ich versuche, das Weltenhaus zu finden und mit demjenigen rede, dem die Sache untersteht. Nicht den Leuten, die die Tore bewachen, sondern den Höheren, wenn es so was gibt.«

Garnock runzelte die Stirn. »Es geht mir gegen den Strich, Ihnen das Antaril dafür zu geben, aber wenn es Sie direkt in die Welt der Alfar schickt . . .«

Fenton schüttelte den Kopf. »Es ist nutzlos, wenn man als Zwischenmensch geht. Ich habe genug davon, ein hilfloses Opfer der Umstände zu sein, und wenn ich als Zwischenmensch gehe, dann wird das so sein.«

Was immer auch geschah, beschloß er, er würde nicht mehr in die Welt der Alfar zurückgehen – noch in irgendeine andere – hilflos und herumgeschleudert durch die Winde des Zufalls, ohne Substanz, ein Schatten, durch Wände gehend, ohne jegliche Kraft, die Ereignisse um ihn herum zu beeinflussen. »Geben Sie mir den Talisman, den ich mit zurückgebracht habe, Doc.« Und als Garnock ihn verständnislos ansah, fügte er hinzu: »Den Stein. Den Apport. Wie immer Sie ihn nennen. Ich werde dieses Mal mit meinem Körper gehen als Weltenwanderer, sonst gehe ich überhaupt nicht.«

Garnock begann zu protestieren. Fenton biß die Zähne aufeinander und sagte: »Sehen Sie, Doc, wie Onkel Stan sagte, ob es andere Leute glauben oder nicht, liegt in deren Verantwortung. Das hier ist meine. Ich gehe, und ich gehe mit meinem Talisman, damit ich ein Weltenwanderer bin. Holen Sie ihn mir bitte gleich.« Und als Garnock immer noch zögerte, stand er auf und drohte dem älteren Mann.

»Doc, ich meine es ernst. Ich will mich nicht mit Ihnen streiten, aber ich werde ihn haben, und das ist alles. Gehen Sie und holen Sie ihn, sonst gehe ich selbst und zertrümmere den verdammten Glaskasten und nehme ihn mir. Oder ich bleibe hier stehen und rufe ihn mir – und finde heraus, wie viel telekinetische Kraft ich habe, um ihn zu teleportieren. Suchen Sie es sich aus. Aber mir wäre es lieber, Sie holten ihn.«

Garnock regte sich nicht. Einen Moment blieb er sitzen und sah zu seinem Schüler hoch. Dann sagte er langsam: »Gut, Cam, auf Ihre Verantwortung. Er gehört Ihnen.« Dann ging er zu dem gläsernen Schaukasten und schloß ihn auf. Er nahm den Stein heraus und hielt ihn zögernd in der Hand.

»Sie wollen es wirklich so versuchen?«

»Ich habe keine andere Wahl, Doc.«

»Was werden Sie anfangen?«

»Ich gehe die Telegraph Avenue hinab, bis ich das Weltenhaus finde oder zumindest den kleinen Kunstladen, der eine der Türen zum Weltenhaus bildet, und ich werde mit diesem Stein in der Hand dort hineingehen und fordern, eingelassen zu werden in die Welt der Alfar. Das Mädchen da, Jennifer, sah mich mit Kerridis. Aber ich sah auch, wie sie Zwischenmenschen einschätzen. Als Zwischenmensch kann ich nichts fordern. Ich muß mit dem Talisman hinein und als Weltenwanderer.«

Garnock reichte ihm den Stein. Dann sagte er: »Gut. Ich setze auf Sie. Das schulde ich Ihnen vermutlich, nachdem ich den Mord an der Brittman zuließ. Und ich werde die Telegraph Avenue mit Ihnen entlanggehen. Ich würde mir das Weltenhaus gern einmal ansehen.«

»Ich auch«, sagte Sally, aber Garnock wandte sich ihr stirnrunzelnd zu.

»Oh nein, Sie nicht. Zwei Irre bei den Parapsychologen sind genug. Sie bleiben hier und übernehmen meinen Kurs in wissenschaftlicher Beweisführung in der Parapsychologie!«

17

Sie sprachen kein Wort, als sie den Campus überquerten und auf die Telegraph Avenue gingen. Fenton merkte, daß er vor Aufregung zitterte, und der Talisman in seiner Tasche fühlte sich hart und kalt an. Er war flach und konturenlos, aber er stellte sich vor, daß er unter seinen Fingern schon wieder die feinen filigranen Verzierungen spüren konnte. Er zog ihn heraus und sah ihn sich an. Nein, nur ein Stein, aber konnte er undeutlich die eingeritzten Linien erahnen?

Noch einen Block weiter und noch einen. Ihm war schwach und schwindlig. Wenn das Weltenhaus nun nicht da war, der kleine Kunstladen wieder durch die Reinigung ersetzt? Er blickte auf die andere Straßenseite, und ihm sank das Herz, denn in diesem Moment schien es die weiße, sterile Fassade mit der Aufschrift REINIGUNG zu sein . . .

»Ist das der Kunstladen, den Sie meinten, Cam?« fragte Garnock.

Fenton blinzelte, und dann war er dort, der Kunstladen mit den Rackham-Illustrationen im Fenster, dem kleinen Spiele-Stapel und den Büchern und Fantasy-Kunstbänden und den Figuren für Kerker-und-Drachen. Das Weltenhaus. Fentons Kehle war wie zugeschnürt. Er umklammerte den Talisman, als sie über die Schwelle traten, und unter seinen Fingern spürte er die Kannelierungen und Gravierungen . . .

»Doc, sehen Sie sich das an!«

Unter seinen Händen veränderte sich der Talisman – er wand sich und bebte unter seinen Fingern. Jetzt war es kein runder Stein mehr. Er war flach, hart, ein Stück seifigen Steins, vielleicht sogar Jade mit eleganten Runen verziert. Beim Hinsehen veränderte er sich wieder, glitzerte in Goldfiligran, wie ihn Irielle ihm gegeben hatte. Garnock schienen die Augen aus dem Kopf zu fallen.

»Lassen Sie mich sehen, Cam. Ich glaube es nicht!«

Die junge Frau mit langem Haar und runden Brillengläsern kam langsam auf sie zu.

»Kann ich den Herren helfen?«

Fenton wollte Garnock den Talisman abnehmen; doch der Ältere umklammerte ihn krampfhaft und betrachtete ihn weiterhin; daher umklammerte Fenton sein Handgelenk und streckte ihn der Frau entgegen. Jetzt fiel ihm ihr Name wieder ein.

»Jennifer, wissen Sie, was das ist?«

Sie wußte es. Er konnte es an ihrem Gesicht ablesen. Sie sagte: »Hier entlang bitte. Kommt hier durch.«

Unter Fentons Füßen kippte der Boden ab. Mit einem gellenden Schrei verschwand Garnock, immer noch den Talisman umklammernd. Fenton war schwindlig und desorientiert und griff nach ihm, griff nur Luft. Er schrie, wirbelte durch einen schwindelerregenden Blick in einen großen kahlen Raum, auf lange Reihen von Türen, auf etwas Fernes und Sonderbares, das aussah wie eine Kristallhöhle, hörte jemanden in weiter Ferne sagen: »Nein. Kerridis hat es gesagt. Pentarn darf durch dieses Tor nicht mehr zu den Alfar kommen.« Der Raum umwirbelte ihn, während Fenton zu schreien versuchte, daß alles ein dummer Fehler sei, daß er nicht Pentarn sei, aber er wußte, niemand würde ihn hören.

Schließlich wurde ihm wieder klarer. Er stand auf festem Boden in Dunkelheit. Er hatte nicht die geringste Ahnung, wo er war. War Garnock mit dem Alfar-Talisman in die Alfarwelt gefallen? Und hatte man ihn, den man wegen der albernen Ähnlichkeit für Pentarn hielt, in eine andere Welt geschickt? Und wenn, wo war er dann?

Eines war sicher. Er war nicht in dem kleinen Kunstladen auf der Telegraph Avenue-Seite des Weltenhauses in diesem Teil der Welt. Er war irgendwo draußen. Es war kalt. Er war also nicht in der Welt des Gnoms. Er strengte die Augen an, um in der Dunkelheit eine Art Licht zu erkennen, aber ohne Erfolg. Die Dunkelheit war so tief, daß Fenton sich einen panikartigen Augenblick fragte, ob er blind sei oder sich in einer lichtlosen unterirdischen Kammer befand. Versuchsweise sagte er: »Hallo?« Es gab keine nahen Echos, er war nicht in einer Höhle, und aufgrund der Qualität des Lautes gewann er den Eindruck, daß er sich im Freien befand.

Langsam begannen seine Augen sich an die dichte Schwärze zu

gewöhnen, er begann wieder zu sehen. Verschwommene Formen tauchten um ihn auf, dunkler noch als die Dunkelheit, die flachen Seiten eines fernen Gebäudes – oder Berges – das war schwer zu erkennen, aber etwas schnitt seinen Blick vom Horizont ab. Hoch am Himmel erkannte er schwach ein paar Sterne. Nun, das setzte eines fest: Er hatte in der Alfarwelt niemals Sterne gesehen, und daher konnte er dort nicht sein.

Aber wo? Er konnte sich eine Richtung aussuchen und so lange gehen, bis er ein Licht fand. Aber das war riskant. Er konnte hier bleiben, bis er in etwas anderes fiel oder bis der Zauber, der ihn herbrachte, wieder mitnahm. Das schien fast ebenso hoffnungslos.

Er konnte aber nicht einfach so stehen bleiben. Auf der anderen Seite, warum eigentlich nicht? Es schien fast ebenso ergebnisträchtig wie das Gehen in eine unbekannte Richtung – denn es gab weder Mond noch Sonne, um ihm eine Richtung anzugeben –, auf ein gleichermaßen unbekanntes Ziel hin. Und nachdem er alles sorgfältig überlegt hatte – daß es keinen Grund gab, irgendwohin zu gehen oder etwas zu tun – konzentrierte er sich auf das, was die nächste der dunklen Formen in der Dunkelheit zu sein schien, und begann zu gehen.

Dabei hatte er genügend Zeit, sich allerlei Alpträume auszumalen. Dieses Mal war er nicht unter dem Einfluß von Antaril gekommen, daher gab es keine Sicherheit, es einfach durchzustehen und sich aus Schwierigkeiten herauszuhalten, bis er sich irgendwo wieder materialisierte, gezogen von der Silberschnur, wo immer er seinen Körper zurückgelassen hatte. Es war möglich, daß sie ihn für Pentarn gehalten, ihm den Eingang zur Alfarwelt verweigert und ihn in eine unbekannte Welt geschickt hatten, wo Pentarn vermutlich freien Zugang und Zutritt hatte. Er konnte irgendwo sein, aber Kerridis und den Alfar nicht nahe genug, um sie zu warnen. Nicht, daß sie eine Warnung brauchten. Sie wußten bereits um die Gefahren durch die Eisenwesen und mehr als er über den Verrat Pentarns.

Was geschah mit einem als Weltenwanderer, der unbeschirmt, ungewollt und unwillkommen in einer fremden Welt landet, irgendeiner Welt? Was lauerte hier auf ihn? Alles, dachte er düster, bis zu menschenfressenden Drachen. In einem Kosmos, dem plötzlich Eisenwesen, Gnome und ein Lordführer angehörten, wer würde da behaupten, Drachen seien unwahrscheinlich oder gar unmöglich? Sally hatte recht gehabt: Das Universum war nicht nur sonderbarer, als Fenton sich vorstellte, sondern sonderbarer, als er sich überhaupt vorstellen konnte. Verzweifelt und sich bewußt, daß ein Hauptteil seiner Gefühle aus schierem Selbstmitleid bestand, schleppte er sich von einem Nirgendwo zum nächsten. Das war also sein kühner Entschluß, die Dinge in die Hand zu nehmen, nicht mehr Opfer der Umstände zu sein! Jetzt erging es ihm beträchtlich schlechter als zuvor, und Kerridis und den Alfar erging es nicht besser!

Dann sah er ein Licht.

Es flammte aus dem Nirgendwo hell auf. Dann waren es zwei Lichter, mehrere, die langsam auf ihn zukamen, und er konnte Stimmen hören, grobe Männerstimmen, aber menschlich, nicht die singenden Glockenlaute der Alfar, noch das rauhe Knurren der Eisenwesen.

»Irgendwo hier, dachte ich. Irgendwas ist durchgeflogen. Eine Störung. Einer dieser verdammten Alfar, das würde mich nicht wundern, um zu klauen, was sie können.«

»Was ist denn mit den Toren los, daß die Dinge so einfach durchkommen?«

»Wenn du mich fragst«, sagte eine Stimme, verdächtig leiser, »ich will nicht respektlos gegenüber dem Lordführer sein, aber die ganze Spielerei mit den Toren könnte gefährlich werden. Ein Tor ist eine Sache für sich, aber ›Löcher‹ überall im Raum zu machen, einfach kommen und gehen, ohne sich durch ein Tor bemühen zu müssen, das ist gefährlich, und ich wünschte, er fände eine andere Möglichkeit, seinen Geschäften nachzugehen.«

»Es ist nicht an uns, den Lordführer zu kritisieren«, sagte die erste Stimme, und Fenton wußte plötzlich, daß er sich in der Welt Pentarns befand. Diese Leute mußten in Diensten des Lordführers stehen – mit anderen Worten: es waren Pentarns Männer.

Dann schienen ihm die Lichter in die Augen, und die Fackeln – sie waren keine offenen Flammen sondern eher wie elektrische Laternen – blitzten ihn an.

Die Männer verbeugten sich, und einer sagte: »Wir wußten nicht, daß Ihr es wart, Lordführer.« Der Mann machte eine zeremonielle Verbeugung. Aber als Fenton erkannte, welchen Irrtum sie begingen und ehe er eine Möglichkeit überlegen konnte, wie er sich das zunutze machen konnte, trat einer vor und zog eine Grimasse.

»Spart eure Verbeugungen, Jungs. Das ist nicht der Lordführer. Das ist der verdammte Zwischenmensch, den er vor einer Weile mitgebracht hat. Wir sollten ihn direkt dorthin treten, wo er herkam, durch das Loch.«

Das, dachte Fenton, würde ihm eine Menge Ärger ersparen.

Aber das taten sie natürlich nicht. Einer schob sich vor und blickte direkt in Pentarns Gesicht. »Das ist einer der Analogen vom Lordführer. Er hat Befehl gegeben, wenn dieser hier wieder auftaucht, sollen wir es ihm sofort melden. Schnell nun, alle Mann!«

Dann nahmen sie ihn zwischen sich, schoben ihn unter Fackellicht voran. Fenton war ein wenig erleichtert, nicht in einer unbekannten Welt gelandet zu sein, dort auszuharren, bis er des Hungers starb, aber in Pentarns Welt zu landen, schien auch nicht sehr vorteilhaft. Nach einer Weile durchquerten sie große Gebäude, von denen einige wie Lagerhäuser oder Häuserblocks aussahen ohne eine lebendige Seele; es waren riesige, vielfenstrige Strukturen, aber Fenton hatte nicht die geringste Ahnung, zu was sie dienten. Allmählich verwandelte sich der Erdboden unter seinen Füßen zu glatten Straßen. Die Männer unterhielten sich leise, aber niemand gab sich Mühe, Fenton anzureden. Nach langer Zeit näherten sie sich einem Gebäude, das größer war, als die anderen, und aus dessen offener Tür das Licht flutete.

»Hier herein«, sagte einer, und schob ihn in einen offenen Wachraum mit Bänken und Parolen an den Wänden und ein paar Uniformierten, die ihre Schicht antraten. Es sah eher aus wie eine Polizeiwache zur Morgenstunde, aber anstatt die Zeitung zu lesen und Kaffee zu trinken, den Papierkram zu erledigen, nahm einer eine Waffe auseinander und ölte sie, und ein anderer arbeitete an einer Art Puzzle, ein dritter machte offensichtlich ein Nickerchen, den Kopf auf den Holztisch gelegt. Ein anderer knackte sonderbare Nüsse und kaute sie mit laut mahlendem Geräusch.

Der Nußknacker stand auf und fragte: »Nun, nun, was hast du denn dieses Mal mitgebracht?«

Der Mann, der Fenton verhaftet hatte, sagte: »Einen von den Analogen des Lordführers. Der Große Meister sagte, wenn dieser hier durchkommt, will er ihn sehen.«

»Ja? Dann ist er das wohl, der hier vor einer Weile durchgeknackt ist. Was halten denn die Leute am Tor davon?«

»Das Tor hatte nichts damit zu tun, das weißt du ebenso gut wie ich«, sagte der andere düster. »Das sind diese neuen ›Löcher‹ überall. Denk an mich, wenn ich dir sage, daß eines Tages der Raum um die Tore herum nachgibt, und was wird dann bloß alles durchkommen? Das frage ich dich! Zunächst die Alfar. Die schaden nicht, und wenn sie ihre Riesenschwerter herumschwingen, dann mache ich mir keine Sorgen, solange ich dies hier habe.« Er legte seine Hand auf die Waffe, die, wie Fenton ohne Überraschung bemerkte, ein genaues Duplikat der Waffe war, die Amy Brittman auf ihn gerichtet hatte. »Aber diese Eisenwesen, die machen mir Angst, und es gibt noch schlimmere Wesen auf der anderen Seite der Tore und ›Löcher‹! Wenn jedermann einfach ein- und ausgehen kann, das gefällt mir nicht.«

»Halt den Hals«, sagte der andere. »Du warst doch ebenso froh wie wir alle über die Beute, die wir zusammen mit dem Lordführer an manchen Stellen machten. Denkst du noch an die Frauen in der Stadt mit den roten Felsen . . .«

»Klar, ich bin doch Soldat. Ich nehme, was mir in den Weg kommt. Aber was genug ist, ist genug, und mir gefällt nicht, was mit den Toren so geschieht.«

»Der Lordführer wird schon mit ihnen fertig«, sagte ein dritter zuversichtlich. »Besser jedenfalls als die alten Könige. Es war ein guter Tag für unser Volk, als er die Tochter des alten Königs heiratete, und jetzt ist alles besser als damals, als noch die Könige auf dem Thron saßen. Der Lordführer weiß, wie man mit einer Armee umgeht.«

»Und schert sich einen Dreck um alles andere«, sagte der erste finster. »Frag die Stadtleute, wie sie denken. Und wo ist der Junge? Das möchte ich dich fragen, wo ist Prinz Joel, den er uns auf den Thron versprochen hat, wenn die großen Probleme gelöst sind? Ich persönlich glaube, der Prinz ist tot, und der Lordführer wagt es nicht, es bekanntzugeben, weil er fürchtet, die alten Könige finden neue Anhänger und machen einen Aufstand.«

»Ich habe gehört, der Junge sei an eine Alfar-Prinzessin versprochen als ein Band zwischen den Welten«, meinte ein anderer, aber das stieß nur auf verächtliche Rufe.

Der nußknackende Mann sagte: »Genug des Geschwätzes. Versuchen wir, zum Lordführer durchzukommen – falls er im Palast ist, und nicht irgendwo auf der anderen Seite der Tore herumspaziert.«

Er benutzte eine Art Sprechanlage und wandte sich dann wieder an seine Kameraden.

»Ich habe den Lordführer nicht erreicht, aber einer seiner Adjutanten sagte mir, er sei im Palast. Ich hörte, daß er eine neue Frau hat, bei ihr ist er vermutlich, aber wenn wir den Analogen schicken, nimmt er sich wahrscheinlich heute noch Zeit für ihn.« Er sah Fenton mit einem gewissen Mitgefühl an, gar nicht unfreundlich.

»Du siehst aus, als hättest du einen langen Marsch hinter dir«, sagte er. »Hungrig?«

»Sie nicht albern«, meinte ein anderer. »Zwischenmenschen können nicht essen.«

»Kannst du keinen Zwischenmenschen von einem Weltenwanderer unterscheiden? Sieh dir seinen Schatten an. Falls er ausbüchsen wollte, könnten wir ihm Handschellen anlegen, und das weiß er genau«, sagte der Mann, der die Sprechanlage benutzt hatte. »Hat aber keinen Sinn, ihn grob zu behandeln, bis wir es müssen. Gib ihm eine Ration. Wenn er der Analog des Lordführers ist, hat der Große Meister vermutlich eine Verwendung für ihn, und er sollte in gutem Zustand sein. Hier«, sagte er und reichte Fenton einen feuchten Klumpen von etwas Undefinierbarem. »Das ist nur Gump, hält aber deinen Magen davon ab, am Rückgrat kleben zu bleiben. Hol ihm auch einen Krug Bier aus dem Lager, Jem.«

Der angesprochene Mann ging durch eine Tür und kam mit einer zerbeulten Blechtasse zurück, und als Fenton das Getränk probierte, schmeckte es stark und recht bitter, ein wenig wie Bockbier. Er leerte die Tasse und kaute nach dem Ratschlag seines Wächters das *Gump*, während sie aus dem Wachraum über stille Straßen gingen. Es war recht passables Essen, und anders als im Land der Alfar wurde sein Durst wirklich gelöscht und sein Hunger gestillt. Das *Gump* war ein halbfeuchtes, gepreßtes Stück, das wie altes, fettes Corned Beef schmeckte, vermischt mit Brotkrumen und Rosinen. Eine Art eiserne Ration. Es machte satt und war zweifelsohne sehr nahrhaft, aber der Geschmack war nichts, was man vermissen würde.

Der Gang durch die Straßen dauerte dieses Mal kaum länger als ein paar Blocks, und er erkannte die Stelle, an der sie ankamen, als das Arsenal, wo Pentarn ihn zuvor schon getroffen hatte, überzogen mit den riesigen Bildern vom Lordführer an den

Wänden. Wieder bemerkte Fenton seine vage Ähnlichkeit mit ihm. Wenn er sich einen Bart wachsen ließ, würde er Pentarns Double sein. Angeekelt dachte er: Ich werde mich hüten, mir einen Bart stehen zu lassen.

»Der Lordführer ist zu beschäftigt, um jetzt jemanden zu empfangen«, sagte ein uniformierter Offizieller an der Schranke auf der anderen Seite des Raumes. »Er hat den Befehl gegeben, daß er nicht gestört werden will. Setzt euch und wartet, Burschen!«

Fenton setzte sich auf den ihm zugewiesenen Platz und aß die letzten Krumen des Gumps und war froh, daß er es hatte. Es sah nach einer langen Wartezeit aus. Er glaubte, seit seiner Ankunft in dieser Welt schon etwas gelernt zu haben. Pentarns Männer – Leibwächter, Armee, Spezialpolizei, wie immer er sie nannte – hatten ihn human behandelt, und jetzt wußte er, daß Garnock und er nicht die einzigen waren, die sich Sorgen machten um die feine Struktur, die die Tore schützte.

Wie lange funktionierte das Weltenhaus schon? Wahrscheinlich schon seit undenkbaren Zeiten – wenn Zeit überhaupt in dem neuen Bild vom Kosmos eine Rolle spielte, das ihm das Konzept von einem Weltenhaus vermittelt hatte. Und irgendwann war die Kontrolle über die Tore ins Wanken geraten. In Pentarns Welt waren sie unter die Herrschaft eines machtdurstigen Diktators gefallen, der sie rücksichtslos für seine eigenen Zwecke benutzte, ohne zu erkennen, wie er den Toren damit schadete. Und in Fentons Welt hatte man ihre Existenz vergessen; sie waren geheimgehalten worden, und schließlich in die Hand von Amateuren und Freiwilligen gefallen, weil das wissenschaftliche Establishment immer weniger bereit war, so etwas zu akzeptieren. Man mußte diese Entwicklung in Jahrtausenden rechnen. Sicher waren die Weltentore in historischen Zeiten nicht bekannt gewesen. Aber die historische Zeit war nach einigen neuen Theorien nur ein Bruchteil der Zeit, die der Mensch auf diesem Planeten gelebt hatte . . . es sei denn, man klammerte sich an die alte Theorie, daß die Geschichte im Jahre 4004 begann, als Gott in sieben Tagen die Erde erschuf, zusammen mit allen Fossilien, um die Gottlosen zu verwirren.

Die Nacht schlich langsam weiter. Fenton fragte sich, ob Pentarn sich nach Amys Tod bereits bei einer neuen Frau tröstete. Er dachte an Sally, die jetzt nur warten konnte und derweil Garnocks Seminar leitete. Dann dachte er an Garnock und wie es ihm ging, wo immer man ihn hingeschickt hatte, und ob es wohl die Welt der Alfar war. Er fragte sich, ob Kerridis und Irielle in Sicherheit waren oder ob die Eisenwesen gerade durch eins von Pentarns ›Löcher‹ durchbrachen, mit dem Ziel, Rache für Pentarns geflohenen Sohn zu nehmen. Und er fragte sich wütend, warum er sich überhaupt über all diese Dinge Gedanken machten, wenn er nichts dagegen ausrichten konnte.

Es war niemals leicht gewesen, in einer fremden Dimension die Zeit abzuschätzen, wenn es auch als Weltenwanderer leichter war denn als Zwischenmensch; immerhin halfen ihm bei der Beurteilung die Rhythmen seines eigenen Körpers. Es ging jetzt auf die frühen Morgenstunden zu – der Himmel rötete sich von der aufsteigenden Sonne – und Fenton spürte, daß der Klumpen *Gump* und der Krug Bier schon vor langer Zeit durch ihn hindurchgewandert waren und er nichts gegen ein anderes ordentliches Mahl einzuwenden hätte, als sich schließlich die Tür zu Pentarns Privaträumen öffnete.

Pentarn blieb im Türrahmen stehen. Er sah müde und erschöpft aus. Neugierig richtete er den Blick auf Fenton und fragte: »Was machst du denn hier?«

»Er ist durchgebrochen, Lordführer«, sagte der Wächter. »Wir dachten, Ihr hättet vielleicht nach ihm geschickt.«

Pentarn schüttelte den Kopf. »Manchmal kommen unerlaubte Dinge durch die ›Löcher‹. Aber da du nun schon einmal hier bist, kannst du auch reinkommen«, sagte er zu Fenton und winkte ihn herein. Als die Tür wieder geschlossen war, bedeutete er ihm, sich zu setzen, und wiederum fiel Fenton die spartanische Ausstattung des Raumes auf. Was immer Pentarn daraus zog, Lordführer zu sein, es war gewiß nicht persönlicher Luxus. Stühle und Bett waren nicht annährend so bequem wie in Fentons eigener Wohnung, und kaum feiner als die Bänke im Wachraum.

Der Lordführer sah älter aus als Fenton ihn zuletzt gesehen hatte. Er war sichtlich gealtert – war die Zeit in dieser Welt so anders? Oder lastete der Druck einer Sorge oder eines Kummers auf ihm? Er sah Fenton eine Minute lang an, ehe er sagte: »Wie bist du hierhergekommen?«

Fenton zuckte die Achseln. Er hatte nicht vor zu erklären, wie er mit einem Talisman aufgebrochen war, der ihn in die Alfarwelt gebracht hätte. Aber Pentarns Frage konnte er präzise beantworten, da er nicht die geringste Ahnung hatte, wie er hergekommen war. »Ich habe keine Ahnung!«

»Aber dieses Mal ist es dir gelungen, als Weltenwanderer hier aufzutauchen«, sagte Pentarn. »Das ist leichter, nicht wahr? Ich habe auch einige Zeit als Zwischenmensch verbracht, aber nicht freiwillig, das kann ich dir sagen. Hast du mir was von dieser Droge mitgebracht? Eine gehörige Portion, damit meine Chemiker sie untersuchen können?«

Fenton sagte: »Das bringt die Leute nur als Zwischenmenschen durch die Welten.«

»Zwischenmenschen sind aber nützlich«, entgegnete Pentarn. »Sie können für mich spionieren und können nicht getötet werden, es sei denn, jemand hat zufällig ein Stück Vrill und weiß, wie man es benutzt. Ich könnte die Droge gebrauchen und dir etwas dafür bieten. Ich könnte ein Double gut gebrauchen, und du siehst mir ähnlich genug, daß ein bißchen Haar in deinem Gesicht schon genügen würde. Ich bezahle meine Komplizen gut, und ich werde noch besser bezahlen, wenn ich endlich zwischen den Welten hin- und hergehen kann.«

Fenton konnte nicht widerstehen. Er fragte: »Würde ich die gleiche Bezahlung wie Amy Brittman erhalten – von den Eisenwesen in Stücke gerissen zu werden? Ich habe gesehen, was für ein Ende deine Freunde nehmen.«

Pentarns Gesicht sah verhärmt, erschöpft aus. Er sagte: »Worüber redest du? Amy? Ich habe sie aus dem Gefängnis geholt unter deinem Namen; das hat dir ja nicht geschadet, und habe sie nur dadurch bestraft, daß ich sie eine kleine Weile nicht mehr sehen will. Sie weinte und jammerte, wie Frauen es tun, aber die Strafe war wirklich nicht hart. Warum denkst du, sie ist tot? Hat sie dir gesagt, ich würde sie töten? Ich würde eine Frau nicht für ein so kleines Vergehen umbringen.«

»Ich weiß, daß sie tot ist«, sagte Fenton frei heraus, »weil ich ihre Leiche gesehen habe.«

Pentarn starrte ihn entsetzt an. »Nein!« rief er. Und wieder: »Nein!« Sein Strinrunzeln war mißtrauisch, wütend. »Erzähl mir, was du darüber weißt!«

»Mehr, als ich wissen will, das kannst du mir glauben«, sagte Fenton und erklärte, daß er wegen Amy Brittmans Ermordung eine Nacht im Gefängnis verbracht hatte.

»Es war schieres Glück, daß ich zufällig nicht in der Stadt, sondern zweihundert Kilometer weiter im Norden war«, sagte er, »sonst wäre ich wohl immer noch dabei, die Polizei davon zu überzeugen, daß ich kein tobender Irrer bin, der eine Frau vergewaltigt, sie erwürgt und die Leiche in Fetzen reißt!« Bewußt ließ er seine Stimme rauh klingen. Er wollte Pentarn nicht schonen.

»Aber das ist entsetzlich, entsetzlich!« sagte Pentarn, und Fenton war schockiert, Pentarn in Tränen zu sehen. »Die arme kleine Amalie, das arme Kind. Wenn ich ihr nur gestattet hätte, mit mir zurückzukommen. Ich hätte sie nicht so hart strafen sollen.«

Krokodilstränen, dachte Fenton in plötzlicher Wut. Pentarn hat die Eisenwesen in unsere Welt gelassen. Es war verdammtes Pech, daß seine eigene Frau durch die Eisenwesen getötet worden war. Andernfalls hätte es eine harmlose Studentin getroffen, und Pentarn hätte sich nicht einen Deut darum geschert.

»Kannst du deine Verbündeten nicht unter Kontrolle halten?« fragte Fenton zornig. »Wenn du keine Kontrolle über die Eisenwesen hast, dann hast du nicht viele Freunde, wenn du überhaupt welche hast. Jeder, der die Eisenwesen auf unschuldige Opfer losläßt . . .«

»Das verstehst du nicht«, sagte Pentarn. »Das ist die einzige Waffe, die ich gegen Alfar habe, und irgendwie muß ich die Alfar vernichten . . . alle, einen jeden der verdammten Bande . . .«

»Und wegen einer Privatfehde läßt du die Eisenwesen auf die Alfar los?«

»Du hast verdammt noch mal keine Ahnung von den Alfar«, sagte Pentarn heftig. »Sie verdienen viel Schlimmeres! Oder haben sie dich auch getäuscht mit ihrer Musik und dem Tanzen, ihrer Schönheit und ihrem Gold?«

Er hatte nichts davon, wenn er Pentarn wütend machte. Fenton erinnerte sich mit kurzem Schauder, daß er dieses Mal als Weltenwanderer körperlich verletzt werden konnte. Er sagte: »Das hast du schon mal gesagt.«

»Glaub mir«, sagte Pentarn, »ich bin entsetzt, was der armen Amalie geschehen ist, entsetzt, schockiert, außer mir. Ich werde dafür sorgen, daß diejenigen, die dies getan haben, schwer bestraft werden. Aber nichts kann das arme Kind wieder zum Leben bringen, und wir müssen einfach da weitermachen, wo wir sind. Wenn du doch die Dinge nur vernünftig sehen würdest! Ich kann dich zurückschicken und mit einem Talisman versehen, damit du zurückkommen kannst, wie du willst, ohne an meinen

Leibwächtern vorbei zu müssen; du könntest direkt in meine Privaträume kommen. Nur ein paar meiner Wachen würden wissen, daß ich ein Double habe. Den anderen würde ich sagen, ich hätte mich eines Eindringlings entledigt, der versuchte, in meine Rolle zu schlüpfen. Du würdest ein Leben in Luxus führen, wenn dir daran liegt, du könntest alle Frauen haben, die du willst. Aber ich muß diese Antaril-Droge bekommen und volle Information, wie man sie benutzt. Ich will mich nicht in deiner Welt mit den Straßendealern abgeben; die Verschnitte würden das Zeugs unsicher machen. Und einiges ist so stark, daß es den Benutzer in weiter entfernte Welten bringt, in eine Zeit, die mir nichts nützt. Aber wenn du mir das Zeug im puren Zustand besorgen kannst, kann ich es synthetisieren lassen.«

Fenton nickte, als denke er ernsthaft darüber nach. Wenn er lebend hier herauskäme und mit einem Talisman, der ihn zurückbrächte, könnte es ihm irgendwie gelingen, Pentarn für Amys Tod verantwortlich zu machen. Ein Leben im Luxus, Zugang zu vielen Frauen – unwahrscheinlich. Vermutlich würde ihn das Schicksal treffen, das der Leibwächter erwartet hatte – daß er als Eindringling bei dem Versuch, sich für den Lordführer auszugeben, exekutiert würde.

Fenton sagte: »Ich könnte vielleicht etwas von der Droge besorgen, das reine Zeug aus dem Parapsychologielabor.«

Er glaubte nicht, daß dies möglich sein würde, selbst wenn er es wollte.

Pentarn lächelte, und das Lächeln erinnerte Fenton an einen hungrigen Tiger.

»Gut! Gut! Wann?«

»Vielleicht in drei Tagen«, erwiderte Fenton lässig. »Wie kann ich dich wissen lassen, wann ich es habe, damit ich es herbringen kann?«

Pentarn nahm einen kleinen Metallstreifen von seinem nackten kleinen Schreibtisch. »Schnall das um dein Handgelenk; siehst du hier den Knopf? Drück darauf, wenn du durchbrechen willst, und es bringt dich direkt hierher. Außerdem, je eher du zurückgehst, desto schneller wirst du mit der Droge zurückkehren. Und da man hört, daß einige der Tore in die Alfarwelt gänzlich geschlossen werden sollen, muß ich einen Zwischenmenschen haben, der ungesehen kommen und gehen kann, ohne daß ihm etwas zustößt.« Fenton fragte sich, ob Pentarn die Felsenfestung kannte, die auch einen Zwischenmenschen einkerkern konnte. Er hoffte inbrünstig, daß er sie nicht kannte.

»Eile ist sehr wichtig. Ich glaube . . .« Er unterbrach sich und schwang herum wie ein lauerndes Tier. »Was ist, Malar? Ich habe Befehl gegeben, nicht gestört zu werden!«

Es war nicht Malar. In der Ecke des Raumes, wo Pentarn von dem Tor gesprochen hatte – Fenton vermutete, es war, was der Mann in Pentarns Wache ein ›Loch‹ genannt hatte – verdünnte sich die Luft und wirbelte; es dunkelte wie unter einer riesigen Wolke. Dann hörte man ein rauhes, brabbelndes Geräusch, und eine Stimme knurrte: »Pentarn!«

Ein gutes Dutzend Eisenwesen brach in das Zimmer.

Pentarn drehte sich um, das Gesicht verzerrt vor Zorn.

»Wie seit ihr hier hereingekommen?« fragte er barsch. »Ihr wißt, was wir vereinbart haben. Ihr wartet, bis es mir recht ist, und niemals, niemals kommt ihr direkt hierher. Wir treffen uns nur in der Mittelwelt.«

»Wir sind es leid, auf deine Zustimmung warten zu müssen«, knurrte einer von ihnen. »Wir haben einen Handel abgeschlossen, und nun wollen wir ihn erfüllen. Was haben wir bislang bekommen? Zwei Überfälle auf die Alfar und ein paar Pferde. Wir wollen mehr, viel mehr als das!«

»Was wollt ihr denn noch?«

»Wir wollen Frauen und Beute«, brüllte ein anderes Eisenwesen. »Und wir werden es bekommen! Wir wollen Talismane, wie du sie den anderen gegeben hast, damit wir auf eigene Faust in die Alfarwelt gehen können. Nicht nur, wenn du uns brauchst. Wir holen deinen kostbaren Sohn heraus, wenn du uns freie Hand gibst, aber als Gegenleistung wollen wir die Alfar, und wir wollen sie jetzt! Wir haben dir gesagt, wir werden sie bekommen!«

Pentarn hielt die Hand hoch. »Aber, aber, alle Versprechen werden zur rechten Zeit eingelöst, aber ihr müßt warten, bis die Zeit reif ist.«

»Die Zeit ist reif!« brüllte ein Eisenwesen, und dann begannen sie alle zu grollen und brabbeln und stöhnen und umgaben Pentarn in einem engen Kreis. Fenton konnte nicht alle Worte verstehen, aber der Kern all dieser knurrenden Schreie war: »Frauen und Beute! Wir wollen die Alfar!«

»Wartet, wartet!« befahl Pentarn.

Er war voll beschäftigt. Fenton tat unbeobachtet einen raschen Schritt auf den Schreibtisch zu, wo Pentarn, als sie gestört wurden, den Metallstreifen abgelegt hatte, der Fenton angeblich wieder herbringen würde. Noch ein Schritt, und der Metallstreifen saß an seinem Arm. Jetzt folgte der gefährlichste Teil: Wenn sie ihn sahen, konnte er sich vorstellen, was sie alles versuchen würden, um ihm den Metallstreifen wieder abzunehmen. Fenton wirbelte herum und jagte auf das ›Loch‹ zu.

Pentarn sah ihn, brüllte lauter als das Gebrabbel der Eisenwesen: »Ihm nach! Haltet ihn! Zwei Eisenäxte für den, der ihn zu mir bringt!«

Die Eisenwesen brachen ihr Schreien ab und hetzten hinter Fenton her. Fenton zitterte vor Schreck, wußte, wenn er sich im Hinblick auf das Tor oder das Loch geirrt hatte, er eines unangenehmen, langsamen Todes sterben würde. Einen Moment schien es, als renne er direkt gegen die Wand, um sich dort in einer Falle zu finden, aber als die Klauen der Eisenwesen schon nach ihm griffen, wirbelte der Boden unter seinen Füßen, und er fiel, schleuderte herum, trat hindurch mit einem gewaltigen Satz und fiel kopfüber auf harten Boden.

Und hinter ihm brauste das ›Loch‹ leise auf und verschwand. Er stand in Sicherheit, keuchend, hoch oben auf einem Aussichtspunkt über dem Amphitheater des Campus von Berkeley, und die Bucht gleißte wie glühendes Metall aus einer Schmiede weit unter ihm. Und dieses Mal gab es keine Silberschnur, die ihm half. Er würde einfach zum Campus hinab trampen müssen.

Er starrte auf sein Handgelenk. Der Metallstreifen aus Pentarns Zimmer saß immer noch da. Es war kein helles Metall mehr, sondern eine sonderbare rostig-grünliche Substanz. Er war sich nicht einmal sicher, ob es Metall war. Aber in der Mitte stak ein kleines weißes Ding wie ein weißer Gummiknopf, der ihn, wenn Fenton ihn drückte, direkt in die Privatgemächer Pentarns bringen würde, zum Lordführer.

Er wußte nicht, welchen Nutzen dies für ihn haben würde. Noch nicht. Aber ihm fiel ein, daß es bei seinen gegenwärtigen Schwierigkeiten eine nützliche Sache sein könnte.

18

Er kam am Campus vorbei, doch Garnocks Büro und das gesamte Parapsychologiegebäude lagen dunkel und verlassen. Die Uhr am Campanile zeigte nach zwei Uhr früh. Er fragte sich, ob Garnock irgendwo in der Alfarwelt war oder unvorstellbar zwischen den Dimensionen gefangen stak. Nun, er hatte kaum Mitleid mit Garnock, der immerhin Irielles Talisman hatte und damit klarkommen würde. Er überlegte, ob er in seine Wohnung zurückkehren sollte, um zu essen, zu duschen und etwas zu schlafen, aber dort herrschte immer noch das gleiche Chaos wie nach den Überfällen, erst durch Amy Brittman, der Armen, und dann durch die Polizei. Er fand eine offene Kneipe und verzehrte hastig einen Hamburger und zwei Tassen zweifelhaften Kaffees und machte sich dann auf den Weg zu Sallys Wohnung.

Als er dort ankam, überlegte er es sich noch einmal. Würde sie um drei Uhr morgens öffnen? Aber als er die Klingel drückte, kam ihre Stimme sogleich durch den Lautsprecher. »Wer ist es? Sind Sie es, Doc?«

Sie hatte also auf einen von ihnen gewartet, was ihm verriet, daß auch Garnock noch nicht zurück war, denn Sally würde sicher seine Telefonnummer kennen, wenn er in dem Smythe-Gebäude nicht zu erreichen war. »Ich bin's, Cam«, sagte er.

»Oh, Gottseidank!« Sie drückte auf den Summer. Als er die Treppe hochkam, fiel sie ihm in die Arme und drückte ihn.

Er gab ihr eine knappe Schilderung. Mittendrin warf sie ein: »Du bist sicher halb verhungert«, und begann in der kleinen Küche zu hantieren und Eier aufzuschlagen.

Er wollte gerade sagen, daß er bereits einen Hamburger gegessen hatte, merkte aber, daß sie zu unruhig war, um stillzusitzen und daß sie wahrscheinlich selbst noch nichts gegessen hatte, während sie auf ihn wartete. Er stimmte also begeistert zu und sagte, daß er seit Tagen nichts Anständiges gegessen habe, was auch stimmte, denn niemand hatte ihm im Gefängnis etwas gegeben, noch war der Klumpen Gump in Pentarns Welt oder der Fastburger etwas Anständiges gewesen, und Sallys Omeletts waren das Warten wert. Als sie es vor ihn auf den Tisch stellte, sagte er: »Ich hoffe, du wirst nie deine Arbeit vernachlässigen, wenn du meinst, etwas für mich kochen zu müssen, Liebling. Aber wirst du mich einen ausbeuterischen Chauvi nennen, wenn ich dir sage, daß ich den Atem anhalte und meinen Appetit aufspare für die Male, wenn dir nach Kochen zumute ist?«

Sie beugte sich zu ihm und umarmte ihn, bis ihm die Luft ausging. Dann sagte sie: »Mir ist nicht oft nach Kochen. Aber es ist schön, wenn es auf Anerkennung stößt, wenn ich es tue.«

Sie nahm sich eine gehörige Portion des Omeletts selbst und goß sich ein Glas Milch dazu ein. Als sie die Teller leergegessen hatten, setzte sie sich stirnrunzelnd vor ihn.

»Und Pentarns Herumspielen mit den Toren beginnt also brenzlig zu werden, sagst du?«

»Ich glaube, ja.« Er erinnerte sich an den furchterregenden Anblick von Pentarn, als er von den kreischenden, brüllenden Eisenwesen umringt wurde, die Forderungen an ihn stellten. »Ich möchte meinen, er verliert die Kontrolle über die Eisenwesen. Ich kann kaum Mitleid für ihn aufbringen; er verdient alles, was ihm nun zustößt. Ich vermute, daß er versucht hat, sich der Loyalität der Eisenwesen zu versichern, indem er sie auf die Alfar losließ – und ich glaube wirklich nicht, daß die Alfar etwas in einem ausgewachsenen Kampf gegen Eisenwesen ausrichten können, ebensowenig wie gegen die Kriegsmaschinerie aus Pentarns Welt. Du kennst die Alfar nicht, Sally, aber es sind gute Menschen, harmlos. Es ist mir, als beobachte ich die SS-Truppen der Nazis, die einen Stamm auf einer Kokosinsel in Polynesien überrennen. Ich kann nicht einfach da stehen und zusehen, wie sie auf diese Weise brutalisiert werden!«

»Natürlich nicht«, stimmte sie spontan zu. »Kein anständiger Mensch könnte das, wenn man es irgendwie verhindern könnte. Ich fühle mich wirklich schuldig, Cam. Wenn ich euch beide ernst genommen und zusammengefügt hätte, was du über die Alfar gesagt hast und Amy über Pentarn, dann hätte ich vielleicht Garnock überzeugen können. Ich hätte es sogar unabhängige Verifikation nennen können.«

»Hab' keine Schuldgefühle«, beruhigte er sie. »Du konntest es nicht wissen; du hast in Begriffen wie das des kollektiven Unbewußten gedacht, und wer wollte dir das vorwerfen? Das Universum ist sonderbarer, als wir es uns vorstellen können; mach dir keine Vorwürfe, weil du nicht Superfrau bist.«

»Du hast recht, Schuldgefühle bringen nichts. Was geschehen ist, ist geschehen. Und selbst Garnock – gütiger Gott, ich dachte, er experimentiert mit einer neuen Methode, wie man perfekte Durchläufe mit ESP-Karten erzielt und nicht, wie man sich in die Politik von einem halben Dutzend Welten einmischt!« sagte Sally. »Ich frage mich, wo er ist! Glaubst du, er hat eine Chance, die Alfar zu warnen?«

»Kann sein«, meinte Fenton nüchtern, »aber er hat nicht das Hintergrundwissen wie ich. Er hat die Eisenwesen noch nicht gesehen; er weiß nicht, wie sie sein können. Er hat nicht einmal Amy Brittmans Leiche gesehen.« Er blickte auf Sallys schmale Hand auf dem Tisch, dachte an Kerridis Finger, geschwärzt und verkohlt durch die Berührung der Eisenwesen, später auf Dauer vernarbt. Und was würde aus Kerridis, wenn Pentarn sich gezwungen sah, seine eiserne Regel aufzugeben, daß Kerridis kein Leid geschehen würde, wenn er Kerridis nicht mehr bei guter Gesundheit wissen wollte im Austausch gegen seinen Sohn? Was die Eisenwesen mit Amy Brittman angestellt hatten, was sie mit Irielle tun konnten – denn er glaubte nicht, daß Pentarn sie schützen würde, nur weil sie die Geliebte Joels war – und in keinem Fall scherten sich die Eisenwesen darum – war schrecklich genug. Aber was sie Kerridis antun konnten, deren Hände bei der bloßen Berührung verkohlten – das war schrecklich über jede Vorstellung hinaus. Fenton merkte, wie ihm der bloße Gedanke Übelkeit verschaffte. Er schloß in krampfhaftem Entsetzen die Augen.

»Cam, Liebling, was ist los?«

»Kerridis! Irgendwie müssen wir sie warnen, wir müssen hindurchkommen und es ihnen sagen – daß Pentarn die Eisenwesen nicht mehr unter Kontrolle halten kann, daß selbst, wenn sie Frieden mit ihm schließen und Joel zustimmt, zurückzukehren, er die Eisenwesen nicht aufhalten kann. Ich kann mir kaum vorstellen, was mit Kerridis geschieht, wenn sie in die Hände der Eisenwesen fällt!«

Sally nickte. »Ich habe Amy Brittman gesehen, als sie mit ihr fertig waren. Und wenn niemand die Eisenwesen stoppt, geschieht das mit jeder Frau in dieser Welt«, sagte sie, während Fenton an das Kreischen der Eisenwesen dachte: ›Frauen und Beute!‹ »Irgendwie müssen wir die Alfar warnen. Aber wie?«

Er fragte: »Kannst du an das Antaril aus dem Parapsychologielabor kommen?«

»Ja, wenn es sein muß«, antwortete sie. »Ich habe Garnocks Schlüssel. Ich könnte in diese Welt gehen und sie warnen. Aber sie kennen mich nicht und haben keinen Grund, mir zu glauben; für sie bin ich einfach eine Frau, die aus Pentarns Welt kommen könnte – sagtest du nicht, dort seien alle menschenähnlich?«

Düster nickte er. »Pentarn ist wie ein Mensch, Gott weiß, noch mehr Schande für die menschliche Rasse. Und auch du könntest von den Eisenwesen erwischt werden!«

Sie protestierte, sagte aber dann, all ihren Mut zusammensuchend: »Ich wäre – wie heißt das? – eine Zwischenfrau, mein Körper bliebe hier, also könnten sie mir nicht ernsthaft schaden.«

»Dessen bin ich mir nicht so sicher«, sagte er und dachte an die Spuren der Bannwölfe an seinem Bein, schmerzhaft und dauerhaft, wenn es auch nur der Nachhall der Verletzungen war, die einem Körper in fremden Dimensionen zustoßen konnten.

»Ich werde es versuchen, wenn du willst, Cam. Oder sollen wir es zusammen versuchen?«

»Ich würde das als absolut letzte Möglichkeit ansehen«, gab er zurück. »Aber wir sollten nicht zuviel Zeit vergeuden.« Er starrte grimmig auf das sonderbar bunte Armband. »Als letzte Rettung könnte ich diesen Knopf drücken, in Pentarns Privaträume gehen und ihn erschießen. Das würde vielleicht helfen.«

»Aber das würde die Eisenwesen nicht aufhalten«, sagte sie. »Wenn sie ungebeten in Pentarns Privaträume durchstoßen können, dann müssen sie gelernt haben, überall hinzugelangen. Und selbst, wenn ich die Alfar warne, weiß ich nicht, wie sie die Invasion der Eisenwesen aufhalten wollen. Wie du sagtest, selbst gut vorbereitet könnten die Alfar vermutlich nicht gegen die gesammelte Invasion der Eisenwesen oder Pentarns Kriegsmaschinerie standhalten. Die Alfar warnen, ja, aber wir müssen in erster Linie einen Weg finden, wie wir die Eisenwesen aufhalten. Und vielleicht auch Pentarn, aber hauptsächlich die Eisenwesen.«

»Das Problem liegt vielleicht im Weltenhaus«, sagte Fenton. »Durch die unerlaubte Benutzung der Tore und Pentarns Herumspielerei mit den ›Löchern‹.«

»Wenn die Leute im Weltenhaus es stoppen können, hätten sie es nicht schon getan?« fragte Sally, und Fenton nickte wieder finster. Das wäre zu leicht, zu sagen, sie könnten im Weltenhaus Bericht erstatten, und ›sie‹ – eine Supermacht, die alle umfassenden ›Sie‹, die Heimlichen Herren oder Wächter der Menschheit, würden die Hand ausstrecken und Pentarn wegen Verletzung der Regeln strafen. Aber es gab immer noch eine Chance. Wer konnte schon sagen, daß es keine große Supermacht gab wie einen Wächter der Menschheit? Nach allem, was er in den letzten paar Tagen gesehen hatte, da konnte er nichts mehr für unmöglich halten.

Aber weil er die Leute gesehen hatte, die im Weltenhaus den Ton anzugeben schienen, glaubte er nicht daran. Wenn es wichtige Vorgesetzte gab, dann würden sie niemals den feindseligen, inkompetenten alten Myrill bei den Alfar eingesetzt haben!

Sally blickte zu der läutenden Glockenuhr auf dem Kaminsims. Sie sagte: »Vier Uhr. Vermutlich könnten wir versuchen, ob das Weltenhaus da ist. Aber wenn der Kunstladen offen ist, würde das nicht gerade die Aufmerksamkeit auf sich ziehen, die sie nicht wünschen? Haben sie sowas wie reguläre Öffnungszeiten?«

Fenton dachte grimmig, daß alles, was sie vermutlich an der bekannten Stelle finden würden, die Reinigung sein würde. Aber wenn sie auf die normale Geschäftszeit der Telegraph Avenue warteten, so daß der Kunstladen offen sein würde, ohne Aufmerksamkeit zu erregen, dann würden sie einen halben Tag verlieren. Er gähnte und sagte: »Es ist besser, wenn wir jetzt versuchen, ein offenes Weltenhaus zu finden.«

Es war eigentlich kein Scherz, aber zu dieser Stunde brachte er Sally zum Grinsen, während sie ihr Tuch holte.

Das einzig Gute an dieser Tageszeit war, daß sie einen Parkplatz zehn Blocks weiter von dem vollbesetzten Campusgebiet fanden. Ihre Hand stahl sich in seine, als sie die Straße entlang gingen. Es war gut, sie so nah zu wissen, so mitfühlend.

»Immerhin«, sagte Sally und rückte dichter an ihn heran, »ist es nicht die Reinigung. Cam, es ist unheimlich. Ich glaube dir, ich habe dir dieses Mal jedes Wort geglaubt, aber irgendwie war ich davon überzeugt, daß diesmal die Reinigung an diesem Platz steht, stehen müßte, aber sie ist es nicht, und ich weiß nicht, ob . . .« Ihre Stimme schwankte ». . . ob ich mit der Tatsache leben kann, daß das nicht zutrifft.«

»Er ist geschlossen«, sagte er und starrte auf die verschlossene Tür, wo die Rackham-Drucke im Fenster lagen. »Fest geschlossen.«

»Aber drinnen ist Licht«, sagte sie.

»Die Hälfte der Läden auf dieser Seite ist beleuchtet, Sally, einfach elektrisches Licht, ist immer noch die billigste Diebstahlversicherung.«

»Das stimmt«, sagte sie und drückte die Nase ans Fenster, »Aber ich glaube trotzdem, daß da drinnen jemand ist.«

»Ich sehe aber niemanden.«

»Ich auch nicht«, beharrte sie, »aber ich habe so ein Gefühl, Cam. Ich kann einfach nicht glauben, daß eine so wichtige Stelle so geschlossen sein könnte, daß niemand hinein kann. Es muß eine Möglichkeit geben, mit dem Weltenhaus in Kontakt zu treten, wenn es nötig ist.«

Er runzelte leicht die Stirn.

Natürlich nahm er ihre Ahnungen ernst. Sally war ausgebildete Parapsychologin, und sie wußte bestimmt den Unterschied zwischen einer echten Ahnung und Wunschdenken. Aber er dachte daran und wiederholte, was Irielle ihm gesagt hatte. Damals hatte er es nicht begriffen:

»Das Weltenhaus bewegt sich; man kann es nicht finden, wenn es nicht gefunden werden will. Andernfalls haben deine Gedanken bewirkt, daß es sich verbirgt. Ich glaube nicht, daß Irielle, dieses technische Vokabular benutzte, aber sie wußte Bescheid. Was willst du wetten, daß der Laden nun ein ganz normaler Laden ist und das Weltenhaus irgendwo anders, wo es nicht gefunden werden will?«

»Ich kann das nicht glauben, Cam. Das würde bedeuten, daß niemand draußen irgendeine Ahnung hätte, nur die drinnen, ob das Haus zugänglich ist oder nicht.«

Fenton mußte zugeben, daß es vernünftig klang, was Sally sagte. Aber er blieb pessimistisch.

»Ich wette, daß die Leute draußen, die hier zu tun haben, eine Telefonnummer für Notfälle haben oder irgend etwas anderes wie Irielles Talisman«, argumentierte er. »Oder sie wissen, wo das Weltenhaus ist, wenn es nicht hier ist; vermutlich an einer Stelle, wo es die ganze Nacht über offen bleiben kann, wie eine Tankstelle oder ein Tag-und-Nacht-Restaurant.«

»Cam, wir können nicht einfach so aufgeben. Wir müssen es

versuchen!« forderte sie und hämmerte gegen die Tür. Keine Antwort. Sie klopfte fester. »Cam, mach mit!«

»Und als nächstes wird ein Polizist um die Ecke kommen und uns wegen Ruhestörung verhaften«, knurrte Fenton. Dann blinzelte er mit den Augen und sah, was er zuvor nicht gesehen hatte. War es vorher dagewesen? Unter einem winzigen Licht, kaum heller als ein Nachtlicht für einen Schalter, sah er eine kleine gedruckte Karte, und er mußte sich bücken, um sie lesen zu können:

NACHTS UND BEI NOTFÄLLEN
BITTE KLINGELN

»Hier! Die Klingel habe ich vorher nicht gesehen. Du vielleicht, Sally?«

»Ich habe sie nicht gesehen, weil sie nicht da war«, versicherte sie ihm sehr ruhig, aber mit einer Sicherheit, die ihm eine Gänsehaut über den Rücken jagte. »Tu, was da steht, Cam. Es ist Nacht und ein Notfall.«

Er drückte die Klingel – einmal, noch einmal. Nichts bewegte sich in dem beleuchteten, leeren Laden, aber in dem Hinterzimmer regte sich etwas, und wenn Fenton auch nicht sah, daß zusätzliche Lichter angingen, schienen die Lampen doch heller.

Dann öffnete sich die Tür, und die junge Frau Jennifer sah heraus; stirnrunzelnd blickte sie Fenton und Sally an. »Ja?« fragte sie scharf.

»Jennifer, Sie müssen uns reinlassen; wir müssen mit jemand Höherem reden«, sagte Fenton ruhig. »Pentarn hat mit den Toren herumgespielt, und nicht befugte Leute sind durchgebrochen.«

»Ich weiß nicht . . .«

»Um Himmels willen, sagen Sie nicht, das habe nichts mit Ihnen zu tun!« sagte er heftig. »Ich hörte es vom alten Myrill, und wie Kerridis jemals dazu kam, diesem inkompetenten Mann etwas anzuvertrauen . . .«

Jennifer schüttelte den Kopf. »Er hat keine wichtige Position«, sagte sie. »Es gibt keinen richtigen Wächter bei den Alfar, das ist schon seit Jahrhunderten so. Kommt rein.« Sie führte sie durch den leeren Laden ins Hinterzimmer. Jetzt waren da keine jungen Männer beim Kerker-und-Drachen-Spiel, nur das leuchtende Labyrinth des Spielbretts, ein paar schwach glühende Figuren, reglos. Jennifer warf einen geübten Blick darüber und sagte: »So weit ich es beurteilen kann, ist alles friedlich. Was ist denn, Professor Fenton?«

»Ich bin kein Professor«, gab er gereizt zurück.

Jennifer zuckte mit den Achseln. »Vermutlich sind Sie nicht mitten in der Nacht hergekommen, um darüber zu streiten. Sie sagten, Pentarn habe mit den Toren herumgespielt«, sagte sie und machte eine Handbewegung zum Tisch. »Setzen Sie sich, aber berühren Sie nichts. Das ist kein Spiel. Manchmal ist es nur ein Spielbrett, aber nachts stellen wir es als Monitor ein. Es scheint keine unerlaubten Löcher zu geben«, sagte sie, »aber das ist schwer zu beurteilen. Pentarn hat die meisten Löcher gefunden, aber wir kommen ihnen nicht allen auf die Spur. Die meisten führen gar nicht in unsere Welt, und selbst, wenn wir die versiegelten, die hierher führten, können wir nichts gegen das tun, was in die anderen Welten geht.« Sie überprüfte sorgfältig den Tisch. »Im Moment ist nichts offen, sicher nicht auf diesem Kontinent.«

»Können Sie uns durchlassen, um die Alfar vor dem zu warnen, was Pentarn vorhat?«

Jennifer schüttelte den Kopf. »Kann ich nicht. Das würde als Einmischung in innere Angelegenheiten anderer Dimensionen gewertet. Wenn jemand in dieser Welt eingreifen würde . . . könnte ich es melden . . . nicht daß es jemanden gäbe, dem ich es melden könnte, aber ich könnte das Tor schließen lassen, wenn das Eingreifen stattfindet, und die Leute an den anderen Toren würden auch ihre schließen und versuchen, alle ›Löcher‹ zu vernichten. Aber ich kann zwischen den Alfar und Pentarn keine Partei ergreifen, so sehr ich das wünschte – nicht einmal zwischen Pentarn und den Eisenwesen.«

»Das ist ein schrecklicher Mißgriff der Gerechtigkeit«, rief Sally. »Willst du etwa sagen, daß wir reglos hier stehen und zusehen müssen, wie die Eisenwesen die Alfar vernichten? Weißt du, daß es gestern einen Mord gab, daß die Eisenwesen eine Studentin von mir töteten und verstümmelten, hier in dieser Welt?«

Jennifers Gesicht verhärtete sich. »Ich weiß es«, sagte sie. »Wir haben das Loch geschlossen, und sie sitzen immer noch darauf. Sehen Sie!« Sie deutete auf das Spielbrett, das sie einen Monitor genannt hatte. Fenton bückte sich und sah eine Gruppe Figuren, angemalter Figuren, um einen glühenden blauen Kristall hocken. »Ich gebe Ihnen mein Wort, beim Eid der Wächter«, sagte Jennifer, »kein Eisenwesen wird wieder durch dieses Loch kommen. Hier.« Fenton folgte dem Finger und sah in schwachen Umrissen auf dem Spielbrett das Amphitheater, durch das er wenige Stunden zuvor gekommen war. »Wir haben Sie durch dieses Loch kommen sehen, wenn wir auch nicht wußten, daß Sie es waren. Wir wußten, daß das Loch in Pentarns Welt führt, aber auch durch diese Schwachstelle wird nichts mehr kommen, weder ein Eisenwesen noch sonst irgendwas. Es ist geschlossen. Wie sind Sie durchgekommen? Hat Sie Pentarn mit einem seiner verdammten Geräte geschickt?«

»Nein«, antwortete Fenton. »Ich habe mich selbst mit einem seiner verdammten Geräte geschickt. Und die Eisenwesen heulten hinter mir her, müßte ich noch zufügen.«

Sie nickte. »Wir haben die Eisenwesen gesehen und hinter Ihnen zugesperrt. Sie gehörten hierher, Sie hatten ein Recht, hierher zu kommen, die anderen aber nicht. Geben Sie mir das«, fügte sie hinzu und streckte die Hand aus nach dem Armband um Fentons Handgelenk. »So lange das existiert, kann das Loch wieder geöffnet werden. Wir können es auf immer schließen, wenn wir das Gerät haben.«

Fenton zögerte, den Metallstreifen abzugeben. So lange er ihn hatte, hatte er noch die letzte Wahl, in diese Welt zurückzugehen und Pentarn zu töten und damit Pentarns Spielerei mit den Toren ein Ende zu setzen.

Jennifer sah ihn hinter den runden Brillengläsern wütend an und sagte: »Sie wollen es behalten? Sie sind ebenso schlimm wie Pentarn. Sie wollen die Macht, die Regeln zu durchbrechen, Macht, Gott zu spielen!«

»Spielen Sie nicht selbst Gott, wenn Sie sagen, ich hätte kein Recht, hindurchzugehen und Pentarn aufzuhalten bei dem, was er tut?«

Sie schüttelte den Kopf. Sie sah sehr jung aus, aber wie sie redete, ließ Fenton überlegen, wie alt sie wohl wirklich war. Ruhig sagte sie: »Das ist nicht dasselbe. Wir wollen Pentarn in seiner eigenen Welt einschließen, nicht in das eingreifen, was er mit den anderen tut. Wir haben das absolute Recht, ihn aus unserer Welt herauszuhalten. Die anderen müssen selbst bestimmen, was sie in ihrer Welt haben wollen.«

»Aber die Alfar sind hilflos gegen ihn . . .«

»Das verstehen Sie nicht«, sagte sie, »und ich weiß ehrlich

nicht, wie ich es Ihnen erklären soll; Sie sind nicht ausgebildet. Die Alfar können ihn aus ihrer Welt heraushalten, wenn sie den Mut aufbringen. Wenn sie uns um Hilfe angehen, werden wir jeden Durchgang durch unsere Welt sperren. Aber wir dürfen nicht eingreifen! Verstehen Sie das? Wir dürfen nicht eingreifen. Wenn wir bei kleinen Dingen eingreifen, tun wir das auch bei großen Dingen. Macht macht süchtig. Wir haben weder das Recht, einzuschreiten und zu schützen, noch das Recht, einzuschreiten und zu strafen. Wir dürfen nicht eingreifen. Das Unheil Pentarns ergab sich aus der Tatsache, daß er dachte, er könne eingreifen; er nahm weder seinen Sohn mit zurück, noch erlaubte er ihm, bei den Alfar zu bleiben. Er brachte statt dessen eine dritte Gruppe ins Spiel, die Eisenwesen. Und da begann das Gleichgewicht zu schwanken.«

»Sie werden hier stehen und zusehen, wie die Alfar durch die Hände der Eisenwesen sterben?«

»Es würde mir das Herz brechen, wenn das geschähe«, sagte sie, und Fenton zweifelte nicht an ihrer Aufrichtigkeit. »Auch ich liebe die Alfar und fürchte die Eisenwesen. Aber ich habe einen Eid geschworen und werde ihn halten, nichts zu tun – nichts – das in die Geschicke einer anderen Welt eingreift. Das ist meine Verantwortung. Was die Alfar tun und die Eisenwesen, ist die ihre.« Aus irgendeinem Grund ließ ihn das, was sie sagte, an Onkel Stan denken. Diese Frau hatte die gleiche Art von unbiegsamer Integrität, und es gab keine Möglichkeit, diese zu erschüttern. Er senkte den Kopf und schnallte sich das Metallband ab, das ihm Pentarn gezeigt hatte. Er legte es in ihre Hand.

Sally sagte bitter: »Ich hoffe, du bist dir bewußt, was du gerade getan hast!«

Jennifer sah sie an. Trotz ihrer Jugend hatte Fenton plötzlich den Eindruck, daß sie Jahre älter war als Sally. Sehr leise sagte sie: »Ja, ich weiß, was ich getan habe. Ich habe es dem Eisenwesen und Pentarn unmöglich gemacht, dieses Loch in unsere Welt wieder zu benutzen. Hier.«

Sie legte das Armband auf das Monitorschaltbrett und nahm etwas, was wie ein Glasstab aussah. Dann sagte sie ein paar Worte in einer Sprache, die Fenton nicht erkannte; sie schienen in dem stillen Raum ein Echo hervorzurufen, und Fenton sah mit einem Schauder über dem Rücken, wie sich die kleinen geschnitzten Figuren auf dem Brett zu bewegen begannen. Es schien, daß sie zusammenrückten und sich langsam und unaufhaltsam auf das Armband zubewegten.

Das Metallband begann zu glühen, glühendrot, weißglühend, blauweiß, so hell, daß Fenton die Hände schützend vor die Augen legte. Als er durch die Finger spähte, war es verschwunden, nur ein wenig Pulver wie gemahlenes Glas blieb auf dem Brett zurück, und die Figuren standen wieder still und glühten vor sich hin. Sie waren unbeweglich, wie geschnitzte Figurinen.

Sanft sagte Jennifer: »Niemand wird dieses Loch je wieder benutzen. Das Gewebe im Raum ist geheilt. Wenn Pentarn jetzt durchkommen will, wird er hier durchkommen müssen.«

»Aber er hat doch noch die Löcher in andere Welten«, sagte Fenton bitter.

Sie streckte die Hand aus und berührte für einen Moment seine Finger. Ihre Stimme klang leicht fremd, schockiert, dann erkannte er es als Mitleid.

»Sie haben noch viel zu lernen, Professor Fenton. Tut mir leid, daß ich sie mit Pentarn verwechselte. Ich bin auch nicht perfekt oder supermenschlich. Aber ich versuche, so gut ich kann, meinen Eid zu halten, und niemand, weder Sie noch irgend jemand anders, kann mehr tun.«

Sally sagte: »Ist das der einzige Zugang auf diesem Planeten zu anderen Welten?«

Jennifer schüttelte den Kopf. »Nein«, sagte sie, »dieser hier ist erst vor wenigen Jahren entdeckt worden, und so haben wir ein Weltenhaus gebaut, um ihn zu tarnen, was wir immer tun, wenn es ein unbewachtes Tor gibt oder ein ›Loch‹, das auftaucht und sich nicht innerhalb weniger Tage von selbst wieder schließt. Die Tore . . . sie trudeln. Es gibt auch verlassene Weltenhäuser. Früher oder später nehmen sie weltliche Funktionen an. Stonehenge zum Beispiel. Das ist geschlossen, seit hundert Jahren ist da kein Tourist mehr durchgefallen. Es gibt nicht einmal mehr einen Beobachter da, geschweige denn einen Wächter. Die meisten alten Tempel waren früher einmal Weltenhäuser. Wir haben eigentlich nicht genug Leute, sie zu besetzen.« Sie lächelte Sally flüchtig an und sagte: »Ich habe gehört, Sie geben Vorlesungen in Parapsychologie? Sie haben von Schwierigkeiten gesprochen, Leute zu bekommen, die weder Skeptiker noch fanatische Gläubige sind. Glauben Sie mir, Miss Lobeck, da kann ich nur zustimmen. Ich habe einmal mit Amy Brittman gesprochen. Ehe sie sich mit Pentarn einließ.« Ihre Stimme klang hart, aber Fenton sah den Muskel in ihrer Kehle, als sie schluckte. »Sie hätte nicht so umkommen dürfen. Und es geschah, weil einige Leute sorglos eingegriffen haben. Oder weil es nicht genügend Leute gab, die ihre Arbeit anständig verrichteten. Ich . . .« Ihre Stimme schwankte. »Ich kann nicht überall sein und bin nur eine Beobachterin. Wir haben nicht genug Leute, und so können einige Eisenwesen durchkommen.«

»Ich könnte mir vorstellen, daß es an Freiwilligen nicht mangelt . . .«

»An Freiwilligen nicht, nein. Aber an Leuten, denen man trauen kann, daß sie den Eid halten, sich nirgendwo einzumischen, auch nicht, wenn sie provoziert werden . . . das ist schwer«, sagte sie, und in ihren Augen standen Tränen. »Und so ist Amy gestorben. Und die . . . die Alfar können vielleicht gegen die Eisenwesen nichts ausrichten. Aber wenn wir eingreifen und das zu ändern versuchen, wissen wir nicht, was wir anderswo im Gleichgewicht anrichten. Das einzig Sichere ist, die Tore zu bewachen und zu garantieren, daß niemand durchkommt, der den Alfar Böses will – und abwarten.« Sie schluchzte. Nur einmal. »Das ist so schwer. Das Warten.«

»Wollen Sie sagen, daß wir nur nach Hause gehen und warten können? Ohne zu wissen, ob die Alfar überleben oder sterben? Ohne sie zu warnen, was die Eisenwesen vorhaben?«

»Das habe ich nicht gesagt«, meinte sie. »Jemand von den Alfar könnte zu Ihnen durchkommen. Ich kann den Alfar empfehlen, ihre Tore zu schließen gegenüber unbefugten Zugängen. Es könnte etwas für Sie zu tun geben. Ich weiß es nicht. Wenn es etwas ergibt, werden Sie es erfahren. Aber ich kann es nicht selbst übernehmen, mich in eine andere Welt einmischen oder zu vermitteln. Tut mir leid, Professor Fenton«, fügte sie hinzu. Auf einen merkwürdigen Impuls hin nahm er sie kurz in die Arme und drückte sie. Einen Moment umschlang sie ihn, ließ ihn dann wieder los.

»Sie müssen gehen«, sagte sie mit einem raschen Blick auf den Monitor. »Die Gezeiten rotieren. Sie wollen doch nicht etwa in einer Reinigung eingeschlossen werden, oder? Sie haben noch zehn Sekunden, um nach draußen zu kommen.«

Und dann schob sie sie schon durch die Tür, und als sie über die Schwelle traten, wirbelte der Raum schwindelerregend um sie her, und sie standen auf dem Trottoir vor einer verschlossenen, versperrten Fassade, auf der stand:

WÄSCHEREI UND REINIGUNG

Und der Laden war geschlossen, ohne auch nur den Schimmer eines Lichts.

Sally war niedergeschlagen, als sie nach Hause fuhren. »Das hätten wir uns sparen können«, sagte sie. »Nichts haben wir erreicht. Nichts!«

»Da bin ich nicht so sicher. Sie hat gesagt, sie wird den Alfar eine Warnung vor den Eisenwesen schicken, damit sie ihre Tore schließen. Und sie sagte: . . .« Er runzelte die Stirn, weil er wußte, daß sie etwas Wichtiges gesagt hatte, auch wenn er es nicht begriff – ». . . daß es vielleicht noch etwas für uns zu tun gebe. Oder daß . . . jemand von den Alfar hierher zu mir käme. Zu uns. Und wenn es etwas zu tun gebe, würde sie es uns wissen lassen.«

»Ich frage mich, was sie damit meinte.«

»Ich weiß es ebenso wenig wie du«, sagte Fenton und legte den Arm um Sally. »Aber ich glaube, sie meinte, wir würden es schon merken, wenn der Zeitpunkt kommt.«

»Das ist absolut idiotisch. Glaubst du an diesen mystischen Quatsch?«

»Sally«, sagte Fenton müde, und er suchte nicht einmal nach einer Gegenargumentation, er sagte einfach die Wahrheit, so wie sie ihm in den Kopf kam, »nach allem, was heute Nacht geschehen ist, werde ich niemals wieder irgend etwas ausschließen, bis ich es nicht irgendwie bewiesen oder verworfen habe. Und jetzt nehme ich an, daß Jennifer wußte, worüber sie redete. Sie wußte genug, um Pentarns Loch zu schließen, oder? Und also werde ich annehmen, daß, wenn es mehr für mich zu tun gibt, ich es erfahren werde. Und bis dahin werde ich nichts unternehmen.«

Sie lächelte leise. »Nun, ich aber«, sagte sie. »Ich werde, während wir warten, auf was auch immer, versuchen zu schlafen. Und ich schlage vor, daß du mitmachst.«

Sie gingen zusammen heim, fielen auf die ausgeklappte Couch in ihrem Wohnzimmer und zogen nicht einmal die Schuhe aus.

19

Irgendwo klingelte ein Wecker, ein ohrenbetäubendes Geräusch. Ihm schien die Sonne in die Augen, und sein Nacken war verkrampft. Fenton drehte sich um und hörte Sally murmeln: »Dreh den Wecker ab, ich habe keine Vorlesung . . .« Dann plötzlich war sie hellwach. »Cam! Das Telefon!« Sie sprang aus dem Bett.

»Lobeck, Parapsychologie«, sagte sie, dann: »Oh, mein Gott, Doc, was . . . ja, er ist hier!« Sie gab Fenton den Hörer und flüsterte mit weißem Gesicht: »Garnock. Für dich. Hört sich schrecklich an!«

»Cam . . .« Garnocks Stimme klang rauh und furchterregend. »Hier drüben . . . Sally . . . ich . . . alles decken. Sagt, es war . . . ein Experiment. Sofort. Muß mich zusammenreißen bis . . .«

»Wo sind Sie?«

»Smythe-Gebäude. Labor. Schnell . . .« Seine Stimme brach vor Schmerzen, verstummte.

Fenton rief: »Doc, Doktor Garnock . . .« Einmal, noch einmal. Dann ließ er den Hörer fallen, legte ihn nicht einmal auf die Gabel. »Sally! Die Autoschlüssel! Wir müssen rüber. Doc ist verletzt!« Durch seine Gedanken jagten Eisenwesen, Pentarn, die Alfar, Vrillschwerter, alles, was Garnock als Weltenwanderer begegnet sein könnte. »Du fährst. Du kennst den schnellsten Weg zum Labor.« Er merkte, daß er in seinen zerknitterten Kleider geschlafen hatte. Spielte keine Rolle.

Sally fuhr sie auf den Campus, in ein Parkhaus hinter der Dwinelle-Halle. Sie blickte flüchtig auf ein Schild mit der Aufschrift: *Parken verboten*, sagte heftig, daß sie die Strafe zahlen würde, wenn man sie erwischte und rannte los, Fenton hinter ihr her. Die Stufen zum Smythe-Gebäude rannten sie wie sie nur konnten, Sally dicht auf seinen Fersen. Sie brachen ins Labor und sahen Garnock auf dem Boden liegen. Er war offensichtlich aus dem Drehstuhl hinter seinem Schreibtisch gefallen, und Fenton hielt den Atem an, als er sich über den älteren Mann beugte.

Garnocks Kleider waren zerfetzt und zerschnitten und verkohlt, ein Schuh halb abgebrannt, wo sich verkohlte Haut zeigte. Er stieß einen leisen Schrei aus, als Fenton ihn berührte.

»Was ist geschehen? Doc, was ist geschehen?« flehte Fenton. An Garnocks Kopf sah er eine lange, versengte Stelle, keine ernsthafte Verbrennung, aber wahrscheinlich höllisch schmerzhaft; das Haar war angebrannt.

»Feuer . . . in den Felsen«, murmelte Garnock. »Unter den Höhlen, die Alfar. Die Eisenwesen . . . eine Falle für die Eisenwesen. Alfar . . . bereit zum Selbstmord.« Und Fenton erinnerte sich an die Höhlen, in die die Eisenwesen Kerridis geschleppt hatten.

»Durch eine Welt aus Felsen«, flüsterte Garnock. »Die Felsen . . . Können die Felsen nicht schließen. Irielle . . . ich hatte ihren Talisman. Bring ihn ihr. Sie sagt, sie wird dich treffen, wenn . . . wo die Bäume in einem Kreis stehen. Du weißt schon, wo sie ihren Namen gekritzelt hat . . . Bring ihr den Talisman. Sie . . . hat mich zurückgeschickt, weil ich verbrannt war, als ich versuchte durchzukommen, den Felsen zu schließen . . .« Er öffnete die verbrannten Finger mit einem Schmerzschrei, und etwas fiel aus der versengten Hand.

Fenton hatte es erwartet, es war der Talisman, der Stein, in seiner Welt nur ein flacher, konturloser Stein, der in Irielles Welt als Talisman zwischen den Welten galt.

»Doc«, flehte Sally, »Sie sind verletzt. Wir müssen den Krankenwagen rufen!«

»Krankenwagen«, flüsterte er. »Sagt ihnen . . . ein Unfall.«

Seine Augen schlossen sich. Cam sprang zum Telefon. Sally nahm es ihm aus der Hand.

»Das genau hat Jennifer gemeint, was du tun mußt«, drängte sie ihn. »Sie sagte, du würdest wissen, wenn die Zeit kommt. Geh und tu es. Ich werde mich um Garnock kümmern!«

»Glaubst du, daß er es schafft?«

»Ich glaube ja. Sein Herz schlägt regelmäßig.« Und als Fenton immer noch zögerte, sagte sie: »Cam, Doc hat sein Leben riskiert, um dir den Talisman zu bringen. Er hat gewartet, bis du kamst und Hilfe holen konntest – den Krankenwagen hätte er schon vor zehn Minuten hier haben können. Zeigt dir das nicht, was er wollte?« Sie wählte den Notruf und wandte ihm den Rücken zu.

»Also gut.« Ernüchtert stand Fenton auf und blickte schockiert und entsetzt auf den bewußtlosen Garnock, wußte aber auch, daß Sally recht hatte. Genau das mußte er tun, er wußte es, mit einem Gefühl von Richtigkeit, das stärker war als jede andere Vorahnung in seinem Leben. »Ich kenne die Stelle, die Irielle meint. Ich gehe sofort hin.«

Er nahm den Steintalisman, blieb stehen, sah Sally an. Er hatte eine sonderbare, schockierende Vorahnung, daß er sie lange, lange nicht wieder sehen würde, und dieser Gedanke war furchterregend. Das hier mußte er tun, und er wußte es ebenso gut wie Sally. Er sagte: »Sally, ich liebe dich.« Dann drehte er sich ohne weiteren Blick um und rannte los, die Treppen hinab, über den Campus. Noch ehe er durch die Innentore lief, hörte er das Heulen der Sirene vom Krankenwagen, aber er achtete nicht darauf. Er rannte über den Campus, sah nicht die Studenten auf dem Weg zu ihren frühen Vorlesungen, die politischen Aktivisten, die ihre Tische aufstellten und Literatur ihrer jeweiligen politischen Gruppe verteilten, eine Gruppe Anachronisten auf einer Wiese um zwei maskierte, behandschuhte Männer mit Holzschwertern geschart, die aufeinander einschlugen, während der Schiedsrichter, oder wie immer sie ihn nannten, langsam die Kämpfenden umkreiste. Fenton rannte voll gegen einen Jogger, warf ihn zu Boden, entschuldigte sich hastig und rannte weiter, während der Jogger in verständlicher Wut hinter ihm herbrüllte. Er wurde fast von einem Fahrrad umgefahren, und auch der Radfahrer brüllte ihm zu, er solle die Augen aufmachen, aber Fenton ignorierte ihn.

Endlich! Der Eukalyptushain. Er lag verlassen im frühen Morgenlicht. Fenton dachte an die Kerker-und-Drachenspieler, die sich hier vor Monaten versammelt hatten, als für ihn der interweltliche Verkehr noch neu war. Es waren wahrscheinlich echte Kerker- und Drachenspieler gewesen und nicht die Leute aus dem Weltenhaus mit ihrem Spielbrett, das manchmal auch ein mysteriöser Monitor für die Weltentore war.

War das Kerker- und Drachenspiel eine Art Übung, um den Leuten zu helfen, sich andere Welten vorzustellen, dort andere Rollen zu spielen? Ein neues Konzept in einer Kultur, wie die Anachronisten, um der weltlichen Gesellschaft Einübung in die Gedanken sich bewegender Welten und Kulturen zu gestatten?

Fenton wußte es nicht, aber es wurde ihm mit ungewöhnlicher Demut bewußt, daß er es nie wissen würde. Warum sollte er auch annehmen, alles zu wissen?

Er ging auf die freie Fläche zwischen den Eukalyptusbäumen, setzte sich auf einen der Rotholzstämme, die dort kreisförmig aufgestellt waren. In der Hand hielt er den Steintalisman. Er spürte eine leichte Bewegung, als lägen die Goldfiligrane der Alfarwelt direkt unter der steinernen Oberfläche, aber der Stein veränderte sich nicht. Doch Irielle hatte gesagt, er würde ihn in die Welt der Alfar bringen.

»Nein«, sagte eine leise, fast gespenstische Stimme. »Er kann dich nicht in unsere Welt bringen, nicht dieses Mal. Die Tore sind geschlossen. Ich bin zu dir gekommen – ich konnte durchkommen – weil dies einst meine Welt war, und selbst Findhal kann mir dieses Recht nicht verweigern. Joel . . .«

Er blickte auf und sah Irielle auf sich zukommen. Ihr Gesicht war blaß und verweint. »Joel ist in die Welt seines Vaters gegangen. Er sagte . . . er sagte, er habe kein Recht, bei uns zu bleiben, wenn er den Krieg verursachte. Er hat geschworen, zu mir zurückzukommen, wenn er könnte, aber er würde selbst meine Liebe opfern, wenn die Alternative Krieg und Chaos seien.«

Sie schluchzte hilflos. Fenton streckte die Arme aus, und Irielle fiel ihm entgegen. Sie war als Zwischenmensch gekommen und riskierte damit alle Gefahren, um ihn um Hilfe zu bitten. Er wußte es und fragte sich, was er wohl tun könne.

»Oh, Fenn-ton, Fenn-ton. Ich weiß, er hat recht, aber ich kann es nicht ertragen! Er hat getan, was er tun mußte, ich weiß es, aber ich weiß auch, daß er sich eher umbringen wird als Anführer von Pentarns Armee zu werden! Er hat geschworen, daß er eher sterben würde, und ich weiß, er sagte die Wahrheit!«

Er hielt sie sanft umfangen, legte ihr den Talisman in die Hand. Sie umschloß ihn, und er spürte auf sonderbare Weise, wie sie sich verfestigte, warm und fraulich in seinen Armen wurde. Und als er es spürte, zog sie sich ein wenig zurück, war wieder scheu und empfindlich.

»Warum bist du gekommen, Irielle?«

»Wegen des Talismans«, gab sie zurück. »Irgendwie muß ich durch das Weltenhaus kommen und sie bitten, mir beim Schließen eines Tores zu helfen, das sie nicht geschlossen haben. Das Tor in den Felsen. Irgendwie kommen die Eisenwesen immer noch durch den Felsen unter den Höhlen, wo eigentlich kein Tor sein sollte. Alle Tore, die man im Weltenhaus kennt, sind geschlossen; der alte Myrill schwört es, aber da gibt es ein Tor, das nicht zu uns gehört, und irgendwie muß ich einen Weg finden, es zu schließen.«

Fenton wußte sofort, daß es das Tor aus der Gnomenwelt war. Niemand von der Erde durfte sich einmischen, aber wenn die Alfar ihre Tore schließen wollten, hatte Irielle, ein Wechselbalg der Alfar, das Recht, in die Gnomenwelt zu gehen und zu fordern, daß man dort das Tor schlösse.

Die Gnome hatten nichts gegen die Alfar. Und sie haßten die Eisenwesen. Sicher würde sie sich einer solchen Bitte nicht verschließen. Fenton fragte: »Irielle, kannst du nicht durch das Weltenhaus dorthin gelangen?«

»Die Tore sind geschlossen«, antwortete sie zitternd. »Lebbrin und Erril und mein Pflegevater haben Kerridis gezwungen, und Myrill wollte keine Ausnahme machen, auch nicht, mich durch ein ungesetzliches Tor durch die Felsen zu schicken. Wir versuchten, hinabzugelangen und das Tor selbst zuzuzwingen, der kühne Mann aus deiner Welt und ich, aber er verbrannte sich, als sich die Felsen öffneten und Feuer spien, und ich ließ ihm den Talisman, damit er lebendig wieder in eure Welt zurückkonnte. Findhal hätte ihn heilen können, wie er auch mein Bein geheilt hat, aber er wollte es nicht; er sagte, er würde niemals wieder einem Menschen von euch trauen«, sagte Irielle, und sie begann wieder zu weinen, versuchte aber, sich zusammenzureißen. »Oh, er war so verletzt, der Doktor, ich dachte, er würde sterben. Ich ließ ihm den Talisman, um wieder durchzukommen, aber ich konnte nicht mit ihm gehen. Ich versuchte, ihn zu stützen und durchzukommen, aber seine Verbrennungen waren so schlimm, daß ich ihn nicht berühren konnte, es tat ihm zu weh.«

Irielle hatte also den permanenten Verlust des Talismans riskiert und damit vielleicht die letzte Chance der Alfar, weil sie einen tapferen Menschen nicht sterben lassen wollte. Hilflos fuhr sie fort: »Findhal ist wütend auf mich; er hat mich verstoßen und sagte, meine Loyalität sei bei den Sonnenwelten und nicht bei den Alfar, weil ich den Doktor nicht sterben lassen wollte. Aber ich sah keinen Grund, warum er wegen unserer Streitigkeiten sterben sollte.« Sie blickte zu Fenton hoch und flehte: »Bringst du mich zum Weltenhaus?«

»Natürlich, natürlich, meine Liebe.« Fenton nahm ihre Hände; sie waren fest, aber kalt und zittrig. »Komm.«

Als sie an den Universitätsgebäuden vorbeigingen, starrten ein paar Frühaufsteher den jungen Mann in den zerknüllten Kleidern und das Mädchen in dem langen warmen Kleid an, eingehüllt in Tücher und Schals. Sie nahm den pelzbesetzten grünen Umhang ab und hing ihn sich über den Arm, und Fenton merkte, als sie an einer Gruppe Anachronisten vorbeikamen, daß sie nun einfach wie eine von jenen aussah. Sie umklammerte seinen Arm, als sie das Schwerterklirren hörte.

»Oh, was ist das . . .?«

»Oh, die spielen Kampf«, sagte er.

Sie schauderte und sagte: »Ich glaube, ich habe so viele Kämpfe gesehen, ich werde niemals wieder einen spielerischen mit Freude ansehen können!« Sie wandte den Blick ab. »Auch nicht mehr die Spielkämpfe des Drachenspiels auf dem Brett!«

Die Alfar kannten also auch Kampfspiele, und er fragte sich, ob es eine Version des Kerker-und-Drachen war. Irielle wich vor den Menschenmengen zurück, als sie die Telegraph-Avenue entlanggingen. Er sah flüchtig den kahlrasierten Hippie, der ihm das illegale Antaril verkauft hatte und fragte sich, ob auch er ein Teil in dem sich entfaltenden Drama war, ermahnte sich aber fest, nicht paranoid zu werden; es mußte immerhin noch ein paar unschuldige Zuschauer geben.

Sie kamen am Ratskeller vorbei und dem Buchladen, dem Griechischen Restaurant und der Reinigung – verdammt! Die Reinigung war immer noch da!

Laut sagte er: »Ein Topf, den man beobachtet, kommt nie zum Kochen.«

»Was, Fenn-ton?«

Es bestand kein Grund, seine Enttäuschung an Irielle auszulassen. »Was tut man, wenn man ein Weltenhaus nicht findet?« fragte er.

»Ich finde es eigentlich immer«, entgegnete sie unschuldig. »Zumindest in der Welt der Alfar. Hier weiß ich es nicht.«

»Nun, dann siehst du dich besser um«, sagte er, »weil hier eigentlich das Weltenhaus sein müßte. Ist es aber nicht.«

»Da? Dieser weiße Laden?«

Er erinnerte sich, daß sie wahrscheinlich nicht mehr als ein paar Wörter lesen konnte; ihren Namen hatte sie in Druckbuchstaben zustande gebracht, aber nur mit Mühe wie ein Kindergartenkind. »Ja. Dort. Manchmal ist es ein kleiner Laden, der Bilder verkauft. Und dann ist es das Weltenhaus. Jetzt aber nicht.«

Sie umklammerte seinen Arm. »Was werden wir tun?«

»Ich weiß es nicht«, erwiderte er grimmig. »Beten vielleicht. Oder versuchen, es anderswo aufzuspüren.« Er dachte an die kleine Karte an der Tür mit der Aufschrift: NACHTS UND BEI NOTFÄLLEN LÄUTEN. Und nun war der Notfall noch krasser, aber er konnte keine Klingel finden. Er ging zur Tür der Reinigung und suchte den Türrahmen nach einer Klingel ab. Es mußte eine Möglichkeit geben, das Weltenhaus herbeizuzwingen, wenn es so dringend gebraucht wurde, verdammt! Es funktionierte aber nach den eigenen Gesetzen, und die kannte er noch nicht alle.

Kein Zeichen. Keine Klingel. Keine Notglocke. Nichts. Er starrte den Laden an, wünschte sich heftig das Weltenhaus herbei, erinnerte sich, wie er und Sally diesen Morgen hier angekommen waren und es beim ersten Hinsehen auch nicht entdeckt hatten. Aber zehn Minuten später mußte er zugeben, daß es einfach nicht dort war, und der kleine alte Mann in der Reinigung sah sie schon komisch an.

Das beste würde sein, entschied Fenton, hier schleunigst zu verschwinden, ehe jemand die Polizei rief und sie wegen Herumlungerei verhaftet wurden.

Und nun? Akzeptiere die Niederlage und sag, daß du nichts anderes kannst, wenn das Weltenhaus nicht an der Stelle war, wo es eigentlich zu sein hatte.

Nein, verdammt! Irielle hatte gesagt, das Weltenhaus könne sich verstecken, wenn man danach suchte und man dort nichts zu suchen hatte. Durch den gleichen Zauber konnte ein echtes Bedürfnis es auch herbeiholen. Fenton folgte einer der stärksten Ahnungen seines Lebens. Er sagte: »Komm, Irielle, ich glaube, ich weiß, wohin wir uns nun wenden müssen.«

Er führte sie die Avenue entlang bis zur Abzweigung zu seiner Wohnung, aber er ging nicht hinein, holte nur die Wagenschlüssel aus seiner Tasche und ließ Irielle einsteigen.

Sie blieb ängstlich ein wenig zurück. »Ich bin nicht in einem Gefährt gewesen, seit mein Bein so verletzt wurde«, sagte sie.

Er dachte an ihre Narben und beruhigte sie sanft. »Ich sorge dafür, daß dir dieses Mal nichts geschieht. Steig ein, Irielle.« Er beugte sich zu ihr und schnallte ihr den Sicherheitsgurt um Schoß und Schultern. »Das ist, damit du dich nicht verletzt.«

Er überprüfte kurz den Alkoholstand. Dann startete er den Motor und brach alle Geschwindigkeitsbeschränkungen, um zur Brücke zu gelangen. Irielle starrte mit offenem Mund auf die Skyline von San Francisco, und er merkte, daß sie wahrscheinlich unter Schock stand – wenn sie jemals in San Francisco gewesen war, was unwahrscheinlich schien, dann war es vermutlich vor dem großen Erdbeben von 1906 gewesen, aber da er sich auf den Verkehr konzentrieren mußte, konnte er sich nicht mehr um sie kümmern.

Er mußte weit entfernt vom North-Beach-Gebiet parken, aber glücklicherweise war der morgendliche Hochbetrieb vorbei. Tausende und Abertausende von Menschen würden auf den Straßen zu Schemen werden, vermutete er, je nachdem, welches ESP-Talent er benutzen würde, um seine Botschaft auszusenden. Er zwang sich jedoch zum positiven Denken; wenn er ESP-Experimente auf dem dichtbevölkerten Campus unternehmen konnte, wo mehr Studenten herumliefen, als manche Kleinstadt Einwohner hatte, dann konnte er es überall. Aber dies war das wichtigste Experiment seines Lebens.

Also . . . Wo hatte er den kleinen Buchladen vor Jahren gesehen, der ein- oder zweimal geschlossen und versperrt gewesen war? Nicht auf der Upper Grant Street, sondern in einer der kleinen Sackgassen, die rechtwinklig abzweigten, wo die Hauptstraßen hinunter zum Broadway verliefen, hinab zum getünchten Fisherman's Wharf, wo sich die Touristen tummelten.

»Nimm den Talisman in die Hand, Irielle. Und denk fest daran, das Weltenhaus zu finden.«

Sie sah ihn beunruhigt an, tat aber, wie er gesagt hatte: Er merkte, daß sie es tat, wenn auch Gedankenlesen nicht eigentlich zu Fentons Talenten gehörte. Aber er befand sich immer noch auf dem Höhepunkt einer ungeheuren Vorahnung, der er gefolgt war. *Wenn du etwas tun mußt, dann weißt du auch wie.* Das hatte Jennifer gesagt. Und er war absolut sicher, daß er recht hatte.

Eine flüchtige Sorge kam ihm in den Sinn, daß es lächerlich war, durch fremde Straßen zu gehen und zu senden versuchen, als sei er verirrt. *Hier, Weltenhaus, komm schon, Weltenhaus . . .* Er mußte ein Kichern unterdrücken. Aber es klang natürlich auch albern, wenn man es so sagte. Aber war es alberner als ein kleiner Kunstladen, der manchmal eine Reinigung war, oder alberner als ein Mädchen, das von behaarten Monstern aus einer Rackham-Illustration in Stücke zerrissen wurde? Aber sie waren echt, fürchterlich echt, ebenso wie das Weltenhaus, und so auch die Kraft, die das Weltenhaus zu ihm bringen würde. Fest bildete er den Gedanken in seinem Kopf.

Es ist dringend. Ich muß zum Weltenhaus kommen. Es stehen Leben auf dem Spiel, verloren in Unwissen.

Immer wieder wiederholte er dies, und er ließ sich von nichts ablenken. Irielle ging wie in Trance neben ihm her, hielt sich an dem Talisman fest.

Eine schmale Straße hinauf und eine weitere hinab. Einmal dachte er, er sähe den Laden, aber es war ein Obststand. Das Problem war, daß er sich nicht genau erinnern konnte, wie der Laden ausgesehen hatte. Wenn er sich auch sicher war, ihn zu erkennen, wenn er davor stand. Eine weitere Straße, noch eine, noch eine . . .

»Fenn-ton?«

»Was ist, Irielle?«

»Der Talisman. Er hat sich in meiner Hand bewegt.«

Er dachte mit einem Hauch von Jubel: *»Wärmer, wärmer.«* Aber für Freude war es zu früh. Leise sagte er: »Gut. Sag mir, wenn es wieder geschieht.«

Ein Buchladen, geöffnet, Bücher in Körben, abgenutzt, verschmutzt und vierte Hand, zu einem Dollar. Ein Spaghetti-Restaurant, schmierig, ein magerer Teenager wischte den Boden, und eine fette Frau schrieb mit Kreide die Preise für den Lunch auf eine Tafel. Gute Gerüche. Ein kleiner Markt, vor dem draußen Knoblauchzöpfe und lange phallische Salami hingen. Ein Schaufenster, über dem in schlampigen Plakatfarbenbuchstaben stand: *Kirche des Goldenen Lichts. Gottesdienst sonntagsabends. Gebete. Jeder ist willkommen.* Noch ein Laden für antiquarische Bücher.

Wir alle suchen das Weltenhaus. Es besteht große Gefahr. Leben werden verloren wegen Unwissen, weil man mit den Toren herumgespielt hat; wir müssen zum Weltenhaus durchkommen . . .

»Der Talisman«, flüsterte Irielle, »er glüht . . .«

Sie hielt ihn in der Hand verborgen, aber er konnte ihn durch ihre Finger hindurch sehen. Das Weltenhaus also, ein wirksames Tor zwischen den Welten, mußte inmitten einer ungeheuren mächtigen Kraft liegen. Wie lebten die Bürger hier so nahe an einem Drehpunkt zwischen den Welten und merkten nie, was dort stand? Oder merkten sie es, waren wie die jungen Kerker-und-Drachen-Spieler im Hinterzimmer des Kunstladens, das ebenfalls ein Weltenhaus war? Er spürte Wärme in seiner Hosentasche, griff hinein und zog heraus, was wie ein Prisma aus billigem Plastik aussah, das Vrill, das ihm Kerridis gegeben hatte. Er flüsterte Irielle zu: »Hast du Vrill dabei?«

»Meinen Dolch. Falls ich auf Eisenwesen stoßen sollte.«

»Nimm ihn heraus. Wir könnten ihn gebrauchen.«

In dem Moment, als sie den Vrilldolch aus der Hülle nahm, begann Fenton die ziehende Kraft zu spüren – oder hatte er sich einfach dafür sensibilisiert? Er brauchte nicht einmal hochzusehen; er ging einfach schnell die nächste Straße hinab und hob erst auf der Schwelle den Kopf, um das Schild zu lesen, die Bücher im Fenster zu sehen, eine alte, wahrscheinlich unbezahlbare Kopie von Chambers *The King in Yellow*, eine abgenutzte Ausgabe von Leibers *Our Lady of Darkness*, Andersons *Die Königin aus Luft und Dunkelheit*, ein halbes Dutzend Bücher, von denen man nur die Rücken sehen konnte. Er spürte den Kitzel in der Luft, aber er sah den dürren alten Mann mit einem Gesicht wie ein kluges Kamel und wußte, daß er vor einem stand, den Jennifer Wächter nannte.

Er vergeudete keine Zeit, er hielt ihm einfach den Vrillzylinder und den Talisman entgegen.

»Du weißt, was das ist. Wir müssen durch.«

»Hier entlang«, antwortete der Alte und zog sie ins Hinterzimmer des Ladens. Er blickte Irielle scharf an und sagte: »Du gehörst in diese Welt, aber du bist ein Alfar-Wechselbalg. Willst du zurück? Die Tore in die Alfarwelt sind verschlossen, aber du hast ein Recht durchzukommen.«

Sie schüttelte den Kopf. »Ich muß in die Felsenwelt. Ein Tor hat sich aufgetan, wo keines sein dürfte, und Eisenwesen dringen hindurch. Irgendwie muß ich die in der Felsenwelt davon überzeugen, die Tore zur Alfarwelt zu schließen.«

Der Alte blickte besorgt drein. Dann sagte er: »Du kennst die Gesetze, Kind. Ich bin ein Wächter; wir im Weltenhaus dürfen weder eingreifen noch Partei ergreifen.«

»Du hast recht«, sagte Fenton und überraschte sich selbst. »Aber es darf auch keine dritte Partei eingreifen, und der Gnom tut es aus Unwissen. Er hat Dinge durch seine Welt in die der Alfar gehen lassen, wußte dabei nicht, daß er den Tod der Alfar damit herbeiführt. Er hat ein Recht zur Wahl, frei zu handeln, wenn er weiß, was er tut. Er hat ein Recht, es zu wissen. Wenn er dann immer noch wählt, den Eisenwesen gegen die Alfar zu helfen, ist das seine freie Entscheidung. Aber er hat ein Recht, die Wahrheit zu erfahren.«

Der Alte gab, immer noch besorgt, zurück: »Was du sagst, stimmt. Aber ich habe kein Recht, uneingeladen in die Gnomenwelt zu gehen . . .«

»Darüber weiß ich nichts«, meinte Fenton, »aber *ich* bin eingeladen worden. Der Gnom hat mich gebeten, zurückzukommen.« Mit ganzer Seele fürchtete er sich, in diese Welt der Steine zurückzukehren, wo er seine Identität verlor, zufrieden war, zu einem Stein in der Sonne zu werden, einem Stein der Steingesellschaft, ohne einen Wunsch, anders zu sein. Aber für die Alfar und diesen harmlosen Zwerg würde er zurückgehen. Das genau mußte er tun, und er wußte es; alles, was ihm zugestoßen war, seit er das illegale Antaril nahm, hatte ihn unaufhaltsam in diese Richtung gezogen. *Wenn es noch etwas weiteres zu tun gibt, wirst du auch das wissen.* Er ritt immer noch auf der schäumenden Welle des Wissens. Irielles Augen waren weit aufgerissen und blickten furchtsam. Sie sah ihn an, aber er lächelte beruhigend und ignorierte ihre Angst.

Der Alte fragte: »Du bist dir des Risikos bewußt?«

Fenton nickte.

»Diese Welt ist für Menschen gefährlich. Ich selbst habe mich einmal dorthin gewagt, als ich die Tore lernte, und ich habe mich nie zurückzukehren getraut.«

»Wie auch immer«, gab Fenton zurück, »ich habe das Recht, mir meine Risiken auszusuchen.« Er war bewußt das Risiko eingegangen, seit er sich die Parapsychologie als Fach ausgesucht hatte – zunächst das Risiko, den respektablen Beruf eines Psychologen aufzugeben, dann das Risiko sonderbarer Gaben, Experimente mit Drogen, die die inneren Klammern seines Verstandes lockern konnten. Er fragte sich, ob alle diese Risiken nur die Vorübungen gewesen waren für das, was nun bevorstand.

»Ich bin nicht sicher, ob du alle Risiken kennst. Eine meiner Funktionen ist, die Unwissenden herauszuhalten.«

Fenton sagte mit der absoluten Autorität des Wissenden: »Du hast kein Recht, einen eingeladenen Gast aus einer Welt zu halten, wenn er aus freien Stücken dorthin will und ohne böse Absicht geht.« Er wußte nicht, ob er die Gedanken des Alten las oder ob es Intuition oder Hellseherei war. Vielleicht gab es in dem Universum, das er jetzt bewohnte, keinen Unterschied. Er wußte es einfach.

Jennifer hatte irgendwie erkannt, daß er zu diesem Wissen bereit war. Cameron war seit zehn Jahren Parapsychologe. Und ihm wurde bewußt, daß er jetzt gerade die erste Grundvoraussetzung dafür zu lernen begann. Es war eine sich öffnende Tür, eine neue Welt, die er betrat, ein neues Universum.

Der Alte nickte wissend, und was er dann sagte, war sehr sonderbar: Er sagte: »Ich erkenne dich.« Dann nahm er einen Glasstab, wie ihn Jennifer heute morgen benutzt hatte, um ein ›Loch‹ zu zerstören.

»Hier entlang. Das Tor ist nicht leicht zu finden.«

»Aber Irielle . . .«

Aber ehe der Alte sprach, kannte Fenton schon die Antwort. »Irielle hat die Wahl, sie kann bleiben oder in die Welt der Alfar zurückzukehren. Ich kann sie nicht in die Felsenwelt lassen. Sie ist noch nicht bereit.«

»Fenn-ton . . .« Ihre Hände umklammerten ihn; die Augen blickten entsetzt.

Er umfing sie für einen kurzen Moment, in einer fast väterlichen Umarmung, ehe er sie sanft freigab. Er sagte: »Hab keine Angst, Emma.« Er wußte nicht, warum er ihren Erdennamen benutzte. »Ich werde damit fertig. Warte hier oder gehe zurück zu Kerridis. Sie braucht dich sicher. Du hast hier getan, was du konntest. Ich werde tun, was ich kann, und wenn ich es nicht kann – nun, dann ist es unmöglich. Wenn dies nicht klappt, müssen wir mit allem, was kommt, fertig werden.« Sanft küßte er sie zum ersten und letzten Male. »Wenn . . . wenn irgend etwas passiert, wenn ich es nicht schaffe, sag es Kerridis . . .« Nein, dachte er, zum Teufel . . . Noch nicht. »Sag Kerridis – sag ihr, ich tat, was ich konnte. Ich werde dich sehen, wenn ich kann, mein Kind.«

Er drehte sich um und ging entschlossen hinter dem alten Mann her, ohne sich umzusehen, denn er wußte, daß sie weinte.

20

Die Sonne brannte orange und heiß. Er stand mitten in den Felsen, und die niedrige Mauer erstreckte sich unendlich in beiden Richtungen, so weit das Auge reichte, und unter seinen Füßen raschelten die kleinen Dinger. Aber auch diese waren der Gnom. *Man ist Felsen. Man ist aber auch kleine Wesen.*

»Gnom«, sagte er laut, und vor seinen Augen bewegte sich der Stein, wand sich, wölbte sich langsam hoch, schob einen knolligen Kopf hoch, kleine, harte, knollige Finger.

»Man freut sich über die Rückkehr. Zusammen. Warm ist die Sonne. Froh unter dem Licht. Man grüßt glücklich.«

Fenton dachte: Freue mich, dich zu sehen, Gnom!

»Anderer hat Sorgen«, bemerkte die Stimme. »Sagen Grund für Anderssein. Nicht freuen.«

Im Kopf bildete Fenton ein deutliches Bild der Eisenwesen, und während er es sich ausmalte, schienen sich die Gedanken des Gnoms in seine zu versenken, so daß er das Tor sah, durch das die Eisenwesen in die Felsenwelt eingedrungen waren, ungewollt, uneingeladen, eine Abkürzung zu den Alfar, deren Welt die Eisenwesen normalerweise nur zu den rechten Zeiten betreten konnten.

»Sehen Invasion. Nicht wollen.«

Und sie schienen sich mit Gedankenschnelle zu bewegen, so daß Fenton das offene Tor sah, aus dem sich die Eisenwesen unter mörderischem Geschrei herauswälzten aus ihrer Welt. Der Abscheu des Gnomes und seine Entrüstung ließen ihn erstarren, und das erfüllte auch Fentons Gedanken, so daß er spürte, wie seine Identität in die des Gnomes versank, in den Frieden des Steins, mit Abscheu und Ekel vor den Eindringlingen, die sich in diese Welt warfen, sie verletzten, verschmutzten! Ein gähnendes Loch öffnete sich und spie sie aus, und Fenton sah die kalten, schneeigen Berge der Alfar, die Höhleneingänge, aus denen die

Eisenwesen über die Alfar herfallen und sie belagern konnten, wie sich die Höhlen unter ihnen mit Eisenwesen füllten . . .

»Nein!« Ein wütender Schrei, der den Stein mit Abscheu durchzuckte, und er sah die knollige Gestalt des Gnomes darunter schwanken, wie er sich in die formlose Mauer auflöste. Dann begann er sich sehr langsam wieder zu bilden, schob erst den kleinen Kugelkopf hoch, mühte sich schließlich hoch und bildete eine kleine stumpfe Hand, die er Fenton erstaunt entgegenstreckte.

»Freund hat Kummer Andersheit?«

»Weißt du eigentlich, was du mit diesen Eisenwesen machst? Weißt du, daß du sie losläßt und auf die Alfar losjagst, wo sie töten, brennen, morden . . .?« Fentons Gedanken bildeten ein erzürntes Bild der Eisenwesen, wie sie aus den Höhlen schwärmten, über die Alfar herfielen, trotz deren Vrillschwerter, sie bei lebendigem Leib zerhackten, die Pferde aufschlitzten und sich das tropfende Fleisch mit beiden Fäusten in die Mäuler stopften, Kerridis fortschleppten, deren Haut sich bei der bloßen Berührung schwarz verfärbte . . .

Er spürte den Abscheu des Gnoms bis in den hintersten Winkel seines Kopfes, eine Agonie des Bewußtseins, so daß ihm der ganze Körper schmerzte. »Nicht wissen. Wie aufhalten?«

Heftig sagte Fenton: »Schick sie dorthin zurück, wo sie hergekommen sind! Aber besser, laß sie gar nicht durch! Aber wirf sie nicht auf die Alfar! Die Alfar haben dir niemals etwas getan!«

Ein Schmerzkrampf durchfuhr den Gnom und Fenton, der fein auf ihn eingestimmt war. »Nicht wissen. Aufhalten. Tanzwelt, Lichtwelt, Baumwelt keinen Schaden wollen.« Und wieder schien es, als gähne die Erde, so daß die gesamte Welt mit dem Heulen und Brabbeln der Eisenwesen erfüllt schien, ein Tanz aus Hunger und Schmerz, ein unstillbarer Blutdurst, so daß Fenton die Augen fast aus dem Kopf traten und ihm die Lenden schwollen vor dieser Lust, als würde er mit ihren Schreien rennen und kreischen und brabbeln. *Beute und Frauen!* Die Zeit teleskopierte, und er begann zu schreien, war eins mit ihnen, und zugleich spürte er den Ekel der Ablehnung vor diesen entsetzlichen Eindringlingen . . .

Eine Stimme – die des Gnomes – krächzte durch sein Bewußtsein und den Schrecken der Eisenwesen: »Aufhalten.«

Und dann wölbte sich die Erde krampfhaft auf, Feuer sengten

und brannten, Stein schmolz. Die Erde wellte sich über die Eisenwesen und verschluckte sie in einem riesigen, zerstörenden Chaos. Zahllose Schreie des Schmerzes zitterten in ihm, zerrissen seine Kehle mit der heulenden Agonie ihres Sterbens; er spürte ihren Tod, er spürte, wie sie lebendig verschluckt wurden.

Und er starb mit ihnen.

Lange, lange Zeit später wurde sich Fenton bewußt, daß er stumm und still lag, gebadet in Frieden und Sonne, entspannt und schlafend gegen die sanfte Wärme der Felsenmauer. Irgendwo weit, weit fort fühlten sich seine Gedanken verletzt an von der Erinnerung an Schmerz und viele, viele Tode, aber im Augenblick gab es nur Frieden und Sonne und den Fels, gewärmt durch das Sonnenfeuer, und die Mauer, in deren Schatten er lag. Aber als langsam die Erinnerung zurückkehrte, regte sich der Stein neben ihm und begann sich wieder langsam in die verschwommen menschliche Gestalt zu formen: Der Gnom.

Stumpfer Kugelkopf, unbeholfene kleine Hände und irgendwie die Andeutung von etwas anderem, eine andere Form – irgendwie hatte der Zwerg einen Zug der Eisenwesen.

»Sicher«, sagte der Gnom. »Haarige Eindringlinge nun Teil der Selbstsubstanz, wo sie harmlos sind und sich ändern. Ändern unter Schmerzen und Tod und Stein, wird niemals mehr so friedlich, aber niemals wieder haarige Wesen. Geschlossen auf immer. Andere haben vergessen, daß alles Leben eins, und weil sie der Tanzwelt schaden, der Baumwelt, Lichtwelt, mit Schmerzen zu Selbstsubstanz gemacht und ihnen gezeigt, daß alles Leben eins.«

Fenton griff nach der kleinen, hornigen warmen Hand des Gnoms. Er fühlte sich erschüttert, unfähig, alles zu begreifen. Der Gnom hatte die Eisenwesen in sich aufgenommen – um ihnen zu zeigen, daß alles Leben eins war. Auch Fenton hatte die monströse Apokalypse in sich gespürt.

Alles Leben ist eins.

»Und nun zurückgehen«, sagte der Gnom. »Weiß nur einen Weg dich senden und danach Tor schließen, damit kein Eindringling Frieden von Stein stört. Kennt alles Leben – ist alles eins.«

Die kleine harte Hand umklammerte Fentons fest, und dann schimmerte der Stein und . . .

. . . und Fenton stand hoch oben auf der Bergstraße, und seine Stiefel mahlten durch Schnee, dort, wo er zuerst in die Alfarwelt gekommen war und gesehen hatte, wie die Eisenwesen aus den Höhlen schwärmten und Kerridis fortschleppten. Im Höhleneingang konnte er zwei Alfarwachen sehen.

Einer drehte sich um, erkannte ihn.

»Chaos und Eisen«, sagte er. »Ist das der Zwischenmensch, der immer wieder hier auftaucht wie Steine in einem Schuh? He, du, was machst du hier? Hat Findhal nicht Befehl gegeben, daß keiner mehr aus den Sonnenwelten hereindarf? Dafür wirst du geradestehen müssen, Zwischenmensch!«

»Ich bin kein Zwischenmensch«, sagte Fenton in dem Bewußtsein, daß er dieses Mal fest in dieser Welt war, ein Weltenwanderer, und er sah seinen Schatten schwarz und echt in dem dämmrigen Licht auf dem Schnee. »Und ich habe eine gute Nachricht für Kerridis. Bringt mich zu ihr.«

»Bringt mich zu Kerridis«, spottete der Alfarkrieger wütend. »Glaubst du, die Lady der Alfar folgt deinen Forderungen, wer immer du auch bist?«

»Nein, ich habe nach ihm geschickt«, sagte Kerridis. Sie kam langsam aus der Höhle. Er hatte keine Zeit, überrascht zu sein, daß sie dort auf ihn wartete. Nichts konnte Fenton mehr überraschen.

Er wußte, er brauchte sich nur an den für ihn ausgelegten Linien zu bewegen. Sie kam auf ihn zu, und zum ersten Mal spürte er in seinem richtigen Körper die Berührung ihrer Hand fest und fein in der seinen.

»Fenn-ton. Sag mir, was geschehen ist.«

»Die Tore in der Felsenwelt sind geschlossen«, sagte er und schwankte vor plötzlicher totaler Erschöpfung. Wie lange hatte er dort gestanden, eins mit dem Stein, und hatte den schreienden Tod der Eisenwesen erfahren? »Keine Eisenwesen werden jemals wieder durch dieses Tor kommen. Niemals!«

»Sie kamen in unsere Welt, schrien nach unseren Frauen und Beute«, sagte Kerridis, »und dann waren sie plötzlich wieder verschwunden. Unsere Krieger hatten sich versammelt, um sich bis zuletzt gegen sie zu verteidigen. Komm.« Sie streckte die Hand aus und führte ihn in die Höhlen. Weit unten hörte er Kampfgeräusche, und die Kriegsrufe der Alfar und der Eisenwesen hallten wider. Sie standen auf einem Vorsprung über der großen Höhle, wo Kerridis gefangen gehalten worden war, und beobachteten, wie die Schlacht tobte; die Alfar töteten die Eisenwesen mit den Vrillschwertern.

»Es ist nicht die Selbstmordschlacht, die Irielle vorhergesehen hat«, sagte Kerridis und lehnte sich an ihn. »Weil die Eisenwesen nicht in unabsehbaren Horden kamen, können wir uns gegen sie verteidigen – ach, sieh! Sieh doch! Sie sind geschlagen, sie sind auf dem Rückzug – Ruin und Tod! Da ist Pentarn! Pentarn ist bei ihnen . . .«

Und Fenton sah die Gestalt Pentarns, umgeben von Eisenwesen. Fenton befand sich zu weit über ihnen, um genau hören zu können, aber er hörte Wortfetzen. Pentarn trieb sie zurück in den Kampf, zu erneutem Angriff. Aber die Eisenwesen hörten nicht mehr auf ihn. Sie wandten sich gegen Pentarn und zwangen ihn zurück, zurück zum Rand des Felsens, tobend, offensichtlich Rechenschaft fordernd, weil er sie in diesen Kampf getrieben hatte, den sie nicht gewinnen konnten, wie sie immer zuvor gewonnen hatten.

Die Luft um Pentarn schimmerte auf; noch einmal würde er in seinem handlichen tragbaren Loch verschwinden, das Loch im Raum, das er öffnen konnte, wo immer er auch wollte. Und plötzlich, mit jenem Wissen, das in ihm angewachsen war, seit er durch das Weltenhaus gegangen war, wußte Fenton, was er zu tun hatte. Der Vrillzylinder war immer noch in seiner Tasche. Die Alfar benutzten das Vrill wie eine einfache Waffe. Aber Vrill, das zu allen Welten gehörte, war mehr als nur eine Waffe, mehr sogar als ein Heilstein, der die Verletzungen durch die Eisenwesen auf jener anderen Ebene heilen konnte. Es konnte sogar die Tore selbst heilen. Er schnappte es sich, wie es Jennifer mit dem Glasstab getan hatte, der, wie er wußte, ebenfalls aus Vrill bestand, und konzentrierte sich.

Der Schimmer im Raum war verschwunden; das Loch brauste und verebbte. Pentarn drehte sich, als sein Fluchtweg abgeschnitten war, hoffnungslos zu den Eisenwesen herum, die er zuerst zu unwürdigen Abenteuern und dann zu einem Massaker in der unterirdischen Welt geführt hatte. Ihre Schreie erstickten ihn, er tauchte unter, unter ihre Klauen, verschwand, von ihren Füßen zertrampelt. Kerridis schrie entsetzt auf und barg das Gesicht an Fentons Brust; er hielt sie fest, beruhigte sie mit leiser Stimme, und als er den Kopf wieder hob, waren nur noch rote Flecke am

Boden, wo die Alfarkrieger herangerückt waren und die letzten marodierenden Eisenwesen töteten. Von Pentarn war nichts mehr zu sehen, nur Blut vermischt mit dem Blut der toten und sterbenden Eisenwesen.

Fenton konnte ein Zittern nicht unterdrücken. Aber er merkte, es war ein rascherer und gnädigerer Tod gewesen als Pentarn anderen Opfern zugedacht hatte, ein rascherer Tod als der von Amy Brittman.

Benommen starrte er auf das Vrill in seiner Hand. Es hatte Pentarn hier gefangen, um ihn seinem Schicksal auszuliefern, indem es die ungesetzlichen Löcher im Raum vernichtete, die dieser geschaffen hatte; jetzt waren nur noch die richtigen Tore übrig.

Kerridis nahm ihn bei der Hand und führte ihn aus den Höhlen des Todes, ins Licht der Alfarwelt.

»Ich möchte auf immer bei den Alfar bleiben«, sagte Joel Tarnsson. »Mein einziges Glück liegt hier. Aber ich werde in der Welt meines Vaters gebraucht. Meine Mutter war die Tochter des alten Königs; es ist meine Pflicht, dort in ihrem Namen zu herrschen, zumindest für eine Weile, bis die Armee meines Vaters, aufgestellt zur Eroberung, einem besseren Zweck zugeführt werden kann.« Er sah Findhal an, den Kopf trotzig erhoben, aber auch in Ergebung.

»Ich kann nicht ohne Irielle leben. Zum Guten beider Welten, läßt du sie mit in meine Welt als meine Frau zurückkommen?«

Der riesige Alfar seufzte; dann streckte er eine Hand aus und schlug sie dem Jungen auf die Schulter. Er sagte: »So sei es, Junge. Ich werde sie vermissen, aber jeder Vater, der eine geliebte Tochter großzieht, weiß, daß er sie eines Tages einem anderen geben muß. Ihr seid beide aus den Sonnenwelten. Ich glaube, sie wird glücklich dort sein.« Er lächelte und sagte: »Nimm sie mit meinem Segen, Joel Tarnsson, aber laß sie zuweilen zu uns kommen, wenn der Mond voll ist und die Tore geöffnet sind, um mit uns in den Alfarwäldern zu tanzen.«

Joel lächelte und zog Irielle an sich. Dann sagte er: »Darf ich auch kommen?«

Kerridis nahm Irielle in die Arme und küßte sie auf die Stirn. Sie sagte: »Auch meinen Segen, Kind. Komm und sing mit uns ab und zu. Sei glücklich mit deinem Liebsten in den Sonnenwelten.«

Sie wandte sich mit einem Lächeln an Fenton und sagte: »Ich dachte zuerst, du würdest Irielle von mir nehmen, zurück in die Sonnenwelt, wo ihr Schicksal lag.«

Er schüttelte lächelnd den Kopf und sagte: »Vielleicht habe auch ich das für ein Weilchen gedacht.« Und er dachte, wie sonderbar, daß Irielle, die seine Großtante war oder vielleicht auch seine Urgroßtante, nun so etwas wie seine Tochter geworden war.

»Und auch dein Schicksal liegt in den Sonnenwelten«, sagte Kerridis lächelnd. »Komm, ich bringe dich zurück ins Weltenhaus. Aber wirst du auch wiederkommen?«

Sie blickte zu ihm auf; und plötzlich wußte er, auch wenn sie die Lady der Alfar war, was sie von ihm wollte. Er zog sie an sich und küßte sie, ein langer, zärtlicher Kuß, der, als sie sich wieder voneinander lösten, zugleich ein Versprechen und ein Anfang war. Sie lächelte ihn an, und sie gingen Hand in Hand weiter.

Als sie in den Schatten des Hains traten, wo, wie er wußte, sich die Große Halle der Tore eröffnete, sagte sie zögernd: »Ich kann meinen eigenen Leuten alles befehlen, aber dich kann ich nur als Freund bitten. Du weißt, wie man mir in den Weltenhäusern dient. Findhal hat meine Armeen zu lange unbelohnt kommandiert; ich habe vor, ihn als Wächter dorthin zu schicken. Aber ich meine, ich brauche auch einen Freund dort. Ich habe kein Recht, dich dies zu fragen, Fenn-ton, aber würdest du dich im Weltenhaus als Beobachter bewerben und vielleicht eines Tages Wächter werden?« Sie sah ihn an, die schmalen Hände auf seinen Schultern. »Wenn du dort bist, Fenn-ton, fühle ich mich sicher. Ich weiß dann, daß kein Unheil aus anderen Welten zu uns kommt . . .«

»Das würde ich lieber als alles andere tun«, sagte Fenton leise und hielt ihre Hände fest, als sie in das Weltenhaus traten.

»Und da wirst du uns nahe sein, im Weltenhaus, und zu uns zurückkommen, manchmal . . .«

»Ich verspreche es«, sagte er.

Im Weltenhaus war der alte Myrill; auf ein Wort von Kerridis rief er Jennifer, die Fenton kurz ansah.

Fast trotzig sagte er: »Als der Zeitpunkt kam, wußte ich es . . .«

»Natürlich«, gab sie zurück, fast gleichgültig. »Wirst du ein Beobachter für uns werden? Wir haben immer zu wenig Leute, weißt du, und es ist harte Arbeit. Und die Bezahlung besteht aus der gleichen, wie du sie in einem kleinen Kunstladen bekommst, und du mußt nebenbei Drucke und Bücher an die Leute verkaufen, die zufällig hereinkommen, die es nicht wissen; dann bist du auch dort, wenn die Leute wirklich das Weltenhaus brauchen. Was ist damit? Ich glaube, Lady Kerridis möchte dich dort haben.«

»Ich . . .« Plötzlich wußte Fenton, daß er dies tun mußte, daß er dazu geboren war, daß der lange Weg durch die Parapsychologie nur eine Vorbereitung war und ihn hierherführte, an seine vorgezeichnete Stelle.

Der Platz seines Schicksals, im Haus zwischen den Welten, wo die wahre Natur des Universums aufgezeichnet war.

»Ja«, sagte er.

»Du wirst den Eid der Beobachter schwören müssen«, sagte Jennifer. Fenton merkte, daß sie ihn beim Reden weiterführte, und nun merkte er, daß er dieses Mal ohne das schwindlige Gefühl wirbelnder Welten wieder im Hinterzimmer des Kunstladens war und neben dem Spieltisch stand, der zugleich ein Monitor sich bewegender Welten war. »Und eines Tages den Eid der Wächter.«

Die jungen Männer um den Tisch herum bewegten die kleinen Figuren. »Wen hast du denn da, Jenny?«

»Professor Fenton«, sagte sie, und Fenton korrigierte sie.

»Cam.«

Der junge Mann zuckte die Achseln. »Die Namen sind nur Tradition«, sagte er, »wie immer dein Name lautet, im Weltenhaus wirst du den Namen eines Wächters tragen. Ich bin Lance. Das ist Arthur, das ist Kay, und der ist Gareth, und hier . . .« er deutete über den Tisch. ». . . ist Morgan. Sie ist noch neu, aber sie ist eine Analogin, und wir wußten sofort, daß sie zu uns gehörte.«

Benommen sah er Sally in die Augen, und sie lächelte, es war ein atemberaubendes Lächeln.

»Willkommen . . . oder willkommen zurück, Cam«, flüsterte sie.

Er blickte auf den Tisch. Es war nur ein Spielbrett, aber er wußte, wenn der Zeitpunkt kam, würden sich die Welten bewegen, und es würde ein Monitorbildschirm sein, der Wache hielt über die vielfältigen Universen, die kommen und gehen, sich in Raum und Zeit von einem Ort zum anderen bewegen.

Er sah auf die Stelle, wo die Alfarhalle der Tore verschwunden war. Er hatte keine Gelegenheit bekommen, Kerridis Lebewohl zu sagen. Aber er wußte, es war kein Lebewohl; er würde die Welten wieder wechseln, viele, viele Male, und das Versprechen bestand, er wartete nur auf den richtigen Zeitpunkt. Inzwischen war hier Sally, die er liebte, und nun mußte er herausfinden, was mit Garnock und Onkel Stan geschehen war und was Sally hierhergebracht hatte. Aber dazu würde noch Zeit sein.

»Dein Zug, Cam«, sagte Gareth über den Spieltisch hinweg, und Fenton blickte hinab auf die kleinen schimmernden Figuren. »Jetzt, wo du uns kennst, – und du kennst Jenny; manchmal nennen wir sie Gwen – nenn dein Universum.«

Cameron Fenton lächelte über den Tisch hinweg Sally und seine Gefährten an und akzeptierte sein Schicksal. Es gab noch eine Menge Zeit, die Pflichten eines Beobachters zu lernen. Und während er wartete, könnte er auch Kerker-und-Drachen spielen lernen.

Das taten sie alle, vermutete er, während sie warteten. Und das hatten sie auf die eine oder andere Weise seit den Tagen von König Arthur getan.

Er nahm seinen Platz in der Tafelrunde ein und schwang die Würfel, die ihm Gareth reichte. Bald würden sie ihm sagen, wie sein neuer Name lautete.